WeR REiNKOMMt
iST DRiN

Verena Carl

★

Wer reinkommt, ist drin

roman

Dieser Roman ist frei erfunden. Ähnlichkeiten mit lebenden oder schon toten Personen, mit realen Namen oder Handlungen sind rein zufällig und nicht beabsichtigt.

Dieser Titel ist auch als E-Book lieferbar

Eichborn Verlag in der Bastei Lübbe GmbH & Co. KG
Originalausgabe

Lektorat: Tina Spiegel
Umschlaggestaltung: Pauline Schimmelpenninck, Büro für Gestaltung, Berlin
Umschlagmotiv: © missbehavior.de
Gestaltung und Satz: Schneider. Visuelle Kommunikation, Frankfurt am Main
Gesetzt aus der Albertina
Druck und Einband: GGP Media GmbH, Pößneck
Printed in Germany
ISBN 978-3-8479-0008-5

5 4 3 2 1

Weitere Titel der Autorin im Eichborn Verlag:
Irgendwie, Irgendwann, Roman, ISBN 978-3-8218-5825-8

Sie finden uns im Internet unter www.eichborn.de
Bitte beachten Sie auch www.luebbe.de

Für Nina
für Tina

für München
für damals

für mich

Nachher

Am Tag, an dem die Sonne verschwand, verschwand auch München.

Natürlich war die Stadt nicht einfach weg, so wie in einer Szene aus einem Science-Fiction-Film. Die Frauenkirche stand noch, der Englische Garten und auch die Postfiliale gegenüber Ulrike Beckers türkisfarbenem Haus in der Bergmannstraße. Aber als Ulrike Becker an diesem Augusttag auf die Straße trat, war es, als könnte sie die Wände nicht mehr berühren, als schwebten ihre Fußsohlen einige Millimeter über dem Asphalt, als würden selbst die Staubpartikel, die in der spätsommerlichen Luft flirrten, nicht mehr auf ihrer Haut landen.

Seitdem ihre Bücher in Kisten verstaut, das Geschirr in alte Seiten der Abendzeitung verpackt und die Koffer vollgestopft waren mit Mänteln und selten getragenen Skistiefeln, alles fertig für einen Winterschlaf unbekannter Dauer, ging sie wie eine Museumsbesucherin durch die vertrauten Straßen. Lange war es her, dass sie mit so leichtem Gepäck gereist war. Sie dachte daran, dass sie München mit weniger verlassen würde als vor zehn Jahren ihr Elternhaus.

Sie schlenderte durch die Stadt, die weiter ihren Geschäften nachging, als wäre nichts, und stellte sich vor, wie nach ihrem Wegzug alles verstauben würde. Kupferdächer würden sich grünlich verfärben, und irgendwann würde einer kommen und eine Plastikplane über München legen, so wie über ein Puppenhaus, dessen Besitzerin zu groß geworden war, um mit ihm zu spielen. Die absurde Vorstellung gefiel ihr.

Lange hatte sie am Abend zuvor am Fenster ihrer Dachwohnung gestanden, die Räume leer bis auf einen einsamen Futon, unter sich die schlafenden Autos, auf der anderen Straßenseite der griechische Gemüseladen. Die braun-orange gestreifte Markise war aufgerollt, das staubige Schaufenster von innen mit Zeitungspapier verklebt. Der Besitzer hatte sein Leben angehalten und gegen ein paar Wochen am Meer bei der Familie eingetauscht, so wie jedes Jahr im August. Diesmal schien es ihr, als wäre es für immer.

Ihr Zustand erinnerte Ulrike Becker an das unwirkliche Gefühl, wenn man in einem stehenden Zug saß und die Bahn auf dem Nebengleis schon anfuhr. Die Illusion, unterwegs zu sein, bis einen der Bahnsteig gegenüber wieder an den momentanen Stillstand erinnerte. Restalkohol versetzte sie in einen ähnlichen Limbo, wattig und leicht im Kopf. Vielleicht fühlte sich auch Sterben ähnlich an, oder jemanden Verlassen. Aber damit kannte sie sich nicht aus. Verlassen war nicht ihr Metier. Verlassen war Saschas Metier.

In den letzten Tagen hatte sie wieder viel an ihn gedacht, aber sie war sich selbst nicht mehr böse deswegen. Sascha war ein Teil dieser Stadt. Das war der Unterschied: Sascha blieb. Sie ging. Endlich konnte sie aufhören zu warten. Und sich endlich eingestehen, dass sie nie damit aufgehört hatte. Trotz allem. Zu warten auf einen Anruf, sonntagvormittags aus der Badewanne, Saschas hallende Stimme in dem weiß gekachelten Raum am anderen Ende der Leitung. Zu warten auf eine zufällige Begegnung in einem dieser Cafés im Glockenbachviertel. Auf die Bewegung seiner Augenbrauen, die so geschwungen waren, dass sein Blick immer etwas spöttisch wirkte. Warten auf eine Hand, ein Wiedersehen, Wiederfühlen mit dieser tiefen Senke unter seinem Brustbein. Ulrike Becker dachte, dass sie diese Stelle unter Hunderten heraustasten könnte, genau so, wie sie noch immer eine Karte von den Leberflecken auf seinem Rücken hätte zeichnen können. Eine Körperkarte. Nutzloses Wissen, nicht einmal geeignet für einen Auftritt in einer Talentshow. Seltsam, dass sie ihm nie über den Weg gelaufen war in all der Zeit. Nur dieses Foto hatte es gegeben, schwarz-weiß im Wirtschaftsteil der Süddeutschen, ein zu großer Mann in einem zu weiten Anzug.

Und dann war da noch etwas, auf das sie endlich nicht mehr warten musste. Auf den Moment, in dem sich die S-Bahn-Türen öffnen und zufällig Jo dastehen würde, Jo Sedlacek, oder wie auch immer sie jetzt mit Nachnamen heißen mochte. Jo, die Hände am Griff eines Buggys, das Gesicht teigig vor Müdigkeit, der Mund ihres Jungen keksverschmiert. Wem der Kleine wohl ähnlich sah?

Keine von ihnen hatte bekommen, was sie gewollt hatte. Vielleicht, dachte Ulrike Becker, war diese Tatsache das Letzte, das sie noch immer mit Jo verband. München, diese Glücksversprechungsmaschine, dieser einarmige

Bandit mit den bunten Knöpfen. Was hatten sie da alles hineingeworfen, und was war schon alles hinausgefallen. Nur nicht das, was sie sich gewünscht hatten, in diesem lang vergangenen Sommer, damals.

Aber das war Vergangenheit. Vor ihr lag die Zukunft, noch getrennt von ihrem Leben, einen ganzen Ozean entfernt. Sie dachte an New York, die Taxis, die wie ein gelber Blutstrom durch die Straßen zirkulierten, die unübersichtlichen Getränketafeln der Coffeeshops. An den kühlen Marmor der Empfangshalle des Bürogebäudes auf der Sixth Avenue, die Aufzugtüren mit ihrem satten Schließgeräusch. In der neuen Stadt würde alles unverbraucht sein und unvertraut riechen, so wie Möbel, die man eben erst Teil für Teil aus Luftpolsterfolie befreit und selbst zusammengebaut hatte. Währenddessen würde sich München in ihrer Erinnerung immer weiter verkapseln, so wie eine dieser Sammlerboxen, von denen sie in der New York Times gelesen hatte, am Nachmittag nach ihrem Vorstellungsgespräch.

Kurz vor der Jahrtausendwende, diesem willkürlichen, mit künstlicher Bedeutung aufgeladenen Datum, war es in Mode gekommen, Alltagsgegenstände in Behältern zu archivieren. Disketten und tragbare CD-Player, modische Sneakers und Babywindeln, jeder New Yorker der Kurator seiner eigenen Ausstellung für die Zukunft. Ihr war die Pappkiste in ihrem Münchner Schreibtisch eingefallen, darin eines von Saschas Zopfgummis, an dem noch ein paar Haare hingen, eine Streichholzschachtel aus einem Biergarten, Übersee am Chiemsee, eine Plastikbox mit den Einwickelpapierchen von Billigpralinen. Endlich konnte sie die wegwerfen.

Sie hatte keine vierundzwanzig Stunden warten müssen, bis ihr neuer Chef eine Nachricht für sie hinterließ. So war diese Stadt, dort dauerte selbst ein Haarschnitt nur zwanzig Minuten und ein Geschäftsessen fünfundvierzig. Das Jobangebot kam per E-Mail, die sie an einem Computer in der Hotellobby las, mit zitternden Fingern herunterscrollte, ob es nicht doch noch einen Haken gab, eine Fußangel, eine Befristung, eine Abweichung vom geforderten Gehalt. Nichts davon. Noch am gleichen Nachmittag hatte sie ihren Vertrag unterzeichnet, in einem Lokal im Central Park, am Seeufer mit Blick auf Trauerweiden, die ihre Äste matt ins Wasser tauchten. Danach hatte sie keinen Termin mehr gehabt, sich für ein paar Stunden auf eine Weise frei gefühlt wie schon lange nicht mehr, vielleicht zuletzt als Kind, beim letzten Gong vor den Sommerferien.

Sie war zu Fuß durch die halbe Stadt gelaufen, vom Central Park bis ganz in den Süden zur Brooklyn Bridge, wo sich der East River hinter kathedralenhaften Brückenbögen mit dem Meer vereinte. Schön. Eine vergängliche Schönheit, leider, das wusste sie nur zu gut.

Wenn man sich nämlich entschloss, in einer Stadt zu leben, veränderte sich diese augenblicklich. Man konnte niemals die Stadt bewohnen, in die man sich verliebt hatte. Sobald man eine Adresse dort hatte, einen Briefkasten, ein Klingelschild, zeigte sich die Stadt ungeschminkt, mürrisch und verschlossen. Wege, auf denen man schlenderte, wurden zu Arbeitswegen, auf denen jede Minute zählte; der Tag wurde nicht mehr aufgespannt zwischen Cafés, Boutiquen und Theatern, sondern zwischen Supermärkten, U-Bahn-Stationen und Tankstellen. So schön wie an diesem Tag würde Manhattan nie wieder sein. Nicht für sie.

Und noch etwas dachte Ulrike Becker, während sie der Fähre nach Staten Island nachsah, dem entfernten, hellen Wellengekräusel hinter dem Heck. Dass es nämlich durchaus möglich war, dass sie Sascha nur lieben konnte, weil er immer ihr privates New York, ihr inneres Paris, ihr persönliches Venedig geblieben war.

Jetzt war es also so weit. Jetzt würde nichts mehr kommen, jetzt waren sie fertig miteinander. Sie alle. München, Sascha, Jo und sie.

Ulrike Becker reihte sich in den Pulk der Sonnenfinsternis-Gucker ein, der von der U-Bahn-Station Olympiazentrum in Richtung Süden drängelte. Ein letztes Spektakel an diesem Ort, der zehn Jahre lang ihr Leben gewesen war, ihre Bühne. Ein letztes Drama, ein kosmisches, eines, mit dem sie nichts zu tun hatte.

Erst als sie sich einen Platz auf der Wiese gesichert hatte, oben auf einem Hügel mit Blick auf den Olympiasee, wurde ihr klar, dass das Drama woanders stattfinden würde. Irgendwo da oben, von einer diskreten Wolke versteckt. Jedenfalls sah sie nichts von einer schwarzen Scheibe, die sich vor die Sonne schob. Die Wolke saß am Himmel wie eine fette Henne, und in zehn Minuten würde alles zu spät sein. Ein Himmel wie an einem hundsgewöhnlichen, trüben Tag, das Wasser im Olympiasee flüssiges Blei. Ein Langhaariger im weißen Gewand hüpfte beseelt durchs Gras und blies auf einer Flöte. Ulrike Becker bezweifelte, dass das etwas nutzen würde.

Nur die Vögel. Die waren tatsächlich verstummt, so wie es vorher in der Zeitung gestanden hatte.

Vielleicht hatten ihre ehemaligen Kollegen ja mehr Glück, die auf der Dachterrasse des Verlagsgebäudes im Arabellapark standen und durch ihre violett getönten SoFi-Brillen in den Himmel starrten. Kistenweise standen die Dinger im Sekretariat, mit der neuen Internetadresse bedruckt und massenhaft den Print-Titeln beigelegt. Das Give-away, wie es die Chefredakteurin nannte, war Ulrike Beckers letztes Projekt gewesen. Ihr Abschiedsgeschenk.

Sie musste an die esoterisch angehauchte Praktikantin denken, die seit einigen Wochen in der Online-Redaktion hospitierte. Die würde wahrscheinlich gerade auf den Außenkanten ihrer Plateauturnschuhe herumhibbeln und wieder ihre unausgegorenen Theorien von sich geben, von wegen kosmisches Zeichen und dass sie sich alle noch wundern würden. Dass mit der Sonnenfinsternis ein Zeitalter der Dunkelheit begänne, dass Flugzeuge aus dem Himmel fallen und Aktienkurse stürzen und der Krieg zurückkommen würde. Lachhaft, dachte Ulrike Becker. Lachhaft wie Plateausohlen und Bauchfrei-Shirts.

Ein Handy piepte neben ihr, unablässig, und jedes Mal, wenn es das tat, begann die Besitzerin ein hektisches Fingerspiel auf der winzigen Tastatur. Eine merkwürdige Mode war das, dieses SMS-Verschicken. Nichts, das sich lange halten würde, höchstens unter Teenagern. Der Weißgekleidete versuchte noch immer, die Wolke wegzuflöten, Brillenbügel aus Pappe wurden zum wiederholten Mal hinter Ohren festgeklemmt, Weinflaschen kreisten.

Und als es wieder hell wurde war da plötzlich dieser Schatten über ihr, auf ihrem Gesicht, und sie hob den Kopf und blinzelte durch lila Plastikfolie, und eine vertraute Stimme fragte: »Uli?«

Rein

Diese Tür war all die Jahre nur für dich bestimmt.
Ich gehe jetzt und schließe sie.

Franz Kafka, »Der Prozeß«

River, River, carry me home
To the place where I come from

Peter Gabriel, »Washing of the Water«

Damals. So lange her und immer noch den Geruch in der Nase, das Gefühl auf der Haut. Ein Sommer, in dem etwas Großes beginnen sollte.

Der Sommer der frisch gewaschenen Deutschlandfahnen und des Fußballs, der Sommer der großen Ferien, der Sommer, in dem sie lernte, das Wort Caipirinha richtig auszusprechen.

Ein Sommer, in dem sie noch nicht Ulrike Becker war, nicht einmal Ulrike, sondern einfach nur Uli oder Rike oder Rikchen, die kleine Große, Papas Mäuschen.

Ihren zwanzigsten Geburtstag hatte sie noch zu Hause bei ihren Eltern gefeiert, auf der Terrasse mit Blick auf die Weinberge. Am Nachmittag ging ein Gewitter mit Hagel über dem Tal nieder, aber der Vater schleppte unbeirrt Grillkohle aus dem Keller, und die Mutter fuhr extra nach Mannheim in den Asia-Laden, um eine Currymischung für die Saté-Spieße zu besorgen. Tatsächlich riss um kurz vor sieben der Himmel auf, und die Sonne warf dramatische Spotlights auf tropfende Rebstöcke.

Erst kurz bevor die ersten Gäste kamen, hörte Uli unten das Surren der automatischen Garagentür, dann die atemlose Stimme der Mutter und die vorwurfsvolle Antwort des Vaters. »Edith? Ich hab dir doch gesagt, du sollst in die Parkgarage gehen!« Wenn jemand später kam, vor allem nach einem Ausflug in die Stadt, glaubte ihr Vater jedes Mal an ein Parkplatzproblem. Er konnte sich stundenlang darüber ereifern, wie teuer und zeitaufwendig es war, in Mannheim einzukaufen. »Fünf Mark, dafür krieg ich doch beim Kaufhof schon ein Dreierpack Tennissocken! Oder die Tagessuppe im Bistro!«

Während die Mutter noch geschäftig durch die Küche wirbelte, die Haare ein feuchtes Gekräusel auf dem Kragen ihres taillierten

Blazers, klingelte es zum ersten Mal. Martin stand vor der Tür, in der einen Hand eine Flasche Söhnlein Brillant, in der anderen einen schwarz-weiß-melierten Plastikeimer mit einer roten Geschenkschleife um den Henkel.

»Was willst du denn mit dem Ding?«, fragte Uli, und Martin sah ein bisschen beleidigt aus.

»Na, ich dachte, du musst ja dann selbst putzen. Wenn du dann in München wohnst und so.«

Später kamen Elli und Tscheppo mit einem Pappkarton voller achteckiger Teller, Becher und Untertassen, zur Hälfte schwarz und zur Hälfte weiß. Tscheppo hielt einen Teller neben Martins Plastikeimer und sagte: »Cool, passt.«

Elli drückte ihr ein flaches Kästchen in die Hand. Ein Kartenspiel? Im Vordergrund ritt ein lachendes, nacktes Kind auf einem Pferd, im Hintergrund standen Märchenfiguren mit groben, schwarzen Umrisslinien.

»Das ist ein Tarot«, flüsterte Elli, »also, mir hat das echt schon unheimlich viel geholfen, bei schwierigen Entscheidungen.«

»Was machst du eigentlich noch hier?«, fragte Martin Tscheppo. »Ich dachte, du wolltest nach Australien?«

Tscheppo grinste, fummelte sein Portemonnaie aus der Potasche seiner Jeans und zog etwas heraus, das aussah wie eine labbrige Bibliothekskarte.

»Behelfsmäßiger Personalausweis«, las Martin, »Großbeerenstraße, 1000 Berlin 62. Aber da wohnst du doch gar nicht, oder wie jetzt?«

»Nee, was soll ich denn da wohnen?«, fragte Tscheppo angeekelt. »Die ganze Stadt ist voll verpestet von Trabis, und die Leute stellen sich Stücke aus der Mauer auf den Küchentisch, dabei sind die Dinger total asbestverseucht. Da wohnt bloß mein Cousin aus Landau, und ich habe mich da mit angemeldet. Wegen dem Bund, das muss ich nicht haben.«

»Geht das denn noch?«, fragte Elli. »Jetzt, wo die richtiges Geld haben in der DDR? Ist doch jetzt alles Deutschland, oder?«

»Das schon. Aber noch nicht wiedervereinigt. Wegen mir müssten sie diesen Aufwand ohnehin nicht betreiben. Hat mir bisher nicht gefehlt, dass ich nicht nach Leipzig reisen konnte oder nach Bitterfeld.«

Elli lachte übertrieben. »Ach, Tschep«, sagte sie und streichelte ihm die Wange. Hätte ich einen Freund, dachte Uli, ich würde nicht denselben Spitznamen für ihn verwenden wie alle anderen. Auch wenn es eine Abkürzung seines unaussprechlichen Nachnamens Sczceponik war.

»Kennt ihr das Sportmodell vom Trabi?«, fragte Martin, und weil niemand reagierte, schob er schnell hinterher: »Es hat Turnschuhe im Kofferraum.«

In die Stille hinein quietschte die Terrassentür, und Ulis Mutter trat heraus, die Platte mit den Saté-Spießen auf zwei Händen balancierend, im Schlepptau Netti. Netti trug ein Stretchtop in Neonrot, dazu Jeans mit Rissen unter den Pobacken. Die Risse fielen besonders dann ins Auge, wenn sie sich bückte. Und dazu fand sie immer wieder eine Gelegenheit.

Uli betrachtete Nettis Aufzug als Kompliment. Scheinbar glaubte ihre Schwester, dass sie auf dieser Grillparty jemand Interessanten treffen könnte. Seit Ulis Umzug nach München feststand, hatte sie zum ersten Mal jene bewundernden Blicke von Netti bekommen, die sie sich schon als kleines Mädchen gewünscht hatte.

Aber Netti, eigentlich Annette, war anders als andere Schwestern. Sie hatte nie zu Uli aufgeblickt. Vielleicht lag es an dem geringen Abstand von gerade mal anderthalb Jahren. Wahrscheinlich würde Netti enttäuscht sein, dass wieder nur Tscheppo und Martin einen Blick auf ihre sorgsam enthüllten Hautpartien warfen.

Noch im Stehen griff Netti nach der Zigarette, die hinter ihrem rechten Ohr klemmte, und klopfte den Filter kurz auf dem weißen Terrassentisch ab. Kein Grund zum Wundern. Nicht einmal mehr darüber, dass die Eltern die schlechte Angewohnheit ihrer Jüngsten fraglos akzeptierten, ihr sogar einen blau schimmernden Glasaschenbecher von Leonardo zu Weihnachten geschenkt hatten. Vor ein paar Jahren hatte der Vater noch auf einem gemeinsamen Gespräch mit der Klassenlehrerin bestanden, weil Uli auf einem Klassenfahrtsfoto mit einer Weinflasche zu sehen war. Netti hielt eine Flamme an die Spitze ihrer Zigarette. Einen Moment lang wunderte sich Uli, dass sie kein Feuerzeug benutzte, sondern Streichhölzer. Dann sah sie den Schriftzug auf dem länglichen Streichholzpäckchen: »Select – the Club.« Netti ging dort ein und aus und neuerdings auch mit dem DJ.

Netti inhalierte tief, warf das Streichholzpäckchen dann beiläufig auf den Campingtisch neben dem Grill und drückte Uli schließlich ein flaches, weiches Päckchen in die Hand, das sie unter ihren Arm geklemmt hatte. Jetzt war Uli doch gerührt. Ein offizielles Abschiedsgeschenk hatte sie ihrer kleinen Schwester gar nicht zugetraut.

Uli zerriss das golden glänzende Papier und hielt ein schwarzes, ärmelloses Kleid in der Hand, das nach Dachboden roch. Der Kragen war speckig, der Stoff steif. Das ganze Ding sah ein bisschen aus wie ein Kaffeewärmer.

»Geil, gell?«, fragte Netti. »Hab ich aus dem neuen Secondhand in Ludwigshafen. Ich dachte mir, du brauchst mal was Ausgefallenes, zum Weggehen. Wegen den Türstehern.«

»Was für Türsteher denn?«, erkundigte sich die Mutter und stellte die Platte mit den Spießchen im rechten Winkel zum Tablett mit den Sektgläsern. Dann richtete sie eine der zum Dreieck gefalteten Papierservietten wieder auf, die der Wind zu Fall gebracht hatte.

»Das wirst du vielleicht nicht wissen, Mama«, sagte Netti, »aber München ist bekannt dafür, dass die Türen unheimlich hart sind. Also, da kommt nicht jeder rein. Meistens nur die Stammgäste.«

Die Mutter versuchte ein unsicheres kleines Lächeln, bei dem nur der eine Mundwinkel sich hob, und blickte zwischen ihren beiden Töchtern hin und her.

»Discos, Mama«, sagte Uli, »Netti redet von Discos.«

»Du meinst, Rikchen kann in München nicht einfach so in die Disco gehen?«, fragte die Mutter verwirrt.

»Du sollst mich doch nicht Rikchen nennen«, murmelte Uli verlegen.

»Doch, schon«, sagte Netti, »aber die machen halt Gesichtskontrolle.«

»Gesichtskontrolle? Und sie wird aussortiert bei der Gesichtskontrolle, oder was?«

»Mama«, sagte Uli beschwichtigend, so als redete sie mit einem Kind. »Mama, das ist München.«

Die Mutter sah nicht überzeugt aus. Im Gegenteil. »Seit über zwanzig Jahren schaff ich jetzt in der Gastronomie«, sagte sie und schüttelte den Kopf, »aber so etwas habe ich noch nie gehört. Gesichtskontrolle! Ja, was, bitte schön, wollen die denn da kontrollieren?«

»Es geht um Clubs«, sagte Netti. »Das ist was anderes als die Traube.«

Immer noch kopfschüttelnd verschwand die Mutter im Haus, und Uli hielt sich das schwarze Kleid an. Es hatte eine merkwürdige Länge, genau bis zum Knie, wie es die Buchhalterinnen im Büro über dem Lokal trugen. Aber wenn ihre Schwester das sagte, war es genau das Richtige für München.

Netti war eine, die Bescheid wusste.

»Kommst du denn dann mal am Wochenende, wenn du in München bist?«, fragte Martin am Abend, als sie sich in zwei Autos gequetscht hatten, um in der Blue Bar in Neustadt noch etwas trinken zu gehen. Er saß hinter Uli in dem metallic-roten Renault 5, den ihre Eltern ihr zum Abitur geschenkt hatten. Sie hörte, wie er mit den Fingernägeln an einem Marsupilami-Aufkleber auf der Rückseite der Kopfstütze knibbelte.

»Ich weiß nicht«, sagte Uli, »ich glaube, ich komme irgendwann zurück hierher. Ich meine, ganz. Aber erst später, wenn ich mal Familie habe.«

»Es ist wegen der Traube, oder?«, fragte Martin. »Dein Vater will, dass du die übernimmst.«

»Mal sehen«, sagte sie vage. Sie dachte an das Chefbüro über dem großen Schankraum, den schweren Schreibtisch und die Fotos von Weinfässern und Weinköniginnen dahinter und sah sich nicht dort sitzen. Sie sah sich in weiß gekachelten Bars in München, und sie sah sich auch im Garten ihres Elternhauses, die Haare mit einem Baumwolltuch hochgebunden, sodass ein paar vorwitzige Strähnchen darunter hervorlugten, neben sich ein blondes Kind, das in einer Sandkiste saß und einen Turm aus

Matschpampe baute. Sie konnte sich nicht entscheiden, welches Bild ihr besser gefiel.

»Vielleicht gehst du ja auch ins Ausland«, sagte Martin. »Wenn man so was studiert wie du, mit Tourismus, muss man ja sicher auch viel reisen.«

Uli nickte wichtig, sagte aber nichts. Im Stillen hoffte sie, dass Martin recht hatte mit dem Reisen. Unter Betriebswirtschaft mit Schwerpunkt Touristik konnte sie sich noch immer nicht mehr vorstellen als das, was in der bunten Broschüre gestanden hatte, die ihr Vater eines Abends mit nach Hause gebracht hatte. »Das wäre doch was für dich«, hatte er gesagt, und die Mutter hatte gestrahlt. »Schau mal, die haben auch einen Schwerpunkt Hotellerie und Gastronomie.«

»Und du, weißt du schon, für was du dich einschreibst?«, fragte Martin Elli, die neben ihm auf der Rückbank saß.

»Nein, noch nicht«, sagte Elli. »Aber ich würde gerne was mit Menschen machen.«

In der Blue Bar tranken sie Gin Tonic, saßen auf hohen Hockern, die Beine übereinandergeschlagen, spielten Erwachsensein. Beim Abschied versuchte Martin, Uli zu küssen, doch sie wandte den Kopf ab. Er roch nach der Art von Rasierwasser aus der Drogerie, die Rentner benutzen, wenn sie sich weltmännisch geben wollen. »Noch mal danke für den Eimer«, sagte sie, und Martin sagte: »Ich schreib dir.«

Nachts um zwei, unter der japanischen Ballonlampe ihres Zimmers, nahm sie sich das Tarotkartendeck zur Hand. Keine komplizierte Technik, nur eine Karte. Was wird mein Leben in München bringen? Sie blickte auf das Bild, dann las sie die Erklärung im Handbuch nach. Zwei nackte Gestalten, weiblich und männlich, eine pralle Sonne am Himmel. Die Liebenden.

Zwei Tage später fuhren sie im Konvoi über die A 8, Ulis Eltern mit dem Passat Kombi voraus, sie mit dem R 5 hinterher, vollgepackt mit zwei Kleiderkoffern, den Geschenken ihrer Freunde, einem mannshohen Ficus Benjamini und einer stabilen Papiertüte mit Büchern. »Richtig reisen – München« hatte sie eingepackt, zwei Taschenbuch-Romane, eine Rezeptsammlung mit dem Titel »Food for Lovers«.

Bayern 3 spielte Simply Red. Das gefiel ihr. Wenn jemand sie fragte, was sie so hörte, sagte sie »gemischt«. Auch wenn ihr klar war, dass das keine coole Antwort war. Aber es war nun mal die Wahrheit. »If you don't know me by now, you will never know me«, sang Mick Hucknall.

Uli weinte ein bisschen, vergaß aber trotzdem nicht den Blick in den Innenspiegel, wenn sie sich vor einem Fleischtransporter oder einem Tanklaster wieder auf der rechten Spur einordnete. Sie fühlte sich sehr stark, eine Träne im Auge und trotzdem den Verkehr im Blick. Als sie die Donau überquerten, empfing sie dichter Dunst. Für ein paar Minuten sah Uli nur die rötlichen Nebelscheinwerfer des Kombis, und sie dachte, so ist das jetzt, von nun an bin ich unterwegs.

Als ihre Eltern sich am nächsten Morgen verabschiedeten, weinte sie nicht. Zu dritt standen sie in der Einfahrt ihrer Tante in Starnberg, bei der sie die ersten Wochen verbringen konnte, bis sie in München eine Unterkunft fand. Es wollte sich kein richtiger Platz für ihre Hände finden, weder verschränkt noch herabhängend, und schließlich legte sie ihre Rechte auf das Heck ihres R 5, als tätschelte sie einen treuen Hund. Es fühlte sich nicht perfekt an. Aber es ging.

»Du solltest zusehen, dass du was bekommst mit einem Stellplatz für das Auto«, sagte der Vater zum Abschied, und die Mutter hing an ihrem Hals und sagte: »Gell, Rikchen, nächstes Wochenende kommst du aber heim.«

Sie machte sich los. »Weiß noch nicht«, sagte sie, »ich muss mir ja auch Zimmer anschauen.« Die Mutter nickte langsam, als hätte sie erst in diesem Moment verstanden, dass Uli nicht nur verreist war. »Aber zum Weinfest«, fing sie wieder an, »da bist du doch da?« Der Vater ließ seinen Autoschlüssel um seinen Zeigefinger kreisen und nickte. »Hmhm«, sagte er immer wieder im Rhythmus seines Nickens. »Hmhm, hmhm.« Uli wusste nicht, was er so vehement bestätigen musste, und sie hatte den Eindruck, er wusste es selbst auch nicht.

Schließlich trat er an die Beifahrertür und hielt sie seiner Frau auf. Diese Geste hatte Uli noch nie bei ihm gesehen, und sie konnte nur nicken, nichts mehr sagen, bis das dunkelrote Heck aus ihrem Blickfeld verschwand und sie nur noch die Berge sah, deren Spitzen sich im Sommerhimmel verloren.

Starnberg kannte sie. Als Kind hatte sie oft einen Teil der Sommerferien dort verbracht, manchmal gemeinsam mit Netti, aber immer ohne ihre Eltern. Schicksal eines Gastronomenkindes. Am wohlsten gefühlt hatte sie sich, als sie ungefähr zehn oder zwölf war. Ihre Cousinen sahen samstagnachmittags die gleichen Fernsehserien, spielten mit Monchichis, sausten auf Rollerskates mit neonfarbenen Stoppern um die Hausecken. Seitdem war sie nicht mehr hier gewesen.

Auch zehn Jahre später erinnerte Starnberg mit seinen Lüftlmalereien, dem Eiscafé gegenüber des Bahnhofes und den Kiosken an der Seepromenade Uli mehr an ihren eigenen Heimatort als an die Großstadt, die sie erwartete. Die Biergartenwirte zerrten Fernsehgeräte an langen Verlängerungskabeln ins Freie, damit die Gäste die Spiele der Fußball-WM unter Kastanienbäumen anschauen konnten, und an Litfaßsäulen warb ein Volksschauspieler mit Gamsbart am Hut für eine Weißbiermarke.

Umso merkwürdiger war, wie sich jetzt die Cousinen und ihre Freunde von Ulis Clique in der Pfalz unterschieden. Zwar hatte auch Uli sich sehr erwachsen gefühlt, als sie vor einigen Wochen auf ihrem Abiball die Urkunde aus steifem Papier entgegengenommen und in ihrem Abendtäschchen zusammengerollt hatte. Aber die zwanzigjährigen hier waren auf eine ganz andere Weise souverän, wie sie mit in die Haare geschobenen Sonnenbrillen auf den Parkplätzen der Seelokale vorfuhren, die gebräunten Unterarme mit Besitzerattitüde auf die Lenkräder ihrer Audis und Golfs gelehnt.

Obwohl es die gleichen, jungen Körper waren, die Uli von zu Hause kannte, von Martin oder Tscheppo, schienen diese hier auf eine ganz andere Weise in ihrer Haut zu Hause zu sein. Wie sie da auf Bootsstegen standen oder am Ausschank des Mühltaler Biergartens, die Hände in den Taschen, cremefarbene Pullover um die Schultern gelegt, waren sie schon ganz die künftigen Rechtsanwälte und Oberärzte. Es schien nur ein unwichtiges Detail zu sein, dass ihnen noch das nötige Fachwissen fehlte. Wenn sie spätabends aufbrachen und ihre weichen Lederslipper im Kies knirschten, vermied Uli es, in Richtung der Gaststube zu sehen. Die schmiedeeisernen Gitter, die geschnitzten Fensterläden im oberen Stock, das alles erinnerte sie schmerzhaft an zu Hause, an die Abende, in denen sie als kleines Mädchen im Schankraum der Traube gespielt, Kartenhäuser aus Bierdeckeln gebaut, übrig gebliebene Schmalzbrote gegessen hatte. Durch die getönten Scheiben drang gedämpftes Licht, drinnen bewegten sich schattenhaft feierabendschöne Menschen. Direkt daneben immer das Küchenfenster mit den Neonröhren und den weißen Kacheln. Irgendetwas musste passieren, damit sie aus der Küche hinauskam, hinein ins Leben, in die gute Stube, dort, wo es warm war und wo andere dafür bezahlt wurden, nach den Wünschen der Gäste zu fragen. Sie wusste nur nicht, was.

An den Nachmittagen blieben die Mädchen unter sich. Manchmal breiteten sie ihre Handtücher im Gras am Seeufer aus und wateten übertrieben kreischend ins Wasser, damit ihre durchtrainierte Schönheit auch niemandem verborgen blieb. Die Landschaft machte ihnen harte Konkurrenz, die Wattewölkchen, die steilen Hänge rings um den See, hier und da das vorwitzige Türmchen einer Villa, das zwischen dichtem, grünem Laub hervorragte. Uli erfand immer neue Ausreden, um nicht ins Wasser zu müssen. Schwimmbäder waren kein Problem, aber sie hatte Angst vor Seen, Flüssen, dem Meer. Vor seinen unberechenbaren Tiefen, vor all dem Unsichtbaren, das geisterhaft an den Füßen vorbeistrich, Pflanze oder Tier, so genau wollte man es gar nicht wissen.

Wenn sie nicht am See waren, lagerten sie an Pools hinter weißen Villen, mixten sich Drinks an der Hausbar und planten die Zukunft. »Also, mein Daddy wollte ja, dass ich ein Praktikum in Paris mache«, erzählte ein Mädchen, während es sich Wattebäuschen zwischen die Zehen klemmte und ein Fläschchen mit pinkfarbenem Nagellack schüttelte, auf dessen schwarzem Deckel zwei verschlungene Dreiviertelkreise prangten. »Nee, hab ich gesagt, Daddy, du weißt doch, ich will lieber in die Staaten.« Uli schwamm derweil ihre Runden und sah zu, wie die Sonne auf der bewegten Wasseroberfläche die dunkelblauen Streifen auf dem Beckengrund in zitternde, zuckende Schlangen verwandelte.

In der gleichen, nonchalanten Art, in der sie über Studienplatzvergabe und Sportwagen sprachen, verhandelten diese Menschen auch ihre Liebesdinge. Mehr als einmal wurde Uli Zeuge dieser Gespräche auf Autorücksitzen, wenn noch besprochen wurde, wer an welchem Gartentor aussteigen und wer ihn begleiten würde.

»Willst du?«

»Hast du denn was dabei?«

In solchen Momenten zweifelte sie sehr daran, ob sie diesen Ton jemals beherrschen würde. Und ob das schwarze Kleid von Netti den Münchner Türstehern gut genug sein würde.

Es gab Abende, an denen keiner das Wort an sie richtete. Aber wenn die anderen mit ihr sprachen, merkte sie erst recht, wie sehr sich ihre Welt von deren Welt unterschied. Zu Hause war sie die verwöhnte Tochter gewesen, das Lieblingskind vom Traube-Wirt, eine Tatsache, die ihr Vater nicht einmal zu verbergen suchte. Hier war sie die arme Verwandte aus der Provinz. »Du suchst also eine Wohnung?«, fragte einmal der Freund der älteren Cousine, und als sie sagte: »Ein Zimmer«, sah er sie an, als hätte sie erklärt, sie wollte sich eine Wellblechhütte hinter dem Lärmschutzwall an der A 8 bauen.

»In einer WG?«, fragte er und schüttelte den Kopf. »So was könnte ich ja nicht.«

»Und wo wohnst du?«, fragte sie zurück.

»Ach, meine Eltern haben letztes Jahr das Dachgeschoss ausbauen lassen. Ich hab da meinen eigenen Eingang und muss mich um nichts kümmern. Ist cool.«

»Voll cool«, kicherte die Cousine, »vor allem, weil deine Ma jede Woche zum Putzen hochkommt, wenn du nicht da bist.«

Der Junge zuckte die Achseln. »Lass sie halt. Sie macht das so gerne.«

Im Stillen beneidete Uli ihn ein wenig, denn das mit der Zimmersuche klappte überhaupt nicht. Dabei ging sie die Angelegenheit mit der Tapferkeit einer Zwölfjährigen an, die schon weiß, dass ihr der Scheibenkäse und die Vierfruchtmarmelade im Landschulheim nicht schmecken werden, die aber entschlossen ist, sich nichts anmerken zu lassen. Es war ihr klar, dass sie nicht wieder ein Zimmer mit Aussicht über Weinberge und einen eigenen Balkon haben würde. Aber dafür sollte es wenigstens in Schwabing liegen. Oder in Haidhausen. Die Vierzig oder die Achtzig im Absender, Trümpfe im München-Lotto.

Schon zwei Mal hatte ihr Vater in der Wochenendausgabe der Süddeutschen eine Anzeige geschaltet (»Solventer Gastronom sucht Zimmer oder kleine Wohnung für seine Tochter, Studentin, 20«), aber nichts davon war infrage gekommen. Die Leute, die daraufhin die Telefonnummer der Tante wählten, hatten entweder Einliegerwohnungen in weit entfernten Vororten von München zu bieten. Oder möblierte Zimmer in den zwei bis drei sozialen Brennpunkten der Stadt, wie es die Tante bezeichnete.

Ein Mal traf Uli sich mit einem Hausmeister, der ein Jackett trug, auf dessen Schultern unablässig Schuppen rieselten, als würde es mitten im Juli schneien. Stumm stand sie mit etwa zehn anderen Leuten in einem Sechzehn-Quadratmeter-Zimmer an einer vierspurigen Straße und war fasziniert, was man alles auf so kleinem Raum unterbringen konnte. Schreibtisch und Schrank, Bett und Tisch, ein Waschbecken und ein Resopalschrank mit Zweiplattenkocher darauf. Die Möbel hatten gerade so Platz, man hätte nur nicht gewusst, wo der Bewohner des Zimmers sich hätte aufhalten sollen.

»Das läuft aber direkt über die Hausverwaltung?«, erkundigte sich einer.

Der Hausmeister schüttelte den Kopf und machte gleichzeitig eine verneinende Geste mit dem Zeigefinger. »Nein, nein, das macht ein Makler, ich sortier nur vor. Die Selbstauskunft füllen Sie dann direkt dort aus. Zwei Monatsmieten plus Mehrwertsteuer.«

Uli war verblüfft. Ein Makler, der nicht einmal selbst zu einem Besichtigungstermin auftauchte, erschien ihr wie ein Kellner, der mit dem Daumen auf den Zapfhahn zeigte, wenn ein Gast ein Bier bestellte. Das fand sie so komisch, dass sie nach dem Besichtigungstermin ein Fünf-Mark-Stück aus dem Geldbeutel kramte und in die Telefonzelle an der Straßenecke ging, um ihre Mutter anzurufen.

»Rikchen!«, schrie die Mutter in den Hörer. »Ist was passiert?«

»Nein, wieso?«, fragte Uli. »Ich wollte nur was erzählen.«

»Aber da führt man doch am helllichten Tag kein Ferngespräch«, gab die Mutter empört zurück.

Am liebsten hätte Uli gleich wieder aufgelegt, aber dann wären die fünf Mark futsch gewesen. Außerdem tat es gut, eine vertraute Stimme zu hören, selbst wenn sie einem Vorwürfe machte. Erst jetzt fiel ihr auf, dass sie den ganzen Tag noch mit fast niemandem geredet hatte. Nur mit dem Hausmeister bei der Wohnungsbesichtigung und mit einer Verkäuferin bei Vinzenz Murr, die nicht wusste, was ein Fleischkäsebrötchen war. Erst fünf Minuten und mehrere Fragen später hatte sie den Laden mit einer Leberkässemmel verlassen.

Es war die Cousinenfreundin mit den Wattebäuschchen und dem Chanel-Nagellack, die ihr schließlich den ersten brauchbaren Tipp für die Zimmersuche gab. »Du musst donnerstagabends zum Ostbahnhof fahren, da werden um sieben die druckfrischen Freitagszeitungen mit den Wohnungsanzeigen angeliefert«, sagte sie.

»Ostbahnhof«, sagte die ältere Cousine, »wenn du in der Gegend bist, dann musst du unbedingt ins Julep's gehen, die haben tolle Nachos und super Caipirinha.«

Uli fragte lieber nicht, was Nachos waren.

Wenn die Sache mit der Zeitungslieferung am Donnerstagabend ein Geheimtipp war, dann war es jedenfalls ein Geheimnis, in das viele eingeweiht waren. Ein Grüppchen von Leuten drängte sich auf dem Bürgersteig, manche rauchend, andere einhändig lesend. Männer mit weißen Hemden, Schweißflecken unter den Achseln, Frauen in kurzen Röcken mit Blumenmuster. Wenn einer schaute, schaute der andere weg. Nur zwei Männer in der Ecke unterhielten sich, halblaut, so als wären sie auf einer Beerdigung.

»Das hat man doch g'wusst, dass der schwul war.«

»Also, wenn ich die Brauerei wär, ich hätt mich auf nichts eingelassen mit so einem.«

»Geh her, das konnte doch keiner ahnen, dass er deshalb gleich mit solchen Leuten verkehrt. Bloß, weil er vom anderen Ufer war.«

»War ja mehr als das. Hat's ja auch noch gemocht, wenn ihm der Arsch versohlt wurde. Mindestens. Und dann noch dafür bezahlen.«

»Des is a ganz a andere Welt.«

Um kurz vor sieben hielt tatsächlich ein Kleintransporter vor dem wartenden Menschengrüppchen. Zwei Männer in roten Kitteln mit weißen Buchstaben auf dem Rücken sprangen heraus, einer mit einem Stapel der Abendzeitung, einer mit der Süddeutschen. Der Zweite hielt seinen Stapel hoch in die Luft wie ein Kellner ein Tablett mit Espressotassen, damit die Wartenden ihm die Zeitungen nicht aus der Hand rissen. Der Erste ließ sich von seinem schweren Paket wie in Zeitlupe zu Boden ziehen, federte kurz nach und löste dann mit der Hand das schwarze Kunststoffband.

»Hammer-Mord – Privatsekretär packt aus!« stand in fetten schwarzen Lettern über dem Bruch der Abendzeitung. Vor ein paar Tagen erst war der Schauspieler aus der Weißbierwerbung getötet worden. Schon heute hatte Uli auf dem S-Bahnhof kein einziges Plakat mit seinem Gesicht mehr gesehen.

Weil sie das Geld für die Zeitung abgezählt in der Hand hielt, war sie trotz des Gedränges als eine der Ersten zurück im Bahnhofsgebäude, auf dem Weg ins Untergeschoss, wo die Telefonsäulen waren. Schon auf der Rolltreppe nach unten versuchte sie, die Seiten der Zeitung so elegant umzuschlagen, wie sie es bei manchen Leuten in der S-Bahn gesehen hatte.

Doch der Versuch auf der Rolltreppe scheiterte, denn schon beim Aufschlagen sausten ihr bunte Prospekte entgegen, und als sie sie schnell wieder einsammeln wollte, lösten sich die Bogen der Zeitung voneinander. Auf den hinteren Stufen begannen Leute zu schimpfen, und sie hörten auch nicht auf, als sie das Papier zusammengeklaubt hatte. »Links gehen, rechts stehen, junge Dame«, raunzte eine Frau sie an.

Als Uli schließlich im blau gekachelten Untergeschoss ankam, stellte sie fest, dass alle vier Telefone besetzt waren. Erst ärgerte sie sich, doch dann wunderte sie sich. Zwar standen dort überall Leute, die Hand am Hörer, als könnten sie jederzeit abheben. Aber nur ein Mädchen telefonierte tatsächlich. Immer wieder fuhr sie sich mit der Hand durch die dicken Locken, und dabei blinkte der Silberreif um ihren Oberarm auf, eine kleine Schlange mit Kopf und rot funkelnden Steinchen als Augen.

»Ja«, hörte Uli sie sagen, »ich weiß schon, ich sollte Schluss machen, aber ich bring es einfach nicht übers Herz.«

Der Person am anderen Ende schien eine ganze Menge dazu einzufallen, denn das Mädchen schwieg lange, nickte und drehte immer wieder ihren rechten Fuß hin und her, dass Uli das Knacken des Gelenks bis zu sich herüber hören konnte.

»Mei«, sagte sie schließlich und dann: »Hast recht, das wird mich auf andere Gedanken bringen. Bist ein Schatz, Jo.«

Die rote Digitalanzeige an ihrem Telefon begann zu blinken, und Uli hoffte, dass sie kein Kleingeld mehr dabeihatte. Das Mädchen klemmte sich den Hörer zwischen Schulter und Ohr und kramte in ihrem winzigen Kunstfellrucksack. Zuerst sah es aus, als hätte Uli Glück. Aber schließlich förderte das Mädchen zwei Zehnpfennigstücke zutage und ließ sie in den Schacht fallen, wo sie sich laut klackernd ihren Weg ins Innere des Apparates bahnten.

Jetzt kamen nacheinander zwei Männer und eine Frau angelaufen, die sich mit Uli um den Zeitungsverkäufer gedrängt hatten, stellten sich neben die Wartenden an den Telefonhörern und begannen in den riesigen Seiten zu blättern. Uli verstand. Echte Wohnungssuchprofis schickten ihre Freunde vor, um Telefone zu besetzen, damit es schnell ging mit dem Anruf beim neuen Vermieter.

Für einen kurzen Augenblick vermisste sie Martin. Drei Mal hatte er sie gefragt, ob er mitkommen sollte nach München, um ihr bei der Zimmersuche zu helfen. Drei Mal hatte sie Nein gesagt. Und nun stand sie da, allein und ohne Platzhalter.

»Hey! Du da!«

Sie blickte auf. Das Mädchen mit dem Schlangenreif kramte

schon wieder in ihrem Rucksack und winkte Uli mit der anderen Hand heran.

»Ist mir ein bisschen unangenehm, aber hast du zufällig zwanzig Pfennig übrig? Kriegst sie auch zurück!«

»Ehrlich gesagt, eigentlich wollte ich …«

»Bitte!«, das Mädchen legte ihre Stirn in dramatische Falten, »ich muss wirklich ganz dringend jemanden anrufen, wenn ich das jetzt nicht mache, mach ich's nie!«

Dann lauschte sie wieder in den Hörer und lächelte. »Ach, Jo«, sagte sie, »wenn ich dich nicht hätte!«

Im gleichen Moment hörte Uli erneut das Klacken der Münzen im Apparat, dann ein gedämpftes Besetztzeichen. Die Verbindung war unterbrochen.

»Ich muss ganz dringend jemandem etwas sagen«, flehte das Mädchen. Dabei wickelte sie sich die Telefonschnur um den Zeigefinger, bis die Spitze weiß anlief.

Uli sah sich um. Alle anderen telefonierten noch. Keiner von ihnen sah aus, als würde er so bald damit aufhören. »Zwei Monatsmieten«, hörte sie, »ja, in ungekündigter Stellung.«

»Und wenn wir uns abwechseln?«, schlug sie vor. »Erst mache ich einen Anruf, dann bekommst du deine zwanzig Pfennig. Ich suche nämlich dringend ein Zimmer. Oder eine Wohnung.«

Das Mädchen sah Uli überrascht an, so als käme ihr plötzlich eine Idee. »Mensch«, sagte sie, »dann hätte ich da vielleicht was für dich! In zwei Wochen fängt mein Auslandssemester an, und ich hab noch keine Nachmieterin für mein WG-Zimmer.«

»Wo ist das denn?«, fragte Uli, aber das Mädchen streckte schon die Hand aus.

»Bitte«, sagte sie, »ich muss jetzt ganz dringend telefonieren.«

Überrumpelt gab Uli ihr zwei Zehnerle und sah ihr beim Wählen zu. Das Mädchen räusperte sich mehrmals, dann drang undeutlich eine Stimme aus dem Hörer. »So«, sagte sie nach einer Weile, »und jetzt hör mir mal gut zu. Das ist nämlich das letzte Mal, dass ich deinen Anrufbeantworterspruch mit der Helmut-Kohl-Stimme ertragen muss. Und das war auch das letzte Mal, dass wir gefickt haben. Und du weißt auch genau, warum.«

Dann hängte sie geräuschvoll auf und strahlte Uli an. »War ich gut?«, fragte sie. Uli nickte stumm. Sie war fasziniert. Wie beiläufig das Mädchen dieses Wort ausgesprochen hatte, ohne dabei vulgär zu klingen!

Das Mädchen atmete einmal tief durch, schüttelte sich dann wie ein nasser Hund im Regen und trat beiseite, um eine weitere Frau mit aufgeschlagener Zeitung ans Telefon zu lassen. Bereits eine ganze Weile hatte sie neben ihnen gestanden und hektisch Kringel und Ausrufezeichen auf dem dünnen Papier platziert.

»Das Zimmer hat fünfzehn Quadratmeter, unsere WG ist in Sendling, und auf dem Balkon ist genügend Platz für zwei Leute und eine Flasche Wein«, zählte sie auf. »Übrigens, ich bin Tina.«

»Mar- oder Be-?«

Tina lachte. »Du wirst es nicht glauben: Augus-. Augustina. Keine Ahnung, was meine Eltern da geritten hat. Vielleicht hat es was mit der Bauerei zu tun.«

Schade, dachte sie. Innerhalb von fünf Minuten hatte sie eine Frau kennengelernt, die ihre beste Freundin hätte werden können, wenn sie nicht schon auf gepackten Koffern gesessen hätte. Aber dafür hatte sich ihr Wohnungsproblem gelöst. Das war mehr, als man für zwanzig Pfennig erwarten konnte. Sendling war zwar bisher nicht auf ihrer Wunschliste aufgetaucht, aber vielleicht war das Viertel ja so was wie ein Geheimtipp.

»Was für ein München ist das denn?«, fragte sie, und Tina sah sie fragend an.

»Vierzig, achtzig, neunzehn?«, half sie nach.

Tina überlegte. »Siebzig, glaub ich«, sagte sie dann. »Weißt du was, ich lad dich einfach für morgen Abend zu unserer Party ein.«

Uli war verwundert über das Wort. Sie und ihre Freunde hatten Fete gesagt. Nur die Eltern sprachen von Party, wenn sie vom Feiern redeten. Ein Begriff, der sie an getäfelte Hobbykeller mit Postern von Pin-up-Girls und Salzstangen in Porzellangefäßen denken ließ. München musste man lernen, genau wie man eine neue Sprache lernte.

»Soll ich was mitbringen?«, fragte sie.

»Jo hat Essen vom mexikanischen Bringdienst bestellt«, erzählte Tina, »es gibt Nachos und so. Aber Wein wäre nicht schlecht.«

Immerhin wusste Uli jetzt, dass Nachos ein mexikanisches Essen waren. Damit war sie schon einen Schritt weiter. Sie beschloss, eine Flasche aus der Kiste zu opfern, die der Vater ihr mitgegeben hatte. Als Erinnerung an die Heimat, zu besonderen Gelegenheiten. Sie würde ihr neues Zimmer kennenlernen. Und außerdem diesen geheimnisvollen Jo. Eine Frau und ein Mann, die zusammenlebten, ohne ein Paar zu sein – das war cool. Davon musste sie unbedingt Elli erzählen, mit der sie im City-Kino in Mannheim im vergangenen Frühjahr ungefähr sieben Mal »Harry und Sally« angeschaut hatte.

Sie stellte sich Jo groß vor, mit einer markanten Nase und einem glänzenden Pferdeschwanz. Und sie würde seine neue Mitbewohnerin werden.

Mindestens.

Später, in der S-Bahn, schlug sie die Cosmopolitan auf. Sie versuchte zu lesen, aber es gelang ihr nicht. Ältere Frauen mit jüngeren Liebhabern, asiatische Sextricks. Geistesabwesend blätterte sie durch Modestrecken. Dieser Herbst, so sah es aus, würde romantisch werden, mit langen Röcken im Folklorestil, Blumenstoffen, ein Herbst in Senfgelb, Lindgrün und Lila. Lange blieb sie an einem Foto hängen, auf dem sich ein Model in langem Rock und Lederjacke auf einem weißen Swingerstuhl rekelte, im Hintergrund undeutlich etwas, das aussah wie ein verlassener Rummelplatz. Die Frau gefiel ihr, in ihrem Aufzug, der gleichzeitig kämpferisch aussah und romantisch, verletzlich und tough.

Uli blickte kurz auf und sah ihr Spiegelbild in der Fensterscheibe, die blonde Dauerwelle, asymmetrisch geschnitten, und sie wusste, was an diesem Bild nicht stimmte. Gleich morgen, vor der Party, würde sie zum Friseur gehen und sich auch diesen Haarschnitt machen lassen: kurz und knabenhaft, mit Pony wie eine Frau aus einem französischen Film. So sollte München sie kennenlernen. Und Jo. Sie dachte an Hände, die sich beim Küssen unter Haare schoben, und sie überlegte, wie es sich anfühlen würde, mit einem Mann zu knutschen, der längere Haare hätte als sie selbst.

Sie sah sich in einem langen Rock über den Odeonsplatz laufen, die gelbe Fassade der Theatinerkirche von der tief stehenden Sonne angestrahlt, und sie lächelte ihrem Spiegelbild zu.

Draußen flogen Zwiebeltürme und sattes Grün vorbei, Maibäume und Neubausiedlungen. Über der S-Bahn-Tür hing das Werbeplakat eines Sonnenstudiobetreibers. Eine tiefbraune Blondine grinste triumphierend einen Zulu mit Nasenring und Baströckchen an, der neben ihr ziemlich blass wirkte. Sendling, also. Sie war angekommen.

Die Implerstraße war keine der Vorzeigestraßen, die es in München-Spielfilme zur besten Sendezeit schafften. Eitergelbe Nachkriegshäuser, Drogeriemärkte, Boutiquen mit Blusen in Übergrößen. Eine Tankstelle, ein Getränkemarkt, in dem ein verstaubtes Plüschtier mit langer Nase und Hasenzähnen zwischen zwei bayerischen Bierseideln saß. Immerhin war die Nummer 65 ein hübscher Altbau, weiß mit rosafarbenen Fenstereinfassungen. Im zweiten Stock brannte Licht, und durch ein gekipptes Fenster drang Musik. Schemenhaft konnte man Leute hin und her laufen sehen, eine Party-Pantomime. Schon bald würde sie Teil dieser Gesellschaft sein. Wenn Netti sie so sehen könnte!

Ein kleiner Schauer ging über ihren Hinterkopf, dort, wo die halblangen Locken harten Stoppeln gewichen waren. Sie leckte zwei Fingerkuppen an, um ihre neuen Koteletten über den Wangenknochen glatt zu streichen. Dann drückte sie den Klingelknopf.

Der Boden im Treppenhaus war ebenfalls weiß und rosa gefliest, die Holztreppen ausgetreten. Man sah dem Haus an, wie viele Menschen hier schon gelebt hatten in beinahe hundert Jahren, ein Haus wie ein Lieblingskleidungsstück, das schon ein bisschen verschossen war, von dem man sich aber nicht trennen konnte. Sie wusste sofort, dass sie es mögen würde.

In einer geöffneten Wohnungstür im zweiten Stock lehnte Schneewittchen. Jedenfalls sah die Frau genau so aus, wie Uli sich Schneewittchen als Kind immer vorgestellt hatte: groß, blass, mit giraffenhaft langen Gliedern, einer prominenten Nase und dunklem Haar. Alles in ihrem Gesicht ein bisschen zu groß, um für sich genommen wirklich hübsch zu sein, aber als Gesamtbild so, dass der Blick unwillkürlich angesaugt wurde. Schneewittchen rauchte. Über ihrem kurzen, schwarzen Kleid trug sie einen Mantel aus einem so durchsichtigen Stoff, dass man ihn fast nicht sah, außer wenn sie ihre Hand mit der Zigarette bewegte. In ihrer rechten Augenbraue trug sie einen winzigen Silberring.

»Na?«, fragte Schneewittchen mit unbewegtem Gesichtsausdruck. »Willst du etwa auch zu Frank?«

»Zu Frank? Ich dachte, das hier ist die Party von Jo und Tina.«

»Stimmt auch«, sagte die Frau, trat zur Seite und blies Uli den Rauch ins Gesicht. »Komm rein.«

Der Rauch duftete süßlich, nach verwesenden Blumen und irgendeinem Gewürz, das man im Weihnachtsgebäck verwendete.

»Wer ist denn Frank?«, fragte Uli vorsichtig.

»Ich kenne überhaupt keinen Frank. Aber heute haben schon zwei nach ihm gefragt.« Die Frau rauchte und zwirbelte an ihrem Augenbrauenring.

Uli wartete, aber die andere sah nicht so aus, als würde sie das Rätsel lösen wollen. Also streckte sie ihr die Hand hin. »Ich bin jedenfalls Ulrike«, sagte sie, »die meisten sagen Uli zu mir.«

»Auch ein guter Name«, sagte die Frau. »Fast so gut wie Frank. Ich bin Jo.«

Uli war so verdutzt, dass sie ihren Blick endlich von dem Augenbrauenring lösen konnte.

»Du bist Jo? Ich hatte mir dich irgendwie ... anders vorgestellt«, stammelte sie.

»Uli«, sagte Jo sinnierend, »ach ja, jetzt weiß ich auch. Du bist diejenige, die das Zimmer will.«

»Ja. Deine neue Mitbewohnerin.«

»So sieht's wohl aus.«

Jo und griff nach der Weinflasche. Sie blickte auf das Etikett, ein Aquarell einer Weinrebe mit buntem Laub. »Was Deutsches«, sagte sie, »na ja, wer's mag.«

Dann schob sie Uli in einen hell erleuchteten Flur. Neben der

Tür befand sich ein seltsames Möbelstück, ein Dreisitzer mit einer s-förmigen Rückenlehne. Die beiden äußeren Sitzflächen zeigten nach links, die innere nach rechts. Weiter vorne stand ein antikes Nähmaschinentischchen mit einem roten Tastentelefon, daneben ein Notizblock. Sonst war der Flur leer. Eine Schrecksekunde lang dachte Uli, dass sie doch zu früh gekommen war, dass noch keiner da war und die Gestalten, die sie von draußen gesehen hatte, zu einem anderen Fest gehörten. Einem aufregenden, geheimen Fest, bei dem sie niemals auf der Gästeliste stehen würde. Dann hörte sie Musik, und in den stampfenden Discosound mischten sich Stimmen.

»Sind alle in der Küche«, sagte Jo.

Uli versuchte, sich mit hineinzuquetschen, was gar nicht so einfach war. Bis auf einen Gasherd mit eingebrannten Kaffeeflecken war kaum etwas von dem Raum zu erkennen, denn mindestens dreißig Leute standen sich dort gegenseitig auf den Füßen, tranken Bier aus braunen Halbliterflaschen und rauchten. Dabei aschten sie in winzige Kronkorken, die überall verteilt lagen, auf den Stühlen, neben der Spüle und auf dem Küchenregal, das aus losen Brettern und Ziegelsteinen zusammengebaut war. Undeutlich war eine große Platte auf dem Küchentisch zu erkennen, darauf etwas, das aussah wie Kartoffelchips mit einer kalt gewordenen, fettig glänzenden Käsekruste.

Dann entdeckte sie Tina. Sie stand draußen auf dem Balkon, fast verdeckt von einem Vorhang aus Plastiktulpen, und unterhielt sich mit einem Jungen in einem weißen T-Shirt, der so groß war, dass sie dabei ständig den Kopf in den Nacken legen musste. Uli winkte Tina zu, aber sie war ganz in eine Diskussion vertieft. Mühsam drängelte Uli sich durch die Menge, bis sie fast an der Balkontür angelangt war.

»Aber es ist erwiesen!«, sagte Tina gerade. »Saddam Husseins Soldaten haben in einer Geburtsklinik Babys aus Brutkästen gerissen, die sind alle gestorben! Das ist doch pervers.«

»Klar ist das pervers«, sagte der Junge, »deswegen haben die Amerikaner das ja auch lanciert. Die haben sich wahrscheinlich überlegt, wie sie ihr Eingreifen in Kuwait am besten legitimieren können. Das gibt Krieg da unten, einen Krieg um Rohstoffe. Aber dafür brauchen sie eine moralische Begründung.«

»Schmarrn«, entgegnete Tina entschieden und schüttelte den Kopf, dass ihre schweren Locken flogen.

»Steht dir gut, wenn du so was sagst. So was Bayerisches«, entgegnete der Junge. Es sah aus, als würde er spöttisch blicken, aber es war wohl eher die Form seiner Augenbrauen, hoch und gewölbt, die ihm diesen leicht überlegenen Gesichtsausdruck verliehen.

Weil Tina sie weiterhin nicht beachtete, sah Uli sich den Jungen genauer an. Seine Haare hatte er im Nacken zusammengebunden, sein weiches Kindergesicht stand in einem seltsamen Kontrast zu seinem breiten Brustkorb und seiner Körpergröße. Diesen hier konnte sie sich nicht mit einem pastellfarbenen Pullover um den Hals auf einem Bootssteg vorstellen.

Später, viel später musste sie manchmal daran denken, wie sie Sascha zum ersten Mal gesehen hatte. Und an dieses irreführende Gefühl, das sie bei seinem Anblick gehabt hatte. Nach all den Abenden in den überteuerten Seelokalen kam Sascha ihr vor wie ein Mensch aus einer bekannten Welt. Ein alter Freund in einem Raum voller Fremder.

Schließlich wandte Tina den Kopf, bemerkte Uli und hob grüßend die Hand. »Neue Haare?«, fragte sie. »Komm, ich zeig dir gleich mal das Zimmer.«

Sie legte dem Jungen im weißen T-Shirt zwei Finger auf den Oberarm. Die Härchen darauf glänzten im Lichtschein, der aus der Küche drang. »Lauf nicht weg«, sagte sie, »das müssen wir noch ausdiskutieren.«

»Ist das dein Freund?«, fragte Uli, als Tina sich mithilfe ihrer Bierflasche am ausgestreckten Arm einen Weg durch die Menge Richtung Gang bahnte.

»Was für ein Freund denn?«, fragte sie, und im gleichen Augenblick fiel Uli wieder ein, was Tina am Telefon gesagt hatte, am Ostbahnhof. »Ach ja«, stammelte sie, »ist mir jetzt total unangenehm, also ...«, und Tina unterbrach sie: »Nee, der Große ist Sascha.«

Dann überquerte sie den Gang und riss die Tür des Zimmers auf, das direkt der Küche gegenüberlag. Parkettboden, ein hübsches Fensterkreuz, ein großer, prall gefüllter Campingrucksack und ein Schreibtisch, auf dem sich große Stapel türmten. Uli stellte sich vor, wie sie ihren Ficus in die eine Ecke stellen würde und den Futon in die andere legen. Kein überflüssiger Schnickschnack. Keine Poster wie in ihrem Jugendzimmer, keine Erinnerungen an Busreisen zur Costa Brava. Vielleicht noch eine Flasche Wein auf der Fensterbank, für alle Fälle.

»Ist gut«, sagte sie, »ich nehm's.«

Tina nickte. »Dann sag ich Jo Bescheid. Vierhundertfünfzig im Monat, Telefoneinheiten gehen extra, und im Kühlschrank hat jeder ein eigenes Fach.«

In dem Moment kam Sascha aus der Küche, Jo im Schlepptau.

»Bier ist alle«, sagte Jo im Vorbeigehen zu Tina, »ich schick ihn schnell mal los zur Tanke.«

»Was, jetzt schon?«, sagte Tina und blickte auf die Uhr. Es war kurz nach halb zehn.

»Beeil dich«, sagte Jo zu Sascha, »wenn die Getränke aus sind, sind in zehn Minuten alle Leute weg.«

Sascha nickte und ließ die Wohnungstür hinter sich zufallen.

»Der tut auch alles für dich«, grinste Tina, und Jo sagte: »Ja, den muss ich mir warmhalten.«

Uli machte noch einen Versuch. »Also ist Sascha Jos Freund?«, fragte sie, und wieder schüttelte Tina den Kopf. Uli wartete, ob sie noch etwas sagen würde, aber sie fingerte nur nach einer Zigarette.

»Wer ist denn eigentlich Frank?«, erinnerte sich Uli.

»Frank?«, fragte Tina verblüfft, dann lachte sie auf. »Ach ja, der gute Frank. Ganz alter Partytrick, wenn man nirgends eingeladen ist und beim Vorbeigehen zufällig sieht, dass irgendwo gefeiert wird. Wenn es schon richtig voll ist und die Leute nicht mehr ganz nüchtern, einfach reingehen und sagen, dass man zu Frank gehört. Oder zu Thomas. Oder zu Stefan. Irgendeinen davon gibt es immer.«

Bald stand eine frische Kiste Bier auf dem Balkon, und noch eine Stunde später war die Küche so voll, dass das Fest sich notgedrungen auf die anderen Zimmer verteilte. Auf dem Kühlschrank langweilte sich eine Flasche »Le Filou rouge«, auf der noch ein Preisetikett mit der Aufschrift 2,99 klebte. Uli beschloss, ein Helles zu probieren. Früher oder später musste sie sich ohnehin an den bitteren Geschmack gewöhnen, wenn sie nicht nur noch Apfelschorle trinken wollte. Wein konnte sie sich hier nicht leisten, das hatte sie schon bei den Ausflügen in die Seelokale gemerkt. Sie dachte an zu Hause, an die grün geriffelten Stiele der Gläser, den Geschmack von Weißherbst, und dann dachte sie, dass sie unbedingt ihrem Vater davon erzählen musste. Dass sie Heimweh bekam, wenn sie an Wein dachte, würde ihm gefallen.

Es hatte immer geheißen, dass man mit Münchnern schwer ins Gespräch kommt. In dieser Runde war das nicht so, was vielleicht auch daran lag, dass kaum Münchner unter den Gästen waren. Eine Germanistikstudentin schimpfte auf die Seidentuch-Fraktion in den Einführungsseminaren, auf Frauen, die angeblich nur an der Uni waren, um sich einen Mann zu angeln. Ein Maschinenbaustudent erzählte von den billigen Getränken in der Disco im Studentenwohnheim des olympischen Dorfes. Zwei angehende Betriebswirte sprachen übers Tandem-Fallschirmspringen.

Irgendwann saß Uli auf der Matratze in dem Zimmer, das ihres werden sollte, und lauschte Gesprächen, die mit jedem weiteren Bier persönlicher wurden.

»Wenn eine mir gleich am ersten Abend einen bläst, dann wird das nicht meine Freundin«, sagte gerade einer der BWLer, und die Germanistin erzählte von einer Wette, bei der es darum gegangen war, eine Frau zu küssen. Neben ihr saß ein Mädchen, das betrunken an die Decke schielte und mit dem Daumen das Schildchen von ihrer Flasche pulte. In der Ecke faltete Sascha seine langen Beine.

»Und du?«, fragte die Germanistin unvermittelt und grinste Uli an. »Was magst du im Bett?«

Uli blickte konzentriert auf ihre Schuhspitzen. Etwas in ihrem Inneren fror ein. Zuletzt hatte sie sich im mündlichen Abi so gefühlt, als der Prüfer ihr kurz vor Schluss noch eine Fangfrage gestellt hatte. Sie durfte auf keinen Fall etwas Falsches sagen. Schließlich fiel ihr ein rettender Satz ein. Hatte sie den nicht erst vorhin in der S-Bahn gelesen, beim Blättern in einer Frauenzeitschrift?

»Das Wichtigste ist doch, wenn ein Mann Fantasie hat«, sagte sie und wippte mit den Zehen.

Die Germanistin sah aus, als wollte sie noch weiterfragen, doch da kam Uli unerwartet das betrunkene Mädchen zu Hilfe.

»Der Mensch hat doch auch noch ein Schamgefühl«, lallte sie unvermittelt. Plötzlich waren alle Augen auf sie gerichtet. Sascha gluckste tonlos.

»Wie jetzt?«, fragte der BWLer.

»Ich finde, das ehrt ihn«, sagte das betrunkene Mädchen trotzig. Dabei riss sie ihre halb volle Flasche hoch, dass es darin schäumte.

»Mei«, sagte die Germanistin und seufzte.

Die Gesprächspause dehnte sich und wurde zäh. Sascha stellte ein Bein auf und stützte seine Hand aufs Knie. Gleich würde er aufstehen. Nicht, dachte Uli. Du haust hier nicht einfach ab.

»Und du?«, richtete Uli schließlich das Wort an ihn. »Was studierst du?«

»Das ist ihr jetzt aber peinlich«, kicherte der BWLer. Uli war sich nicht sicher, wen er meinte. Das betrunkene Mädchen? Sie selbst?

Wortlos nahm Sascha dem betrunkenen Mädchen die Bierflasche weg. Sie ließ es geschehen, als hätte sie schon lange darauf gewartet. Er hielt die Flasche mit Daumen und Zeigefinger am Hals. Wie von selbst begann sie zu schwingen, erst leicht, dann etwas stärker.

»Studieren, ich? Gar nichts mehr«, sagte er schließlich und sah Uli ausdruckslos an.

»Du bist schon fertig?«

Sascha lachte tonlos. »Nicht wirklich. Aber mein Studium war fertig mit mir.«

Sanft ließ er die Bierflasche hinunter, bis sie beinahe den Boden berührte.

»Politik und Geschichte«, sagte er schließlich und machte eine Pause. »In Greifswald.«

»Du bist aus dem Osten?«

Sascha nickte und blies sich eine seiner geschwungenen Haarsträhnen aus dem Mundwinkel.

»Macht ja nichts«, entgegnete sie und wusste schon im gleichen Moment, dass sie einen Fehler gemacht hatte.

»Diese Autobahnplakate, ne? Plaste und Elaste aus Schkopau?«, prustete der BWLer. »Und dann dieser Mittelstreifen ohne Leitplanke. Der Hammer!« Dann hob er seine Hand und hielt sie Sascha zum Einschlagen hin.

Sascha lachte nicht, er schlug auch nicht ein. »Na, da hab ich ja Glück gehabt«, sagte er in Ulis Richtung.

»Und was machst du jetzt so?«, versuchte sie das Gespräch zu retten.

»Programmieren«, antwortete er knapp, stellte die Flasche ab und stand auf. Er tat es mit Entschlossenheit, und Uli wusste, dass keine Frage ihn jetzt mehr zurückhalten würde. Er grüßte in Richtung der Germanistin, dann wandte er sich ab. Seine Hand in den Türrahmen gestemmt, blieb er stehen und blickte auf den Flur. Es dauerte nicht lange, und ein Mädchen mit einem schwarzen Top erschien an seiner Seite und reichte ihm ein neues Bier.

»Danke«, sagte er und machte eine abwehrende Bewegung, »lass mal lieber.«

»Das hättest du nicht sagen sollen«, sagte der Maschinenbaustudent zu Uli und legte vertraulich eine behaarte Hand auf ihren Oberschenkel. »Das ist nicht so leicht für uns.«

Uli sah ihn fragend an.

»Weißt du«, fuhr er fort, »denk zum Beispiel mal an den Plattensee. Oder Bulgarien. Goldstrand. Früher hatten wir das alles für uns. Jetzt fallen dort die Wessis ein und meinen, sie könnten sich alles kaufen mit ihrer harten Währung.«

»Oh«, stammelte Uli, »ich wusste nicht ... also, dass du auch ... so hab ich das noch nie betrachtet. Fühlt sich wahrscheinlich komisch an.«

Der Maschinenbaustudent lachte, klopfte herzhaft auf Ulis Bein und stand auf. Der BWLer folgte ihm. Im Hinausgehen wandte er sich noch einmal um und grinste Uli ins Gesicht.

»Glaub dem bloß nix«, feixte er. »Der ist nicht von drüben. Der ist aus Esslingen.«

Als sich Uli um vier Uhr ans Gehen machte, war es immer noch ziemlich voll. Auch Sascha war noch da. Immer wenn er irgendwo saß, schien sich in kürzester Zeit eine kleine Ansammlung zu bilden, vor allem die Frauen warfen ihm Blicke zu, und Uli wunderte sich. Er tat eigentlich gar nichts, und trotzdem schien er sie anzuziehen wie ein Fliegenfänger Insekten. Er ließ sich das gefallen, ließ die Frauen kommen und wieder gehen, aber die Einzige, an die er von selbst das Wort richtete, war Jo.

»Aber sag mal«, fragte Uli, als sie sich von Tina verabschiedete, »dieser Sascha will doch was von deiner Mitbewohnerin?«

Tina lachte. »Na, jedenfalls würde er gerne mit ihr ins Bett gehen. Der wohnt auf der anderen Seite des Hofes und hat Jo eine Zeit lang beobachtet, wenn sie abends in ihrem Zimmer saß, beim Lernen und so. Eines Tages hat er dann hier geklingelt, da war Jo allein zu Hause. Hatte eine Flasche Wein dabei, bisschen mit ihr geratscht, dann fragt der sie plötzlich, ob sie Lust hat, mit ihm zu schlafen. Ganz schön dreist. Irgendwie …«.

»Unverschämt?«, schlug Uli vor.

»Nein«, sagte Tina und zwirbelte an einer Lockensträhne, »nein, ich wollte was anderes sagen. Irgendwie hat das doch was, wenn Männer so direkt sind, oder? Aber Sascha sagt, da wo er herkommt, wäre das ziemlich normal. Dagegen wären wir alle ganz schön verklemmt. Wir Wessis.«

Uli wischte sich unauffällig einen Schweißtropfen aus der rechten Augenbraue und sah zu Boden. Es gab da etwas, das sie keinem dieser souveränen Großstädter jemals erzählen durfte. Ein Geheimnis, das ihres bleiben würde, bis es sich irgendwann erledigte. Sie brauchte nur jemanden, der ihr dabei half.

»Da wäre noch was«, sagte Tina und lehnte sich schwer gegen ihre geöffnete Zimmertür. »Ich krieg noch fünfunddreißig Mark fünfzig von dir.«

Verwundert sah Uli sie an. Kosteten in München sogar private Einladungen Geld?

»Das war nämlich so«, sagte Tina, »wir haben vor einem halben Jahr groß eingekauft, bei Ikea. Eine Fußmatte, Seifenschalen und die Tulpen für den Vorhang in der Küche. Dafür hätte ich gern eine Ablöse.«

»Eine Seifenschale hab ich aber selbst«, sagte Uli schnell. »Und einen Spiegelschrank fürs Bad bring ich auch mit.«

Tina sah Uli an, als hätte sie ihr gerade eröffnet, dass sie eine Sammlung von Hummel-Schäferfiguren in der Küche drapieren wollte. Dann schüttelte sie den Kopf. »Ich glaub nicht, dass Jo so was will. Wir haben doch diesen Künstlergarderobenspiegel.«

»Dann müssen wir Jo eben fragen«, sagte Uli, und Tina lachte dreckig. »Ich glaub nicht, dass die gerade in der Lage ist, über Badezimmermöbel zu reden.«

Die Tür zu Jos Zimmer war jetzt geschlossen. Sascha saß auf dem Dreier-Bänkchen neben der Tür, den Po an der Stuhlkante, die langen Beine von sich gestreckt, und drehte geistesabwesend einen Brotkanten zwischen Daumen und Zeigefinger. Über ihm hing ein gerahmtes Schwarz-Weiß-Poster, auf dem ein Mann schwungvoll eine Frau küsste, dahinter schemenhaft andere Passanten und hohe Häuser mit prunkvollen Fassaden. »Le Baiser de l'hôtel de ville« stand über dem Bild. Das Liebespaar sah aus, als hätte es für einen Moment die Zeit vergessen, vielleicht an einem bedeckten Vormittag um elf Uhr fünfzehn, und genau diese alltägliche Situation machte das Bild so romantisch. Es passte in diese Wohnung, in der auch die Menschen zu leben schienen wie in einem französischen Film, mit komplizierten Liebschaften und nächtlichen Küchentischgesprächen. Uli musste an die Bilder denken, die noch vor wenigen Jahren in ihrem Jugendzimmer gehangen hatten, Silhouetten von Paaren vor Sonnenuntergang und Palme, später dann Werbegrafiken aus dem Jugendstil, in silbrig glänzenden Wechselrahmen.

»Dreißig«, sagte sie schließlich.

»Dreißig, wieso?«

»Du hast den Kram ja schließlich auch schon benutzt.«

Tina nahm einen Schluck aus ihrer Bierflasche und versuchte,

Uli anzuschauen. Es gelang ihr nicht ganz, ihre Augäpfel verrutschten immer wieder zur Seite.

»Okay«, sagte sie schließlich, »dann dreißig.«

Als Uli kurze Zeit später die Wohnung verließ, war der Himmel draußen schon von einem tiefsamtigen Blau. Sie blickte an der Fassade hoch. Hinter der Balkontür der WG brannte noch Licht, etwas bewegte sich, vielleicht die Plastiktulpen an den Nylonfäden. Im Fenster daneben leuchtete ein roter Vorhang auf, die einzige warme Farbe in der blassen Welt des neugeborenen Tages.

Dann blickte sie auf die andere Hofseite. Dort war nur ein einziges Fenster beleuchtet, im zweiten Stock, ein freundliches Auge in der Nacht. Bei diesem Anblick musste sie an zu Hause denken, an die Frühsommermorgen vor ein paar Monaten, die Tage nach dem Abitur, als sie jede Nacht in der Blue Bar versackt und erst im Morgengrauen nach Hause gekommen waren im Wissen, dass ihnen die Welt gehörte. Auch dort hatte sie immer ein erleuchtetes Fenster willkommen geheißen, mal direkt unter der Dachgaube, mal der Schein einer angelassenen Stehlampe aus dem Wohnzimmer. Eine Welle von Heimweh stieg in ihr hoch, und plötzlich hatte sie den Impuls, das Treppenhaus gegenüber zu betreten und so lange an den Wohnungstüren zu lauschen, bis sie den fand, der ihr zu dieser Tageszeit ein Licht angemacht hatte. Dann sah sie eine Bewegung hinter dem Fenster, und es war ihr, als hätte sie eine große Gestalt in einem weißen T-Shirt gesehen. Sie starrte noch einen Moment nach oben, aber jetzt war alles wieder ruhig. Dann erlosch das Licht.

»Zipfel«, sagte die Frau vor dem Tresen kichernd. »Ja, packen's mir den Zipfel mit ein, Zipfel ist immer gut.«

Jo stand so dicht hinter der Frau, dass sie dabei zusehen konnte, wie die Wassertropfen von der Oberfläche ihres Regenhutes abperlten. Es war schwer zu schätzen, wie alt die Frau sein mochte, aber sie war definitiv zu alt für blöde Sexwitze, und dass sie die blöden Sexwitze auch noch beim Wurstkaufen bei Vinzenz Murr von sich gab, machte die Angelegenheit nicht lustiger. Im Gegenteil. Jo musterte die Gerichte auf den Warmhalteplatten hinter der Glasfront, Hax'n mit gelblicher Fettschicht, Leberkäs-Laibe wie schwabbelige Oberschenkel, und sie merkte, wie ihr wieder übel wurde, heute schon mindestens zum dritten Mal. Sie senkte den Kopf, schloss die Augen und konzentrierte sich auf ihren Atem.

Wahrscheinlich hatte das alles nichts zu bedeuten. Wahrscheinlich war sie einfach nur nervös vor dem Moment, in dem sie zurückkehren musste in das Betongebäude weiter oben in der Straße, auf dessen Dach das Wort »Münchner Abendzeitung« prangte. Ein altertümlicher Schriftzug, weiße Buchstaben auf rotem Grund.

»Rufen Sie gegen vierzehn Uhr noch einmal an, da trinkt er meistens eine Tasse Kaffee«, hatte die Haushälterin des Schriftstellers am Telefon gesagt, und Jo hatte sich bedankt und dabei gesehen, dass ihr die Redakteurin am Schreibtisch gegenüber ermutigend zunickte. Es war nicht das erste Mal, dass man ihr einen solchen Auftrag gegeben hatte. Diesmal musste es klappen.

Erst letzte Woche hatte sie mit dem Besitzer einer Herrenboutique telefoniert, um herauszubekommen, wie es in der Jagdhütte seines Busenfreundes aussah. Der Busenfreund war ein Medienunternehmer und prominenter Steuerflüchtling, und man munkelte, dass er sich derzeit in eben jenem Landhaus in der Steiermark aufhielt. Aber der Boutiquebesitzer hatte reagiert, wie man es von einem Freund erwarten konnte, und keine Details preisgegeben. Das war ehrenwert, fand Jo. Aber nicht gerade karrierefördernd für sie selbst. Und gestern, da hatte sie sowieso versagt. Als sie mitgehen wollte mit Andy, um die Eltern des minderjährigen Mordopfers von Milbertshofen zu besuchen und sie zu überreden, dass sie ihr privates Fotoalbum herausrückten. Andy, den sie den Witwenschüttler nannten, halb abfällig, halb bewundernd. Weil er einfach alles bekam, die Poesiealben ertrunkener Kinder genauso wie die Liebesbriefe eines jungen Vaters, der bei einer Massenkarambolage auf der A 8 ums Leben gekommen war.

Der Moser hatte sie nur angeschaut, wie sie da vor seinem Chefschreibtisch stand, dann hatte er nachdenklich den Kopf gewiegt und im Sitzen mit den messingbeschlagenen Spitzen seiner Cowboystiefel einen kleinen Tanz aufgeführt.

»Naa«, hatte er dann gesagt, »der Andy macht das besser allein, der ist ein Einzelkämpfer. Ich glaub, unser Fräulein Sedlacek schicken wir doch lieber raus, eine Straßenumfrage machen. ›Fühlen Sie sich in München noch sicher‹, so was in der Art.«

Und trotz alledem war der Moser heute Morgen um zwanzig nach elf im Großraumbüro im zweiten Stock aufgetaucht und hatte mit seinem privaten Adressbuch gewedelt, einem speckigen Ding aus rotem Kunstleder. Das Büchlein war Legende, aber zu Gesicht bekommen hatte sie es vorher noch nie. Dass sie es jetzt einfach so in die Hand nehmen durfte, dieses millionenschwere Teil mit den privaten Telefonnummern von Uschi Glas und Ruth Maria Kubitschek, von Rudolf Moshammer und möglicherweise sogar von Julia Roberts, Bleistiftzahlen, Kugelschreiberzahlen, war ein Ritterschlag. »Du rufst jetzt sofort den Ebel an, diesen Großdichter«, hatte er gesagt, »und fragst ihn, was er sich dabei gedacht hat. Diese Szene in seinem neuen Roman, mit der Chefredakteurin, die sich im Büro vögeln lässt. Weiß doch jeder, wer damit gemeint ist.«

»Etwa die Krankenhagen? Vom Lady-Magazin?«, hatte Jo gefragt, und der Moser hatte genüsslich genickt. »Eben die. Isolde

Gräfin Krankenhagen, wie sie leibt und lebt. Von der Sonnenbrille bis zu den albernen Strumpfhosen mit Naht. Gerade hab ich erfahren, dass sie den Ebel verklagen will. Sieh zu, dass du was rauskriegst, ich muss in die Titelkonferenz.«

Und dann hatte er sein Adressbuch einfach auf ihren Schreibtisch fallen lassen und war weitergeschlappt, neben ihm seine Hündin Lisa, die genau den gleichen schlurfenden Gang hatte wie ihr Herrchen. In der Hand trug der Moser eine brennende Zigarette, die schon so heiß gelaufen war, dass sie bei jedem Zug knisterte.

»Was wird denn die Zeile?«, hatte Jo ihm hinterhergerufen. »Machen wir wieder was mit Saddam?« Der Moser hatte sich noch einmal umgedreht, und Jo hatte gespürt, wie sie rot wurde. »Wir«, hatte sie gesagt, gerade so, als gehörte sie dazu. Als wäre der Unterschied zwischen Praktikantin und Chefreporter nicht ungefähr so himmelweit wie der zwischen Heidi's Bierbar und dem Parkcafé. Aber der Moser hatte Jo nur bedeutungsvoll angeschaut und seinem Hund den Kopf getätschelt, mit der Hand, zwischen deren Fingern noch immer die Zigarette qualmte. »Münchner Chefredakteurin: Sex auf dem Schreibtisch«, sagte er schließlich, mit einer Mischung aus Feierlichkeit und unterdrückter Schadenfreude, wie ein Kind, dem gerade ein besonders alberner Streich gelungen war. Dann hatte er sich entfernt, mit raumgreifenden Schritten, das Klackern seiner Absätze war noch meterweit auf dem Gang zu hören.

Wenn man es recht überlegte, dachte Jo, war ihr auch in diesem Moment schlecht geworden. Aber das zählte nicht, dafür hatte sie wirklich einen guten Grund. Nicht nur, weil sie ein Zitat für die Aufmachergeschichte besorgen sollte, sondern weil es in der Story gleich um zwei ihrer Helden ging. Erst im letzten Semester hatte sie ein Proseminar über Erhard Ebels frühe Romane belegt und war begeistert gewesen, mit welchem Geschick er persönliche und politische Geschichte der Nachkriegszeit darin verwoben hatte. Die Krankenhagen wiederum war eine Legende in Münchner Medienkreisen. Nicht nur wegen ihrer langjährigen Position als Chefredakteurin von Deutschlands auflagenstärkster Frauenzeitschrift. Sondern auch wegen ihres Privatkühlschranks im P 1. Einen solchen Privatkühlschrank hatten höchstens vier oder fünf Menschen. Bayern-Spieler, Filmstars. Promi-Touristen. Karl Lagerfeld und Claudia Schiffer.

Wenn sie jetzt alles richtig machte, dachte Jo, hatte sie möglicherweise eine Chance, dass aus dem Praktikum bei der Abendzeitung ein Volontariat wurde. Es konnte aber auch bedeuten, dass sie nie einen Fuß in die Tür bekommen würde bei dem großen Zeitschriftenverlag, in dessen Chefetage die Krankenhagen saß. Was war wichtiger?

»Grüß Gott«, hörte Jo eine genervte Stimme und blinzelte sich zurück ins Hier und Jetzt, an die Wursttheke bei Vinzenz Murr. Vor ihr auf dem Fliesen schwamm eine Lache mit grauem Schmutzwasser, vor ihr stand eine feiste Frau mit fleckiger Schürze und Häubchen und sah sie herausfordernd an.

»Wie bitte?«, fragte Jo.

»Was mögn's denn?«, fragte die Verkäuferin, jetzt schon deutlich genervt. Jo dachte an Leberkäse mit süßem Senf, an trockene Fleischpflanzerl zwischen pappigen Brötchenhälften, und sie atmete flach.

»Also, ich nehm ein Fleischpflanzerl mit mittelscharfem Senf«, meldete sich Agnes zur Hausen. Agnes war Jos Schreibtischnachbarin. Königshausexpertin. Seit Tagen beschäftigt mit dem Sportbootunfall an der Côte d'Azur. Entsetzen in Monaco. Der Fluch der Grimaldis. Wenn es nach Moser ging, waren ihre Texte immer zu brav. »Da, das ist eine geniale Weiterdrehe«, hatte er heute Morgen zu Agnes und Jo gesagt und den beiden die aktuelle Ausgabe der Bunten unter die Nase gehalten. Auch dort ein Foto des tödlich verunglückten Gatten Prinzessin Carolines auf dem Cover, daneben die Zeile: »Die Todesspiele der Reichen.« In Helvetica Bold Condensed, 24 Punkt.

Geschichten waren nie einfach nur Geschichten. Das war die Kunst des Journalismus: Aus einem Brocken widersprüchlicher Wirklichkeit etwas herauszumeißeln mit Armen, Beinen und Gesicht, eine Geschichte zu formen aus einer Pampe von Fakten.

»Und Sie, Fräulein?« Auf der Oberlippe der Verkäuferin standen Schweißperlen.

»Vielen Dank«, sagte Jo, »ich hab's mir anders überlegt.«

Als Jo sich unter missbilligendem Gemurmel aus der Schlange löste, fiel ihr Blick auf die Frau mit dem Regenhut. Sie lehnte an einem weißen Plastikstehtisch, vor sich eine Wurstpappe, und tunkte den Zipfel ihrer Bratwurst hingebungsvoll in eine weißbraune Pampe, die wohl zu gleichen Teilen aus Mayonnaise und Senf bestand. Ein paar tiefschwarz gefärbte Haarsträhnen hingen ihr ins Gesicht, und Jo stellte fest, dass sie das Verfallsdatum für Zipfelwitze definitiv überschritten hatte.

Als Jo um kurz vor zwei wieder das Büro betrat, blinkte die Dachzeile ihres Terminals aufgeregt. Der Computer gab ein elektrostatisches Knistern von sich, als sie den Cursor auf das Kürzel »LM Huber« bugsierte. Schon wieder eine Mitteilung von Wolfi aus dem Souterrain. Seitdem sie dem Autoredakteur erklärt hatte, wie man mit dem Redaktionssystem Nachrichten verschickte, bombardierte er sie ständig mit diesen Computerbriefchen.

Jo fragte sich, was er sonst die ganze Zeit machte. Außer seine Spesenquittungen in bunten Klarsichthüllen zu sortieren. Oder mit einem neuen Testwagen die Leopoldstraße auf und ab zu fahren und an der Ampel die Fensterscheiben herunterzukurbeln, damit auch ja alle sein Autotelefon sahen. Und natürlich Mitteilungen an Jo zu verschicken. »Na«, las sie, »Lust auf ein Feierabendbier?« Allmählich ging ihr Wolfis Anhänglichkeit auf die Nerven. Schließlich gab es hier in der Redaktion auch noch Menschen, die etwas zu tun hatten. Zum Beispiel mit klammen Fingern bei Erhard Ebel am Staffelsee anzurufen, um herauszufinden, ob die Krankenhagen ihn tatsächlich verklagen wollte. Ohne hinzusehen, tippte sie: »Wolfi: Sprich mich einfach in zwei Jahren noch mal an« in das Eingabefeld für interne Mitteilungen und schickte den Text ab.

In der Plexiglasabdeckung über der Tastatur ihres Telefons erhaschte sie einen Blick auf ihr eigenes Spiegelbild und nickte sich aufmunternd zu. Guter Spruch, das mit den zwei Jahren. Hatte sie von Sascha. Mit diesen Worten, hatte er erzählt, war er noch fast jede Frau losgeworden, die ihn nicht mehr interessierte. Das mochte sie an Sascha, diese charmante Härte, die man ihm auf den ersten Blick gar nicht zutraute. Babyface. Schade, dass er nicht ihr Typ war.

Sie musste wieder an Benny denken. Den Abend in der Waldwirtschaft, den VW-Transporter auf dem Parkplatz, die schmutzige Decke mit dem Veilchenmuster. Blümchensex, hatte sie gewitzelt, und er hatte sie angeschaut und war mit dem Finger über die Härchen auf ihrem Unterarm gefahren, ich kann auch anders.

Dabei hatten sie sich beide benommen, als seien sie einem dieser Werbespots des Bundesgesundheitsministeriums ensprungen. Vorbildliche Sexualpartner in den Zeiten tödlicher Geschlechtskrankheiten. Hatten sogar noch darüber gestritten, welche Marke sicherer war, und das halb nackt und mit feuchten Fingern. Bennys Kondome waren ein spanisches Fabrikat, wahrscheinlich noch von seinem letzten Surfausflug an die Costa de la Luz. Jo hatte ihre im Drogeriemarkt in der Implerstraße gekauft, und sie setzte sich schließlich durch.

Sie hatte ihn einfach niedergeschmust. Diese ein, zwei Handgriffe, die auch einen Mann verstummen ließen, der in jeder Lebenssituation politisch dachte. Dann hatte sie ihr eigenes Kunststoffbriefchen hervorgezogen und mit den Zähnen eine Ecke abgebissen, eine Geste, die ihr selbst gefiel. Cool. Animalisch. Trotzdem auf Nummer sicher.

Und dann das. Der Schreck mitten in der Nacht, viel zu viel Nässe, überall, die nicht dort hätte sein sollen, wo sie war. Darauf noch ein Bier. Als er sie nach Hause gefahren hatte, waren beide sehr still gewesen. Und angerufen hatte er auch nicht mehr. Es war eine der letzten schönen Sommernächte gewesen, mitten im September. Vier Wochen war das jetzt her.

Jo schüttelte den Kopf, schüttelte heftig, als könnte sie die Erinnerung damit loswerden, so wie Mosers Hund, wenn er aus dem Regen kam und Tropfen aus seinem schmutzig-blonden Fell sprühten. Dann konzentrierte sie sich. Die Titelstory, der preisgekrönte Schriftsteller, die geile Chefredakteurin. Ein Boulevard-Traum. Und sie konnte ihn wahr machen.

Rasch wählte sie die fünfstellige Vorwahl, danach eine dreistellige Nummer. Sie konnte sich das Dorf dazu vorstellen, so klein, dass es nicht mal eine Zwiebelturmkirche und einen Maibaum hatte. Rote Lämpchen auf dem Bedienungsfeld flammten auf und erloschen, wenn Gespräche gehalten oder an andere Kollegen im Raum weiterverbunden wurden. Es knackte leise in der Leitung, dann begann es zu tuten. Jo hielt sich mit der freien Hand an der Schreibtischkante fest und drehte sich auf ihrem Bürostuhl hin und her, in einem gleichmäßigen Rhythmus, so wie wenn man einen Kinderwagen schob, um ein Baby zu beruhigen.

Früher hatte sie oft ihren Vater im Büro besucht, und wenn sie dort auf dem Drehstuhl Karussell fahren durfte, hatte sie sich sehr erwachsen gefühlt. Heute war es genau umgekehrt: Auf dem Drehstuhl verwandelte sie sich zurück in ein Kind. Es fühlte sich an wie damals: Büro spielen. Das Telefon auf Lautsprecher stellen. Die eigenen Hände auf die Fläche des Fotokopierers legen und hinterher die ausgefransten Umrisse mit Filzstift ausmalen. Die Fotos auf dem Schreibtisch neu sortieren, rechts das von Mama, wie sie in eine Melone biss, Saft auf dem Kinn, links das von ihr selbst, mit Zahnlücke und Mickymaus-T-Shirt.

Manchmal, wenn Jo morgens das Verlagsgelände betrat, sah sie die BMWs mit den Seidenschalträgern, die auf dem Hof gegenüber parkten, sah die Armee von Stadtcaféphilosophen, die sich auf den Weg in ihre Redaktionsstuben machten, drüben, auf der anderen Seite. Vielleicht, wenn sie ihren Vater gebeten hätte, dann hätte er ihr auch ein Praktikum bei der Süddeutschen besorgen können. Bei einer Zeitung, die die Welt in langen Leitartikeln erklärte und nicht in kurzen Zeilen, mit Bildern in gedämpftem Schwarz-Weiß, in der man ein so aufdringliches Satzzeichen wie das Ausrufezeichen höchstens bei den privaten Kontaktanzeigen finden konnte. Die Süddeutsche war die einzig bedeutende überregionale Zeitung Deutschlands, so hatte sie es Pa oft sagen hören.

Aber das war nicht ihre Art. Sie würde es ihm zeigen. Auf ihre Weise zeigen. Wenn sie Glück hatte, dann würde er schon morgen den Namen seiner Tochter unter der Titelstory der Abendzeitung lesen. Und dann an sein Bürofenster treten, die Tasse Earl Grey in der Hand, verwundert, dass dort drüben eine junge Reporterin ihren Weg ging, ohne auf seine Hilfe angewiesen zu sein. Hans-Peter Gärtner, seinen Freunden und den treuen Leser seiner samstäglichen Kolumne besser bekannt unter dem Spitznamen Hortus. Dann würde er zum Hörer greifen, die Nebenstelle des Sekretariats wählen und nach ihr fragen, und sie würde ...

»Ja, bitte?«

Jo beobachtete ihre Fingerspitzen auf der Tischkante. Unter dem Druck verfärbten ihre Nägel sich oben weiß, unten dunkelrosa. Sie rief sich selbst zur Ordnung. Jetzt nicht daran denken. Nicht an Pa. Nicht an diese andere Sache. Das hier war wichtig. Sie durfte es nicht versauen.

»Frau Reindl, grüß Gott!«, hörte sie sich sagen, mit etwas zu viel Emphase und etwas zu laut. Aber immerhin hatte sie bei aller Aufregung Agnes' Tipp beherzigt, den sie ihr schon in der ersten Mittagspause an der Metzgereitheke gegeben hatte. Immer die Namen der Gesprächspartner notieren. Richtig begrüßen. In Bayern mit Grüß Gott. Außerhalb Bayerns auf keinen Fall.

»Frau Reindl«, wiederholte sie, »hier ist noch mal die Jo Sedlacek von der Abendzeitung. Wäre denn der Herr Ebel jetzt wohl zu sprechen?«

Einen Moment lang war es still in der Leitung. Wieder einmal verfluchte sie ihre Eltern, dass sie nie geheiratet hatten. 1967, damals tat man so etwas doch, wenn ein Kind kam. Aber nein. Deshalb hatte sie nicht diesen Nachnamen, der wie ein Türöffner wirkte, wenigstens bei einem wie dem Ebel. Statt Gärtner hieß sie Sedlacek. Wie eine Putzfrau aus dem Ostblock , dachte sie böse.

»Sie, des ist jetzt fei ganz schlecht«, hörte Jo die Stimme am Telefon. Dazu seufzte Frau Reindl mit Nachdruck.

»Schlecht, warum?«

Immer dranbleiben. Nachfragen. Bloß nicht abbügeln lassen.

»Ja, wissen'S«, wieder das Seufzen, »wissen'S, der Frau geht's heuer gar nicht gut. Da muss dem Herrn Ebel seine Leitung frei sein, für alle Fälle.«

»Ach, das tut mir leid«, stammelte Jo. »Was fehlt ihr denn?«

»Sie, Fräulein«, die Stimme am anderen Ende war spitz geworden, »ich glaub fei net, dass Sie das was angeht.«

»Ja, dann ...«

»Ich notier mir gern Ihre Nummer, dass er zurückrufen könnt', aber versprechen kann ich's nicht. Er hat wirklich andere Sorgen.«

Ohne viel Hoffnung hinterließ Jo die Durchwahl in der Redaktion. Noch während sie auflegte, hörte sie das Hecheln eines Hundes von der Tür, dann kratzten Lisas Pfoten über den Boden, und Mosers Absätze schlugen einen forschen Takt dazu.

»Ich hab da was«, sagte Jo und ließ den Hörer sinken, »das ist eine super Weiterdrehe.« Bloß keine Unsicherheit anmerken lassen. Flucht nach vorn.

»Weiterdrehe? Was für eine Weiterdrehe?«

»Die Sache mit dem Ebel. Also, ihn persönlich hab ich jetzt nicht ans Telefon bekommen. Aber die Haushälterin, die hat mir was erzählt. Dass nämlich seine Frau krank ist. Schwer.«

»So?«, der Moser zog eine Roth-Händle aus der Innentasche seines Jacketts und klopfte mit dem Filter auf die weiße Resopalplatte des Schreibtisches. »Und was ist daran jetzt die Geschichte?«

»Na«, Jo kam ins Rudern, »wenn so ein berühmter Schriftsteller ... ich meine, wenn seine Frau ... ist das nicht?«

Der Moser nahm seufzend auf der Tischkante Platz. Seine Jeans spannte über dem Oberschenkel und beulte sich im Schritt aus. Er beugte sich vor und tätschelte Jos Oberarm. Sein Atem roch nach Mittagsbier. »Mei, Deandl«, sagte er, »ich glaub, du musst noch viel lernen. Erstens mal, eine Weiterdrehe gibt's erst, wenn's vorher schon eine Geschichte gab. Und die gibt's hier noch nicht. Und zweitens hat sich die Story sowieso erledigt. Die Krankenhagen ist irgendwo in einer Privatklinik, wahrscheinlich lässt sie sich die Tränensäcke richten, auf jeden Fall erwischen wir sie nicht. Keine Stellungnahme, keine Story.«

»Und jetzt?«

»Jetzt nehmen wir den Streik der französischen Lkw-Fahrer. Engpässe bei Meeresfrüchten und Champagner. Zeile haben wir auch schon, ich komm gerade aus der Titelkonferenz.«

Jo sah auf ihren Bildschirm. Das Mitteilungszeichen blinkte. Vierzehn Uhr dreißig Uhr, das war früh. Spätestens um halb vier schickte die Chefredaktion auf diese Weise die Titelzeile an alle Computerbildschirme. Sie wählte die Nachricht an. »München ausgehummert«.

Von den Schreibtischen um sie herum hörte sie leises Lachen, und auf einmal hatte sie das Gefühl, dass alle im Raum sie ansahen. Das Lachen galt dem Wortspiel, aber Jo kam es so vor, als gelte es auch ihr, der übereifrigen Praktikantin. Eben noch war sie ganz nah dran gewesen an ihrem ersten Scoop, jetzt wieder zurück ins Glied geschickt, eingereiht in die Armee der Kaffeekocher und Semmelkäufer und Öffnungszeitenrecherchierer.

Schon wieder fiel ihr Benny ein, Benny, und wie er sich ereifert hatte über die Verflechtungen der internationalen Gummiwarenindustrie. Fließbänder in Billiglohnländern, Portugal oder Griechenland oder gleich in Bangladesch, wo Frauen mit Kopftüchern standen und glänzende Liebesbriefchen in Pappschachteln verpackten, verziert mit dunklen Silhouetten von Männern und Frauen, die an Sonnenuntergangsstränden Händchen hielten.

Sie hatte lachen müssen über seine Suada, während sein T-Shirt hochgerutscht war und den Blick freigab auf eine schmale Landebahn aus dunklen Härchen, die sich vom Nabel aus nach Süden verbreiterte, bis der Bund einer Boxershorts den Blick aufs Ziel versperrte. »Lachst du mich jetzt aus oder an?«, hatte er gefragt, und sie hatte gesagt: »Ich lach dich aus«, und als sie sein Gesicht sah, den irritierten Zug um den Mund, eilig hinzugefügt: »Aber ganz lieb.«

Vielleicht, dachte Jo, vielleicht wäre es besser gewesen, sie hätte diese letzten Worte nicht gesagt, vielleicht wäre ihr Satz, ich lach dich aus, schon genug gewesen, sie beide weit genug aus der Kurve zu tragen. So weit, dass der Gedanke an Finger in Körperöffnungen und dieses Gestammel am Ohr auf einmal nicht mehr verlockend gewesen wäre, sondern nur noch peinlich. So peinlich, wie Sex eben war, wenn man in nüchternem Zustand darüber nachdachte. Auf was für kindische Ideen man so kommen konnte, Gemüsefächer nach Spielzeug durchsuchen, Worte wie aus dem Pornokino am Bahnhof stöhnen, und alles nur für diesen kurzen Moment der Überflutung.

Jo hatte einen metallischen Geschmack im Mund. Der Moser betrachtete die Zigarette in seiner Hand, als sähe er sie eben zum ersten Mal, dann griff er nach seinem silbernen Benzinfeuerzeug, und Jo sprang auf, weil sie plötzlich diesen Angriff auf ihren Geruchssinn, das Benzin und den Tabak, nicht mehr aushielt. Gestern Abend hatte sie mal wieder eine der indonesischen Nelkenzigaretten angezündet, die von der letzten Party übrig geblieben waren. Aber fast genauso schnell wieder ausgedrückt. Ging gar nicht.

Die Nachmittagssonne schien durch ein Fenster im Gang und malte ein Schattenkreuz auf das Linoleum. Draußen war Oktober, der Himmel von einem Blau wie aus der Fremdenverkehrswerbung. Wiesnwetter. Ferienlicht. Nur noch zwei Stunden bis zum Andruck. Zwei Stunden, bis die nervöse Geschäftigkeit sich in Feierabendstimmung verwandelte, im sechsten Stock die ersten Biere entkorkt würden, die Fahrer der Kleintransporter mit dem Abendzeitungslogo bereits im Hof stehen würden, auf eine Zigarette und einen Schwatz mit dem Nachbarn.

Jo lehnte sich an die Wand. Direkt gegenüber von Reportagen, Aktuelles und Seite Drei drehte ein Paternoster seine Runden zwischen urin-gelben Wandkacheln. Links ging es aufwärts, rechts abwärts. Büroboten verschwanden mit Rollwagen, der nervöse Rhythmus ungeduldiger Pfennigabsätze kündigte die Chefsekretärin an, noch bevor ihr rötlicher Haarhelm aus der Versenkung auftauchte.

Schließlich schoben sich schwarz glänzende Mokassins in Jos Blickfeld, denen ein Paar Jeansbeine und die Aufschläge eines petrolfarbenen Jacketts folgten. Aber erst bei der Krawatte war Jo sich ganz sicher. Tanzende, bunte Männchen, von deren Köpfen Strahlenkränze aus dicken schwarzen Strichen abstanden, diese Art von Bindern trug im Haus nur einer. Als schließlich Wolfis Gesicht erschien, war es schon zu spät wegzulaufen, und sie blickte ihn nur stumm an, wie er aus der fahrenden Kabine trat und einen Schritt auf Jo zuging, die Unterlippe vorgeschoben.

Das sollte wohl aussehen wie wütende Entschlossenheit, erinnerte Jo aber eher an einen schmollenden Zweijährigen. Jo wunderte sich. Sie hatte damit gerechnet, dass Wolfi nach ihrer Abfuhr beleidigt sein und sie meiden würde. Und genau das hatte sie gewollt. Dass er sie zur Rede stellte, war nicht Teil ihres Plans.

»Sag mal«, er ruckte mit der rechten Hand an seinem Krawattenknoten, »was hast du dir dabei eigentlich gedacht? Willst du mich zum Gespött der ganzen Redaktion machen?«

Irgendetwas stimmte hier nicht. Sie kam nur nicht darauf, was es war. Nur dass es mit dem Lachen der Kollegen zu tun haben musste. Wolfi war jetzt so nah herangekommen, dass sie ein Sesamkorn zwischen seinen Schneidezähnen erkennen konnte. Unwillkürlich wich sie zurück.

»Was hab ich denn gemacht?«, fragte sie und merkte, dass sie nicht so abschätzig klang, wie sie gewollt hatte.

»Was du gemacht hast?«, zischte Wolfi. »Ungefähr dreihundert Mitarbeiter haben soeben zur Kenntnis genommen, dass du heute Abend kein Bier mit mir trinken wirst.«

Irgendwo in Jos Körper begann sich etwas zu drehen, eine quecksilbrige Spirale, die immer schneller rotierte. Die Zipfelwitzfrau lachte rau, Mosers Hund steckte sich eine filterlose Roth-Händle an, und hinter einer Tür lugte Isolde Krankenhagen hervor, die Augen mit den gestrafften Tränensäcken geschwollen wie in einer Reportage über häusliche Gewalt. Dann kam der Steinboden bedenklich näher, und Wolfi verhinderte nur mit einem geistesgegenwärtigen Sprung, dass Jos Mageninhalt auf seiner Spaßkrawatte landete.

Das Plätschern des Badewassers hallte in dem hohen Raum, als läge sie im Schwimmbad. Rund um Jo hatte sich der Schaum zu einer glitzernden Wolkenlandschaft verdichtet. Sonst badete sie gerne in klarem Wasser, genoss die verzögerten Bewegungen ihrer langen Glieder unter der Oberfläche. An diesem Sonntagvormittag beruhigte es sie, dass sie nichts sehen musste von ihrem Körper.

Sie blickte auf die Wanduhr, einen dreieckigen Spiegel mit schwarzen Zeigern. Den hatte sie Uli erlaubt, mitzubringen. Den, die achteckigen Teller und den großen Putzeimer. Die lila Seifenschale und der Spiegelschrank mussten draußen bleiben. Irgendwo gab es Grenzen.

Elf Uhr dreißig. Bis zwölf Uhr musste sie es geschafft haben. Bis zwölf Uhr würde sie es hinter sich bringen.

Draußen auf dem Flur telefonierte Uli. Natürlich wieder mit ihrem Vater, mit wem auch sonst. War der Vater am Apparat, wurde Ulis Stimme ganz hell und schmeichelnd, so als wollte sie durch die Membranen im Hörer hindurch in seine Arme kriechen. Tatsächlich hatte sie neulich erzählt, dass sie manchmal noch heute bei ihrem Vater auf dem Schoß saß. Und es schien ihr nicht einmal peinlich zu sein. Das fand Jo noch erstaunlicher als die Tatsache selbst.

Jo griff nach dem Lautstärkeregler des Radios, das am Wannenrand stand, und drehte auf. Heute Morgen hatte sie das Spiel um den richtigen Sender gewonnen. Wer als Erstes aufstand, Uli oder sie, wankte schlaftrunken in die Küche, um an dem fettverklebten Rädchen zu hantieren. Sie hatten dieses Spiel stillschweigend erfunden, am Tag von Ulis Einzug, und seitdem keinen Tag ausgelassen. Es gehörte zu den ungeschriebenen Gesetzen, dass die Frequenz für den Rest des Tages auch nicht mehr verstellt wurde.

Meistens gewann Uli. Die musste manchmal schon um acht Uhr morgens an der Fachhochschule sein. Ihr Sender nudelte die aktuellen Top Ten rauf und runter. Jos Sender spielte nur alte Musik, Siebzigerjahre-Pop, manchmal französische Chansons. Das beruhigte sie. Außerdem waren die alten Titel länger. Manchmal so lang, dass sie genau eine Zigarettenlänge dauerten. Wenn das gelang, wenn die letzten Akkorde ausklangen und Jo im gleichen Moment ihre Kippe in dem blauen Emailleaschenbecher ausdrückte, den sie beim Griechen hatte mitgehen lassen, dann war sie für einen Moment vollkommen glücklich.

Es nützte nichts, sie konnte Uli noch immer telefonieren hören. Solange Uli da war, verwandelte sich die Wohnung von einem Zuhause in ein Hotel, dagegen halfen auch keine billigen Blumensträuße in Weißbiergläsern, die manchmal auf dem Küchentisch standen. Und auch nicht dieses »Food for Lovers«-

Kochbuch, das sie auf dem Küchenregal platziert hatte. Jo hatte es ein einziges Mal in die Hand genommen und es schon auf Seite drei wieder weggelegt. »Vorspiel« statt »Vorspeisen«, wie abgeschmackt war das denn? Sie kicherte bei dem Gedanken, wie sie Uli eines Tages in der Küche überraschen würde, in einem grellfarbigen Rüschenbody, beim Versuch, Blinis mit Kaviar zu dekorieren. In erotischer Form.

Aber ihre gute Laune hielt nicht lang vor. Nicht, wenn sie an Uli dachte. Dieses Mädchen mit seinem nervenaufreibenden Pfälzer Singsang in der Stimme, seiner praktischen Kurzhaarfrisur und seinem Erdbeerjoghurt im Kühlschrank war nicht das, was sich Jo als Tinas Nachfolgerin vorgestellt hatte. Dieses Landei. Hatte gleich eine Woche nach ihrem Einzug einen Spieleabend vorgeschlagen, damit man sich kennenlernte. Mit Jo und ihren Freunden. Was für eine absurde Idee. Als sähe sie, Jo, aus wie eine, die spielte.

Aber so waren sie, diese Kleinstadtmenschen. Kamen nach München und taten Kleinstadtdinge, tranken Kaffee bei Tchibo, kauften Plastikdessous bei C&A. Bekamen gleich hektische Flecken im Gesicht, wenn sie mal Senta Berger beim Bildbändeblättern in einer Buchhandlung in der Maximilianstraße entdeckten, oder Uwe Ochsenknecht, der beim Edeka Ecke Valleystraße einen Liter Weihenstephaner Vollmilch holte. Gegen dieses Provinztum halfen weder Food for Lovers noch der Cosmopolitan-Männerkalender, den Uli sich an ihre Zimmertür gehängt hatte, muskulöse Körper in Schwarz-Weiß, mit harten Schatten im Gesicht und am Bauch, menschliche Gebirgslandschaften. Jede Wette, dass Uli zurückgehen würde in die Pfalz. Dort würde sie dann mit einem Mann Kinder in die Welt setzen, der eine genauso praktische Frisur hatte wie sie selbst und samstags unter seiner Freizeithose Boxershorts mit Elefanten trug.

Wahrscheinlich würde es sowieso auf diesen Martin hinauslaufen. Der rief fast jede Woche an, erklärte aber jedes Mal wortreich, wer er war. »Hier ist wieder Martin-dein-Freund-aus-Landau«, sagte Jo dann, wenn sie Uli den Hörer reichte. Sie stellte sich vor, dass Martin im ausgebauten Dachgeschoss bei seinen Eltern wohnte und einen Eckschrank in Schwarz und Lila besaß, Marke »Junges Wohnen«.

Im Stillen war sie Tina immer noch böse, dass sie ihr die Nachmieterin einfach so vor die Nase gesetzt hatte. Als hätte sie nicht gewusst, dass Jo nicht einfach eine WG haben wollte. Sondern ein Zuhause. Ein Wort, das auch Uli andauernd in den Mund nahm. Aber die verstand etwas vollkommen anderes darunter. Ulis Version von Zuhause hatte mit Kuchen zu tun, mit Frottee-Spannbettlaken in einem alten Jugendbett, mit einem Jägerzaun und dem Geräusch von Mutters Schlappen auf quietschenden Dielenböden. Wenn Jo Zuhause sagte, dann dachte sie an Nachtgespräche an einem Küchentisch mit Brandlöchern, an verklebte Töpfe und volle Aschenbecher, an eine Freundin, die einem das Telefon an die Badewanne trug, wenn es einem nicht gut ging.

Das würde Uli niemals verstehen. Und deshalb würden sie auch niemals Freundinnen werden.

Jo tippte eine der schillernden Schaumblasen mit dem Finger an. Sie gab nach, aber platzte nicht. Auf einmal sehnte sie sich nach kaltem Wasser, nach einem See. Über einer unergründlichen Tiefe die Arme und Beine ausbreiten und einfach alles wegschwimmen, den Kater und dieses andere auch. Um vier war sie erst nach Hause gekommen, hatte aber trotzdem nicht schlafen können. Lange hatte sie auf den ruhigen Innenhof geblickt, auf den Lichtschein, der aus Saschas Wohnung drang. Ausnahmsweise hatte sie Lust bekommen, ihn zu besuchen. Aber nachts um vier spontan vor der Tür zu stehen, das hätte er mit Sicherheit falsch verstanden. Und außerdem war er möglicherweise nicht allein.

Gestern Abend war die letzte Party im »Macht der Nacht«-Zelt gewesen. Noch ein Mal tanzen unter der Zirkuskuppel im Olympiapark, während Akrobaten weiter oben ihre Glieder verrenkten, nur ein Netz zwischen sich und den Feiernden. Die Partys dort waren unwirklich gewesen, eine Parallelwelt, das Zelt eine Fata Morgana, die mit dem Ende des Sommers wieder verschwinden würde. Dazu diese neue Art von Musik, die seit einiger Zeit gespielt wurde, eine endlose Aneinanderreihung von Rhythmus. Es gab keine erkennbaren Grenzen mehr zwischen den einzelnen

Liedern, und es gab DJs, die mit den Platten spielten, sie anhielten und anschoben, als könnte man die Zeit selbst beschleunigen oder dehnen.

Nur wenn Jo an der VIP-Lounge vorbeikam, wusste sie wieder, wo sie war. Universum, Erde, München. Die VIP-Lounge hatte die Form eines Tigerkäfigs, mit silbrig glänzenden Stäben, und rein kam nur, wer eine Einladung hatte. Ein Türsteher mit Bomberjacke wachte breitbeinig über den Einlass, die Hände im Schritt verschränkt. Typisch. Ansonsten hatte sie es nie schwierig gefunden, irgendwo eingelassen zu werden. Wenigstens nicht so, wie Uli erzählte, ihr Gesicht eine einzige Sonntagmorgenempörung, weil all ihre Ausgehpläne wieder gescheitert waren und sie schließlich mit ihren Studienfreunden nur noch die Wahl gehabt hatte zwischen der Studentendisco im Olympiadorf und dem Vierundzwanzig-Stunden-McDonald's.

Eigentlich kam man überall rein, war Jos Erfahrung. Sogar ins P 1. Man durfte es nur nicht zu sehr wollen. Das war das ganze Geheimnis. Deshalb landete Uli auch immer bei McDonald's statt im Nachtwerk oder im Babalu, mit ihrem komischen schwarzen Sackkleid in Sekretärinnenlänge, das nach Mottenkugeln roch.

Um zwei waren sie im Macht der Nacht aufgebrochen und noch auf einen Absacker in die Wunderbar gefahren. Einer ihrer Bekannten hatte Jo damit aufgezogen. Alle wussten, dass samstags Karim am Süßigkeitenstand bei der Garderobe arbeitete. Aber Jo ging es nicht um Karim. Ihr ging es nur um die Süßigkeiten, die sauren Zungen und Colafläschchen. Es war etwas Erregendes dabei, etwas Verbotenes, nachts mit diesen Schulkinderleckereien in einer Bar zu stehen und dabei Bier zu trinken.

Und es war auch etwas Erregendes dabei, hinter Karim auf dem Überseekoffer unter der Garderobenstange zu sitzen und sich die Frauen anzusehen, die solche Süßigkeiten kauften. Frauen mit ausgeschnittenen Tops, die ihre Brüste auf seinem Tresen drapierten wie ofenwarme Brötchen, dabei mit dem Zeigefinger an ihrer Unterlippe spielten, oh, was will ich denn? Vielleicht eine weiße Maus?

Früher, sagte Karim, war er nie allein nach Hause gegangen

nach den Abenden in der Wunderbar. Egal ob er eine Freundin hatte oder nicht. Früher war ich ein Schwein, sagte Karim. Jetzt war er schon fünfundzwanzig. Und hatte es nicht mehr nötig. Dabei wusste Jo ziemlich sicher, dass er für sie eine Ausnahme machen würde. Aber dazu war sie zu klug, obwohl Karim ihr nicht schlecht gefiel, mit seinen goldgesprenkelten Augen und seinen sehnigen Armen. Solange sie nicht mit ihm schlief, war ihr der Logenplatz auf der Seekiste sicher. Sex konnte alles verändern. Ob man wollte oder nicht.

Erst als das Telefon erneut klingelte, bemerkte Jo, dass Uli draußen aufgehört hatte zu sprechen.

»Ja, hier ist Ulrike Becker?«, hörte Jo sie sagen und schämte sich stellvertretend. Uli meldete sich am Telefon wie eine Sachbearbeiterin. Uncool. »Oh, hallo«, sagte sie dann, und Jo hörte, wie sich etwas in Ulis Stimme veränderte. Als würde sie beim Sprechen die Luft anhalten. »Ach, das ist ja ... wie? Nein, natürlich, ich geb sie dir.«

Jetzt konnte Jo hören, wie sich Schritte dem Badezimmer näherten. Etwas schabte über die Dielen, dann ein dumpfes Geräusch, wie wenn Zehen an ein Tischbein stießen, unterdrücktes Fluchen. »Blödes Kabel«, schimpfte Uli. Schließlich ging die Badezimmertür auf, und Uli hüpfte auf einem Bein hinein, das rote Tastentelefon in der Hand. »Da«, sagte sie, »der Sascha.« Jo nickte ihr zu, kurz und unfreundlich. Uli blieb noch einen Moment so stehen, dann schlug sie die Augen nieder und wandte sich ab.

Jo legte ihre Zigarette im Aschenbecher auf dem Wannenrand ab und griff nach Telefon und Hörer. Die Zigarette begann zu schwanken und fiel dann mit einem leisen Zischen in einen Schaumberg. Das Papier sog sich mit Wasser voll, Aschepartikel treiben auf den rötlich schillernden Blasen.

»Scheiße«, sagte Jo.

»Auch eine hübsche Begrüßung.«

»Ja, oder? Und so bildungsbürgerlich.«

»Und? Was geht?«

»Und bei dir?«

»Hab ›Wild at heart?‹ gesehen. Cooler Film. Aber Samstagabend ins Kino, das mach ich nie wieder. Diese ganzen Fürstenfeldbrucker und Dachauer, die erwartungsvoll mit ihrem Popcorneimer dasitzen, als müsste gleich das ganze wilde Leben über sie hereinbrechen. Bloß weil sie mal einen Fuß über die Münchner Stadtgrenze gesetzt haben.«

»Muss toll für dich sein, mit den ganzen Filmen, die du jetzt anschauen kannst. Oder?«, fragte sie.

Er stöhnte gequält. »Nicht schon wieder diese Nummer. Gehörst du auch zu den Leuten, die glauben, im Osten hätten wir nur nordkoreanische Propagandastreifen zu sehen bekommen?«

Jo dachte an das alte Familienfoto, das Sascha ihr einmal gezeigt hatte. Schwarz-weiß mit einem gezackten Rahmen, so sahen sonst nur die Jugendbilder ihrer eigenen Mutter aus. Und dann diese Klamotten, diese Kittelschürzen und unförmigen Badehosen. Das Bild hatte gewirkt, als wäre Sascha nicht nur in einem anderen Land groß geworden, sondern in einer anderen Zeit.

Dabei war es das nicht einmal wirklich, ein anderes Land. Obwohl sie bis letztes Jahr bemerkenswerte Zeitungsartikel über die DDR in ihrem Archivordner unter der Rubrik »Ostblock« einsortiert hatte. Es schien, als sprächen sie die gleiche Sprache. Aber das täuschte.

»Sei doch nicht gleich beleidigt«, sagte sie. »Ich frag ja nur. Was macht die Frau mit dem Karohemd?«

»Welches Karohemd?«

»Na, die von neulich. Im Atzinger.«

Sascha schnaubte. »Die fand ich eigentlich ganz gut. Bis zu dem Tag, an dem sie mit einer roten Jeansjacke bei mir auftauchte und mir mit dämlichem Grinsen erzählte, die hätte sie an, weil es regnet.«

»Hä?«

»Na ja, von wegen: düstere Stimmung, ein bisschen Farbe ins Leben bringen. Wie aus einem amerikanischen Glücksratgeber.«

»Und jetzt?«

»Jetzt quatscht sie mir ständig auf den Anrufbeantworter. Nachts, wenn ich nicht da bin. Und wenn sie annehmen kann, dass sie mit meinem Band allein ist.«

»Hast du denn Schluss gemacht?«

»Ich mach nie Schluss.«

»Wie das?«

»Ich warte, bis die Frauen Schluss machen. Ist viel einfacher so.«

»Oder sagst, sie sollen sich in zwei Jahren wieder melden.«

»In drei.«

Erst jetzt fiel ihr auf, dass seine Stimme etwas hallte. Ob er auch in der Wanne lag? Das war ja beinahe so, als würden sie zusammen baden.

»Was hast du an?«, fragte sie.

»Wow«, sagte er nach einer kleinen Pause, »ich hatte ja keine Ahnung, dass das diese Art von Gespräch wird.«

»Wird es auch nicht.«

»Schade.« Jetzt hörte Jo es deutlich plätschern. Also doch.

»Weißt du«, fing Sascha wieder an, »es ist schon merkwürdig mit den Frauen. Ich meine, ich mach ja gar nichts. Ich bin nur da. Aber trotzdem bekomme ich ständig Angebote.«

»Du Armer.«

»Ja. Nein. Ich weiß, das klingt nach Jammern auf hohem Niveau. Aber manchmal frage ich mich, was die eigentlich in mir sehen. Und was ich machen müsste, damit sich das ändert. Einfach nur so, interessehalber.«

»Frauen schlechter behandeln, vielleicht?«

Sascha lachte laut. »Das meinst du nicht im Ernst. Darauf steht ihr doch.«

»Ich nicht.«

»Ich weiß. Deshalb hab ich ja auch was übrig für dich.«

»Nicht ablenken. Was genau meinst du damit, was du machen müsstest?«

»Ich könnte zum Beispiel meine Haare abrasieren. Eine Vollglatze. Das würde schon ein paar abschrecken.«

»Oder du würdest noch mehr auffallen. Als Charakterkopf unter Pferdeschwanzträgern.«

»Und was wäre, wenn ich eine Narbe auf der Wange hätte? Mir die Ohren abschneiden würde? Die Nase? Die Lippen?«

»Du bist eklig.«

»Aber du verstehst mich.«

»Ja.« Jo dachte an Wolfi und Karim, an ihren Nachbarn beim Ebel-Seminar, an den Assistenten ihres Anglistik-Professors. Sascha hatte recht. Immer das gleich klebrige Spiel. Sie nickte. »Ich versteh dich.«

»Das wäre ja schon mal ein Anfang«, sagte er.

»Und nach dem Kino? Warst du da noch weg?«

»Nachtwerk.«

Das gute alte Nachtwerk. Letzten Winter waren sie häufig dort gewesen, hatten auf dem rohen Betonboden gestanden, klein in der riesigen, leeren Industriehalle, zugesehen, wie sich die Körper in eine perfekte Maschine aus zuckenden Gliedmaßen verwandelt hatten. Körper, die sich über Stunden immer ähnlicher geworden waren in ihren Bewegungen.

»Ich hab gehört, das ist jetzt so ein Drogenladen geworden«, sagte sie.

»Miep.«

»Miep?«

»Und schon wird unser Gespräch für immer auf einem Tonband verewigt werden und in einem BND-Keller verstauben. Wenigstens bekommen die Jungs endlich mal mit, wie ein gutes Sonntagmorgengespräch funktioniert.«

»Du meinst, die hören ...«

»Na klar hören die ab, weiß doch jeder. Bei manchen Stichworten springt automatisch das Band an.«

»Mädchenhandel. Heroin. Illegale Prostituierte aus dem Ostblock.«

»Miep, Miep. Miep.«

»Schönes Spiel.«

Jo hob mit spitzen Fingern ihre durchweichte Zigarette aus dem Schaum. Dann blickte sie auf die Wanduhr. »Scheiße«, sagte sie, »es ist fünf vor zwölf.«

»Wie, fünf vor zwölf? Mit der Erde? Mit der Umwelt? Mit deinem Musikgeschmack?«

»Ein bisschen von allem. Ich muss jetzt auflegen. Hab noch was vor.«

Sie ließ den Hörer sinken und spürte ihr Herz, wie es bis in ihren

Kopf hinein schlug. Nicht sehr höflich, einfach so abzubrechen. Aber wenn sie jetzt nicht tat, was sie seit Tagen hinauszögerte, dann tat sie es nie. Nicht, dass das etwas ändern würde. Auf lange Sicht.

Mit einer Schaumschicht überzogen stieg sie aus der Wanne und hinterließ eine glitzernde Spur auf dem Badvorleger. Dann trocknete sie sich flüchtig ab, griff in die geflochtene Kiste auf dem Badezimmerregal, holte das längliche Kunststoffbriefchen heraus und riss es auf. Genau das gleiche Material wie das der Kondomverpackung. Ausgerechnet.

Als sie sich auf der Kloschüssel niederließ, zitterte sie so, dass die ersten Tropfen nicht auf der Spitze des Teststreifens landeten. Plötzlich musste sie an ihrer Mutter denken, ihre Mutter an dem Tag, an dem Papa von seinem Korrespondententreffen gar nicht erst zurückgekommen, sondern gleich weitergefahren war, vom Flughafen mit dem Taxi in ein anderes Leben, auf die andere Seite der Isar. Mama hatte an der Spüle gestanden und Fetzen für Fetzen Teig aus einem frischen Brot gezupft. Das war alles gewesen. Keine Tränen. Papa hatte einfach weitergemacht, mit einem Leben, in dem es keine Jo gab, keine fahrbaren Plüschkäfer und keine Plastiklöffel für den Joghurt. Dafür Frauen, immer wieder neue, im immer gleichen Alter. Irgendwann dann Lucie, Performancekünstlerin, Papas zweite Frau. Mutter ihres Halbbruders Yannick.

Unverwandt starrte sie auf das Ding in ihrer Hand. Blaues Kreuz auf weißem Grund, als hätte sie es nicht längst geahnt.

Sie war schwanger.

Der Winter kam mit Verspätung. Vor den Glühweinständen auf dem Marienplatz kicherten angeschickerte Anzugträger, auf dem zugefrorenen Kanal an der Allee zum Schloss Nymphenburg liefen Kinder Schlittschuh. Ein Bild, wie auf einen Kakaobecher gemalt, dachte Uli. Im langen Flur der Wohnung knirschten Kieselsteinchen unter den Schritten der Besucher, schwarze Stiefeletten bekamen weiße Ränder von Salz und Schnee. Auf dem Balkon gefror das Bier in einer halb leeren Kiste, dehnte sich aus und brachte die Flaschen zum Platzen, sodass sie am nächsten Morgen aussahen wie Keulen aus Eis und Glas.

Vom Nachbarbalkon in der Implerstraße wehte ein einzelnes Bettlaken mit der Aufschrift »Kein Blut für Öl«, und Jo sagte, das würde sie gar nicht wundern, bei den Leuten, die da wohnten. Schließlich hätte sie sich von denen mal einen Hammer ausgeliehen, und der hätte genauso ausgesehen wie der Hammer auf der alten DDR-Fahne. Münchner Kommunisten. Uli hatte nicht geahnt, dass es so etwas überhaupt gab.

Außer vielleicht Sascha. Der hatte auch mal so etwas in der Art gesagt, dass er nie aufgehört hatte, an den Sozialismus zu glauben. Aber es hätte auch einfach wieder eine gut ausgedachte Geschichte sein können. War ja schon beinahe zu passend, dass Sascha ausgerechnet am Tag des Mauerfalls auf seine Abschlussprüfung in Geschichte gelernt haben wollte, und zwar so intensiv, dass er von den Aufregungen des historischen Abends erst am nächsten Tag etwas mitbekommen hatte.

Es war zum Verzweifeln. Bei Sascha wusste man nie, was ernst gemeint war. Manchmal warf er einfach irgendwelche Behauptungen in den Raum, lehnte sich zurück und sah zu, was die anderen am Tisch damit machten. Als würde er vor einem Rudel Hunde ein

Stöckchen davonschleudern und beobachten, welcher von ihnen das Ding als Erstes apportierte, hechelnd und schwanzwedelnd.

Ein unheimlicher Mensch, fand Uli. Hätte er nur nicht so gut gerochen. Hätte er nur nicht diese Art gehabt, sich eine frei schwingende Haarsträhne hinters Ohr zu klemmen. Hätte er nur nicht diese Hände gehabt, so breit, dass er mit einer davon einen Babykopf komplett hätte umfassen können. Manchmal, wenn er sich abwesend hinter dem Ohr kratzte oder eine Hand locker auf seinen Oberschenkel legte, ertappte Uli sich dabei, dass sie eifersüchtig auf seine Finger starrte. Wo die überall hindurften, mit welcher Selbstverständlichkeit sie sich auf diesem langen Körper bewegten. Ihre eigenen Finger durften das nicht. Noch nicht, korrigierte sie sich selbst.

Sie und er hatten einen schlechten Start gehabt, keine Frage. Aber kannte man das nicht aus dem Kino? Immer gerade die beiden, die sich in der ersten Szene nicht ausstehen konnten, wurden schließlich ein Paar. Filmklassiker aller Zeiten lebten von dieser Geschichte. Dann musste sie wohl auch einen wahren Kern haben.

Sascha war häufig zu Gast in der Küche mit dem Tulpenvorhang, mal mit einer Flasche Wein, mal mit McDonald's-Sparmenü-Papiertüten im Arm, und immerhin schien er Uli ihre Bemerkung über den Osten nicht mehr nachzutragen. Einmal hatte sie ein paar selige Minuten lang geglaubt, es sei sein Bein, das sich da unter dem hölzernen Trödler-Küchentisch an ihres drückte, hatte still gesessen, flach geatmet. Doch dann war Sascha aufgestanden, und der Druck hatte nicht nachgelassen. Also nicht sein Bein. Sondern das Tischbein. Sie hatte gespürt, wie ihr das Blut in den Kopf stieg, und hatte gehofft, dass es in der halbdunklen Küche keiner bemerken würde. Wahrscheinlich kam er ja doch nur wegen Jo.

Komisch, eigentlich. Sie hatte nie wirklich verstanden, was alle an Jo fanden, mit ihren ausgelatschten Turnschuhen. In ihrer Alltagskluft sah sie immer ein bisschen aus wie auf der Flucht, eine zerzauste, atemlose Prinzessin. Vielleicht weckte das ja den Jagdinstinkt der Männer.

Am schönsten war es, wenn Sascha sich auf der anderen Seite des Hofes in seiner Wohnung bewegte. Wenn Uli ihm heimlich zusah, wie er seinen Kopf zu einer unhörbaren Musik bewegte. Wie er am Telefon gestikulierte. Wie er sich schließlich bückte, um sich seine Schuhe zuzubinden und das Haus zu verlassen. Die beste Zeit, ihn so zu sehen, waren die Samstagabendstunden, zwischen neun und elf, wenn Jo schon irgendwo unterwegs war, zum Vorglühen in irgendeiner Bar in Haidhausen. Dann betrat Uli Jos Zimmer, drückte vorsichtig die Klinke, voll Vorfreude und Schuldbewusstsein, so wie ein Kind, das ins Büro seines Vaters schleicht, wenn die Eltern Mittagsschlaf halten. Dort saß sie dann im Dunkeln, genoss ihre Privatvorstellung, inhalierte dabei diesen Duft ein, diese Mischung aus kaltem Rauch, frisch aufgelegtem Parfüm. Ein Hauch Kaffee war dabei, seitdem Jo darauf bestand, dass jeder sein eigenes Paket kaufte. Weil Ulis Sonderangebot aus dem Discounter angeblich wie Spülwasser schmeckte.

Und dann war da noch dieses Aroma, das manchmal vom Laken des Futons aufstieg. Mal seifig, mal stechend. Die Liebe roch aufregend. Gut roch sie nicht. Uli kam es so vor, als wäre dieser Geruch seltener geworden seit letztem Herbst, als sie angefangen hatte, Sascha zu beobachten. Aber sie hätte es nicht mit Sicherheit sagen können. In der Wohnung war es dunkel und still, bis auf das tiefe Singen, das immer wieder aus den alten Wasserrohren kam.

Wenn Sascha dann schließlich seine Wohnung verließ, meistens so gegen elf Uhr abends, ging Uli zurück in ihr eigenes Zimmer. Seit Weihnachten war es dort ganz schön voll geworden. Da war das Bücherregal, aus dem eine Reihe weißer Buchrücken mit roten und lila Streifen hervorstand. Kosten- und Leistungsrechnung, Bilanzierung, Wirtschaftsmathematik. Der neue Schrank, den der Möbelmann in sieben einzelnen Luftpolsterpaketen geliefert hatte und den Uli ganz alleine aufgebaut hatte. Hatte auch beinahe funktioniert. Nur die Schiene, auf der die Schiebetüren laufen sollten, war auf der falschen Seite gelandet. Aber das war nicht so schlimm, man konnte die Türen ja einfach hinausheben und wieder hineinstellen. Es war auf den ersten Blick kaum zu sehen.

Und dann war da noch der neue Fernseher mit seinen achtundzwanzig Programmen. Zu Hause hatten sie nur drei gehabt. Hier wechselten die neuen Fernseh-Gesichter wie die Fremden in der Münchner U-Bahn. Ulrich Meyer röstete eine junge Ost-Politikerin mit komischem Topfdeckelschnitt auf seinem heißen Stuhl. Dauerwellenfrauen schwangen ihre Brüste, notdürftig verhüllt mit Kunststoffkiwis. Ab dreiundzwanzig Uhr wurden alte Krimi-Folgen wiederholt. Horst Tappert, mit deutlich mehr Haaren und deutlich weniger Augenringen, klingelte am Eingang einer Grünwalder Vorstadtvilla. Immerhin ein bekanntes Gesicht.

Manchmal warf Uli auch noch einen Blick ins Veranstaltungsprogramm des Prinz. Schließlich musste Jo nicht unbedingt wissen, dass sie schon wieder den Samstagabend zu Hause verbracht hatte. Bei der Gothic Night im Pulverturm hätte sie sein können. Oder bei einer Schlagerparty im Nachtwerk. Jo stellte sonntagmittags nicht viele Fragen, Uli kam mit ihren knappen Erzählungen durch. Vielleicht hätte sie sogar behaupten können, sie wäre im P 1 gewesen. Aber das war dann vielleicht doch zu gewagt.

Bei ihren Freunden in Neustadt funktionierte der Trick. Dort war sie die Heldin von der Partyfront, der Umzug nach München hatte sie enorm aufgewertet. Beim letzten Besuch hatten sie in der Blue Bar alle miteinander an ihren Lippen gehangen. Tscheppo mit seinem Berliner Personalausweis, der immer noch im Büromöbelgeschäft seines Vaters in Viernheim jobbte. Elli, die gerade ein Praktikum in dem Kindergarten machte, in den sie vor fünfzehn Jahren selbst gegangen war. Martin natürlich sowieso. Für sie alle waren es nach wie vor nichts als glänzende Namen, das P 1, das Parkcafé, Legenden, von denen sie gehört hatten, von denen aber keiner mit letzter Sicherheit sagen konnte, ob sie überhaupt existierten, weil kein gewöhnlicher Sterblicher, den sie kannten, sie jemals betreten hatte.

»Kommst ganz schön rum«, hatte Martin anerkennend genickt, »was spielen die denn da so, in den Münchner Discos?«

»Kommt ganz drauf an«, hatte Uli geantwortet, »man muss halt nur wissen, an welchem Tag man wo hingehen kann, in welchen Club.«

»Und das weißt du«, hatte Martin andächtig erwidert. Es war keine Frage gewesen. In dem Moment hätte sie ihn beinahe geküsst. Aber nur beinahe. Und dann hatte Elli sich über die Bar gebeugt, ihr einen Schwall Rauch ins Ohr gepustet und geflüstert: »Sag mal, bist du eigentlich weitergekommen mit deinem Spezialprojekt? Deinem Du-weißt-schon-was?«

Danach hatte sich das mit dem Küssen erledigt.

Wenn sie das Veranstaltungsprogramm des Prinz durchgearbeitet hatte, blieb sie oft an den Kontaktanzeigen im allerletzten Teil des Heftes hängen. *Lust & Spiele.* Vollbad statt Vollbart, hatte ein m, 23, getextet. Sinnlicher er sucht Badenixe zum Einseifen. *Aber den Rasierapparat nicht vergessen!*, hatte der Setzer dahintergeschrieben. An anderen Abenden zog sie Ellis Tarot hervor. Manchmal hatte sie gute Karten. Manchmal auch nicht.

Im Februar erklärten die USA dem Irak den Krieg, und Uli machte sich zum ersten Mal Sorgen um ihre Zukunft. Denn die Unterlagen für die Praktikumsbewerbungen kamen alle mit bedauernden Formbriefen zurück. Derzeit kein Bedarf, schrieben die Reiseveranstalter und Hotelketten. Scheiße, sagten Ulis Kommilitonen in der Cafeteria, und was wird aus uns? Nur die Dozenten hatten Aufwind, sie nutzten die aktuelle Krise, um den Zusammenhang von Weltpolitik und Tourismuswirtschaft zu erklären.

Manchmal setzte Uli sich nach der letzten Vorlesung um vier Uhr ins Auto und fuhr von Neuhausen nach Schwabing. Fühlte sich erwachsen hinter dem Steuer, noch mehr, wenn sie laut fluchend nach einem Parkplatz suchte, fand ihre Augen im Innenspiegel groß und glänzend. Doch mit dem Abziehen ihres Zündschlüssels verschwand das Gefühl, als wäre sie selbst ein Teil ihres R 5, nicht fähig zu Leben und Geschwindigkeit, wenn sie das Auto verließ. Spazierte sie die Leopoldstraße herunter, war sie wieder Uli aus der Pfalz, ein frierendes Kind, und es passierte nichts, außer dass der Himmel sich zuverlässig in Pastelltönen färbte und ihre Hände in den dünnen Lederhandschuhen rot und rissig wurden.

Die Fachhochschule war auch kein Ort für aufregende Entdeckungen, und das galt für die Vorlesungen genauso wie für die Mitstudenten. Es war etwas Schweres, etwas Solides an ihnen, das erstaunlich wenig zu der Branche passte, in der sie später arbeiten wollten. Reisen anbieten. Träume verkaufen. Vielleicht lag es auch an der Umgebung, diesem Gebäude, in dem jeder hochfliegende Gedanke schmerzhaft an die niedrige Decke zu prallen schien. Keine Freitreppe wie an der Uni, kein Marmor, keine altmodischen Hörsäle mit dunkler Holzvertäfelung. Die Erstsemester waren in einer Berufsschule untergebracht, wo sie sich an manchen Tagen zu hundertzwanzigst in ein einzelnes Klassenzimmer zwängten. Wenn man da so saß, zu viert in einer Zweierbank, auf dem Fensterbrett oder zu Füßen des Dozenten, und dabei versuchte, das grüne Gekrakel auf den Overheadfolien zu entziffern, verging einem der Traum von einer glorreichen beruflichen Zukunft ziemlich schnell.

Die meisten Studenten schienen sich jedenfalls weder nach einem aufregenden Leben zu sehnen, noch sich besonders für ihr Fach zu begeistern. Die Gespräche zwischen den Vorlesungen drehten sich um günstige Zugtickets und Mitfahrgelegenheiten, um Staus auf der A 8, um Wiedersehen mit den alten Freunden aus Bad Tölz oder Augsburg. Wenn die Dozentin auf dem Berufsinfoabend über den bevorstehenden Generationswechsel im deutschen Fremdenverkehr sprach, wippten die Pferdeschwänze in der ersten Reihe im zustimmenden Takt. Lauter künftige Kurdirektorinnen, Etagendamen, Flugticketverkäuferinnen, in billigen Blazern und auf hochhackigen Schuhen, als könnten sie plötzlich mitten aus der Vorlesung an einen Verkaufstresen gebeten werden. Ein Wettbewerb, wer die kleinsten Brötchen backen konnte.

Dabei hatte sie ja selbst keine Vision. Außer hinter dem schweren Chefschreibtisch der Traube zu sitzen und herumzutelefonieren, ob der Oberkellner wirklich krank war oder wieder schwarz auf dem Bau des Schwiegervaters mithalf.

Interessante Männer gab es in den Vorlesungen schon gleich gar nicht. Auf vier Studentinnen kam gerade mal ein Student, und keiner reichte auch nur annähernd an Sascha heran. Mit einer Ausnahme vielleicht. Moritz. Er trug enge Shirts, die seinen perfekten Oberkörper mehr ent- als verhüllten, kein Gramm Fett daran, aber auch nicht zu muskulös. Fast als wäre er dem Männerkalender an ihrer Zimmertür entsprungen. Und dann dieses Raubtierlächeln, diese spitzen Eckzähne, die so gar nicht zu seinem Nachnamen passen wollten, der nach altem Landadel und weitläufigen Gutshöfen klang. Moritz zur Mühlen. Eines Morgens stand er hinter ihr in der Schlange in der provisorischen Cafeteria. Fünf Minuten nur, aber lange genug, um Uli zu verwirren. Er sah sich um, verschwörerisch, als hätte er ihr etwas mitzuteilen, das nur sie und ihn etwas anging. »Ich wollte dir das schon lange sagen«, raunte er nah an ihrem Ohr. »Du bist die Einzige hier in diesem Laden, die intelligente Fragen stellt. Es ist immer eine Wohltat mit dir in der Vorlesung.« Übrigens, eine kleine Bitte habe er noch. Ob sie ihm am nächsten Tag die Mitschrift besorgen konnte von der Einführung in die Kosten- und Leistungsrechnung? Vorlesungsbeginn war um acht. Benebelt von einer Wolke Cool Water und seiner einschmeichelnden Stimme sagte sie Ja. Eine halbe Stunde lang war sie beinahe verliebt.

Aber später am Abend, als Sascha wieder einmal an ihrem Küchentisch saß, mit Jo eine Partie Wort-Pingpong spielte, so rasch, dass sie kaum folgen konnte, hatte sich das Gefühl schon wieder abgenutzt. Als sie gegen ein Uhr ins Bett wankte und den Wecker auf sechs Uhr dreißig stellte, war ihr dieser Moritz nicht einmal mehr besonders sympathisch. Wer war der überhaupt, dass er sie für seine Frühschicht einspannte, während er sich noch mal genüsslich im Bett auf die andere Seite drehte?

Während sie in aller Frühe auf dem Bahnsteig der U-Bahn stand, das laute Rattern der Anzeigetafeln in ihrem Kopf dröhnend, dachte sie an zu Hause. Sie sehnte sich nach dem Tag, an dem sie zurückkehren konnte, sehnte sich nach einem weich flirrenden Sonntagmorgen in einer Besenwirtschaft, rot verfärbtem Laub, den Kalenderbildern ihrer Kindheit. Aber vorher hatte sie noch eine Mission zu erfüllen. Ein Fotoalbum würde sie mitnehmen, mit glanzvollen Schnappschüssen, Bildern von ausgelassenen Partys, Cabriofahrten ins Voralpenland, einer leuchtenden Stadt. Und von gedeckten Tischen. Ganz schlicht: weißes Tuch, zwei dieser neuen Teller mit dem eingelassenen Rankenmuster am Rand, die ihre Mutter ihr zu Weihnachten geschenkt hatte. Silberbesteck, Weingläser. »Food for Lovers« wartete auf seinen Einsatz. Noch immer stand das Buch steif im Küchenregal. Unbefleckt, unbenutzt. Jungfräulich.

Die Sandkastenkinder in ihren Träumen hatten jetzt eine andere Augenfarbe als früher.

Manchmal blutete sie Landkarten. Die Umrisse von Südamerika, die Silhouette von Manhattan. Manchmal waren es Flecken wie aus einem Rohrschachtest. Heute Morgen ein Tänzer auf dem grau verfärbten Baumwollstoff ihrer Alltagsunterhose.

Komisch, dass es einfach so weiterging, dachte Jo. Alle achtundzwanzig Tage, als wäre nie etwas gewesen. Als wäre das Danach genauso wie das Davor. Ein weiterer Riss in ihrem Leben, nicht dramatisch, keine Gletscherspalte, kein Abgrund, nur so ein Haarriss. Genau wie jener Nachmittag, an dem sie ihre Kindernase an die Scheibe des Küchenbalkons gedrückt hatte, in Erwartung des Taxis, das mit Warnblinkanlage in der zweiten Reihe stehen bleiben und den Vater ausspucken würde. Dieses Taxis, das nie kam.

So war das eben, ein Leben bekam seine Gebrauchsspuren, genau wie die Lederjacke, die Jo sich Ende November zugelegt hatte, einen Tag nach Frankfurt. Diesem Ausflug, von dem keiner wusste. Die Lederjacke war ein bisschen sperrig, nicht besonders bequem. Ein Versteck. Eine zweite Haut, die Haut eines Tieres, das einmal gelebt hatte. »Die wird erst getragen so richtig schön«, hatte der Verkäufer versichert, als bräuchte sie noch einen Grund, sie zu kaufen. Jetzt war es April und endlich warm genug, sie zu tragen und nicht mehr die Daunenjacke. Aber was sollte Jo tun, wenn es zum ersten Mal richtig heiß wurde? In diesem Jahr fürchtete sie sich vor dem Sommer.

»Ein Pfennig für deine Gedanken«, sagte Marco und warf einen Seitenblick auf Jo. Sie musterte ihn aus dem Augenwinkel, seine Hände auf dem Steuer, die dunklen Haare auf seinen Fingerknöcheln. Seit einiger Zeit schickten sie den neuen Fotografen immer mit ihr mit, und sie fragte sich, ob das Zufall war oder ob er darum gebeten hatte. Noch vor einem halben Jahr wäre er ihr Typ gewesen. Vielleicht würde er es irgendwann auch wieder sein, in ein paar Wochen oder Monaten. Im Moment aber war niemand ihr Typ.

»Die sind aber keinen Pfennig wert«, gab sie zurück und stemmte ihre Schuhspitze gegen das Handschuhfach von Marcos versifftem Fiesta. Was hätte sie ihm auch erzählen sollen? Dass sie ihre Tage hatte? Dass ihre Eltern geschieden waren? News is what's different. Sie bewegte ihre Zehen in den schwarzen Chucks. Die hatten schon hinter sich, was die Lederjacke noch vor sich hatte. Abgelebt und abgeliebt. Poröses Gummi, lose Fädchen, schmuddelige Schnürsenkel.

»Angst?«, versuchte Marco noch einmal ein Gespräch.

Jo schüttelte den Kopf. »Angst? Ich?« Die Worte kamen überzeugend heraus. Erst in diesem Moment merkte sie, dass sie es wirklich so meinte. Sie hatte auch keine Angst. Vor nichts mehr. Das war das Gute an Frankfurt.

Jo schloss ihre Augen und öffnete sie wieder. Je länger sie die Lider zuklappte, desto überraschender war das Auftauchen. Eine Welt in Blau. Durch die getönten Gläser der Sonnenbrille sah alles unwirklich aus, wie in einem skandinavischen Experimentalfilm.

»Dann bist du ja die richtige Kandidatin«, sagte Marco. »Also, wenn du mich fragst, ich tät's nicht.«

Er gestikulierte mit einer brennenden Zigarette in ihre Richtung, und Jo duckte sich unwillkürlich.

»Du bist ja auch keine Frau«, sagte sie.

»Wie meinst' jetzt das?«

Doch nicht ihr Typ, dachte Jo. Auch nicht in Zukunft. Wer so blöd war, einen simplen Wortwitz nicht zu verstehen, hatte bei ihr von vorneherein die Niete gezogen.

»Frau-en, die sich was trau-en«, artikulierte sie überdeutlich, »die große neue Serie, immer samstags in Ihrer AZ. Na, dämmert's?«

»Ach so.« Marco nickte beflissen. »Eh klar, es geht ja bei diesen Geschichten immer um Mädels. Aber hättest du dir da nicht auch was anderes aussuchen können?«

»Na, was denn zum Beispiel? Bungeespringen, vom Kran in Unterschleißheim?«

»Weiß auch nicht, irgendwie ... weiblicher?«

»Im *Leierkasten* an der Stange tanzen?«

Marco lachte ein verlegenes, meckerndes Lachen. Das Klingeln seines Autotelefons erlöste sie beide. Beim Reden klemmte er sich den Hörer zwischen Ohr und Schulter, steuerte mit rechts, rauchte mit links. Er benahm sich wie ein Schauspieler, der einen viel beschäftigten Fotoreporter darzustellen hatte. Und jetzt auch noch dieses Gequatsche unterwegs. Jo hatte noch nie erlebt, dass am Autotelefon etwas wirklich Wichtiges besprochen wurde, etwas, das nicht Zeit gehabt hätte bis zur Rückkehr in die Redaktion. Es machte das Leben nicht unkomplizierter. Eher im Gegenteil. »Ja«, sagte Marco, »ich hab's verstanden, du willst das magazinig, reportagig. Close-ups, Details.« Ein Autotelefon lud die Leute bloß dazu ein, noch mal genau dasselbe zu sagen wie eine Stunde zuvor. Sie jedenfalls würde sich so etwas nie anschaffen. Aber sie hatte ja nicht mal ein Auto.

Marco beendete sein Gespräch. Noch immer rauchte er und rangierte dabei den Fiesta in eine Parklücke, wobei er schließlich einen Arm lässig über die Rückenlehne legte. Gleich, dachte Jo. Gleich fällt dir die Kippe entweder aus dem Mund, oder du verschluckst dich dran.

»Wer sagt's denn?«, nuschelte er. »Direkt vor dem Tattoo-Studio!« Jo war fast gegen ihren Willen fasziniert. Er beherrschte es tatsächlich, dieses Kunststück, den Filter so an die Innenseite der Unterlippe zu kleben, dass er mit Zigarette im Mund sprechen konnte. Wenn auch nicht besonders deutlich.

Bevor sie hineingingen, blieben sie noch einen Augenblick vor dem Schaufenster stehen. Marco hatte recht: Der Laden in der Dreimühlenstraße sah nicht aus wie einer, in den sich allzu häufig Frauen verirrten. Auf den ausgestellten Fotos waren nackte, männliche Oberkörper in Lederwesten zu sehen, auf den Oberarmen dicke Rosenranken, Schlangen, Gothic-Kreuze.

»Na denn«, sagte Jo, »bringen wir's hinter uns.«

Eine Türglocke bimmelte, und ein Mann mit dünnem, grauem Pferdeschwanz blickte hinter einer Zeitung hervor. Er saß hinter einem Furnierschreibtisch, auf dem mehrere Aktenordner standen, und hatte seine Füße auf die Tischplatte gelegt. Der Laden erinnerte Jo an das Speditionsbüro, in dem sie neulich das Interview zum Thema Lastwagenstreik geführt hatte. Inklusive eines Ficus mit drei einsamen Blättern auf der Fensterbank und einem Abreißkalender über dem Schreibtisch, mit einem Spruch für jeden Tag. »Für schöne Erinnerungen muss man im Voraus sorgen«, stand dort neben einem Datum vom März, und Jo musste grinsen. Guter Einstieg für eine Geschichte über ein Tattoo-Studio. Auch wenn die Leser natürlich vor allem eines interessierte: Wie war das, wenn man sich so etwas stechen ließ? Wie weh tat es?

Der Moser war jedenfalls schwer beeindruckt gewesen. Zum ersten Mal, seitdem sie zu Semesterferienbeginn wieder in der Redaktion angefangen hatte.

»Du weißt fei scho, dass des nimmer weggeht?«, hatte er sie gefragt, und sie hatte schlucken müssen. Es war etwas in der Art, wie er es sagte, so väterlich, das sie rührte. In letzter Zeit hatte sich ihr Verhältnis geändert. Spätestens nachdem er ihr beim mexikanischen Bier im Joe Peñas von seiner gescheiterten Ehe erzählt hat, am Faschingsdienstag. Das war auch der Tag gewesen, als er zum ersten Mal über das Volontariat gesprochen hatte. Dass er seine Kontakte spielen lassen würde. Je länger sie redeten, desto sicherer hatte er geklungen. Nur ihr Studium, hatte er gesagt. Das sollte sie vorher zu Ende bringen.

»Natürlich geht das Tattoo nicht mehr weg. Das ist ja der Witz«, hatte sie geantwortet. Es klang rüder, als sie es gewollt hatte.

»Und was?«, hatte er gefragt. »Was willst du dir stechen lassen?«

Nackerte Weiber, lag ihr auf der Zunge. Dort blieb es auch. Man durfte den Bogen der Vertraulichkeit auch nicht überspannen.

»Ich hab ein Buch bekommen, von meiner Mutter«, sagte Jo, »mit Worten in Sanskrit. Sehr filigrane Buchstaben. An so etwas dachte ich.«

»Mei«, mischte sich die Sekretärin ein, »so ein Tattoo, also für mich wär das ja nichts.«

»Aber geh«, gab Agnes zurück und blickte von ihrem Bericht über Claudia Schiffers neueste Liaison auf, »wenn's ästhetisch ist …«

»Tu, was du nicht lassen kannst«, sagte der Moser aufmunternd. »Wer sich die Augenbrauen durchbohren lässt, der schreckt wahrscheinlich vor gar nichts zurück.«

»Wer Roth-Händle raucht, frisst auch kleine Kinder!«, kommentierte Agnes und deutete auf seine Packung.

Am nächsten Tag hatte Jo ein Muster mit in die Redaktion gebracht.

»A so a schöne Schrift«, hatte die Sekretärin gehaucht.

Was die Buchstaben bedeuteten, wusste niemand. Nur Jo. Und jetzt stand sie genau mit diesem Muster vor dem Schreibtisch des Tätowierers.

»Das hier«, sagte sie, »das hätte ich gerne auf der rechten Schulter.«

»Das haben wir aber nicht im Katalog«, sagte der Mann stirnrunzelnd und betrachtete die Buchstaben, »des kost' extra.«

»Macht nichts. Zahlt die Redaktion.«

»Ah, Sie sind des! Die Schreiberlinge! Sagn's des doch gleich!« Wie ertappt nahm der Mann seine Füße vom Tisch, stand auf und schüttelte Jo jovial die Hand.

»Sie, da könnten mir fei scho an Spezialpreis machen!«

Jo hatte nur mit halbem Ohr zugehört. Etwas in ihrem Inneren zog, begann zwischen den Beinen, arbeitete sich langsam vor, endete wie ein kleiner elektrischer Schlag auf der Schulter. Sie hatte die Liege im Nebenzimmer gesehen, die silbern blitzenden Geräte, deren Zweck sich nicht auf den ersten Blick erschloss.

Wenn sie heute an diesen Tag in Frankfurt dachte, war es nicht wie die Erinnerung an etwas, das sie wirklich erlebt hatte. Eher die Erinnerung an einen Traum, in Hunderte unzusammenhängende Puzzleteile zersplittert, von denen die entscheidenden fehlten. Sie erinnerte sich, das Wort »Frankfurt« am Bahnschalter auszusprechen, mit Überwindung, als könnte die untersetzte Frau mit dem blauen Jackett und dem Kropfansatz hinter dem Sichtfenster daraus schließen, was der Zweck der Reise war. Als gäbe es keinen anderen Grund für einen Tagesausflug von Bayern nach Hessen, als könnte man dort nichts anderes erledigen als *das*. Sie erinnerte sich an die Überraschung, als sie durch den Nieselregen zum Main lief und die Stadt nicht einmal so hässlich und heruntergekommen fand, wie sie es erwartet hatte.

Sie erinnerte sich an regendunkle Sandsteinvillen, an ihre Finger, wie sie vermieden hatten, in die Nähe ihres eigenen Bauchnabels zu kommen. Und an das Adventsgesteck auf dem Tresen der Praxis, so unpassend ausgerechnet an diesem Ort. Advent, das Warten auf ein Kind.

Dann erinnerte sie sich erst wieder an die Heimfahrt, das Gefühl, nur noch aus Beinen und Kopf zu bestehen, dem Warten auf irgendeine andere Empfindung. Erleichterung, Glück, Schuld. Es waren alles nur noch Begriffe, willkürliche Ansammlungen von Buchstaben, schwarzen Formen. Sie war nicht einmal sicher, ob sie eine Empfindung erkannt hätte, hätte sie sich eingestellt. Ein einziger, erleichternder Gedanke war es, der sie irgendwo zwischen Stuttgart und Ulm erreicht hatte und an dem sie sich festgehalten hatte. Was, wenn dieses Ding, dieser wuchernde Zellhaufen, vielleicht gar nicht lebensfähig gewesen wäre, eine Behinderung gehabt hätte? Wer weiß, welches Schicksal sie sich und dem kleinen Würmchen erspart hatte.

Schließlich das Nachhausekommen am Freitagabend, ihre Verwunderung, Uli um diese Uhrzeit an diesem Tag in der Küche anzutreffen. Tee hatte sie gekocht, einen roten Tee, der nach Jugendherberge geschmeckt hatte und nach Unschuld. Jedenfalls besser als das Bier im Bordbistro, das sie zwei Mal nachbestellt hatte, ganz gegen die Empfehlung des Arztes.

»Fräulein?«

»Ja«, sagte sie und blickte dem Tätowierer in die Augen. Wasserblaue Iris, das Weiße war leicht gelblich verfärbt, blonde Wimpern. Wahrscheinlich war er als Kind für sein Aussehen gehänselt worden. Kein Wunder, dass er heute ein Tattoo-Studio betrieb.

»Ja. Bringen wir's hinter uns.«

Zur Semesteranfangsparty gab es Caipirinha und Mojito beim Mexikaner, aus dicken Gläsern mit kleinen grünen Strohhalmen. Als Uli und ihre Mitstudentinnen die Kneipe verließen, lange nach der offiziellen Sperrstunde, glänzte das Kopfsteinpflaster taufeucht im Schein der Straßenlaternen, und die Luft war von einem scharfen und frischen Geruch erfüllt, als bliese eine aufregende Zukunft ihren Atem mitten in Ulis Gesicht. Es war ein guter Abend. Der beste, seitdem sie Neustadt verlassen hatte.

Unentschlossen stand sie mit den anderen zusammen, ein bisschen ängstlich, ein bisschen abenteuerlustig. Eine kleine Truppe aus Mädchen in engen Röcken und glänzenden Blazern, die dringend noch etwas erleben wollten. Und Moritz. Uli war nicht ganz sicher, aber es kam ihr so vor, als hätte jede von ihnen schon einmal die Mitschriften der frühesten Vorlesung für ihn besorgt. Ob er ihnen auch erzählt hatte, dass sie etwas ganz Besonderes waren? Jede Einzelne?

Er schlug das Nachtcafé vor, ganz selbstverständlich. Einer dieser Läden, in denen sich um diese Zeit eine Schlange staute, die Treppe vor dem Eingang hinunter bis auf den Lenbachplatz, und wo die Türsteher noch breitbeiniger standen als anderswo. Als Moritz ihr fragendes Gesicht sah, winkte er lachend ab. »Kein Problem«, sagte er, »ich kenn da wen.« Auf dem Weg zum Auto kam ihnen ein Pärchen entgegen, der Mann sah Uli Hilfe suchend an. »Wie kommen wir denn von hier zur Schwanthalerstraße?«, fragte er, und Uli beschrieb ihm den Weg. »Komisch«, sagte sie und blickte den beiden hinterher. »Ich bin doch gar nicht von hier.« Moritz legte ihr die Hand um den Oberarm und drückte zu. »Tja«, sagte er, »du siehst eben aus wie eine Frau, die weiß, wo es langgeht.«

Vielleicht war es seine Gegenwart, die ihr das nötige Selbstbewusstsein gab, vielleicht der Autoschlüssel in ihrer Hand, der sie von den Mitstudentinnen abhob. Vielleicht auch der Schnurrbart, der den Mann im Anzug neben der Eingangstür trotz seiner Breitbeinigkeit ein bisschen milder aussehen ließ, ein bisschen mehr wie einen ganz gewöhnlichen Menschen. Nicht so ein Petrus des Nachtlebens, der die Menschheit mit einem einzigen Kopfnicken in cool und uncool aufteilte. Jedenfalls wurde die gesamte Truppe durchgewinkt, mitten ins Paradies.

Denn nicht anders konnte es dort aussehen als in diesem Raum mit der langen, geschwungenen Bar, den Lichtleisten im hell gefliesten Fußboden, den Männern im Anzug und den Frauen mit ihren schimmernden Paillettentops. Vorne auf der Bühne stand eine schwarze Sängerin im schulterfreien Abendkleid und liebkoste mit ihren Fingern ein Mikrofon, hauchte zuckerwattesüße Worte hinein. Direkt vor ihr am Tisch saß ein einzelnes Paar, zwischen sich einen riesigen Rosenstrauß und einen Sektkühler. Uli nahm die großformatige Karte von der Bar und studierte sie. Kleinigkeiten, stand da. Französische Zwiebelsuppe, mit Käse überbacken. Zweierlei Schokoladenmousse an einem Samenfruchtspiegel. Moritz lachte dreckig.

»Samenfruchtspiegel«, las er laut vor, »ist das so was wie ein Spermiogramm?«

Als er später in Richtung Toiletten verschwand, tauschte sie einen Blick mit einer ihrer Mitstudentinnen, einem blassen Mädchen im Hosenanzug, die so aussah, als würde sie gleich eine Urkunde als Azubi des Jahres entgegennehmen. Wie hieß sie noch mal, Kerstin? Kirsten?

»Der hat vielleicht perverse Sprüche drauf«, flüsterte Uli, gleichzeitig empört und erregt.

»Tja«, Kerstin-Kirsten nickte wissend, »so sind sie eben.«

»Sie? Was meinst du mit *sie*?«

Kerstin-Kirsten hob ihr Glas und spreizte affektiert einen kleinen Finger ab. »Na«, sagte sie, »unsere süßen Jungs.«

Uli brauchte einen Moment, die Neuigkeit zu verdauen. War das die Möglichkeit? Wie hatte sie so naiv sein können! Gleichzeitig war sie erleichtert. Moritz war schwul, kam also gar nicht infrage als Liebhaber.

Das konnte der Beginn einer wunderbaren Freundschaft sein.

Morgens um vier stand sie auf der Nachtcaféterasse, unter einem rot glühenden Heizpilz, und lauschte den Gesprächen. Beinahe fühlte es sich an, als gehörte sie dazu.

»Der Typ von vorhin, an der Bar. Er hat mir seine Nummer gegeben«, sagte eine Frau und hielt ihrer Begleiterin ein Pappkärtchen hin. Die musterte es und schüttelte den Kopf.

»Was du nicht sagst. Die vom Büro.«

»Na und?«, ereiferte sich die Erste. »Es ist seine Durchwahl.«

»Das haben Visitenkarten eben so an sich.«

»Nummer ist Nummer.«

»Ich glaube, ich muss dir mal dein Glas wegnehmen.«

Als sie kurze Zeit später aufbrachen, griff Uli sich wahllos Flyer aus dem Ständer neben den Toiletten und stopfte sie in ihre Handtasche. Modenschauen, eine Oldtimer-Messe, Konzertankündigungen. Sie brauchte Beweise. Beweise, dass sie eine von ihnen war. Oder zumindest sein konnte. Eine Frau, die an einer roten Ampel zerstreut in ihrer Handtasche wühlte und eine Postkarte mit Partyterminen in die Finger bekam. Eine Frau, die alles hatte, was eine Szene-Lady brauchte. Einen Platz an der Bar im Nachtcafé, ein knielanges Kostüm und einen schwulen Freund.

Das war ein Anfang. Immerhin.

Etwas lag in der Luft, und Jo konnte nicht sagen, was. Ein dunkler Unterton in einer hellen Melodie, eine Wolke am Schönwetterhimmel. Es mischte sich mit dem Duft von geschmolzenem Käse und Oregano vom Stehimbiss der Pizzeria Adria, mit den Parfümwolken der Kostümchen-Touristinnen, die ihr auf der Höhe des World of Fashion entgegenstöckelten, mit dem schwachen Uringeruch aus einem Hauseingang. Den ganzen Weg von der U-Bahn bis vor die Tür des Babalu dachte Jo darüber nach, aber sie kam erst drauf, als sie hinter einem aufgeregten Pulk von Teenagern stehen blieb und die Augen schloss. Es roch nach Schnee. Dieser April machte seinem Namen alle Ehre.

Jo seufzte und hoffte, dass es vorbeigehen würde. Sie hatte keine Lust auf diesen Rückfall des Wetters, auf die traurigen, grauen Häuflein am Straßenrand mit ihren Mustern aus Hundepipi. Sie wollte Frühling, richtigen Frühling, sehnte sich nach einer Welt, die aussah wie aus Kondenswasser gemacht, dem Pastell eines Freitag- oder Sonntagmorgens, der verlassen vor sich hinträumenden Stadt kurz vor Sonnenaufgang, wenn drinnen in den Clubs das Licht anging. Easy like a Sunday morning. Sie mochte es, in einer Welt unterwegs zu sein, die noch verschlafen nach ihren Farben tastete, und so war sie in den letzten Wochen bis immer später, immer früher weggeblieben.

Es war etwas Neues, Anderes, Härteres an ihren nächtlichen Ausflügen. Sie war die Taucherin, die anderen das Meer. Immer häufiger ging sie allein, immer seltener brachte sie jemanden mit zu sich nach Hause. Allein zu sein unter Menschen, den Kopf voll Musik und den Körper ausgefüllt mit einem schleppenden Basslauf, das war ihr Zuhause geworden. Dadurch lebten auch Uli und sie zunehmend in verschiedenen Zeitzonen, auch wenn sie die gleiche Wohnung teilten. Die ging zwar auch am Wochenende mit ihren Freunden aus, aber wahrscheinlich immer nur bis zur Abfahrt der letzten U-Bahn. Braves Kind.

Jos Freunde hatten sich bisher nicht beschwert, dazu war ihre Clique zu lose, zu unverbindlich zusammengesetzt. Wahrscheinlich war ihr Fehlen nicht einmal aufgefallen. Es war ein unauffälliges Verschwinden, ein Versickern im Fluss der Nacht, und es machte ihr eine diebische Freude, sich Alibis auszudenken, Verabredungen vorzutäuschen, egal wer anrief. Irgendwann musste ihr Spiel auffliegen, irgendwann würden sich ihre Bekannten irgendwo treffen, im Nachtwerk oder im Parkcafé, und sich wundern, wo sie steckte. Es war wie ein Betrug, nur dass es dabei keinen Betrogenen gab.

Nur Karim aus der Wunderbar ließ nicht locker und meldete sich immer wieder. Oft fand sie kleine Zettelchen auf dem Nähmaschinentisch im Flur, neben dem Telefon, bemalt mit runden Buchstaben und Kringeln über den Is: Karim hat angerufen, macht sich Sorgen, will wissen, ob es dir gut geht und er dir helfen kann. Hättest du wohl gern, dachte Jo. Auf diese Art von Hilfe war sie nun wirklich nicht scharf. Irgendwann hatte er sogar ein Päckchen geschickt, weiß der Geier, wie er ihre Adresse herausgefunden hatte. Das Päckchen hatte weder einen Absender, noch lag ein Brief oder eine Karte dabei, aber der Inhalt sprach eindeutig für ihn. Ein mit rosa Glasperlen besticktes Kistchen, wie für ein Schmuckstück, darin ein imposanter Joint. Viel zu viel für eine einzelne Frau. Dazu eine große Tüte Gummiteufel. Kein schlechtes Mitbringsel für ein verregnetes Wochenende zu zweit. Nur dass ihr danach gerade überhaupt nicht zumute war.

Mit einem dumpfen Klack öffnete sich die Fensterluke in der mattsilbernen Tür des Babalu, und Jo konnte ein kleines Stück von einem schwarzen Piratenkopftuch erspähen. Michi an der Tür, das war gut. Mit seinem Kollegen letzte Woche hatte sie sich richtig streiten müssen, wegen ihrer Chucks. Dem hatte sie erst mal eine kleine Nachhilfestunde erteilt, von wegen Stammgast. Aber bevor der Streit eskalieren konnte, war ihr der Typ von der Bar zu Hilfe gekommen, der kurz nach Jo zu seiner Nachtschicht antrat. Auch nicht schlecht, so hatte sie nicht einmal Eintritt zahlen müssen.

Jetzt öffnete sich die Tür einen Spalt, und Michi musterte die aufgeregten Teenager vor ihr. Der Wortführer, eine Junge mit steif gegelter Stirntolle, verstummte schlagartig, was Jo schade fand. Sie hätte gerne gewusst, wie der nächtliche Ausflug auf eine nicht abgeschlossene Jacht im Sportboothafen von Possenhofen ausgegangen war. Außer dass der Besitzer die Clique wegen Diebstahls einer halb vollen Flasche Whisky und einer Packung Chipsletten bei der Polizei angezeigt hatte.

Michi ließ seinen Blick schweifen und schob dabei die Unterlippe vor. Schließlich zeigte er auf ein dunkelhäutiges Mädchen, das am Rand der Gruppe stand. Sie trug ein Kleidungsstück, wie Jo es bei Dreijährigen gesehen hatte, eine schenkelkurze, weiß glänzende Latzhose, darunter dünne Strümpfe und Stiefeletten, und umarmte sich selbst. Dazu machte sie kleine Bewegungen mit ihrem Po, es sah aus wie in der Skigymnastik. München im Frühjahr, das hatte sie sich wohl anders vorgestellt. Sah jedenfalls aus, als sei sie nicht von hier.

»Du«, sagte Michi, »dich kenn ich, du kommst rein.«

»What is he saying?«, wandte sich das Mädchen Hilfe suchend an ihre Nachbarin. Im Halbprofil sah sie aus wie eine ägyptische Königin, und Jo nickte beifällig. Kein Wunder, dass Michi ein solches Mädchen lieber ohne Hofstaat einließ.

»Darf ich mal lachen?« Der Steifgegelte spuckte die Wörter verächtlich aus. »Joanne ist Austauschschülerin aus New Orleans, die kannst du gar nicht kennen!«

Michis Miene blieb unbewegt. Nur sein Mund arbeitete, Lippen und Zähne schoben einen Zahnstocher mal auf die eine, mal auf die andere Seite.

»Sucht es euch aus«, sagte er, »entweder die da oder gar keiner.«

Dann schob er die Teenager beiseite, als würde er beim Spaziergang durchs Unterholz ein paar störrische Äste aus dem Weg räumen, und hob die andere Hand zum Gruß in Richtung Jo. »Servus«, sagte er, »rein in die gute Stube.«

Eigentlich mochte Jo das Babalu, aber heute war irgendetwas in dem Club, das sie anwiderte. Es war ein bisschen, als starrte man in eine offene Wunde. Zu viel Rot, zu viel Plüsch, zu viel Licht. Eigentlich eine coole Idee, einen halbseidenen Nachtclub aus den 70ern in eine Disco zu verwandeln, ohne viel an der Inneneinrichtung zu verändern. Aber Jo war in einer Stimmung, in der ihr das Offensichtliche gegen den Strich ging. Vor allem, weil sich im Grunde nichts geändert hatte, weil es kaum einen Unterschied gab zwischen der Sex-Spelunke und dem coolen Club. Männer kauften Frauen, die Tanzfläche war der Showroom, das Fleisch war anfangs teuer und wurde im Laufe der Nacht billiger und williger. Eigentlich hatte Jo das Spiel gut raus, wusste, wie sie sich geben musste, wenn sie Lust hatte auf Ansprache oder mehr, wusste genauso, wie sie schauen musste, damit man sie in Ruhe ließ. Aber heute hielten sich die Männer nicht an ihre Regeln.

Dabei endete es selbst bei den Gutaussehenden häufig mit einer Enttäuschung. So oft hatte sie es erlebt, dieses Spiel der Blicke, dieses Hinschauen und Wegschauen, während fast gegen ihren Willen ein Film in ihrem Kopf zu laufen begann. Je nach Stimmung mal von der romantischen Sorte – Hände, die sich zwischen weißen Milchkaffeeschalen auf einem Tisch fanden, Sonnenflecken auf dem Steg am Paradies, dieser versteckten Badestelle am Starnberger See –, mal von der härteren Sorte. Bis zu dem Moment, in dem der Mann das Wort ergriff, mit einer Stimme wie Kermit der Frosch, schwäbischem Akzent, einfallslosen Fragen. Sofort wurde es im Kopfkino dunkel und roch nach verschmortem Zelluloid. Leider dauerte es oft den ganzen Abend, bis auch die Männer das mitbekamen.

Heute war es umgekehrt: hässliche Typen mit guten Sprüchen. »Du hast ein gigantisches G'sichterl!«, sagte einer, der an der Bar einen Achtzigerjahre-Longdrink schlürfte. »Derf i di in Stein hauen?« Vielleicht konnte sie ja mal etwas für die Wochenendausgabe daraus machen. Oder sogar für »Frauen, die sich trauen«. Allein unterwegs in der Szene.

Dem Moser würde so etwas gefallen.

»Tu dir keinen Zwang an«, gab sie zurück, lächelte charmant und ließ ihn stehen.

Es war kurz vor halb vier, als sie neben der Tanzfläche stand, unschlüssig, ob sie noch auf bessere Musik warten sollte. Der Club hatte sich geleert, eine betrunkene Frau stolperte zu den Falsettklängen von Jimmy Somerville über die aufblinkenden und wieder verschwindenden Reflexionen der Discokugel auf dem Boden. You make me feel mighty real. Einen Moment später tippte jemand Jo auf die Schulter. Etwas stämmig, zwei Ohrringe, buntes Shirt. Hatte sie den nicht schon mal gesehen?

»Lass mich raten«, sagte der Typ, »du heißt Katharina, studierst im dritten Semester Kunstgeschichte und hast insgeheim die Sehnsucht, dass es im Leben noch mehr gibt als das.«

Jo musste lachen. Das war immerhin mal etwas Neues.

»Touché«, gab sie zurück, »und du wirst von deiner Mutter Wastl genannt, verkaufst Leberkässemmeln und träumst von einem eigenen Wurststand am Viktualienmarkt.«

Der Typ sah aus, als könnte er sich nicht entscheiden, ob er beleidigt oder amüsiert sein sollte. Schließlich wandte er den Kopf nach oben, und Jo mit ihm.

»Ach was«, sagte sie, ehrlich erfreut. Es tat gut, Sascha zu sehen. Ein vertrautes Gesicht. Dann rief sie sich zur Ordnung. Die Kombination aus Uhrzeit, Alkoholpegel und Müdigkeit machte sie sentimental. Ein gefährlicher Zustand. Jetzt wusste sie auch wieder, wo sie den Typen schon mal gesehen hatte. Es war einer von Saschas Kumpels.

Sascha nickte ihr zu, dann steckten die beiden Männer die Köpfe zusammen. Jo versuchte mitzuhören. Was hatten die zu tuscheln? Sie meinte, das Wort Bier verstanden zu haben. Zwei Bier (der Typ), null Bier (Sascha). Hatte wohl doch nichts mit ihr zu tun.

Jo sah die beiden nicken, als seien sie sich handelseinig geworden. Dann verschwand der Typ grußlos, und Sascha rückte näher. Seine Haare schwangen lustig vor ihrem Gesicht, als er sich herunterbeugte.

»Na«, fragte Sascha, »wie kommt Jans neue Methode so an? Bei dir, als Frau?«

»Ganz okay. Das mit dem dritten Semester Kunstgeschichte

fand ich nicht schlecht. Ich wüsste bloß gerne, ob er sich bei jeder Frau etwas Neues ausdenkt.«

»Nicht bei jeder«, sagte Sascha, und wieder wippten seine Haarspitzen im Takt seines Nickens, »bei dir schon.«

»Und, lag ich richtig? Ich habe behauptet, dass er Leberkässemmeln verkauft.«

»Nicht ganz falsch. Aber auch nicht ganz richtig. Jan ist Beamter, mit einem Job in der Kreisverwaltungsbehörde.«

»Beamter?« Jo war ehrlich verwundert. »Das passt doch überhaupt nicht! Der sieht aus wie einer, der gerne feiert.«

»Eben. Der steht auf Techno. Deshalb ist das auch so ideal. In welchem Job kannst du sonst schon die Wochenenden durchmachen und den ganzen Montag im Büro schlafen, ohne dass es auffällt?«

Jo lachte und steckte sich eine Zigarette an.

»Du rauchst zu viel«, sagte Sascha sachlich.

»Ja«, sagte Jo mit Nachdruck, eine kurze, schnappende Silbe.

Er zeigte auf die leere Flasche in ihrer Hand. »Und du trinkst zu viel.«

Jo nickte wieder und ging sich das vierte Bier holen. Oder war es schon das fünfte?

Als sie zurückkam, stand Sascha immer noch da. Ungefragt nahm er ihr die Flasche aus der Hand und nippte daran. Jo war verblüfft. Ein Mann, der nicht fragte. Sie mochte das. Hatte das immer gemocht.

»Willst du heute noch tanzen?«, fragte er schließlich.

Jo zuckte die Schultern. Sein Blick fiel auf ihr Tattoo.

»Ein Brandzeichen«, sagte er.

»Wie bitte?«

»Erinnert mich daran. Wie man Pferden einen Stempel aufdrückt.«

»Weißt du was«, sagte sie langsam, »das ist gar nicht so falsch.«

»Komm«, sagte er und stellte das Bier auf einem hohen, metallisch glänzenden Tisch ab. »Lass uns gehen.«

»Gehen? Wohin?«

»Ich kenn da was Nettes. Am Mittleren Ring.«

»Willkommen in meiner bescheidenen Hütte«, sagte Sascha, als sie vor dem Haus standen, und fingerte in seiner Innentasche nach dem Bund mit den altmodischen Schlüsseln. Jo sah an ihm vorbei und unterdrückte ein Grinsen. Ausdauer hatte er, das musste man ihm lassen. Sonst hätte er sie wohl kaum mit diesem billigen Trick zu sich gelotst. Noch auf der U-Bahn-Fahrt hatte sie nicht kapiert, dass er seine eigene Wohnung gemeint hatte. Es stimmte ja auch nicht so ganz, immerhin war der Mittlere Ring zwei Blocks von ihrer Kreuzung an der Implerstraße entfernt. Sie trat hinter ihm ein und musterte die Kassettentüren der Erdgeschosswohnungen, die grünen Ranken auf den Bodenfliesen. Genau dasselbe Treppenhaus wie ihres auf der anderen Hofseite, dieselbe lebenssatte Luft mit ihren leichten Essensgerüchen, die ausgetretenen Stufen.

Natürlich hätte sie Sascha einfach stehen lassen können. Aber es war etwas an der Wohnung dort drüben, an ihrem eigenen kalten Bett mit Blick auf den kahlen Baum und das schwarz-weiße Schachbrett im Innenhof, das ihr Angst machte. Ein hartnäckiger Verehrer wie Sascha, das konnte anstrengend sein. Aber auch ein Genuss. Wenn sie wollte, konnte sie sich in seine Arme fallen lassen wie in eine heiße Badewanne nach einem harten Arbeitstag.

Außerdem war er nicht naiv. Ob es etwas bedeuten würde oder nicht, das hing nur davon ab, welche Bedeutung sie ihm gab. Und ob überhaupt etwas passieren würde, das lag allein in ihrer Hand.

Sie hätte gerne gewusst, ob Männer aus dem Osten immer so waren. Unkomplizierte Spielzeuge, die sich benutzen ließen und andere benutzten, ohne mehr zu erwarten als die Überraschung eines immer wieder neuen Körpers.

Diese Ossis. Oder wie man neuerdings politisch korrekt sagte: Menschen aus den neuen Bundesländern. Merkwürdige Typen. Wenn sie an die Fernsehbilder dachte, waren es vor allem Farben, die ihr in Erinnerung kamen. Der flaschengrüne Pullover einer Frau. Das barocke Gelb des Prager Botschaftsgebäudes. Walter Mompers roter Schal. Keine zwei Jahre war das her.

Neben Saschas Wohnungstür hing ein zerfleddertes Notizbuch an einem Stück Schnur auf einem Haken, daneben baumelte ein Bleistift.

»Was ist denn das da?«, fragte sie.

»Das ist, wenn ich mal überraschend Besuch bekomme und nicht da bin. Dann muss niemand nach einem Zettel suchen und ihn mir unter der Tür durchschieben.«

»Überraschungsbesuch? Kommt das denn häufig vor?«

»Nicht so häufig wie früher.« Sascha stieß die Tür auf. »Hier verabreden sich die Leute ja erst mal am Telefon.«

»Wie, hier? In München?«

»In Westdeutschland.«

»Ach so, verstehe. Ja, in der DDR war ...«

»... nicht alles schlecht«, ergänzte Sascha und deutete mit einer galanten Handbewegung auf seine Tür. Sie mussten beide lachen. Ein Running Gag, der in keinem ihrer Gespräche fehlte. Vor allem wenn Uli dabei war. Dann lachten sie nicht. Oder erst später. Uli konnte so herrlich betreten nicken.

Sascha schloss auf, nahm sie am Arm und führte sie durch den kleinen Flur in ein Zimmer, das durch einen Türbogen von einer winzigen Küche abgetrennt war. Verwundert sah sie sich um. Das Zimmer sah nicht aus, als würde hier jemand leben. Eher wie ein Hotelzimmer, oder als wäre jemand nur auf der Durchreise. Kein Blatt Papier auf der Glasplatte des Schreibtisches, kein Foto, nichts Persönliches. Über dem niedrigen, stählernen Bettgestell hing ein Roy-Lichtenstein-Poster, auf einem Schubladenschränkchen stand ein Apple-Computer, daneben lag ein Walkman. Sie fröstelte in dem dünnen Jeanshemd, das sie über ihr Ausgehtop gezogen hatte, und rieb mit den Handflächen ihre Oberarme.

Sascha ging wortlos zu einem CD-Player und drückte auf eine Taste. Jo konnte die schnelle Rotation der Scheibe hinter einer Plexiglasplatte erkennen, dann erfüllten die ersten Töne einer Melodie den Raum, ein schleppender Rhythmus, ein düsterer Bass, schließlich eine Frauenstimme, hart und klar, ein Eiszapfen aus Musik.

Gut. Sehr gut sogar.

Sie blickte von der kahlen Zimmerwand zu Saschas Gesicht, dann wieder zurück. Sie hatten etwas gemeinsam, er und diese unpersönliche Wohnung. Auch seine glatte Haut, dieser kindliche

Ausdruck in seinen Augen verrieten nichts. Als hätte Sascha irgendwann in seinem Leben eine Reset-Taste gedrückt und alles neu gestartet.

Ihr Blick blieb an einem Briefumschlag hängen, der einsam auf einem niedrigen, dreieckigen Beistelltischchen lag. Ein amtliches Schreiben mit dem Briefkopf der Stadtwerke und dennoch eines der wenigen Dinge, die darauf hinwiesen, dass hier tatsächlich jemand lebte.

»Du heißt Hentschel mit Nachnamen?«, sagte sie. »Ist ja witzig.« Verwundert fiel ihr auf, dass sie bisher nicht einmal gewusst hatte, wie er weiter hieß.

»Ja. Sauwitzig.«

Sein Gesicht blieb unbewegt.

»Ich meine nur. Die Mutter meiner Großmutter hieß auch so.«

»Ach was. Vielleicht sind wir ja verwandt.«

»Das erklärt vieles.«

»Ja. Aber nicht alles.«

»Wieso hast du eigentlich einen Computer zu Hause?«, fragte Jo, während sie sich auf dem Teppich vor dem niedrigen, stählernen Bettgestell niederließ. »Ich dachte, du arbeitest mit den Dingern. So einen Job hast du doch, oder?«

»Stimmt, ja.« Sascha nickte, ließ sich neben ihr nieder und faltete umständlich seine langen Beine. »Mit dem Baby hier hab ich eher Spaß.«

»Du meinst Spiele? Tetris und so?«

Sascha winkte ab. »Kinderkram. Siehst du den grauen Kasten da neben dem Rechner?«

Jo nickte.

»Das ist ein Modem. Damit kann ich mich in eine Mailbox einloggen und mit anderen Leuten kommunizieren.«

»Wozu das denn? Was hat man sich denn zu sagen, mit Wildfremden?«

»Das frag ich mich manchmal auch, wenn ich nachts um vier im Babalu herumstehe.«

Sie lachte. »Punkt für dich.«

»Es ist eine Spielwiese«, sagte er, in der Stimme der Eifer eines kleinen Jungen, der seine neue Carrerabahn vorführt. »Neulich hat ein Kumpel von mir seinen alten 286er verkauft. Über Mailbox.«

»Das wäre natürlich per Telefon nicht möglich gewesen.«

Sascha tat, als hörte er die Ironie in ihrer Stimme nicht. »Ich finde das spannend. Du kannst alles sein, was du willst. Unter jedem Namen.«

»Versteh ich nicht. Wieso brauchst du solche Rollenspiele, wenn du einen Computer verkaufen willst?«

»Geht ja nicht nur um so was. Auch um anderes.« Er sah sie bedeutungsvoll an. »Sex zum Beispiel.«

Jo schüttelte den Kopf. »Wozu soll das denn nun wieder gut sein? Mit irgendwelchen Nerds übers Vögeln zu reden? Oder nutzt du das, um Frauen kennenzulernen?«

Sascha blickte sie mit gespielter Empörung an. »Seh ich aus, als hätte ich das nötig? Nein, bei diesen Spielen weiß man ja nie, wer dahintersteckt. Soll ich dir was verraten? Manchmal logge ich mich selbst als Frau ein.«

»Schwul, oder was?«

Sie bereute die Bemerkung augenblicklich. Billig. Unter ihrem Niveau. Aber er ging gar nicht darauf ein.

»Unglaublich, wie Männer da reagieren. Wenn sie meinen, sie hätten eine Frau vor sich. Wie die pawlowschen Hunde.«

»Kann ich mir vorstellen«, sagte sie.

Sascha öffnete den Mund wie zu einer Antwort und schloss ihn gleich wieder. Dann hakte er seinen Zeigefinger lässig unter den obersten Druckknopf von Jos Jeanshemd und zog daran. Er tat es mit der gleichen Selbstverständlichkeit, als hätte er sein eigenes Hemd geöffnet. Jo war so verblüfft, dass sie einfach sitzen blieb.

Knopf für Knopf arbeitete er sich vor und streifte ihr schließlich das Hemd von den Schultern. Jetzt trug sie nur noch das dünne Top mit den Spaghettiträgern.

Er ließ einen Finger über das Tattoo kreisen.

»Ich wette, da haben dich noch nicht viele angefasst.«

»Kunststück. Ist ja auch erst ein paar Tage alt.«

»Du bist ganz schön schön«, sagte er leise. »Aber das weißt du ja.«

Jo wandte den Blick ab. Also doch. Konnte auch er sie nicht lassen, diese Süßholzraspelei. Es gab bisher nur einen, der so etwas nie gesagt hatte. Benny. Sie dachte daran, wie er manchmal abwesend an ihrem Piercing-Ring gespielt hatte, das leichte Ziehen, nicht ganz angenehm, nicht ganz unangenehm. Benny war der erste Mann gewesen, der sie dort hatte anfassen dürfen. Ob ihm das eigentlich klar gewesen war? Sie dachte an sein Gesicht, seinen unbewegten Mund, als er ihr ein letztes Mal zuwinkte, an diesem Tag, als sie den Zug nach Frankfurt bestieg. Ob er gewusst hatte, dass sie sich danach nicht wiedersehen würden?

Sie stand auf und strich ihr Hemd glatt, ohne es zuzuknöpfen. Dann trat sie ans Fenster. Es hatte tatsächlich zu schneien begonnen. Weiche Flocken segelten durch den Morgenhimmel, verwandelten sich im Lichtschein aus einem Fenster in glitzernde Pünktchen, kamen auf dem Asphalt auf und verschwanden. Sie blickte hinüber zu ihrem eigenen Küchenbalkon, den verdorrten Blumenresten in einem dunkelgrünen Kasten, ihrem Zimmerfenster. Täuschte sie sich, oder hatte sich dort eben etwas bewegt?

Dann war Sascha hinter ihr, und sie schloss die Augen. Er roch gut, nach Nacht und Leben, nach Rauch in den Haaren und etwas Herbem, ein Parfüm, das sich nicht entscheiden konnte, ob es für Frauen oder Männer gemacht war. Etwas presste sich an ihren Po, und sie schwankte zwischen Lust und einem leichten Ekel. Nachgeben war so einfach, immer schon gewesen. Einfach das Spiel mitspielen, so wie man sich eine Pizza kommen lässt, mit nicht allzu viel Erwartung und immer mit der Möglichkeit einer angenehmen Überraschung. Vielleicht sollte sie es einfach tun, einfach wieder aufsteigen, so wie ein Kind, das vom Pferd gefallen war und sich sofort wieder in den Sattel schwang, um ja keine Angst vor dem Reiten zu entwickeln.

Aber als sie gerade so weit war, als sie sich eben umdrehen wollte, ließ er von ihr ab.

»Möchtest du lieber gehen?«, fragte er. Sie wandte den Kopf. Sein Gesicht war ausdruckslos. Schwer zu sagen, ob er enttäuscht war.

»Ich hatte eine harte Woche«, sagte sie entschuldigend. »Überhaupt, eine harte Zeit.«

»Schon in Ordnung.« Er begann, ihr Hemd wieder zuzuknöpfen. »Ganz wie du möchtest.«

»Was sollte das eigentlich vorhin mit dem Bier?«, wollte sie wissen.

»Welches Bier?«

»Im Babalu. Was du zu Jan gesagt hast. Wieso null Bier?«

Sascha war fertig mit den Knöpfen und verschränkte seine Hände hinter dem Kopf. Seine Handgelenke knackten.

»Weil du's bist«, sagte er, »und weil ich in großzügiger Stimmung bin. Aber nicht verraten.« Er machte eine Kunstpause. »Das ist die Bierskala. Offizieller Code zwischen Jan und mir. Mit der Bierskala wird angezeigt, wie viel man trinken müsste, um mit einer Frau was anzufangen.«

Jo nickte amüsiert. »Verstehe. Null Bier ist die Höchstnote.«

Sascha spitzte die Lippen und nickte übertrieben. Jetzt sah er wieder aus wie ein kleiner Junge. Ein eifriger kleiner Junge, den sie mochte.

»Vielleicht hast du ja Lust, morgen Abend mit mir zu Helge Schneider zu gehen«, sagte sie und strich ihm eine Haarsträhne hinters Ohr. Er wich ein Stück zurück, überrumpelt von ihrer Geste.

»Nee«, sagte er, »morgen geht nicht. Da bin ich zum Essen eingeladen.«

»Schick«, sagte sie, »und darf man auch fragen, bei wem?«

»Darfst du. Bei deiner Mitbewohnerin.«

Uli liebte den kleinen Edeka an der Ecke. Sie mochte die Verkäuferinnen, die Namen hatten wie aus Heimatfilmen und die das Obst so zärtlich in einer Blechschale wogen, sie mochte das ewig brummende Kühlregal. Alles sah hier aus wie ein persönliches Lieblingsstück, jeder Apfel und jeder Joghurtbecher, fast zu schade für einen ungeputzten WG-Kühlschrank.

Als sie an diesem Morgen ins Kühlregal griff, tippte ihr von hinten jemand auf die Schulter.

Sie wandte sich um und erschrak.

»Na, das ist ja mal eine Überraschung«, stotterte sie.

»Geht so.« Sascha verzog keine Miene. »Das ist nun mal, was mit Nachbarn passiert. Man trifft sich.«

»Und wie geht es dir?«

Er sah sie mit einem dieser Blicke an, die Uli nicht zu deuten wusste. »Wie, jetzt?«, fragte er schließlich. »Ich wollte eigentlich nur an die Milch.«

Er deutete auf eine Batterie mit Glasflaschen, deren Schönschriftetiketten aussahen, als sei die Milch extra abgefüllt für einen Sonntagsbrunch in einer Starnberger Landhausküche. Selbst das Kondenswasser auf dem Glas wirkte edel, sorgsam auf Frische getrimmt.

Ruckartig trat Uli einen Schritt zurück. Seit dem Abend im Nachtcafé war sie wie auf einer Luftmatratze durch die Tage geplanscht, verliebt in ein neues Bild von sich selbst, das immer mehr so aussah wie das, in das sie sich verwandeln wollte. Jetzt bekam die Luftmatratze unter ihrem Bauch ein Leck, mit einem leisen Pfeifen entwich die Luft. Sie nickte hastig, ohne Sascha anzusehen, stolperte dann an der Käsetheke vorbei wie auf der Flucht, ergriff im Vorübergehen ein Pappschälchen mit

Champignons und eine Packung Nudeln und stellte sich schließlich, geschlagen und mit hochgezogenen Schultern, an der Kasse an.

Einen Moment später war Sascha wieder hinter ihr, eine Flasche Milch und ein Paket Kaffee in der Hand. Er deutete auf die Pilze.

»Was ist das denn?«

»Wie, was das ist? Champignons.«

Er schüttelte den Kopf. »Kann gar nicht sein. Die wachsen in Dosen.«

Uli starrte auf einen Dreckspritzer auf den grauweißen Bodenfliesen und überlegte. Worauf wollte Sascha bloß hinaus? Sie schüttelte den Kopf.

»Nee«, sagte sie, »die schmecken doch wie Gummi. In eine richtige Nudelsoße gehören frische.«

»Ich hab's geahnt«, Sascha nickte, »du bist der Typ Frau, der kocht.«

Währenddessen hatte die Kassiererin die Einkäufe über das Band gezogen, und Uli fingerte nach ihrem Geldbeutel.

»Doch«, sagte sie, »kochen, das kann ich.«

»Echt? Und wieso weiß ich nichts davon?«

»Ich kann es dir gerne mal zeigen.«

Der Satz war ihr einfach entwischt, in einem unbeobachteten Moment. War das jetzt eine Chance oder der nächste fatale Fehler? Uli spürte, wie sich ihre Schulterblätter noch mehr zusammenzogen.

Sascha schob anerkennend die Unterlippe vor und nickte. Dann steckte er seine Milchflasche in die riesige Außentasche seiner Lederjacke. Ganz langsam blies sich die Luftmatratze unter Ulis Füßen wieder auf.

Immerhin, er hatte sie nicht ausgelacht.

Sie verließen den Edeka gemeinsam und schwiegen. Bei der Ampel an der Ecke hatte Uli sich für die Vorspeise entschieden, in der Straßenmitte schwankte sie noch zwischen Lachsforelle und gefülltem Kräuterhähnchen. Ob sie das Rezept mit der jamaikanischen Pina-Colada-Creme noch fand?

Vor der Haustür hob Sascha grüßend seine Hand.

»Moment«, sagte sie. Das Wort hing in der feuchten Vorfrühlingsluft, ein bisschen zu laut und ein bisschen zu scharf.

»Ja? Was denn noch?«

»Wann denn eigentlich?«

»Was, wann?«

»Das Kochen. Ich meine, dass ich dich zum Essen einlade.«

»Das willst du wirklich tun?« Er sah ehrlich überrascht aus. Dann zögerte er einen Moment. Die Luftmatratze unter Ulis Füßen kam gefährlich ins Trudeln.

»Okay.« Er nickte und zuckte dabei gleichzeitig die Achseln. »Wie wär's denn mit morgen?«

Uli nickte feierlich. »Samstagabend um acht. Bei mir.«

Die Zeit reichte gerade so. So sehr sie den Edeka mochte, für diesen Anlass kam er nicht infrage. Fisch gab es auf dem Viktualienmarkt, in einem wohnzimmerkleinen Geschäft, in dem die Tiere in Wassertanks auf ihr Ende durch einen Stromstoß warteten. Für die Vorspeise kaufte sie frische Krabben, rötlich und feucht schimmernd, ganz so wie auf dem doppelseitigen Foto aus »Food for Lovers«.

Als sie den Markt mit vier hoffnungsgrünen, zart knisternden Plastiktüten verließ, war schon ein Viertel ihres Mai-Geldes hinüber. Und das am 28. April. Heute hatte die Stadt nichts mehr von Frische und Erwartung, sie sah benutzt und beschmutzt aus mit ihren grauen Schneehäufchen am Wegrand. Aber Uli genoss jeden Moment. Dies war der Tag. Tonight's the night we're gonna make it happen.

Weil sie ohnehin schon fast pleite war, kam es darauf auch nicht mehr an, entschied sie. Bei Karstadt wurde sie schließlich fündig: eine seidige, grauweiß gestreifte Boxershorts, mit einem zarten Blütenmuster. So eine ähnliche hatte das Model angehabt in der letzten Modestrecke aus der Cosmopolitan, so eine Shorts und sonst nichts, mit abwesendem Gesichtsausdruck an ein Bett gelehnt, zwischen dessen zerwühlten Laken man die Konturen eines nackten Mannes erahnen konnte.

Vielleicht würde sie endlich etwas spüren, mit einem solchen

Mann und solchen Hosen. So hatten es die anderen jedenfalls genannt, Elli, ihre Schwester: *etwas spüren*. Uli hätte gerne gewusst, was.

Jetzt bekam sie es ein bisschen mit der Angst zu tun. Morgen um diese Zeit, dachte Uli, morgen würde sie glücklich sein. Dann würde alles vorbei sein, und sie wäre allein mit Erinnerungen. Hoffentlich.

»Nur des Hoserl?«, fragte die Kassiererin mit der Goldrandbrille und verstaute das schimmernde Teil in einer nachtblauen Mini-Tragetasche mit Stoffhenkeln. Wenn du wüsstest, lag Uli auf der Zunge. Das Hoserl sollte es sein, ihr ganzes Herz. Und ein Sektcocktail in der Blue Bar. Wenn heute alles so lief wie geplant, dann würde sie nächstes Wochenende in Neustadt so einiges zu erzählen haben. Und übernächstes würde sie vielleicht gemeinsam mit Sascha einkaufen gehen. Eine Flasche Milch für zwei.

Um zehn nach acht sah sie zum ersten Mal aus dem Fenster, zwei Minuten, nachdem sie zum ersten Mal auf die Uhr geschaut hatte. Vorher war sie so beschäftigt gewesen, dass sie sogar ihre Nervosität vergaß. Auf den neuen Tellern mit dem Ranken-Relief hatten Salatblätter arrangiert werden müssen. Nahtlos, als wären die Krabben das Innere einer frühlingsgrünen Blume. Die Zitrone hatte abgebraust, die schönsten Dillstücke ausgesucht, das Gemüse mit einem Löffelchen Crème fraîche abgeschmeckt werden müssen. Jetzt duftete die Forelle im Ofen. Heute Morgen war sie noch ein lebendiges Tier gewesen, jetzt war sie eine Zutat für ein Rendezvous, Dekoration, um vom eigentlichen Zweck ihres Treffens mit Sascha abzulenken.

Mit einer Hand schob Uli den Vorhang aus Plastiktulpen zur Seite und blickte durch das Glas der Balkontür. Dort drüben lag Saschas Wohnung, und sie äugte mit einer Art ängstlichem Besitzerstolz auf die andere Seite des Hofes hinüber. Sie waren offiziell verabredet, kein Grund mehr, sich in Jos dunklem Zimmer zu verstecken. Falls er Uli so sah, am Fenster stehend, machte das gar nichts. Im Gegenteil. Aber drüben war alles dunkel und still.

Sie sah ihr undeutliches Spiegelbild in der Scheibe, den langen schwarzen Trägerrock mit der weißen Bluse, die Schnürstiefel an den Füßen. Das Weihnachtsgeschenk ihres Vaters, das ganze Ensemble, aber, so hatte die Mutter augenzwinkernd geflüstert, er war nicht allein gewesen auf der Shoppingtour in Mannheim. Gut so. Papa liebte sie am meisten, aber Mama wusste noch immer am besten, was ihr stand. Als sie die Sachen zum ersten Mal angehabt hatte, beim traditionellen Weihnachtstreff in der Blue Bar, hatte Martin anerkennend durch die Zähne gepfiffen. Siehst aus wie eine Klosterschülerin, hatte er gesagt, aber wie eine scharfe. Mit diesen Worten im Hinterkopf hatte sie das Kleid ausgewählt, vorhin, nachdem das Gemüse geputzt und der Fisch in den Ofen verfrachtet war. Wenn einer wie Martin das Wort scharf in den Mund nahm, musste etwas dran sein. Sie verlagerte ihr Gewicht von einem Bein auf das andere. Bildete sie es sich ein, oder hörte sie den Seidenstoff zwischen ihren Beinen wirklich leise knistern?

Um zwanzig nach acht klingelte das Telefon. Es schrillte, als käme das Geräusch direkt unter ihrer eigenen Schädeldecke hervor. Plötzlich klang alles höher und weiter, jeder Schritt auf dem Dielenboden, die Musik aus den Boxen in ihrem Zimmer – just get here, sang Oleta Adams –, und verängstigt sah sie ihrer eigenen Hand zu, die nach dem Hörer griff.

»Uli?«, hörte sie eine vertraute Männerstimme sagen.

»Papa?«

»Halt dich fest«, sagte er, »ich hab mir was überlegt.«

Uli verstand nur die Hälfte von dem, was er sagte. Es ging um ein Auto, so viel bekam sie mit. Den Automatik-Golf des Oberkellners aus der Traube, der Mann wurde Vater, brauchte einen Kombi, eine Familienkutsche, so nannte es Papa, hatte deshalb den Wagen günstig abzugeben. Gerade einmal siebzehntausend Kilometer gelaufen, Top-Testergebnisse im neuesten ADAC-Magazin. »Wo du doch so häufig unterwegs bist, gell, und die Sicherheit geht doch vor.«

Sie blickte sich selbst im Flurspiegel an, erleichtert und bestürzt zugleich. Wenn Sascha nicht anrief, hieß das nicht, dass er nicht kam. So viel stand immerhin fest. Auch wenn das nicht besonders viel war. Eine neue Note mischte sich in den Duft aus der Küche, eine, die da definitiv nicht hingehörte. Davon hatte in »Food for Lovers« nichts gestanden, wie man ein Essen warmhielt, wenn sich die Verabredung um mehr als eine halbe Stunde verspätete.

Liebe geht durch den Magen, so war es in Kreuzstich auf ein verblichenes Geschirrhandtuch gestickt, das in der verwinkelten Küche ihrer Großmutter gehangen hatte. Sie war so sicher gewesen, sicher trotz ihres Herzens, dass sich aufführte wie ein schlagzeugspielender Untermieter. Wenn sie sich beim Kochen selbst übertraf, dann konnte die Geschichte mit Sascha nur gut anfangen. Und gut ausgehen, was immer das auch hieß bei Liebesgeschichten.

»Papa, nicht böse sein«, unterbrach sie. »Ich muss was Dringendes erledigen.«

Um fünf nach halb neun schaltete Uli den Ofen aus. Die Krabben hatten ihren Schimmer verloren, waren matt geworden wie Feinkostsalate, die in einer Salatbar im Supermarkt durch den Nachmittag dämmerten. Wieder kam sie am Flurspiegel vorbei und wunderte sich. Sie sah nicht einmal verletzt aus. Nur überrascht.

Sie konnte einfach ihre Jacke nehmen und gehen. Die Wohnung verlassen, das Haus, den Stadtteil. Vielleicht würde sie sich einfach ins Auto setzen und einmal den ganzen Mittleren Ring umrunden, Tunnels, Brücken, in der Ferne die Bürohochhäuser, den Arabellapark im Osten, das BMW-Hochhaus im Norden. Sich einreihen in den Verkehr und für eine Weile untergehen, so tun, als hätte sie ein Ziel. Immer wieder die gleiche Runde. Nur nicht da sein, wenn er nicht kam. Und erst recht nicht, wenn er kam. Nicht dasitzen wie ein Tier in der selbst geschaffenen Falle.

Sie hätte es ahnen müssen.

Um zehn vor neun klingelte es schließlich an der Tür. Plötzlich war sie ganz sicher. Weglaufen wäre die einzige Möglichkeit gewesen, mit heiler Haut aus dieser Geschichte herauszukommen. Und die hatte sie um ein paar Minuten verpasst.

Später fragte sie sich manchmal, wo der Punkt gewesen war, an dem es keine Rückkehr gab. Ob es schon der Moment gewesen war, in dem sie ihn zum Essen eingeladen hatte, der Moment, in dem sie ihm die Tür geöffnet hatte. Oder ob sogar noch alles anders hätte kommen können, wenn sie ihn nicht so einfach hingenommen hätte, seinen ersten Schlag. Wenn sie nicht einfach wortlos akzeptiert hätte, was damals noch reine Unhöflichkeit war. Und noch keine Grausamkeit.

Aber wie er dann so vor ihr stand, ihr mit zwei Händen eine Schachtel Supermarktpralinen hinhielt und anerkennend die Lippen spitzte, lecker riecht das hier, da fiel ihr nichts Besseres ein, als sich selbst zu entschuldigen.

»Der Fisch ist mir ein bisschen trocken geworden«, sagte sie, und er zog die Augenbrauen zusammen. »Fisch, wieso denn Fisch?«

»Ich hab uns eine Lachsforelle geholt«, erklärte sie, »aber ich hätte sie wohl später in den Ofen tun sollen. Oder auf kleinerer Flamme garen, à la Siebeck.«

Sascha ließ sich auf den Küchenstuhl neben der Tulpengardine fallen und blickte zwischen dem verwelkten Krabbencocktail und Uli hin und her. Sie kniebelte mit einem Fingernagel an der Papierbanderole der Pralinenschachtel.

»Ich dachte, du wolltest Nudeln machen«, sagte Sascha, »mit lebenden Champignons.«

»Ach, Pasta«, sagte sie wegwerfend und zwei Töne zu hoch, »das kann man doch jeden Tag haben.«

Er lachte tonlos durch die Nase. »Stimmt, ja«, sagte er, »Pasta. So nennen das Frauen wie du.«

»Frauen wie ich? Wie sind die denn?«, fragte sie und versuchte, ihrer Stimme einen gewissen Unterton zu geben. Tief, gurrend, wissend. Aber stattdessen klang sie genauso wie auf dem neuen Anrufbeantworter, den sie gestern gemeinsam mit Jo besprochen hatte. Immer ein bisschen übereifrig. Enttäuscht lauschte sie ihren eigenen Worten, während sie zwei Gläser Prosecco einschenkte. Feine gelbe Perlen stiegen auf, dann sackte die kleine Schaumkrone in sich zusammen.

»Das kann ich dir nun wirklich nicht in einem Satz beantworten«, wehrte Sascha ab und hob die Hand, als sie ihm ein Glas reichen wollte. »Danke, aber von diesem Blubberzeug muss ich immer so aufstoßen. Hast du einen Saft da?«

Die Krabben schmeckten nicht so trocken, wie sie aussahen, dafür ließ sich der Fisch nur noch in einer großen Portion Tomatensoße ertränken. Uli kam das entgegen, sie musste sich ohnehin zu jedem Bissen zwingen. Sascha dagegen aß mit Appetit, nahm sich zwei Mal nach und nickte beifällig. »Da wohnt man jahrelang einer Köchin gegenüber und weiß es gar nicht«, sagte er.

Während Sascha für das Essen zuständig war, übernahm Uli das Trinken. Außerdem übernahm sie das Reden. Ein Stichwort genügte, eine Frage nach ihrem Studium und ihrer Bewerbung für das Praxissemester im Herbst, und sie begann loszusprudeln: von den Professoren, die ihren Studentinnen vorrechneten, wie teuer ihre Ausbildung den Staat zu stehen kam, während sie später nichts Besseres zu tun hatten, als Kinder in die Welt zu setzen; von der drohenden Rezession, die Unternehmen zögerlich machte bei der Vergabe von Praktikumsstellen. Irgendwann unterbrach sie sich mitten im Satz.

»Was mach ich hier eigentlich«, sagte sie entschuldigend, »ich rede und rede, und dich hab ich noch gar nichts gefragt.« Wo wir doch endlich mal zu zweit zusammensitzen, wollte sie noch hinzufügen, schluckte den Satz aber noch rechtzeitig hinunter.

»So what«, antwortete er und schrubbte gewissenhaft einen Klecks Soße mit einem Stück Kartoffel auf, »mein eigenes Leben kenn ich ja.«

»Und was machst du gerade so, im Job? Irgendwelche, wie heißt das: Netzwerk-Sachen?«

»Hat Jo dir erzählt«, stellte er fest.

»Sie hat gesagt, dass du über den Computer mit anderen Leuten kommunizierst, hab ich das richtig verstanden?«

»Hm.«

»Spannend.«

»Ja. Schon.«

»Das heißt, ihr könntet auch zusammen Spiele machen? Oder etwas versteigern, zum Beispiel?«

»Versteigern?« Er massierte sich mit einer Hand selbst den Nacken. »Wie kommst du denn da drauf?«

»Ist mir nur so eingefallen. Mit meinen Freunden hab ich das manchmal gemacht, zum Spaß. Dass wir irgendwelchen Kleinkram versteigert haben, für Pfennigbeträge.«

»Aber nicht digital.«

Sie wusste nicht genau, was das Wort bedeutete.

»Nein. Im Café.«

Uli fühlte sich entmutigt. Auch wenn Sascha doch noch gekommen war, hatte der Abend seither in keiner Hinsicht so ausgesehen, wie die Schwarz-Weiß-Fotos in ihrem Kochbuch versprochen hatten. Weder hatten sie mit dem Prosecco angestoßen noch sich gegenseitig mit Häppchen von ihren Tellern gefüttert. Wobei sie an der Sache mit dem Füttern wahrscheinlich selbst schuld war, sie hatten ja beide das gleiche Essen. Sie hätte eben doch die gemischte Vorspeisenplatte richten sollen.

Von der Lachsforelle waren nur noch Kopf, Gräten und ein paar graue Fetzen Fleisch übrig. Vorwurfsvoll starrten die geplatzten Augen sie an.

Irgendetwas musste passieren, damit das Gespräch persönlicher wurde. Computer eigneten sich schon einmal nicht. Auch nicht der Professor. Die Babys? Kindheit, dachte sie. Schon besser. Das war das Stichwort. Das war es doch, was Paare taten: Sie erzählten einander, woher sie kamen, was sie als Vierjährige von Beruf hatten werden wollen, wovon sie mit zehn geträumt hatten.

Natürlich waren Sascha und sie noch kein Paar. Aber um es zu werden, sollte sie vielleicht schon einmal mit dem Erzählen anfangen. Ob sie ihre Familie erwähnen sollte? Wie sie manchmal weinte, wenn sie ihr Auto sonntagnachmittags durch die Weinberge kutschierte, in einem trügerischen Gefühl, als käme sie gerade von einem Ausflug nach Hause, während sie bereits in Richtung Autobahn fuhr, weit weg von der warmen Wanne im Dachbadezimmer mit den schrägen hellblau gestrichenen Wänden, den hölzernen Balken im Eierschalenton?

Sascha lehnte sich zurück, faltete die Hände über seinem Bauch und sah sie an. Es lag eine Frage in seinem Blick, aber auch etwas Abschätzendes, als würde er überlegen, sie zu kaufen.

»Gibt's Nachtisch?«, fragte er. Er hatte leise gesprochen, fast geflüstert. So, als meinte er eigentlich etwas ganz anderes.

»Ach, natürlich!« Uli stand ruckartig auf. Auf dem Weg zum Kühlschrank blieb sie mit dem Absatz an einem Stuhlbein hängen, das Holz schabte für einen quälenden Moment über den Dielenboden. Immerhin, die Pina-Colada-Creme wurde nicht so schnell schlecht im Kühlschrank.

Als Uli sich bückte, hörte sie, wie ein zweiter Stuhl gerückt wurde, dann Schritte hinter sich. Der Boden knarzte, als Sascha auf das lockere Brett gleich neben der Küchenzeile trat. Sie griff nach der Creme und stand auf, aber noch ehe sie sich umdrehen konnte, legten sich schon zwei Hände von unten an die Glasschüssel. Ihre und Saschas Finger berührten sich leicht, warm auf dem kalten Glas. Sanft nahm er die Schüssel aus ihren Händen, und sie ließ los. Er hob die Schüssel näher an sein Gesicht und schnupperte. Dann stellte er sie neben zwei Wassergläser mit Diddl-Mäusen, die auf einem Geschirrtuch auf der Arbeitsplatte vor sich hintrockneten.

»Nein«, sagte er, »ich dachte eher an was anderes.«

Er griff mit seinem langen Arm an Uli vorbei und schloss bedächtig die Kühlschranktür. Dann, genauso bedächtig, fasste er mit beiden Händen nach Ulis Hüften und schob sie rückwärts auf den Küchentisch zu. Unter ihrem Po klirrte ein Teller, als sie an die Tischkante stieß.

Dann war sein Gesicht über ihrem, seine Zunge in ihrem Mund, gleichzeitig fremd und so, als wäre sie ein Teil von ihr, als hätte sie schon immer dort hingehört.

Das war's, das würde es sein, was sie sich seit Monaten in allen möglichen Spielarten ausgemalt hatte. Jetzt ging es deutlich schneller als sie gedacht hatte. Was musste sie tun? Musste sie sich einfach hinlegen, hier, so zwischen Fischgräten und Gemüsematsch?

Vorhin hatte sie noch darüber nachgedacht, Sascha beim Abstellen der Cremeschüssel eine Hand auf die Schulter zu legen, wie zufällig, als müsste sie sich abstützen. Und dann abzuwarten, was er aus dieser Geste machte. Dass er dieses Tempo vorlegte, schon jetzt seinen Körper an ihren presste, verwirrte sie. War das Leidenschaft? Hatte er es vielleicht genauso ersehnt wie sie? Hatte sie seine Gefühle ganz falsch eingeschätzt?

Wahrscheinlich war es besser so. Er hatte den ersten Schritt gemacht, nicht sie. So konnte sie ganz sicher sein, dass er sie wirklich wollte.

Oder doch nicht?

Sie schloss die Augen und öffnete sie sofort wieder. Wachsam sein, nichts übersehen, nichts überspüren. Schon allein wegen Netti. Ihre Schwester würde sicherlich jedes Detail wissen wollen. Es kam Uli vor, als würde sie selbst dieser Szene in der Küche von außen zusehen, beinahe unbeteiligt. Schon jetzt beschäftigt damit, Erinnerungen zu sammeln für ihr ganz privates Museum. Saschas Hände schoben sich unter ihren Rock, und augenblicklich verwandelte sich die Berührung in eine Momentaufnahme, ein Schwarz-Weiß-Foto aus einer erotischen Magazin-Fotostrecke. Sie ließ sich auf den Tisch sinken und schob gleichzeitig mit einer Hand Geschirr beiseite, hörte das Kreiseln eines Porzellantellers auf Holz, das Singen eines Glases. Noch war nichts zu Bruch gegangen.

»Das ist es doch, wovon du schon den ganzen Abend träumst«, sagte er und blies sich eine Haarsträhne aus dem Mundwinkel, »Sex auf dem Küchentisch. Und was ist das da?«, fragte er und tastete sich höher. »Trägst du die Shorts von deinem Freund auf?«

»Freund? Was für ein Freund?«

Uli sah ihn erschrocken an. Machte er jetzt auch noch Witze, wo es ihr so bitterernst war? Was war eigentlich ihre Rolle bei diesem schnellen Überfall? Sollte sie ihn anfassen? Abwarten?

Und wann würde sie endlich etwas spüren?

»Gut, dass wir darüber geredet haben.« Er grinste. »Wie ist es? Hart bleiben oder was Weicheres suchen?«

Während er fragte, zog er seine Hand zwischen ihren Beinen hervor und richtete sich auf. Dann griff er in die Tasche seiner Lederjacke über der Stuhllehne und zog eine CD heraus.

»Ich hab aber keinen CD-Player«, sagte Uli, noch immer im Liegen. Etwas drückte sich von hinten an ihren Hals, hart und glatt. Ein Messer? Sie hoffte, dass es kein benutztes war.

Sascha stutzte und blickte auf die CD, dann auf Uli. Schließlich griff er nach ihrem Arm und zog sie hoch.

»Irgendwas ist immer«, sagte er.

»Was ist das überhaupt?«

»Massive Attack. Gibt es aber auch auf LP.«

Irgendetwas lief hier falsch. Ganz fürchterlich falsch sogar. So oft sich Uli diesen Moment ausgemalt hatte, die Worte in dieser Szene hatten immer ganz anders geklungen.

Sascha sah sie an, steckte sich langsam einen Finger in den Mund und zog ihn wieder heraus. Er glänzte feucht im Kerzenschein. Dann näherte er sich Ulis Gesicht, öffnete mit dem Finger ihre Lippen.

»Na komm«, sagte er, beinahe freundschaftlich.

Eine Viertelstunde später lag Uli rücklings auf ihrem Futon, während die vorüberfahrenden Autos Lichtflecken an die Decke malten. Sie hatte versucht, sich aufzurichten, gleich danach; aber es war, als steckte Sascha noch immer in ihr fest, als leistete ihr Inneres Widerstand, wenn sie sich beugte. Er stand am Schreibtisch und sah nach draußen. Die feinen Härchen auf seinem Po glänzten im Gegenlicht. So nackt hatte er beinahe etwas Rührendes, trotz seiner Größe.

Wieder einmal ärgerte sie sich, dass sie nie das Rauchen angefangen hatte. Aschenbecher auf dem Bauch, in der kleinen Kuhle zwischen den Rippen, das käme jetzt gut. Stattdessen konnte sie nur daliegen und Sascha zusehen, wie er nackt am Fenster stand, an den Schreibtisch gestützt, und der nächtlichen Rastlosigkeit der Autos unten auf der vierspurigen Straße zusah.

Ob ihm klar war, was er da getan hatte? Er hatte sich jedenfalls nichts anmerken lassen, als er sie gepackt und auf sich gezogen hatte, als sei sie nur ein Spielzeug, die Verlängerung seiner eigenen Hände. Sie hatte nicht viel tun müssen, nur die Zähne zusammenbeißen. Und an die Gespräche in der Blue Bar denken. Mir hat das vorher mehr Spaß gemacht, hatte Elli gesagt, das Rahmenprogramm. Jetzt, wo der Tschep und ich es richtig tun, habe ich eigentlich nichts mehr davon.

Uli atmete tief ein. Dieser seifige Geruch, genau wie in manchen Nächten allein in Jos Zimmer. Was kam danach? Musste sie jetzt etwas tun? Oder er? Benutzt, dachte sie, er hat mich benutzt. Zu ihrer eigenen Überraschung spürte sie, wie ihr Körper auf diesen Gedanken reagierte, ein angenehmes Brennen in ihrem Inneren. Ein Mann, der sich nahm, was er wollte. Beim nächsten Mal würde es wieder so sein, nur ohne den Schmerz. Und sie würde mehr von diesem Ziehen spüren, und früher.

Sascha klopfte mit gespreizten Fingern zweimal auf den Pappkarton mit dem Computer mit dem schwarzen Gehäuse, der seit Weihnachten unausgepackt auf ihrem Schreibtisch stand. Ein kleiner Schlussakkord, so ähnlich, wie ihr Vater es manchmal tat, bevor er die Gaststube abschloss. Dann drehte er sich um. Jetzt. Er musste doch wenigstens irgendetwas sagen.

»Ein richtiges Mädchenzimmer hast du da.«

Er bückte sich und begann, einen Strumpf anzuziehen. Weich zeichnete sich die Kontur seines Rückens gegen den Laternenschein von der Straße ab.

Uli lag still, ihre Gedanken rasten. Mädchenzimmer – war das ein Kompliment? Eine Beleidigung? Oder beides? Sie sah sich um, blickte auf die Familienfotos auf den Hängeregalen, die Weinflasche mit der Kerze auf dem Fensterbrett. Von ihren guten Vorsätzen war nicht viel übrig geblieben. Rücksichtslos hatte sich das Leben in ihre zen-buddhistische Fantasie von Ficus und Matratze gedrängt, forderte Platz, forderte Sichtbarkeit.

Sascha blickte auf seine Armbanduhr.

»Und jetzt?« Sie erkannte ihre eigene Stimme kaum. Sie klang wie schlecht geölt, außerdem wieder viel zu hoch, zu kindlich, zu fordernd.

»Wie, und jetzt?« Er trat auf sie zu, einen Strumpf am Fuß, einen in der rechten Hand. »Möchtest du etwa noch einen Nachschlag?«

Sein Geschlecht baumelte vor ihrem Gesicht. Sie hätte die Hand ausstrecken, es berühren können.

Sie stützte sich rücklings auf den Ellenbogen auf. »Ich meine, warum ziehst du dich an?«

Sascha sah auf die Uhr. »Hey, vielen Dank«, sagte er, »aber in zehn Minuten muss ich los, sonst komm ich schon wieder zu spät.«

»Zu spät? Für was denn?«

»Wir treffen uns um halb zwölf am Ostbahnhof«, sagte er, »das schaff ich gerade so.«

Und wir?, wollte sie fragen. Ein anderes Wir anbieten als das, was er so leichthin benutzte, so ähnlich wie Jo. Ein Sammelbegriff für diese immer gleiche Menge aus Menschen vor weiß lackierten Clubtüren mit sehschlitzkleinen Fenstern, ein Wir mit einer immer ähnlichen Zahl von Armen und Beinen und wechselnden Gesichtern, ein Nachtlebenmonster. Ein Wir, in dem er verschwinden konnte, bis zum Anschlag verschwinden, so wie vorhin noch in ihr. Eifersucht war schon schlimm genug, wenn man ein Gesicht dazu hatte. Ohne Gesicht wurde sie uferlos. Alle dort draußen wollten ihn. Gegen dieses tausendbrüstige Monster hatte sie nichts in der Hand.

Sascha balancierte auf einem Bein, versuchte sich im Stehen die zweite Socke anzuziehen, lehnte sich schließlich gegen die Schranktür. Sie gab nach und verkantete sich. Er richtete sich auf, sah das schiefe Möbel an, dann Uli, dann wieder den Schrank.

»Tolles Patent«, sagte er, »mit rausnehmbaren Türen. Mal ehrlich, das sollte dir mal jemand richten.«

Er zog sich an, rasch und sachlich. Dann musterte er Uli, die noch immer zigarettenlos auf dem Rücken lag.

»He, guck doch nicht so waidwund!«

Mit einem großen Schritt war er bei ihr, griff sie unter den Achseln und zog sie hoch, als holte er ein Baby aus dem Bett. Schließlich hob er sie an, bis ihre Füße in der Luft baumelten und ihre Gesichter auf der gleichen Höhe waren.

»Komm«, sagte er fast zärtlich, »sei eine gute Gastgeberin und bring mich zur Tür.«

Wie auf ein Stichwort hörte Uli im gleichen Moment das Geräusch eines Schlüssels, der sich im Schloss drehte, dann Stimmen auf dem Flur. Eine Frau lachte kieksend, danach Jo.

Sascha setzte Uli ab. Sie starrte zu Boden. Das grüne Kondom auf den Dielen sah aus wie ein winziges Krokodil mit verrenkten Gliedmaßen. Tot, ganz ohne Zweifel.

Sie würde sich einen Bademantel kaufen. Gleich morgen würde sie sich einen weißen Frotteebademantel kaufen, vom Rest des Maigeldes. Ein Gebirge aus Stoff, der ihren Körper ganz umschloss, von den Knöcheln bis zum Hals, und in dem sie verschwinden konnte.

»Okay.« Er griff in ihren Nacken und gab ihr einen Kuss auf den Kopf. »Ich finde den Weg auch allein.«

Er öffnete die Tür. Ein Lichtfinger vom Flur schob sich über die Holzdielen und ergoss sich in einen Halbkreis.

»Je später der Abend«, hörte sie Sascha sagen, und dann Jo, »stimmt, desto überraschender die Gäste.«

»Kochen kann sie.«

»Schön für dich.«

Die Wohnungstür quietschte, dann hörte sie ihn noch einmal, jetzt schon ganz weit weg. »Ich ruf dich an.«

Und wieder Jo: »Ja, mach mal.«

Mit staksigen Schritten ging Uli zu ihrem Schreibtisch, öffnete eine Schublade und griff nach einem roten Wachstuchheft. Endlich gab es etwas zu erzählen.

Sie schlug das Heft auf und musterte die erste Seite. Ein Passbild von ihr selbst, aus dem Automaten. Mit Jackett und Rollkragenpullover sah sie sehr erwachsen aus. »Ich bin ich«, hatte sie daneben geschrieben. Das war mindestens drei Monate her. Die anderen Seiten waren noch leer.

Absätze klapperten auf dem Flur, dann schrie eine Frau, vermutlich dieselbe, die vorhin so schrill gelacht hatte.

»Iih«, kreischte sie, »da liegt ein totes Tier auf dem Küchentisch!«

Jo hatte die Balkontür geöffnet, einen Stuhl hinausgestellt und die nackten Beine auf die Brüstung gelegt. Sie zündete sich eine Zigarette an, die erste an diesem Abend. Rauchen sollte Belohnung sein, hatte sie beschlossen, nicht mehr ein automatischer Handgriff. Und eine Belohnung hatte sie verdient, nach dieser Referatssitzung. Christa Wolfs Poetik im Wandel der frühen Romane. Eine Woche war das Semester alt, und Jo hatte schon wieder keine Lust mehr. Obwohl sie das alles schon zum sechsten Mal mitmachte, die Verteilungskämpfe um die Seminarplätze, die Rückmeldetermine, die sie immer vergaß, fühlte sie sich an der Uni immer noch fremd. Und das würde wohl auch so bleiben. Sie blieb ein Eindringling in dieser Welt mit ihren hohen Räumen und Marmortreppen und Vorlesungen über unanständige Barockgedichte donnerstagmorgens um neun Uhr c. t. Sie sehnte sich nach den nächsten Semesterferien, wenn sie wieder in irgendeiner Redaktion hospitieren konnte.

An der Uni ging es darum, auf einfachen, perfekten Gedanken, auf schönen Sätzen ein riesiges Gedankengebäude zu errichten, bis man nichts mehr sah von der ursprünglichen Schönheit. Zeitungmachen war genau das Gegenteil: Schneisen zu schlagen durch den Wirrwarr der Welt, einfache Erklärungen anzubieten für komplizierte Zusammenhänge. Das lag ihr mehr. Und die Kantine mit dem Blick über die Altstadt-Skyline mehr als die Kunststofftabletts in der Mensa hinter dem Schweinchenbau, wo hinter rosa Fassade die Pädagogen residierten.

Aber natürlich hatte der Moser recht, und sie musste da durch, bis zur letzten Zeile der Magisterarbeit, um dann ihr Volontariat zu beginnen. Schließlich wollte sie nicht ewig in der Redaktion einer Boulevardzeitung versauern, so wie Agnes. Oder, dachte sie mit einem Anflug von Gemeinheit: oder wie der Moser selbst. Ein Lokalfürst mit Metallkappen auf seinen Cowboystiefeln, völlig unbedeutend in der Zeitungslandschaft Deutschlands. So gesehen, spann sie den Gedanken weiter, galt das auch für ihren Vater. Auch wenn Hortus einen Privatparkplatz mit Nummernschild im Innenhof des Verlagsgebäudes hatte. Wer kannte den schon außerhalb von München?

Überhaupt, München. Eigentlich viel zu provinziell. Sie dachte daran, wie sie im letzten Sommer an den Hamburger Landungsbrücken gestanden und zum ersten Mal dieses imposante neue Verlagsgebäude gesehen hatte, mit den Türmchen und Außentreppen wie ein riesiges Schiff, das hier vor Anker lag. Eines Tages würde sie vielleicht dort ihr Büro haben, mit Blick über den Hafen. Oder, dachte sie übermütig, gleich am New Yorker Times Square? Jo schlug den linken Fußknöchel über den rechten. Rauchringe stiegen in den samtigen Abendhimmel. Beim Abaschen rollte sie die Zigarette zwischen Daumen und Zeigefinger hin und her, bis sie einem gespitzten Bleistift ähnelte.

Im Gebäude gegenüber, hinter einem geöffneten Fenster, liebte sich ein junges Paar. Ein Synkopen-Rhythmus, ähnlich wie bei dieser CD, die neulich bei Sascha gelaufen war. Ah uh, ah uh. Es war nicht das erste Mal, dass Jo die beiden hörte, man konnte die Uhr nach ihnen stellen. Jeden Tag die gleiche Feierabendnummer. Masse statt Klasse, dachte Jo grimmig. Die beiden waren sicher nicht besonders gut im Bett. Die Frau wurde lauter, dann schrie sie auf, einmal, kurz und schrill. Auf dem Nachbarbalkon begannen ein paar Leute zu klatschen, dann stießen Flaschen mit einem dumpfen Bing zusammen.

Drinnen klingelte das Telefon, dann hörte sie Ulis Schritte auf dem Flur, den ängstlichen Ton in ihrer Stimme, als sie sich meldete. Arme Uli.

Sie schien noch nicht einmal zu verstehen, dass es da nichts mehr zu hoffen und zu warten gab. Und dann dieser Blick, mit dem sie Jo neuerdings ansah. Irgendwie lauernd, als wollte sie immerzu fragen: Gehöre ich jetzt dazu? Bin ich jetzt eine von euch? Demonstrativ war sie an jenem Abend vor ein paar Wochen halb angezogen durch die Wohnung getigert, hatte sich dann lange im Bad eingeschlossen, war schließlich in die Küche gekommen und hatte sich zu Jo und ihren Begleitern gesetzt, die Beine auf dem Stuhl angezogen. Dann hatte sie betont melancholisch die Wand angestarrt. Ein öffentliches Liebesdrama, in dem sie jeden zum Zuschauer machte. Und auf das sie, warum auch immer, stolz zu sein schien.

Das war nicht okay gewesen von Sascha. Man schlief besser nicht mit Leuten, die in einen verliebt waren. Es sei denn, man war es selber auch. An diese Regel hielt ja sogar sie sich. Vielleicht war das auch der Grund gewesen, warum sie sich neulich Nacht so schnell von Sascha verabschiedet hatte, ohne ihn auch nur zu küssen. Sie mochte ihn. Sie wollte nicht, dass er ihretwegen litt. Nicht mal ein bisschen.

Und vielleicht war auch ein klein wenig Berechnung dabei, gestand sie sich ein. Schließlich war es gut, jemanden in der Nachbarschaft zu haben, der einen Laptop installieren konnte. Jo war ziemlich sicher, dass sie zu ihrem vierundzwanzigsten Geburtstag einen bekommen würde. In drei Monaten. Im Moment sollte Sascha sich aber lieber fernhalten von dieser Wohnung. Bis August, nun, bis dahin würde Uli sich ja wohl wieder beruhigt haben. Und nicht mehr ständig bis tief in die Nacht diese kitschige Soulplatte hören. Dieses Gejammer. Get here if you can.

Uli hatte schon einen PC. Natürlich, Daddys Girl musste nur mit dem Finger schnippen, um zu bekommen, was sie angeblich brauchte. Dabei schrieben die Studenten an der FH nicht einmal Semesterarbeiten. Ulis Vater hatte ihr alles komplett hingestellt, PC und Tintenstrahldrucker, als hätte es ein Nadeldrucker nicht auch getan. Wie die Geräte aussahen, wusste Jo allerdings nur von den Fotos auf den Kartons. Seit Monaten standen die Dinger unausgepackt in Ulis Zimmer. Was wollte sie überhaupt damit?

»Jo? Kommst du mal an den Apparat?«, rief Uli über den Flur.

Der Mann aus dem Nachbarfenster stöhnte noch immer, schraubte sich seiner erlösenden Explosion entgegen. Schade. Jetzt würde sie die zweite Hälfte vom Finale nicht mehr mitbekommen. Vielleicht konnte sie ihren Vater bitten, noch was draufzulegen bei seinem rituellen Geldgeschenk zu ihrem Geburtstag. Dann war nicht nur ein Laptop drin, sondern auch ein tragbares Telefon. Und sie konnte auf dem Balkon sitzen, mit jemand ratschen und dabei Fremden beim Ficken zuhören.

Seufzend nahm sie die Füße von der Brüstung und ging zum Nähmaschinentischchen im Flur. Der Hörer lag neben dem Apparat, Uli war schon wieder in ihrem Zimmer verschwunden.

»Hallo?«

Ein statisches Knacken in der Leitung, dann drang eine abgehackte Stimme an ihr Ohr. Sie verstand nur die Hälfte.

»Was, wer ist da?«

»Servus.« Jetzt war die Stimme besser zu hören. »Ich bin's! Der Georg!«

»Moser?« Jo wickelte sich die Telefonschnur um die Finger. Merkwürdig. Gerade hatte sie noch an ihn gedacht. Aber zu Hause angerufen, das hatte er sie noch nie. Ob es um das Volontariat ging? Vielleicht hatte er Neuigkeiten.

»Wo steckst denn du, Georg?«

Obwohl er sie von Anfang an geduzt hatte, nannte sie ihn erst seit kurzem beim Vornamen. Es fühlte sich immer noch merkwürdig an.

Wieder verstand sie nur Bruchstücke. Eines davon hörte sich an wie Bruder. Oder war er gerade in der Brudermühlstraße unterwegs? Verfluchte Autotelefone.

»Wein-fla-schen«, sagte er gerade, betonte jede Silbe.

»Was willst du mit Weinflaschen?«

»Eine trinken! Mit dir!«

Jetzt war er ganz klar zu verstehen. »Hallo? Kannst du mich hören?«, schrie er. »Ich bin in fünf Minuten bei dir. Wenn's passt.«

»Passt schon.«

Irgendetwas war Jo nicht geheuer bei der ganzen Angelegenheit. Sie legte auf, ging zurück auf den Balkon und lauschte. Aus der Wohnung des sexbesessenen Paares kam jetzt kein Laut mehr. Kurze Zeit später hörte sie das Geräusch von nackten Füßen hinter sich, patsch-patsch-patsch, dann stand Uli neben ihr, in einen weißen Bademantel gehüllt.

»Neu?«, fragte Jo und fuhr mit der Hand über den Frotteestoff. Uli sah darin aus wie ein übergroßes Plüschtier.

Uli nickte und deutete auf das Zigarettenpäckchen in Jos Schoß.

»Kann ich eine?«

»Du? Seit wann rauchst du denn?«

»Och«, gab Uli zurück und griff nach einem Filter, »gelegentlich.«

Erst das Nachtcafé, dann Sascha, jetzt die Zigarette. Coolness-Grundkurs für Landeier. Die einzelnen Lektionen waren schon okay. Trotzdem, die Gesamtmischung. Die stimmte einfach nicht, und die würde niemals stimmen. Es kam auf die innere Haltung an, nicht nur auf die Accessoires. Und dann war da ja auch noch diese alberne Koteletten-Frisur.

»Wer war das denn gerade?«, fragte Uli paffend. »Dein Exchef?«

Jo nickte. »So wie ich ihn verstanden habe, fährt er gerade mit einer Kiste Weinflaschen durch die Gegend und will eine mit mir trinken.«

Uli blickte sie entgeistert an. »Jetzt? Hier?«

Jo zuckte die Achseln. »Klar, warum nicht?«

»Bist du wahnsinnig?« Uli verdrehte die Augen zum Himmel. »Der rechnet sich doch sonst was aus!«

Es war ihr nicht angenehm, aber sie musste zugeben, dass Uli recht hatte. Das bohrende Gefühl in ihrem Magen wurde stärker.

»Scheiße«, sagte sie, »und jetzt?«

»Tja.« Uli überlegte. »Ich glaube, du solltest ihm ganz deutlich machen, dass da nichts zu holen ist.« Sie musterte Jos abgeschnittene Shorts, das Bikini-Oberteil.

»Du ziehst dir jetzt das Weiteste an, was du hast. Und deine Brille.«

»Das Goldrand-Ding? Hey, das hab ich, seit ich zwölf bin, und trag's höchstens zum Fernsehen.«

»Eben.« Uli nickte. »Und außerdem lässt du ihn unter keinen Umständen in dein Zimmer.«

Sie drehte sich zur Küche um. »Das muss noch versiffter aussehen«, entschied sie.

»Wie, versiffter? Ich hab doch gestern erst geputzt!«

Uli antwortete nicht, ging hinein und griff nach einem leeren Brotkörbchen. Dann schüttete sie die verbleibenden Krümel mit Schwung über die Tischplatte.

»So«, sagte sie zufrieden, »das sieht jetzt aus wie ein richtiges Anti-Date.«

Jo folgte ihr und blieb unentschlossen neben dem Gasherd stehen. Ob sie Uli um eine Jogginghose bitten sollte? Sie selbst besaß so etwas nicht, mochte nicht diese merkwürdige Einteilung in Berufskleidung, Freizeitkleidung, Ausgehkleidung. Uli war da anders. Teilte den Tag ein, bereitete Dinge vor, machte Einkaufslisten, wusste schon jetzt, welches Seminar sie im Hauptstudium belegen würde, hatte diesen akribischen Plan für ihr Leben. Auch wenn er überhaupt nicht aufging. Siehe Sascha. Jo fand es viel wichtiger, Ziele zu haben. Große, strahlende, weit entfernte Ziele.

Im gleichen Moment klingelte es an der Tür.

»Ich halt ihn hin«, rief Uli, »zieh dir was an!«

Uli sah aus wie eine Frau, die richtig Spaß hatte. Zum ersten Mal, seitdem Jo sie kannte. Fast gegen ihren Willen musste sie lächeln.

Den Moser schienen die Krümel in der Küche überhaupt nicht zu stören. Wahrscheinlich nahm er sie nicht einmal wahr, sondern ließ sich einfach fallen, nicht etwa auf einen Stuhl, sondern direkt auf die Tischkante. Ein Bein stemmte er gegen den Boden, das andere baumelte frei in der Luft, die Spitze des Cowboystiefels gefährlich nah an einer Tüte mit Altglas, die neben dem Herd lehnte. In der Hand hielt er eine Flasche Rotwein und rollte sie auf seinem prallen Jeans-Oberschenkel hin und her.

»Mei«, sagte er »habt's ihr's nett hier.«

Jo blieb in der Tür stehen, die Arme über einer druckfrischen Abendzeitung verschränkt. Sie schwitzte in ihrem ausgeleierten Fruit-of-the-Loom-Sweatshirt.

»So a richtige Bohemien-Wohnung«, schob er anerkennend hinterher. Er musterte die Wandregale mit den Alibi-Teepackungen, das zerrissene Herzchen-Geschirrhandtuch, auf dem die Teller trockneten.

Jo griff nach der Zeitung und studierte die Titelseite. »Keine Gnade für Professor Grabsch.« Ein Professor der LMU war vom Dienst suspendiert worden, weil er seine Doktorandinnen zu Arbeitsgesprächen in sein Haus am Tegernsee gebeten hatte. Wo er ihnen dann alles Mögliche angeboten hatte, nur kein Arbeitsgespräch. Ein guter Tag für den Boulevard. Unten auf der Seite ging es um den Selbstmord eines Neunzehnjährigen aus Feldafing. »Ich habe alles im Leben erlebt, was man so erleben kann«, hatte er in seinem Abschiedsbrief geschrieben, »ich weiß nicht, was da noch kommen könnte.«

Es musste ein harter Tag gewesen sein für die Redaktion. Sex oder Tod, man wusste nie, was besser verkaufte. Und dann noch beides in unmittelbarer Münchner Nachbarschaft.

»Komm«, sagte der Moser, »trinken wir ein Glaserl.«

»Und wie kommt das jetzt, dass du mich besuchst?«, fragte Jo, ließ die Zeitung wieder neben Moser auf den Tisch fallen und suchte in der Schublade nach dem Korkenzieher. Die Titelzeile lag jetzt in einer Linie mit seinem Po.

»Sag ich doch.« Der Moser hielt ihr die Flasche hin. »Ich zieh um. Und wie ich da so mit meinem ganzen Weinkeller im Kofferraum über die Isarbrücke fahr, denk ich mir: Hier kennst du doch jemanden, der sich über ein bisschen Altglas freut.« Er deutete auf die Jutetasche zu seinen Füßen.

»Und wo ziehst du hin?« Jo griff nach dem Wein und drehte den Korkenzieher hinein. Edles Etikett, mit einem Wappen am unteren Rand, ein Ritter mit einem sich aufbäumenden Pferd.

Statt einer Antwort griff der Moser wieder nach der Zeitung.

»Des ist scho so a Sach, mit dieser Sex-Gschicht'n«, sagte er bedächtig und klopfte mit dem Handrücken auf das Papier. »Ich mein, das sind doch erwachsene Menschen. Die können doch tun und lassen, was sie wollen. Wenn sie's denn beide wollen. Die, wo ihn angezeigt hat, die sieht jedenfalls eher so aus, dass er nicht hätte wollen wollen. War vielleicht neidisch auf die anderen. So eine Geschichte hat immer zwei Seiten. Verstehst?«

Jo hob die Gläser auf dem Geschirrtuch an und inspizierte sie. Das eine hatte einen sichtbaren Lippenabdruck, wenn auch ohne

Farbe. Das andere nur einen nassen Rand. Sie entschied sich für das mit dem Abdruck und schenkte ein. Solange der Moser so dasaß, auf der Tischkante, als wollte er gleich wieder aufspringen, und sie dabei am Herd lehnte, war ihr gar nicht so unwohl. Vielleicht eine gute Gelegenheit, das mit dem Volontariat noch mal anzusprechen. So ganz unter vier Augen. Was hatte er jetzt bloß mit dieser Professorengeschichte? War er neidisch, weil er als Chefreporter nicht derjenige war, dem die Mädels ihre Informationen gesteckt hatten?

»Ich mein«, fing der Moser wieder an, »jetzt stell dir mal vor, du verliebst dich. Weil's Frühling ist, weil die Isar so schön rauscht, weil der Kerl gut riecht und eine eigene Whiskyflasche an der Bar im P 1 hat, weißt schon, was ich meine. Wär's dir denn dann nicht egal, wenn das dein Professor wär? Oder zum Beispiel dein Chef?«

Jo schnupperte an ihrem Glas. Es roch nach Ei. Vielleicht hätte sie dem Moser doch das mit dem Lippenstiftabdruck geben sollen. Die ganze Nummer war genauso billig, wie Uli vermutet hatte.

Jo war nicht naiv. Sie war sich im Klaren darüber, dass Sex eine Währung sein konnte, eine Investition, und dass man sein eigenes Budget klug oder weniger klug anlegen konnte. Im Verlag wusste jeder, warum die Cheflayouterin auf ihrem Posten saß, eine Leistung, für die ihr hinter vorgehaltener Hand Respekt gezollt wurde. »Die hat's richtig gemacht«, hatte Agnes einmal zu Jo gesagt, »die hat sich einen Führungsposten versprechen lassen. Ihre Vorgängerin hat ein Golf Cabrio bekommen, dafür arbeitet sie jetzt in dem Weinladen in der Schellingstraße.« Aber wenn schon, dachte Jo, dann hätte sie auch gleich mit dem Chefredakteur schlafen müssen. Nicht mit dem Chefreporter. Das war so wie der Unterschied zwischen US-Dollars und spanischen Peseten. Der Moser war eine mittelmäßige Anlage.

Sie hatte geglaubt, er wäre so etwas wie ihr Mentor. Ihr Freund. Ihr Ersatzvater. Dabei war er noch schlimmer als Hortus, mit seinen unpersönlichen Geburtstagsgeschenken.

»Weißt du was«, sagte sie, »ich glaube, es ist noch ein bisschen früh.«

»Früh?« Moser sah sie verdutzt an. »Deandl, mir kennen uns nun seit fast einem Jahr, da können wir uns doch wirklich mal in Ruhe unterhalten, so von Mensch zu Mensch.«

»Ich meine, zu früh zum Trinken«, sagte sie, packte die halb entkorkte Flasche und stellte sie auf die Anrichte. »Ich stoß lieber später auf dich an. Mit meiner Mitbewohnerin.«

Als die Tür hinter Moser zugegangen war, kam Uli wieder aus ihrem Zimmer.

»Wie alt ist dieser Typ überhaupt?«, fragte sie.

Jo zuckte die Achseln. »Alt. Ich glaub, fast vierzig.«

Sie schälte sich aus ihrem Sweatshirt und wischte sich mit einem Ärmel über die Stirn. Dann nahm sie die Goldrandbrille ab und begann sie zu putzen.

»Schade«, sagte Uli, »ich hätte gerne sein Gesicht gesehen, als er ging.«

Jo fingerte nach einer Zigarette. Uli griff nach dem Feuerzeug. Das Rädchen klickte, dann hob sie die Flamme feierlich zu Jos Gesicht, schwenkte das blaue Plastikteil, als stände sie mitten im Publikum eines Open-Air-Konzertes bei der letzten Ballade, hielt die Flamme dann an die Zigarettenspitze. Jo zog, der Tabak knisterte. Sie dachte an das rosa Schmuckkästchen von Karim, und für einen Moment war sie in Versuchung, es herauszuholen. So ein bisschen Gras, das wäre vielleicht genau das Richtige für Uli gewesen. Hätte sie ein bisschen lockerer gemacht. Aber sie wusste nicht, wie Uli darauf reagiert hätte. Vielleicht schockiert. Das wollte sie nicht. Die ganze Aktion mit Moser hatte ihr gefallen, die Brotkrümel, das Sweatshirt. Sie ertappte sich dabei, Uli zu mögen. Wenigstens für den Moment.

»Was war das denn?« Beide Frauen wandten die Köpfe in Richtung Balkon. Das Paar von gegenüber war in eine neue Runde gegangen, es hallte zwischen den eng stehenden Häuserwänden im Hinterhof. Oder waren es jetzt zwei andere?

»Komm.« Jo griff nach einem zweiten Küchenstuhl und hievte ihn nach draußen. »Auf den Schreck brauche ich jetzt wirklich einen Schluck.«

Uli beugte sich über die Brüstung und lauschte angestrengt.

»Was denn?«, fragte Jo. »Meinst du, du kannst was lernen?«

Uli stand schweigend, mit hochgezogenen Schultern, unbeweglich.

»Für einen Moment ... ich dachte nur«, sagte sie leise.

Jo legte eine Hand an ihren Arm. In der Wohnung gegenüber waren die Gardinen zugezogen, das Fenster geöffnet. Sie versuchte sich zu erinnern. Sascha wohnte im gleichen Stockwerk wie sie, aber rechts oder links? Dabei war es doch noch gar nicht lange her, dass sie bei ihm zu Hause gewesen war.

»Für den solltest du jedenfalls nichts mehr kochen«, sagte sie.

Die Geräusche waren verstummt, einfach so. Als hätten zwei Menschen zwischendrin die Lust verloren. Auf dem Nachbarbalkon klirrten Flaschen aneinander. Diesmal klatschte niemand.

»Meinst du, er war das?«, fragte Uli schließlich.

»Keine Ahnung«, sagte Jo, »ich weiß ja nicht, wie er sich anhört, im Bett.«

Während Uli sich zu Jo umdrehte, lächelte sie, ein feines Kräuseln der Lippen, eine Spur von Überlegenheit im Blick. Jo war stolz auf sich. Etwas Besseres hätte sie wohl nicht sagen können.

»Wie ist er denn überhaupt so«, fragte sie und wunderte sich selbst über ihre gönnerhafte Stimmung. Endlich gab sie Uli die Gelegenheit zu reden. Sie schenkte die Gläser halb voll und stellte die Flasche auf den Boden. Der Wein sah gut aus, wie ein dichter, dunkler Samtstoff. Viel zu schwer für einen leichten Abend wie diesen.

»Na ja.« Uli griff nach ihrem Glas, nippte daran und dehnte die Wörter dazwischen genüsslich. »Du weißt ja, ich mag es, wenn Männer Fantasie haben.« Dann machte sie einen unbedachten Schritt zur Seite, und ein roter Strahl ergoß sich auf den Balkon unter ihnen.

Jo war schneller und bückte sich. Die Weinflasche war noch immer halb voll. »Schade«, sagte sie, fing einen Tropfen mit dem Finger auf und leckte ihn ab.

»Weißt du was«, fügte sie dann nachdenklich hinzu, »je älter man wird, desto langsamer dreht sich das Liebeskarussell. Und irgendwann bleibt es dann stehen, und der Typ, auf dem du zufällig gerade draufsitzt, der ist dann der, den du heiratest. Oder mit dem du Kinder machst. Oder beides. Ist das nicht deprimierend?«

Uli schüttelte langsam den Kopf.

»Ich finde was ganz anderes deprimierend«, sagte sie. »Wenn du schon denjenigen gefunden hast. Und der dich nicht.«

»Mei, Uli.«

Sie tranken schweigend. Zwei Minuten später klingelte es Sturm an der Tür. Draußen stand Frau Schmidt vom ersten Stock, in der Hand einen Wischlappen. Ihre blaue Kittelschürze war voller dunkler Sprenkel.

»Sie, Fräulein!« Sie japste nach Luft. »Sie! Nicht nur, dass Sie und ihre Freundin hier ständig auf hohen Absätzen umeinand'laufen, wo wir doch so hellhörige Böden haben. Jetzt kippen Sie auch noch Ihren Wein in meine Blumenkästen.«

»Also, das mit den Absätzen bin ich schon mal nicht«, sagte Jo.

Drei Tage später erfuhr sie es von Agnes. Moser hatte seinen Job verloren, eine undurchsichtige Geschichte, bei der es um gekaufte Geschichten und Einladungen zu Segeltouren in die Ägäis gegangen war. »Eine Traumschiff-Affaire«, sagte Agnes, »fast so wie in der großen Politik.« Nachfolger als Chefreporter wurde Wolfgang Berger, ehemaliger Auto-Redakteur.

Jo begann sofort, neue Bewerbungen für die Sommersemesterferien zu schreiben.

Je länger Uli weg war, desto kleiner wurde ihre Heimatstadt, ganz so, als würde man in ein umgekehrtes Vergrößerungsglas schauen. Am Anfang waren es nur die Straßen gewesen. An ihren ersten Wochenenden nach dem Umzug war sie verblüfft durch die Stadt gekurvt und hatte sich gefühlt, als sei sie mit ihrem R 5 in der Autoscooterbahn gelandet. Plötzlich schien ihr alles sehr schmal und sehr hoch, eine Märklin-Eisenbahn-Landschaft, nicht zu vergleichen mit einer echten Stadt, dem vierspurigen Band des Mittleren Rings, den Tunnels mit ihrem trüben Licht und ihren Kacheln aus einer Zeit, an der schnelle Straßen die heiligen Kühe der Stadtplanung gewesen waren. Viel näher dran an allem war man in dem kleineren Ort, konnte von der Straße aus angegraute Tüllgardinen in Erdgeschossfenstern sehen.

Jetzt, da bald das zweite Jahr in München begann, hatte auch alles andere daheim angefangen zu schrumpfen. Die Häuser, die Menschen, ihre Träume. Nur ihr eigenes Kinderzimmer kam ihr riesig vor, leergeräumt, unpersönlich, Museum ihrer eigenen Vergangenheit.

Mehr und mehr fiel ihr auf, wie klein die Schritte ihrer Freunde waren. Wie viel sie wollten, wie wenig sie anpackten.

»Ich möchte auch mal weit weg, so wie die anderen«, jammerte Elli, als gäbe es eine zentrale Vergabestelle für Auslandsaufenthalte. Als würde eines Tages ein Brief in ihrem Briefkasten landen, in dem stand, wann und wo und zu welchem Zweck sie sich einzufinden habe, und vor allem in welchem Ausland. Sie hatte es nicht einmal geschafft, ein Interrail-Ticket zu organisieren.

Wenn die Jungs in der Blauen Bar dabei waren, waren sie meist sehr wortkarg. Tscheppo wohnte überall, nur nicht in der Berliner Wohnung, deren Adresse in seinem Personalausweis stand. Martin fuhr Blutkonserven im Rotkreuzwagen zum örtlichen Krankenhaus. Zum Bund hatte er nicht gewollt. Aber was mit Menschen machen auch nicht. Da war das die beste Stelle, die er als Zivi bekommen konnte.

Sie hatte Netti noch nichts erzählt, egal wie sehr sie am Telefon gebohrt hatte. Der Anblick ihres Gesichtes, wenn sie Sascha erwähnen würde, beinahe nebenbei, rechtfertigte im Nachhinein jede Schmach. Ich hab jemanden kennengelernt, würde sie sagen. Dann eine Zigarette anzünden. Einen langen Zug nehmen.

Es war ein Trostpreis, das wusste sie selbst. Schließlich hatte sie Sascha noch nicht bekommen. Wenigstens nicht ganz. Nie hätte sie ihn gefragt, ob er sie am Wochenende zu ihren Eltern begleiten würde. Sie war ja nicht komplett verrückt. Aber wenn sie an sein Gesicht dachte, den Ausdruck in seinen Augen – meergrün! –, wie er sie angeschaut hatte, letzte Woche, am Samstagmittag –, dann wusste sie, dass noch lang nicht alles verloren war.

Sie war ihm nicht hinterhergelaufen, oh nein. Ganz zufällig war sie morgens ans Telefon gegangen, als er angerufen hatte. Und Jo nicht da war. Immerhin war ihr gleich etwas Gutes eingefallen, um ihn am schnellen Auflegen zu hindern. Dass sie sich mal seinen Computer anschauen wollte, wie die Kabel gesteckt waren, wie so etwas funktionierte. Ihrer stand nämlich noch immer originalverpackt auf dem Schreibtisch. Und er hatte auch sofort Ja gesagt. Nicht so, als wäre es ihm unangenehm. Im Gegenteil. Dann mach mal, hatte er geantwortet, ich bin über Mittag zu Hause.

Diesmal hatte sie nichts gekocht. Nur eine kleine Platte mitgebracht, mit Bündnerfleisch, Avocado, Melone, dazu eine Flasche Rotwein. Als kleines Dankeschön, das gehörte sich ja auch so. Wozu hatte sie einen Dispokredit? Notfalls würde sie in den Semesterferien kellnern.

Gegessen hatten sie nichts, Sascha und sie. Und auch den Computer nur sehr kurz angeschaut. Wenn sie an seine Worte dachte, fühlte sie sich, als würde eine Lichterkette entlang ihres Rückenmarks rot aufblinken. Ich weiß doch, warum du gekommen bist. Nur das zählte, dieser raue Unterton seiner Stimme. Die feuchten Flecken auf seinem Teppich, die nur von ihr stammen konnten.

Diesmal war es anders, als wäre ein schwergängiger Schalter in ihrem Körper endlich umgelegt worden, alle Lichter an, eine Discokugel im Bauch. Sascha musste gar nicht viel dafür tun. Es reichte schon aus, wenn er seine Hand in ihren Hosenbund steckte, an ihrem Oberteil zog. Ein Body, diesmal. Sie dachte an sein Gesicht, den gewölbten Kehlkopf, als er sich aufgebäumt hatte, die Halsschlagader wie herausgemeißelt, wie bei einer der griechischen Statuen in der Glyptothek.

Was sie hinterher geredet hatten, zählte weniger. Seine Andeutungen. Ich hoffe, du verstehst das jetzt nicht falsch. Ich meine, es ist nett mit dir. Wirklich nett.

Im ersten Moment hatte es sie natürlich getroffen, wie sie da saß, so schutzlos, mit nacktem Po auf dem kratzigen Bezug seines Schreibtisch-Drehstuhls. Jedes Wort, das Sascha sagte, ließ umso schärfer hervortreten, was er nicht sagte. Von ihm war keine Liebe zu erwarten. Nicht beim zweiten Anlauf, und auch nicht danach. Geschweige denn eine Zukunft mit Sandkastenkindern.

Aber als sie später in Ruhe noch einmal darüber nachdachte, hatte alles schon ganz anders ausgesehen. Er war eben so. Sascha hatte Angst vor seinen eigenen Gefühlen. Wahrscheinlich war er einmal sehr verletzt worden. Frauen konnten nicht minder gemein sein als Männer. Oder er hatte ein Problem mit seiner Mutter. Vielleicht ja auch beides.

Aber sie würde es schaffen. Mit viel Liebe und Geduld würde sie seinen emotionalen Panzer porös machen, bis er irgendwann vor ihren Augen zerbröckelte. Sascha würde ihr dankbar sein, eines Tages. Sehr dankbar.

Als sie nach dieser letzten Verabredung, ihrer zweiten, nachmittags auf die Straße getreten war, hatte sie sich verrucht gefühlt. Wenn die wüssten, hatte sie gedacht, als sie an der vierundzwanzig-Stunden-Tankstelle eine Packung abgepackte grüne Äpfel bezahlte. Eine Frau, die nachmittags auf einen Sprung bei ihrem Lover vorbeischaute. So war es doch, oder? Wenn er nicht ihr Freund war – noch nicht –, dann war er immerhin ihr Lover.

Bei Tageslicht sah die Blue Bar lange nicht so schick aus wie abends. Die lila Lederpolster der hohen Hocker hatten Risse, die metallenen Reklameschilder an der Wand (Drink Coca Cola!, Persil – da weiß man, was man hat!) glänzten speckig. Uli legte ihre Hände um ihre Schale mit Milchkaffee und klemmte ihre Absätze hinter den Querstreben ihres Barhockers fest. Auf dem hohen, runden Tisch vor ihr klebte ein Ring von einem Glas. Ein gelangweiltes Mädchen, die Sonnenbrille mit Leopardenmuster im Haar, polierte Biergläser hinter dem Tresen. Jimmy Somerville sang einen Hit vom letzten Jahr.

An der Decke drehte ein Ventilator träge seine Runden. Der war neu. Genauso wie die Caipi-Specials zur Happy Hour, die mit rosa und grüner Kreide auf einer Tafel über der Bar angepriesen wurden. Bis zu Ulis letztem Geburtstag hatte man hier noch Bailey's auf Eis und Lumumba getrunken. Süße Kindergeburtstagsgetränke für Menschen, die sich für erwachsen hielten. Auch sie hatte das von sich gedacht. Hatte sie eine Ahnung gehabt.

Netti kam zu spät. Hatte mal wieder sonst wo übernachtet. Uli hatte ihre Schwester im Verdacht, dass sie das extra machte, an den Wochenenden, wenn Uli zu Besuch kam. Nie zu Hause sein, immer von irgendwoher auftauchen. Easy, Kleine, dachte Uli. Du musst mir nichts beweisen. Wenigstens jetzt nicht mehr. Aus Nettis Handtasche lugte eine zusammengerollte Cosmopolitan, die Haare hatte sie anders, ein stumpf abgeschnittener Pagenkopf, der wie ein Helm über ihren Ohren saß. Stand ihr nur so mittelmäßig.

»Hey«, sagte sie und kletterte auf den Barhocker gegenüber, »gut angekommen? Sorry, dass ich es gestern Abend zum Pfannkuchenessen nicht mehr geschafft hab. War noch mit Heimi in Landau, ein Auto anschauen.«

»Immer noch Heimi?« Keiner hatte Nettis Affäre mit dem Select-Türsteher mehr als drei Monate gegeben. Jetzt war es schon mehr als ein Jahr.

»Du, es ist besser denn je. Gerade haben ihm seine Eltern zum Zwanzigsten eine Reise geschenkt, in die Dominikanische Republik. Natürlich für zwei Personen.«

»Ach ja«, Uli nickte wissend, »die DomRep.«

»Weiß gar nicht so genau, wo das ist.« Netti rückte ihren Po quietschend auf dem Lederpolster zurecht. »Ich glaub, irgendwo in der Südsee.«

Sie begrüßte das Mädchen hinter der Bar mit Handzeichen und deutete auf Ulis Milchkaffeeschale. Das Mädchen nickte und wandte sich einer riesigen, chromglänzenden Kaffeemaschine zu.

Netti trommelte mit den Fingernägeln auf die metallisch glänzende Tischplatte. »Ich fand das ja früher leckerer, als es den Cappuccino noch mit Sahne gab. Aber angeblich machen die Italiener das auch nicht so. Was ist?«, fragte sie schließlich. »Was guckst du mich denn so an?«

Uli hatte sich ihr Stichwort anders vorgestellt. Hätte Netti nicht eigentlich merken müssen, was passiert war? Netti, mit der sie über Jahre warme Badewannen geteilt und der sie ihre Kinderfahrräder vererbt hatte?

»Ich hab jemand kennengelernt«, sagte sie schließlich.

»A wa!«

Das war nun auch nicht das, was sie erwartet hatte. Aber immerhin beugte sich Netti neugierig zu ihr vor und legte eine Hand auf ihren Unterarm.

»Und?«, fragte sie.

Uli blickte sie vielsagend an. »Bingo!«

»Bingo? Ihr habt …«

»Mhm.« Uli richtete sich auf und nippte an ihrem Milchkaffee. So sollte es ein. Das war einer der Momente, auf den sie sich gefreut hatte, schon als Sascha in ihrer Küche gesessen und zum ersten Mal in seine Krabben gegabelt hatte. Endlich war sie nicht mehr Zuschauerin. Endlich war sie im Rennen, mit eigenem Trikot, eigener Startnummer, festgezurrten Turnschuhen.

»Geil!« Netti nickte anerkennend. »Das freut mich für dich, ehrlich. Dass du dein …«, sie musterte Uli anzüglich, »… dein kleines Problem endlich los bist. Und«, sie faltete die Hände, stützte die Ellenbogen auf den Tisch und legte das Kinn darauf, »erzähl!«

»Er heißt Sascha«, sagte Uli.

»Ih!« Netti hob den rechten Ellenbogen, der an dem klebrigen Fleck hängengeblieben war. Dann nahm sie eine hellgelbe Papierserviette aus dem Spender und begann, auf ihrer Haut herumzuwischen.

»Münchner, oder was?«

»Er wohnt da, seit zwei Jahren oder so.«

»Und ursprünglich?«

Uli ärgerte sich. Diese Fragen: Was er machte, woher er kam, was seine Eltern von Beruf waren. So etwas hätte sie wenn, dann von ihrer Mutter erwartet. Jetzt wollte ausgerechnet Netti es wissen.

»Aus der DDR«, sagte sie. »Ich meine: Ex.«

Netti schwieg einen Moment. »Ah«, sagte sie dann und nickte langsam.

»Wie, ah?«

»Du«, Netti wischte noch immer an ihrem Ellenbogen, »gar nix. Ich meine, ich bin sicher, da gibt es total liebe Leute. Fährt er einen richtigen Trabi? So ein Stinketeil? Das würde ich ja gern mal ausprobieren.«

»Quatsch. Also wirklich nicht.«

»Sondern?«

»Er hat gar kein Auto. Braucht er auch nicht«, fügte sie eilig hinzu, als sie Nettis skeptischen Blick sah, »wir haben die U 3 fast vor der Tür.«

Sie wollte noch etwas hinzufügen, verbot sich dann aber selbst den Mund. Dass sie Sascha gelegentlich fuhr, ging Netti schließlich gar nichts an. Und es war ja auch gar nicht oft, nur neulich mal, als er ein Vorstellungsgespräch in Unterföhring gehabt hatte, weil man da mit der S-Bahn so schlecht hinkam. Und das eine Mal zum Bahnhof, mit dem schweren Koffer. Eigentlich selbstverständlich. Aber vielleicht hätte Netti das unmännlich gefunden.

Netti legte die Papierserviette weg, hob die Hände, spreizte die Finger. »Das muss jeder selbst wissen.«

Uli fing an, sich zu ärgern. Sie wusste nur nicht, über wen. Über Netti mit ihren Vorurteilen oder über sich selbst. Es stimmte ja: Wenn ihr vor einem Jahr jemand erzählt hätte, sie würde sich in einen Mann aus einer brandenburgischen Kleinstadt verlieben, sie hätte es auch nicht geglaubt. Nicht einmal den Namen der Stadt hatte sie jemals gehört, Zuckow, Luckow, Suckow? Wenn sie jetzt auch noch erzählte, dass Sascha ihr Nachbar war, dann wäre der letzte Rest von schwesterlichem Respekt dahin. Das klang viel zu sehr nach »netter Kerl von nebenan«. Am Ende glaubte Netti, Sascha hätte einen Schnauzbart und beim Fahrradfahren Wäscheklammern an den Hosenbeinen.

»Nicht dass du denkst, er wär so ein Proll«, versuchte Uli. »Der ist total gut angezogen. Willst du mal sehen?« Mit einem einzigen Handgriff beförderte sie einen schwarzen Filofax aus ihrem Lederrucksack und griff in die Innentasche.

»Echt, du hast schon ein Foto von ihm bekommen? Zeig her!«

Das war nicht ganz die Wahrheit. Genau genommen wusste Sascha nicht einmal, dass sie eines besaß. Es war auf einer der Küchenpartys entstanden, nicht lange vor ihrer letzten Verabredung.

Netti hielt das Bild zwischen Daumen und Zeigefinger. »Das bist aber nicht du«, stellte sie sachlich fest.

»Nee. Das ist meine Mitbewohnerin. Jo.«

Es war Uli selbst nicht ganz recht, dass Sascha auf ihrem einzigen Foto ausgerechnet Jo küsste. Auf die Wange zwar und mit einem übertriebenen Knutschmund, sodass jeder sehen konnte, dass er nur Spaß machte. Trotzdem nicht unbedingt das Bild, das man von seinem Lover mit sich herumtragen wollte. Aber dafür kam alles andere so schön zur Geltung, seine markanten Wangenknochen, seine langen Haare, die muskulösen Arme. Und ihre Küche, im Hintergrund der Tisch mit den Flaschen, der Tulpenvorhang. Junge Großstadtmenschen, die richtig Spaß hatten.

»Cool«, sagte Netti und nickte.

»Ja, oder? Die Haare sind der Wahnsinn, ich wollte schon immer einen Typen mit langen Haaren, jetzt, wo ich die kurzen habe. Ja, und … also, Fantasie hat der Knabe, das muss man ihm lassen. Ich meine, in jeder Beziehung.«

Irgendetwas an dem Gespräch machte Uli nervös. Sie merkte selbst, dass sie zu viel redete und zu schnell. Andererseits, Netti wollte es ja auch wissen. Alle schmutzigen Details. Obwohl sie gar nicht sicher war, was es da zu erzählen gab. Vielleicht die Sache mit dem Küchentisch.

»Ich hab nicht ihn gemeint«, Netti reichte das Foto zurück, »ich meinte sie. Was ist das da unter dem Träger? Hat die ein Tattoo?«

»Seit Neuestem. Also, meins wär das ja nicht.«

»Wenn's ästhetisch ist …« Netti schlug ein Bein über das andere, verhakte den rechten Knöchel hinter der linken Wade. »Ich hab da auch schon mal drüber nachgedacht.«

»Na ja«, lenkte Uli ein. »Jo ist schon in Ordnung. Wir machen auch viel zusammen, gehen weg und so. Und man kann wirklich total gut reden mit ihr.«

»Also, Heimi sagt, er findet's total erotisch. Vor allem im Bauchbereich.«

Uli begriff nicht sofort. Aber Netti war noch immer beim Thema Tattoo.

»Und mit dem läuft es also gut?«

»Ja«, Netti dehnte das Wort wie Kaugummi, »ja, das kann man so sagen. Läuft fast ein bisschen zu viel, manchmal. Aber wem sag ich das. Frisch verliebt, wie du bist, da seid ihr wahrscheinlich auch kaum aus dem Bett zu bekommen, dein Sascha und du. Na ja.« Sie beugte sich in Richtung Bar und angelte sich ihr Getränk von der Tresenfrau, »das wirst du auch noch merken, irgendwann wird bei Frauen die Lust auch mal weniger. Dann nervt es dich, wenn die Typen dauernd wollen, in der Badewanne, im Auto, dieses ganze Programm.«

Uli dachte daran, wie sie letzte Woche neben Sascha hergelaufen war, zur Haltestelle der U-Bahn. Ich komm ein Stück mit, hatte sie gesagt, wollte sowieso noch raus. Einen Häuserblock lang hätte man denken können, dass hier ein junges Paar ging. Er hatte sie zum Abschied sogar auf den Mund geküsst, auf offener Straße. Dann hatte er losgemusst, zum Open-Air auf dem Marienplatz. *Wir treffen uns um drei.* Schon wieder so ein monströses, anonymes Wir, an dem sie keinen Anteil hatte.

Er hatte mit einem Flyer gewinkt. Sie mit einer Plastiktüte, in der ein Laken steckte. Das hatte er ihr in die Hand gedrückt, nach dem Sex und ehe sie die Wohnung verließen. »Die Waschmaschine hier im Keller ist kaputt, kannst du das bitte bei euch drüben machen?« Es war ihr ein bisschen peinlich gewesen, schließlich hatte sie ihre

Tage gehabt. Wenn auch nicht mehr stark. Aber immerhin war das Laken auch gleichzeitig ein Pfand, ein Versprechen auf ein Wiedersehen, eine neue Eintrittskarte in eine Sascha-Vorstellung. Auch wenn sie es diesmal im Gefühl hatte, dass er sich als Erstes melden würde.

Ja, man musste Geduld haben.

»Du wirst ihn ja vielleicht mal kennenlernen«, sagte sie und ärgerte sich über die angestrengte Fröhlichkeit in ihrer Stimme.

»Übrigens, wenn du Lust hast«, Netti leckte sich einen Rest Milchschaum von der Oberlippe, »du kannst heute Abend gern mitkommen ins Select. Heimi sagt Bescheid, dass du an der Tür keine Probleme bekommst. Dürfte aber auch nicht schwer sein, ist ja nur Bar heute Abend.«

»Wieso das?«

»Schon vergessen? Fronleichnam. Tanzverbot.«

Auf dem Weg zur Toilette kam Uli an einem öffentlichen Telefon vorbei und zögerte. Für einen Anruf war es zu früh. Sie musste sichergehen, dass Jo nicht zu Hause war. Sie wollte nicht, dass Jo abhob. Sie wollte Jo nicht fragen, ob jemand für sie, Uli, angerufen hatte. Fernabfrage war viel diskreter.

Und es konnte ja gut sein, dass Sascha sich mittlerweile gemeldet hatte. Natürlich hatte er es bisher noch nicht getan, das verstand sie. Er musste eben auch erst seine Gefühle ordnen, verstehen, was mit ihnen beiden passiert war an diesem Nachmittag. Aber jetzt, vier Tage danach, war es an der Zeit.

Heute Nacht würde sie es tun, vom Select aus. Zwischen zwei Drinks würde sie verschwinden, und wenn sie wiederkäme, würde sie sich lässig an die Bar schwingen.

»Nichts weiter«, würde sie sagen. »Musste nur mal checken, ob mein Lover angerufen hat.«

Ihrem Vater erzählte sie nichts. Jedenfalls nichts von Liebe. Nur nebenbei erwähnte sie ihren Nachbarn, der in der Computerbranche arbeitete.

»Ei-Tieh«, er nickte beifällig, »das hat Zukunft.«

»Ich verstehe es immer noch nicht«, fragte das Mädchen, »wer sind denn nun die Guten, und wer sind die Bösen?«

Jo wackelte ein bisschen mit dem Po und vergrößerte die Kuhle zwischen den weißen Flusskieseln. Wenn man Glück hatte und die richtige Stelle erwischte, lag man hier an der Isar wie in einem Massagebett, die glatt geschliffenen Steine genau richtig platziert unter Rücken und Schultern. Aber heute hatte sie kein Glück. Immerzu drückte irgendwo etwas, und das Handtuch wollte auch nicht glatt liegen bleiben. Wenn sie nachher aufstehen würde, würde ihr Rücken aussehen, wie mit Tafelkreide bemalt.

Sie wandte den Kopf und blinzelte hinter ihren blauen Sonnenbrillengläsern. Das Mädchen kauerte auf ihren Fersen wie eine Asiatin zwischen zwei Jungen auf Bastmatten ein paar Meter weiter zum Wasserfall. Ihre Hände hatte sie um ihre Knie geschlungen, um den Hals trug sie eine Lederkette mit einem Amulett.

»Ganz so einfach ist das nicht«, sagte einer der Jungen, »kommt immer darauf an, welche Haltung man vertritt.«

»Da gibt es doch nichts daran rumzudeuten«, gab der Zweite zurück. »Die Slowenen und die Kroaten streben nach Unabhängigkeit. Das muss man unterstützen.«

»Ach, und nur weil die aus ihrem Staatenbund rauswollen, sind das die Good Guys und die Serben die Bad Guys?«

»Wieso, das ist doch eine Frage von Souveränität.«

»Dann könntest du ja genauso gut sagen: Wenn Anja sich von mir trennen will, ist sie automatisch im Recht.«

»Anja? Was hat die denn damit zu tun?«

»Nur so, als Beispiel. Dann müsste einem ja immer derjenige sympathischer sein, der geht. Nicht der, der den Laden zusammenhält.«

»Das ist mir jetzt zu weit hergeholt.«

»Wo ist Anja überhaupt heute Abend?«

»Konnte heute nicht. Magisterarbeit.«

»Ach so.«

»Und die anderen?«

»Wenn ich das wüsste. Sollten wir mal hochgehen und schauen, ob unser Schild noch neben der Treppe hängt?«

»Vielleicht später.«

»Slowenen?« Das war wieder die Stimme des Mädchens. »Wieso überhaupt Slowenen? Ich dachte, die heißen Slowaken.«

»Ist vielleicht das Gleiche wie mit den Tschechen. Da darf man ja auch nicht mehr Tschechei sagen.«

Jo war immer wieder überrascht, welche Leute man am Flaucherstrand traf, so ganz andere. Jedenfalls keine, die Mokassins trugen, Perlenohrringe, Halstücher mit Fasanen. Hier, wo es mitten in München so aussah wie an einem Gebirgsbach in den Alpen, wo sich die Isar ungezähmt in unzähligen Seitenarmen verströmte, um Inseln aus feinen weißen Kieseln herum, war die Stadt dschungelhaft und wild. So stellte sich Jo die großen Technopartys an den Stränden Goas und Thailands vor, von denen in der letzten Zeit immer die Rede war.

Erstaunlich eigentlich, dass trotzdem jedes Grüppchen für sich blieb. An schönen Abenden wie heute wurden am Flaucher sicher mehr als fünfzig verschiedene Partys gefeiert, jede mit ihrem eigenen Holzkohlegrill und ihren eigenen Bier- und Limonadenkästen, denen die Strömung des kühlen Wassers langsam die Etiketten von den gerundeten Bäuchen leckte.

Oben auf dem Holzsteg, der die Isar überquerte, hingen überall Zettel mit handgeschriebenen Pfeilen am Geländer: ein blauer Pfeil für die Semesterparty von Michi, Stefan und Andrea, ein grüner für das Geburtstagsfest von Anne und Nina. Eine ganz eigene Fronleichnamsprozession war das, die sich an diesem Tag die Holzbohlen entlangbewegte, in Shorts statt im Talar, mit Bierkisten unter dem Arm statt Monstranzen in der Hand. Während es langsam später wurde und der Geruch von Grillkohle und Sonnenmilch sich mit der kühlen Nachtluft mischte, irrten mehr und mehr einzelne Gestalten auf den Kiesbänken herum, mit Alufolie abgedeckte Plastikschüsseln in den Händen, die ihre Clique noch immer nicht entdeckt hatten. Klare Sache: Dieser Nudelsalat und dieses Fest würden heute nicht mehr zusammenfinden.

Jo hatte ihre spontane Party bemerkenswert schlecht organisiert, das wusste sie selbst. Außerdem viel zu kurzfristig. Erst vorgestern, als sie die Stille der Küche um sich herum spürte, die Abwesenheit eines Menschen, der ständig ihr Radioprogramm verstellte, war sie auf die Idee gekommen. So angenehm sie es fand, wenn Uli für ein paar Tage nach Hause fuhr und ihr die Wohnung überließ, an diesem Morgen hatte sich das Alleinsein wie eine klebrige Decke auf ihre Schultern gelegt. Es musste endlich Schluss sein mit dem Rückzug, mit dem Versteckspiel, mit den grundlosen Lügen. Hatte sie nicht einen großen Freundeskreis? So war doch das Wort, das ihr Vater immer benutzte. Ein Wort, bei dem sie an Kinder denken musste, die sich an den Händen fassten. Und reichten nicht ein paar Anrufe, um sie zu mobilisieren, im Schneeballsystem? Wenn jeder noch fünf Leute mitbrachte, außerdem Bier und Holzkohle, dann konnten sie alle gemeinsam die zentrale Isarinsel einnehmen.

Nur irgendetwas schien nicht geklappt zu haben an ihrem Plan. Denn jetzt war es halb neun, und sie war immer noch allein, zwei Meter neben ihrer einzelnen Flasche Weißwein, die im Wasser dümpelte. Die erste hatte sie schon vor einer Weile entkorkt, nur ein Schluck zum Warmwerden. Und noch einer. Und noch ein ganz kleiner.

Wenn sie es recht überlegte, hatte auch keiner zurückgerufen. Der Einzige, den sie direkt erreicht hatte, war Karim gewesen. Und der wollte es sich noch überlegen. Sie hatte das für einen Vorwand gehalten, beleidigte Eitelkeit eines orientalischen Machos. Aber vielleicht war er auch einfach nur ehrlich gewesen. Freundeskreis. Was für ein unpassendes Wort. Die Kinder, die sich an den Händen hielten, hatten fremde Gesichter. Ihr eigenes war nicht darunter.

Vom Ufer her erklang das Schnurren eines Motors, dann tastete sich der Lichtkegel eines Scheinwerfers durch die sattgrünen Blätter. Eine Polizeipatrouille auf der Suche nach Grillsündern.

Seit diesem Sommer war es nicht mehr erlaubt, die Kohle einfach so auf die Steine zu schütten. Wegen der Brandgefahr.

Am Nachbarfeuer war es jetzt laut geworden. Scheinbar hatten die anderen Gäste ihre Party doch noch entdeckt. Einer hatte einen tragbaren Kassettenrekorder mitgebracht, und jetzt tönte der nölende Singsang von Heinz Rühmann durch die Nachtluft. Lalelu, nur der Mann im Mond schaut zu, unterlegt mit einem billigen Techno-Rhythmus. Remix, dachte Jo. Als würde dem neuen Jahrzehnt schon jetzt nichts Neues mehr einfallen, wurde auf allen Kanälen Altes zusammengemischt. Musikalisches Restetrinken. Sie sah auf die Uhr. Wenn in den nächsten zehn Minuten keiner kam, würde sie gehen. Immerhin hatte sie die Flasche Wein dabei. Bessere Gesellschaft würde sie wohl heute nicht mehr bekommen.

»Slowenien«, hörte sie in einer Pause zwischen zwei Stücken Kinder-Techno, »das ist irgendwo zwischen Italien und Österreich.«

Gute Güte. Irgendwer hatte schon wieder das Jugoslawien-Thema angeschnitten. Jos Laune sank noch weiter. Immerhin, dachte sie grimmig, immerhin haben die genauso wenig Ahnung wie ich.

Gegen ihren Willen musste sie wieder an dieses Essen denken, im Katzlmacher, zu dem ihr Vater sie abgeholt hatte. Vorletztes Jahr, kurz vor Weihnachten. »Was machen die Leute aus der DDR eigentlich, wenn die nach Deutschland kommen?«, hatte sie wissen wollen, während ein Kellner eine meterhohe Schiefertafel auf einem Stuhl abstützte und nuschelnd die mit Kreide geschriebenen Gerichte vorlas. »Müssen die dann einen Asylantrag stellen?«

»Na, junge Dame«, hatte Hortus amüsiert zurückgegeben, »da haben wir wohl noch etwas Nachholbedarf in politischer Bildung.« Dann hatte er für Jo die Spaghetti mit Flusskrebsen bestellt und für sich die Lammkeule alla friulana.

Beim Nachtisch hatte er dann einen Kollegen am Nebentisch entdeckt, und danach wurde alles noch schlimmer. Kurze Zeit später beugte er sich über den Tisch und bat seine Tochter, sie solle doch bitte vor ihm das Lokal verlassen. Allein.

Zuerst hatte sie an einen Scherz geglaubt, bis sie sein Gesicht sah, seinen Mund, der ihr Lachen nicht erwidern wollte. Zum Abschied griff er in die Innentasche seines Jacketts und holte einen Packen Geldscheine heraus, die von einer silbernen Geldkammer zusammengehalten wurden. Penibel zählte er vier Fünfziger ab, die aussahen wie gebügelt. Diese besonderen Geldscheine ihres Vaters, als würden sie nur für ihn gedruckt. Er weigerte sich bis heute, am Automaten abzuheben. Vielleicht bekam er deshalb die neueren, für Stammgäste, am Schalter. »Kauf dir mal was Schönes«, sagte er.

Noch als sie den schweren Vorhang vor dem Windfang zur Seite geschoben hatte, hatte sie auf eine Erklärung gehofft, darauf, dass ihr Vater sie zurückrief. Doch der saß schweigend an seinem Platz und notierte mit seinem schwarzen Füllfederhalter etwas in ein winziges Ringbuch.

Damals hatte sie geglaubt, dass er sich für sie schämte. Erst viel später war ihr aufgegangen, warum er nicht mit ihr gesehen werden wollte. Schließlich hätte der Kollege vom Nebentisch sie auch für etwas anderes halten können als für seine Tochter. Eine junge Geliebte, das konnte ein angesehener Feuilleton-Journalist nicht gebrauchen. Jedenfalls kein Gerücht in dieser Art.

Und vielleicht war es ihm auch peinlich zuzugeben, dass er schon eine so erwachsene Tochter hatte. Wo er doch so verliebt war in das Bild von sich selbst, als junger Familienvater, mit Yannick im Tragetuch aus Bio-Baumwolle.

»Na, junge Frau? So ganz allein?«

Sie brauchte einen Augenblick, um im Gegenlicht etwas zu erkennen, und blinzelte. Sascha stand über sie gebeugt und schwenkte ein Plastikkästchen in der Hand. Auf seiner Brust tanzten zwei schwarze Männchen, deren Arme in einem roten Herz mündeten.

Sie hatte sich noch nie so gefreut, ihn zu sehen.

»Du?«, fragte sie. »Heute?«

»Tanzverbot«, sagte er und hob bedauernd die Schultern. »Feiertag.«

»Das ist aber kein Bierkasten«, sagte sie und deutete auf das Ding in seiner Hand.

»Nein«, sagte er, »ich dachte, ich bring den Nachtisch mit.«

Jetzt erkannte Jo die Pralinenpackung. Sonderangebot bei Edeka, stand seit Wochen auf einem Extraständer neben der Kasse.

»Akzeptiert«, sagte sie, setzte sich auf und klopfte neben sich auf das Handtuch. Sascha sah sich um.

»Hatte ich also recht«, sagte er und nickte.

»Recht womit?«

»Dass keiner kommt. Ich war auch schon wieder auf dem Rückweg, da habe ich dich zufällig vom Steg aus gesehen. Und auch nur, weil ich mal schauen wollte, wer hier diesen minderbemittelten Techno spielt. Warum hängst du denn auch kein Schild auf?«

Jo zuckte die Achseln. »Vorhin war noch eins da.«

»Gib's zu.« Sascha ließ sich nieder und riss an der Banderole um die Pralinenpackung. »Du wolltest endlich mal mit mir allein sein.«

»Allein unter Millionen.«

»So gesehen«, er wickelte eine Haselnusspraline aus, »ist man immer allein. Und nie.« Seine Finger näherten sich Jos Lippen.

In dem Moment wusste sie es. Wenn sie jetzt den Mund öffnete, sich von ihm füttern ließ, wenn sie zuließ, dass er sie auf der Innenseite des Mundes berührte, dann würde dieser Abend verlaufen wie ein Dominospiel, eine Kaskade von Steinchen, die eine um die andere fielen. Es kam alles zusammen, der Wein, das Alleinsein, die Härte der Steine in ihrem Rücken. Die Erinnerung an das Weihnachtsessen im Katzlmacher.

Und dieser Mann, der nicht locker ließ. Der für andere so begehrenswert war, dass sie immer noch zerrissene Briefe im Altpapier fand, in Ulis mädchenhaft nach rechts gekippter Handschrift, die sie offensichtlich nachts am Küchentisch entwarf und niemals abschickte. Wenn so viele Frauen etwas in ihm sahen, dann war es vielleicht an der Zeit, selbst einmal genauer hinzuschauen.

Bedächtig leckte Sascha seine Schokoladenfinger ab.

»Du schmeckst nach Wein«, sagte er.

»Und du süß.«

Kam es schon ein wenig undeutlich? Sie hatte mehr getrunken, als sie gewollt hatte. Deutlich mehr. So viel, dass die Nachtluft sie nicht mehr in Form halten konnte. Sie spürte, wie ihre Grenzen verschwommen, spürte, wie sie sich auflöste. Und das war nicht gut.

Sie richtete sich auf.

»Komm«, sagte sie und streckte ihm eine Hand hin, »wir gehen schwimmen.«

»Schwimmen? Hast du keine bessere Idee?«

Unschlüssig stand sie einen Moment da, die großen Zehen zwischen zwei Kiesel gebohrt. Dann griff sie nach ihrem T-Shirt und streifte es über ihren Kopf. Im letzten Moment wandte sie sich um, das Gesicht zum Fluss, sodass Sascha ihre Nacktheit nicht sehen konnte.

»Schade«, hörte sie ihn sagen. Er hatte sich nicht gerührt.

»Mach, was du willst«, sagte sie und knöpfte ihre Hose auf, »dann geh ich allein.«

Das kalte Wasser machte sie sofort nüchtern. Schon als sie bis zu den Waden im Fluss stand, spürte sie, wie die Strömung nach ihr griff, wie die Kälte die Lunge in ihrer Brust zusammendrückte, das Herz in einen kleinen, harten Flusskiesel verwandelte. Auf einer Kiesbank am anderen Ufer hatte jemand zur Gitarre gegriffen, Feuerschein spiegelte sich in Gesichtern. Jo hielt den Atem an und tauchte.

Als sie ein paar Meter flussabwärts wieder aus der Isar krabbelte, sich schüttelnd wie ein nasser Hund, kam Sascha schon auf sie zugelaufen. Er trug ihr Badehandtuch in den Händen, breitete es aus, hüllte sie ein.

»Aua.«

»Was ist? Zu fest gerubbelt?« Seine Stimme war warm. Aber vielleicht kam es Jo auch nur so vor. Alles war wärmer als ihr Körper.

»Nein. Die Steine. Sie piksen so.«

»Ich nehm dich auf den Arm.«

Er schulterte sie, als würde sie nichts wiegen. Eine Erinnerung kroch aus einem Winkel ihres Gedächtnisses, als hätte sie seit Jahren dort gewartet. Der massige Körper ihres Vaters im Badezimmer, wie er neben der Badewanne stand, Hände, die sich ihr entgegenstreckten. Komm raus. Mach Füße. Dunkle Abdrücke auf einem blauen Frotteevorleger, dann Frottee auf Kinderhaut, große Hände auf einem runden Kleinmädchenbauch, die trockneten und streichelten, streichelten und trockneten.

Der Vater im Jackett, die Ellenbogen mit den Lederflicken auf dem Tisch abgestützt, das Kinn auf den ineinander verschränkten Fingern. Eine beinahe weibliche Geste. Das Tischtuch so weiß, das Edelmetall der Kerzenhalter so glänzend, dass man beinahe Kopfweh bekommen konnte. Ich wollte dich um einen kleinen Gefallen bitten. Kannst du das Lokal bitte vor mir verlassen?

»Bring mich nach Hause«, sagte sie zu Sascha.

»Aber Signorina, iche abe gar keine Auto.«

Später sagten sie nicht mehr viel. Nicht, als sie gemeinsam über den Flauchersteg nach Hause liefen, Jo ohne Schuhe. Nicht, als sie die Lichter des Heizkraftwerks hinter sich ließen, den ewigen Bauzaun am Ende der Straße, den Getränkemarkt mit seinem verstaubten Wolpertinger zwischen den weißblauen Bierseideln im Schaufenster. Nicht, als sie Jos Zimmer betraten. Die schwarzen Männchen auf Saschas weißem T-Shirt krümmten sich zusammen, als es auf den Boden fiel, dann begruben sie das große rote Herz zwischen sich.

Irgendwann klingelte das Telefon auf dem Gang, vier Mal, ehe sich der Anrufbeantworter einschaltete. Jo hörte ihre eigene Stimme von der Bandansage, unpersönlich hallend, zwischendrin das Piepen einer Tastatur, ein dreistelliger Code.

Sascha hielt kurz inne in dem, was er tat, und hob eine Augenbraue. Sie wartete, dass er fragen würde. Aber er fragte nicht. »Das ist nur die Fernabfrage«, sagte sie trotzdem, »für den Anrufbeantworter.«

Als das Telefon eine halbe Stunde später noch einmal läutete, ließ Sascha sich nicht mehr unterbrechen.

Auch ohne die Gläser der Sonnenbrille war jetzt alles blau, wie unter Wasser, das weiße Laken glatt und straff, und etwas zog sie, trieb sie, sanft und unerbittlich wie die Strömung der Isar. Saschas

Gesicht über ihrem, die Musik, als er sie ganz auszog, sie vor sich legte wie ein aufgeschlagenes Buch, seine Nase in ihr vergrub, seinen Mund. Wieder fing sie an, sich aufzulösen, aber diesmal war es angenehm, eine Kernschmelze, die irgendwo in ihrem Inneren begann und sich ausbreitete bis in die Fingerspitzen.

Sascha war ein ruhiger und bedächtiger Liebhaber, und sie ertappte sich dabei, wie sie zwischendrin an Benny dachte, seinen hektischen Aktionismus, seinen olympischen Ehrgeiz. Mit Sascha war es gut, natürlich, entspannend, wie ein Tanz. Er hielt sie an den Hüften, drehte und wendete sie geschmeidig, machte sich ihren Körper auf angenehme Weise zu eigen. Er führte, ohne ihr etwas beweisen zu wollen, und er hielt sie lange auf der Zielgeraden, diesen Moment, für den sich der ganze Aufwand immer wieder lohnte. Sie liebte diesen Teil vom Sex, wenn die Fahrt an Tempo aufnahm, wenn sie ins Trudeln geriet wie in einem Kanu, das in einen Sog geraten war und unaufhaltsam auf die Stromschnellen zuschoss. Darauf kam es an, den Moment davor, und wie lange jemand in der Lage war, ihn zu dehnen. Ganz zum Schluss, als er sich unter ihr aufbäumte, stieg eine Welle von Bedauern in ihr auf. Das hier war nicht der Anfang von etwas, auch wenn er es möglicherweise anders sah. Sex mit Sascha war Medizin, Heilung. Er liebte sie zurück ins Leben, es war höchste Zeit. Das Wort »gesundstoßen« fiel ihr ein, sie musste kichern, während er noch nach Atem rang.

»Na«, fragte er, »war's so lustig?«

»Nicht fragen«, sagte sie, »schlaf jetzt.« Ihre Worte wehten durch den Raum, eine kleine vertraute Wolke. Ich klinge wie sie, dachte Jo verblüfft. Ich klinge wie meine eigene Mutter.

Sascha gehorchte nicht. Er stützte sich auf einen Ellenbogen und näherte sein Gesicht Jos, immer weiter, bis sie seinen Atem riechen konnte. Ein sauberer Atem, beinahe wie der eines Kindes. Er lächelte.

»Was denn?«, fragte sie.

»Jetzt hast du nur noch ein Auge.«

Das Kissen fühlte sich feucht an, Isarwasser aus ihren Haaren, die in wilden Strähnen um sie herumlagen.

»Schau mal«, sagte sie, »wir liegen in einem Flussbett.«

Er richtete sich halb auf, sah sie an. Sie strich ihm über die Haare und gab ihm einen unschuldigen Kuss, überrascht, wie weich seine Wangen sich anfühlten.

»Kann ich noch was für dich tun?«, fragte er.

»Nee. Passt schon.«

Uli setzte den Blinker und fädelte sich mit ihrem Golf auf den Mittleren Ring ein. Die vierspurigen Straßen sahen ungewohnt aus im weichen Morgenlicht, verlassen und verträumt. Beinahe wie die endlosen Asphaltbänder, die den amerikanischen Westen durchschnitten und sich am Horizont verloren, dachte Uli. Der Scheibenwischer quietschte leicht über die Windschutzscheibe. Dieser schwere, spätsommerliche Morgentau.

Sie blickte zur Seite und betrachtete Saschas unbewegtes Profil. Die Augen hatte er hinter einer Sonnenbrille verborgen. Kein Wunder, dass er müde war. Seine Maschine nach San Francisco startete morgens um sieben. War es da nicht selbstverständlich, dass sie ihn zum Flughafen brachte?

Sechs Wochen würde er fort sein. Und der erste Tag davon hatte noch nicht einmal richtig angefangen.

Sascha schob sich im Sitz nach vorne, faltete seine Hände über seinem Schoß, stellte einen Turnschuhfuß auf der Ablage über dem Handschuhfach ab. Uli fingerte nach einer Kassette. Nightswimming deserves a quiet night, sang Michael Stipe. Danach kam Massive Attack. Das dritte Stück der Blue-Lines-CD.

Das mit ihnen ging jetzt schon den ganzen Sommer über. Sascha rief oft am späten Sonntagvormittag an, wenn er in der Badewanne lag, und seine Stimme hallte leicht in dem gekachelten Raum. »Na«, fragte er dann, »was gibt es heute?« Pralinen hatte er nie wieder mitgebracht. Aber der Nachtisch war immer gleich. Sie hortete die Erinnerungen wie auf einem Bankkonto, rechnete immer wieder zusammen, wie häufig sie mit ihm geschlafen hatte. Musste sie nicht irgendwann zählen, die schiere Masse? War nicht allein die Summe ihrer Sonntage ein Indiz, ein Beweis, den sie gegen ihn verwenden konnte, und für sich?

Wenn er nicht kam, ging sie zu ihm, mal in einem blauen Kleid und mal in einem schwarzen. Es waren Kleider, die leichten Zugang gaben zu ihrem Körper, damit er ja an kein Hindernis stoßen könnte, nichts, das ihn dazu bringen würde, es sich anders zu überlegen. Manchmal lagen Plastiktüten mit Aluschalen im Treppenhaus vor seiner Tür, Reste einer Take-away-Mahlzeit, und nie war sie sicher, ob eine Person davon gegessen hatte oder zwei. Manchmal blätterte sie fahrig und mit schlechtem Gewissen die Seiten seines Notizbuches durch, das neben der Tür am Nagel hing, aber nie stand etwas darin.

Wenn sie zu ihm kam, legte er eine CD ein, immer dieselbe, immer wieder Blue Lines. Beim dritten Titel waren sie so weit. Immer schloss er die Augen, zog sich zurück in seinen eigenen Kopf, ließ sie nicht teilhaben. Wenn die CD durchgelaufen war, waren sie längst wieder angezogen.

Es war sein Spaß und ihrer, zwei säuberlich getrennte Häufchen Augenblicksglück, zwischen denen es keine Verbindung gab. Keine geben durfte.

Nur gestern Abend. Da war es anders gewesen als sonst.

Sie fühlte noch immer die Feuchtigkeit zwischen ihren Beinen, schüttelte sich bei der Erinnerung, wie sie sich den harten Knochen seines Schienbeins zwischen die Schenkel geklemmt hatte, während ihr Mund sich an ihm zu schaffen machte. Eine verzweifelte Leidenschaft, peinlich, während Uli im gleichen Moment stolz darauf war.

Wenigstens das wusste sie sicher, dass sie ihn für Augenblicke mitgenommen hatte in eine Sphäre, in der Sex mehr war als freundliche Körperhygiene. Wie sich seine Augen zu schmalen Schlitzen verengten, wie er blindlings nach ihr gegriffen hatte, sie auf sich zog, keinen Moment zu spät. Im nächsten Augenblick schon waren sie eins geworden, schossen sich entgegen, sie schrie. Es war, als sei ein Fenster aufgegangen, wenigstens für einen kurzen Augenblick, einen winzigen Spalt, auch wenn es danach sofort wieder krachend zufiel.

»Was schaust du mich denn so an?«, hatte er gefragt, als er die Augen wieder öffnete.

»Hast du nicht gemerkt? Wir waren gleichzeitig.«

»Und?«

»Das ist mir noch nie passiert.«

Er hatte entspannt gelächelt, während er sie von sich herunterschob.

»Und? Musst du jetzt alle deine Freundinnen anrufen?«

Uli setzte den Blinker und fuhr auf die Autobahn. Sascha wandte den Kopf, zog die Sonnenbrille ein Stück hinunter und fixierte sie über den Rand hinweg.

»Was ist das denn?«, fragte er angeekelt. »Etwa eine Mixkassette?«

Uli nickte.

»Eine CD ist ein Gesamtkunstwerk!« Er machte eine müde Handbewegung. »Da kann man doch nicht einfach einzelne Stücke rausnehmen! Das ist Verstümmelung! Ich sag doch auch nicht, in deinem Leben hat nur dies oder jenes Jahr einen Wert, das gehört doch alles zusammen.«

Natürlich wusste sie es. Sie wusste, dass sie hätte reagieren müssen. Etwas zurückgeben, sich verteidigen. Aber an diesem Morgen war sie selbst zu erschöpft für dieses Spiel. Wie meistens, wenn Sascha so war, wenn er sich in eine bösartige Ballmaschine verwandelte, die immer schneller schoss, immer härter, bis Uli mit hängender Zunge auf dem Platz stehen blieb und kapitulierte.

»Ist gut«, sagte sie, »dann mach ich eben Radio an.«

Hustend spuckte der Kassettenrekorder das Band aus. Auf Radio Xanadu sang Michael Stipe »Shiny happy people«. Die ersten Blätter im Gebüsch hinter der Leitplanke hatten sich rostrot und sonnengelb verfärbt. Wenn Sascha zurück sein würde, wäre es Herbst.

»Ja, dann«, sagte er, als Uli ihren Wagen im Halteverbot vor dem Haupteingang des Flughafenterminals bremste.

»Hast du mir die Nummer von deinem Hostel aufgeschrieben?«

»Ja, da steht auch die Faxnummer.«

»Ich schreib dir.«

»Mach mal.«

Seine Finger schon auf dem Türgriff, sein Körper schon abgewandt, gab er ihr einen flüchtigen Kuss auf die Lippen, trocken und spitz. »Vermiss mich«, sagte er.

Er fädelte seinen langen Körper hinaus und begann zu tänzeln, so als müsste er sich vor einem Wettbewerb aufwärmen. Sie hörte das dumpfe Klappen des Kofferraums, dann erschien er wieder in ihrem Blickfeld, den riesigen Rucksack am Arm. Bevor er die Tür zuwarf, bückte er sich noch einmal zu Uli herunter.

»Und schöne Grüße«, sagte er, »an Jo.«

Der Name stach, irgendwo tief in ihrem Körper, sie konnte nicht sagen, wo. Manchmal, wenn sie nachts nach Hause kam, hörte sie Sascha und Jo telefonieren, in ihrem Geheimcode, nach dessen Bedeutung sie nie zu fragen gewagt hatte. Koks!, sagte Jo dann. Plutonium! KGB! Manchmal kicherte sie. Manchmal klang es beinahe zärtlich.

Wenigstens musste sie sich bei den beiden keine Sorgen machen. Sascha war nicht Jos Typ, das hatte sie mehr als einmal betont.

Und dann gab es ja seit einiger Zeit auch noch Phil. Drahtig, schmallippig, feinnervig.

»Wenn ich sie mal zu Gesicht bekomme«, antwortete Uli. »Die ist ja dauernd bei ihrem neuen Freund.«

Ein Taxifahrer hinter Uli begann zu hupen. Sascha hob die Hand und gab der Autotür einen Schubs. Uli saß einen Moment reglos da, während die Schwere in ihr hochkroch. Mit großer Anstrengung hob sie ihre Hand und fuhr über das Armaturenbrett. Saschas geriffelte Sohle hatte ein zartes Muster auf dem dunklen Kunststoff hinterlassen.

Der Taxifahrer hupte jetzt ungeduldiger. Aus dem Augenwinkel meinte sie, ein rothaariges Mädchen vor dem Terminal zu sehen.

Also doch.

Sie hatte es geahnt.

Das Mädchen war auch dabei gewesen beim Reggae-Open-Air am Chiemsee, vor einigen Wochen. Dabei war Uli so glücklich gewesen, dass er sie mitnahm, zusammen mit all seinen Freunden, als wäre es die größte Selbstverständlichkeit der Welt. Auch wenn Jo wieder stänkerte, Sascha würde sie, Uli, als Chauffeurin missbrauchen. Nach dem Konzert, in irgendeinem Biergarten mit Seeblick, hatte sie stundenlang an seiner Seite gesessen, konnte ihre Hände nicht bei sich behalten. Ihre Finger wollten immer in seinen Nacken, wenigstens dorthin, massieren, kneten, das Pulsieren unter seiner Haut spüren. Er nahm es hin, wies sie nicht ab, und die anderen schienen nichts dabei zu finden. Während sie noch massierte, begann er sich mit dem rothaarigen Mädchen gegenüber zu unterhalten.

Abends, auf dem Parkplatz, hatte er das Mädchen unter den Achseln gefasst wie ein Kind, hochgehoben und um sich herum geschwenkt, sodass ihre Haare im Lichtkreis der Scheinwerfer funkelten.

Sie hatte kein Recht. Nicht einmal auf ihre Eifersucht.

»Neiiin!«

Jo hielt in der Bewegung inne und blickte in Richtung der Sekretärin. Renate Lichtblaus Mundwinkel waren sichtbar nach unten gesackt, ein mittlerer Erdrutsch in ihrem Gesicht. Jetzt sah sie noch älter aus als vorher, ein altes Mädchen mit Pferdeschwanz und stahlblauem Pullover. Sie hob ihre rechte Hand über dem eierschalenfarbenen Computerbildschirm und machte eine aufgeregte Geste hin zu Jo, die im Begriff war, ihre Jacke aufzuhängen.

»Nein!«, sagte sie noch einmal, dieses Mal nicht mehr ganz so schrill. »Das kannst du doch nicht einfach machen! Das ist *sein* Ständer!«

Jo ließ ihre Jacke sinken und schüttelte leicht den Kopf. Renate Lichtblau nahm den Namen ihres Chefs nie in den Mund, es sei denn, sie meldete sich am Telefon. Anderen gegenüber sprach sie immer nur von »ihm«, als gehorchte sie einem strengen religiösen Gesetz. ER ist zu Tisch, ER will euch in zehn Minuten in seinem Büro sehen. Und jetzt das: SEIN Ständer. Dann würde Jo ihre Jacke eben einfach mit hineinnehmen zur Mittwochskonferenz.

Im gleichen Moment dudelte das Telefon seine gedämpfte Melodie. Die Sekretärin wandte den Blick und wechselte ihre Stimme.

»Redaktion Angela, Büro von Dr. Wendel, was kann ich für Sie tun?« Sie sprach den Namen des Magazins deutsch aus, An-ge-la. Dann war das wohl die richtige Variante. Jo hatte es auch schon anders gehört, Äin-dsche-la, aber sie war sich nicht sicher, ob das ironisch gemeint war. Ein Grund mehr, warum sie sich in den ersten beiden Tagen ihres Praktikums um das Telefonieren gedrückt hatte.

Sie lehnte sich gegen das Regal mit den Postfächern und betrachtete die plakatgroßen, auf Sperrholzplatten aufgezogenen Titelbilder vergangener Ausgaben an der Wand. »Richtig gut: Sex mit dem falschen Mann!«, »Hallo Bikini – jetzt kann der Sommer kommen«. Bei den Bildern hier im Sekretariat waren die Farben kunstvoll verfremdet wie bei einem Pop-Art-Druck, die Poster auf dem Gang waren deutlich kleiner und dem Original ähnlicher. In den Redaktionsbüros selbst hingen faksimilierte Zeitschriftenseiten in billigen Wechselrahmen, alles Interviews, die Walter Wendel in den achtziger-Jahren selbst geführt hatte. Helmut Dietl, Michaela May, Tom Cruise. Wendel war lange Jahre Reporter bei einem People-Magazin aus dem gleichen Verlag gewesen, ehe er Chefredakteur der Angela geworden war.

Dabei sah er ganz anders aus als die Parka- und Cowboyboots-Reporter, die Jo von der Abendzeitung kannte. Mit seinen Tweedjacketts, bedruckten Halstüchern und kniehohen Stiefeln erinnerte er Jo an einen untersetzten englischen Landadeligen, dem das Pferd gerade abhandengekommen war.

Sie hatte ein bisschen Angst vor ihm. Aber das war normal, das hatten alle. Schon am allerersten Praktikumstag hatte er sie im Gang am Ärmel festgehalten und ihr eine Frage entgegengeschleudert. »Frau Sedlacek, wer ist Ihr Lieblingsdesigner?« »Alessi«, hatte sie nach einer Schrecksekunde behauptet. Dabei stimmte das gar nicht. Aber der Name war ihr immerhin geläufig. Wasserkessel mit Täubchen, Servierplatten mit tanzenden Männchen und so. Wendel hatte es jedenfalls durchgehen lassen. Wahrscheinlich war er in gnädiger Stimmung. Heute Mittag hatte die Art-Direktorin in der Kantine geweint. Wendel hatte bei einer Layout-Vorlage nach den doppelseitigen Prints gegriffen und sie vor ihren Augen zerrissen. Kommentarlos.

»Persönlich«, sagte Renate Lichtblau gerade am Telefon, »persönlich? Dr. Wendel? Das wüsste ich aber.« Sie machte eine kleine Pause, dann lachte sie, ein trockenes ›Ha?!‹ das eher klang wie ein Hustenanfall. »Was ein persönlicher Anruf ist und was nicht, das entscheide immer noch ich, oder?«

Jo blickte aus dem Fenster und fragte sich, in welchem Fach Walter Wendel wohl promoviert hatte. Dr. Wendel. Von hier oben waren bei gutem Wetter manchmal die Alpen zu sehen, genau so wie auf den Postkarten, die Bergketten direkt hinter der Theatinerkirche zeigten. Jetzt kroch draußen ein leichter Herbstnebel zwischen den Alleebäumen und machte die ganze Szenerie noch unwirklicher. Arbeiten im Arabellapark, das war, als würde man täglich ein überdimensioniertes Architekturmodell betreten. Strahlend weiße, einheitliche Gebäude, eine Welt, in der alles aus Kunststoff war, die statisch knisternden, taubenblauen Teppiche in den Büros, die Tabletts in der Kantine, sogar die Klamotten in der einzigen Boutique auf dem zentralen Platz, in der sich in der Mittagspause die Volontärinnen um den Drehständer mit den reduzierten Jacken drängelten.

Auf einmal kam Jo ein sentimentaler Gedanke, eine Sehnsucht nach einem Spaziergang mit Phil über eine Nebelwiese auf dem Land, dem Geruch nach Feuchtigkeit und überreifen Äpfeln, sichtbare Atemwölkchen in der Luft, nach Phils muskulösem Bauch und seinen schmalen Hüften. Vielleicht war das gestrige Meeting daran schuld, bei dem sich Jürgen, der Reiseredakteur, und seine Ressortleiterin über den Beihefter für die Januar-Ausgabe unterhalten hatten. Einhundert Kuschelhotels für unter hundert Mark. »Das wäre doch auch was für dich und deinen Kerl?«, hatte Jürgen gefragt und an seinem Lederhalsband mit dem indianischen Türkis genestelt, und Jo hatte auf ihren Schreibblock geblickt, schuldbewusst und wie ertappt.

Seit drei Monaten war sie jetzt mit Phil zusammen, und in letzter Zeit hatte sie tatsächlich häufiger diese Gedanken, gemeinsame Pläne, die weit über das nächste Wochenende hinausgingen. Es war schon eine ganze Weile her, dass sie so über einen Mann gedacht hatte. Jedenfalls nicht mehr seit letztem Herbst. Seit der Sache mit Benny. Kuschelhotels. So weit war sie schon.

Sie war nicht sicher, ob das gut war.

Mittlerweile drängelte sich die halbe Redaktion vor dem Chefbüro, das gleichzeitig als Konferenzraum diente. Sie standen in Grüppchen im Sekretariat, umarmten Klemmbretter und stapelweise Magazine der Konkurrenz, ein bisschen wie Schiffbrüchige, die sich an irgendetwas festklammerten. Ganz links stand geschlossen die Gruppe der Moderedakteurinnen, von Kopf bis Fuß in Schwarz, als hätten sie sich nach Feierabend zu einer gemeinsamen Beerdigung verabredet.

Schließlich flog die mintgrüne Tür auf, so heftig, dass die Art-Direktorin sich nur mit einem Sprung zur Seite retten konnte. Drinnen stand Wendel, die Schultern hochgezogen, mit unruhigem Blick, ein wenig wie ein Tier kurz vor dem Angriff. Stumm huschten die Kollegen an ihre Plätze. Im Hineingehen konnte Jo gerade noch sehen, wie die Mode-Ressortleiterin einen Blick mit der Sekretärin wechselte. Launen-Check. Renate Lichtblau schüttelte fast unmerklich den Kopf, hob die Hand und senkte den Daumen.

Jo nahm neben Sandra Platz. Eine Sexkolumnistin bei einer Frauenzeitschrift hatte sie sich anders vorgestellt, mit Big Hair, zu wenig Rock, hohen Absätzen. Sandra sah mit ihrer praktischen Frisur und ihrer Hornbrille eher aus wie eine Bibliothekarin. Wendel setzte sich als Letzter, schob dann umständlich den Stuhl zurück und packte den Absatz seines rechten Stiefels auf den hellen Konferenztisch.

»So«, bellte er. »Was haben wir?«

Die Redakteure starrten auf die Tischplatte.

»Nicht alle auf einmal!« Er lachte über seinen eigenen Witz. Das Leder der Swingerstühle knarrte, während einige Frauen aus der Moderedaktion hin und her rutschten.

Schließlich ergriff ihre Ressortleiterin das Wort.

»Es ist nämlich so, Walter«, begann sie, »wir haben hier ein Problem.«

Wendel nahm umständlich seinen Fuß vom Tisch, beugte sich vor und fixierte die Frau.

»Also, das Halstuch, das wir dem Zwölferheft beilegen wollten. Da hat es eine Fehlproduktion gegeben.«

»So«, sagte Wendel ruhig. »Und das sagst du mir einfach so?«

»Ja, weil nämlich die Farbvorlage …«

»Ein PROBLEM?« Als hätte jemand in einem winzigen Zimmer den Knopf einer Stereoanlage versehentlich auf volle Lautstärke gedreht. »Verdammt noch mal, Kinder, ich zahl euch hier dafür, dass ihr mir LÖSUNGEN anbietet! Nicht PROBLEME.« Er fixierte die Ressortleiterin. »Wir reden nachher weiter, Marie.«

Er ließ seinen Blick über den halbrunden Tisch schweifen.

»Frau Sedlacek?«

Jo sah sich verstohlen um. Hatte sie etwa eine Namensschwester? Stühle wurden gerückt, Klemmbretter parallel zur Tischkante ausgerichtet. Jetzt blickten alle sie an.

»Ich nehme ja wohl an, Sie haben sich ein paar Gedanken zu Themen gemacht. Mich würde mal interessieren: Was möchten Sie gern in der nächsten Angela lesen? Sie ganz persönlich, so als junge Frau?«

Das ging schneller, als sie gedacht hatte. Aber vielleicht war es auch ihre Chance. Wenn sie jetzt mit einem originellen Vorschlag kam, würde er sich ihren Namen merken. Sie knetete den Ärmel ihrer Lederjacke.

»Ja, also, das ist so«, begann sie, »ein Freund von mir hat einen Computer.«

Wendel legte seine Fingerspitzen aufeinander und begann mit den Händen zu wippen.

»Ja, und darauf macht er Spiele. Zum Beispiel …«

»Frau Sedlacek?«

»Ja?«

»Sie langweilen mich.«

Jo starrte ihn an, spürte ihre Mundwinkel entgleisen, sah im Geist ihr eigenes Spiegelbild, erschreckend ähnlich dem Anblick, den die Sekretärin vorhin geboten hatte.

»Ich meine«, Wendel öffnete die Hände und machte eine joviale Geste, »nichts für ungut, aber ein bisschen besser müssen Sie Ihre Themen schon verkaufen. Sagen Sie mir in drei, vier Worten: Was ist die Geschichte?«

Jo atmete tief durch.

»Flirten am Computer.«

»Flirten am Computer?« Er beugte sich vor. Jetzt blickte er auf eine Weise interessiert, wie ein kleiner Junge, der einer lebenden Fliege die Flügel ausriss. Es half nichts, es gab jetzt kein Zurück.

»Es gibt da so ein System«, redete sie weiter, »irgendwas mit Mailboxen, also, man kann sich über ein Modem in Netzwerke einklinken und dann so kommunizieren. Mit Fremden. Nicht nur über technische Sachen. Also, ich meine – man kann sich theoretisch auch verabreden, zu einem Blind Date.«

Wendel schwieg nachdenklich. Jo schöpfte Hoffnung. Das war doch wirklich ein originelles Thema! Mal was anderes als die zehn größten Fehler beim ersten Date oder der Knigge für die perfekte Affäre.

»Wer macht denn so was?« Es war ein seltsamer Ton in Wendels Stimme. Nicht überrascht. Eher angewidert. So als hätte sie ihm gerade eine besonders unappetitliche Sexpraktik vorgeschlagen.

»Marie?«

Maries Kopf fuhr herum, als hätte sie eine Ohrfeige bekommen.

»Würdest du am Computer jemanden kennenlernen wollen?« Pflichtschuldig stimmte Marie in sein Lachen ein und schüttelte den Kopf. Ihre schwarz gekleidete Horde kicherte mit, eine Horde blökender Schafe in den Billig-Linien großer Designer-Labels.

»Das versteht die Leserin nicht.« Die Sexkolumnistin legte Jo eine Hand auf den Arm und blickte ihr ernsthaft in die Augen. Beifälliges Nicken aus der Runde.

»Ich glaub vor allem, Frau Sedlacek hat die Angela nicht verstanden«, dröhnte Wendel. »Aber immerhin, besser als eine Praktikantin, der gar nichts einfällt. Machen wir weiter. Tanja, was haben wir in Psycho?«

Eine Blonde im taillierten grauen Blazer setzte sich zurecht und zupfte an ihrem Rollkragen.

»Freunde sind die neue Familie«, sagte sie, »dazu gibt es ein Buch von einem amerikanischen Soziologen und eine Studie.«

»Gut«, Wendel nickte beifällig, »das kommt aufs Cover, zu den fünfzig Festtagsfrisuren.«

Im Hinausgehen legte der Reiseredakteur Jo eine Hand auf die Schulter.

»Tapferes Mädchen«, sagte Jürgen.

»Tapfer, ich? Wieso?«

»Ich hab dich genau beobachtet. Du hast gar nicht geweint.«

Jo schüttelte den Kopf. »So schnell bringt man mich nicht zum Weinen.«

Jürgen grinste. »Gut für dich. Und für mich. Bringt mir eine Kiste Pinot noir.«

»Du hast gewettet?«

Er nickte. Die Grübchen auf seinen Wangen hatten sich in tiefe Krater verwandelt. »Komm mal mit. Ich hab was für dich zu tun.«

»Etwa eine Reisegeschichte?«, fragte sie aufgeregt. Sie dachte an das »Bitte nicht stören«-Schild aus dem Hilton Bangkok, das an Jürgens Tür hing, die bunten Bordkarten an seiner Pinnwand. Wo er sie wohl hinschicken würde? Gleichzeitig breitete sich ein hohles Gefühl in ihrer Magengegend aus. Reisen, das hieß auch reisen ohne Phil. Sie wusste noch nicht einmal, wo es hinging, und vermisste ihn schon. Wo sollte das noch hinführen?

Jürgen schob sie in sein Büro. Auf dem Schreibtisch gegenüber von seinem lag eine Klarsichthülle, daneben ein Stapel aktueller Angela-Hefte.

»Hast du schon mal Leserbriefe gemacht?«, fragte er.

Jo nickte enttäuscht. »Klar, bei der AZ. Da hab ich die auch mal eingegeben. Ganz am Anfang, in meinem ersten Praktikum.«

Jürgen nickte zufrieden.

»Sehr schön. Dann bist du ja reif für die Leserbriefe für Fortgeschrittene.«

Er deutete auf die Klarsichthülle. »Da sind die Echten drin. Kannst du dir mal anschauen, aber wahrscheinlich ist nichts dabei. Was wir auf keinen Fall wollen, ist was Negatives. So nach dem Motto: Eure Datingtipps sind viel zu oberflächlich. Wendel steht auf eine andere Art von Briefen. Konstruktiv, wenn du verstehst.«

Jürgen griff nach einer Angela und schlug die Leserbriefseite auf. »Zum Beispiel hier: Tausend Dank für den Beitrag zum Thema ›So was hab ich doch auch?‹ bei dem es um die besten Kombis von modischen Teilen mit zeitlosen Basics ging. Das hat mich auf eine kreative Styling-Idee gebracht: einfach einen alten Seidenschal als Jeansgürtel verwerten, dazu ein geknotetes Herrenhemd von meinem Liebsten.«

»Wer schreibt denn so was?« Jo war zu verdutzt, um noch enttäuscht zu sein.

»Das ist es ja.« Jürgen rollte das Heft zusammen und hieb damit gegen die Tischkante. »Keiner. Deshalb sollst du dir ja was Schönes ausdenken.

Jürgens Telefon gab einen melodiösen Singsang von sich, drei auf- und absteigende Töne, die signalisierten, dass der Anruf über die interne Leitung kam. »Bei der Arbeit?«, meldete er sich, blickte dann zu Jo. »Doch«, sagte er, »die ist hier.« Er reichte den Hörer über den Schreibtisch.

»Da«, sagte er, »ich glaub, dein Kerl sucht dich.«

Phil klang anders als sonst.

»Hey du«, sagte er heiser.

»Hey du«, gab sie zurück, »was gibt es?«

Jo blickte auf die aufgeschlagene Zeitschrift vor sich. Auf einer Doppelseite umarmte sich ein Paar in Schwarz-Weiß, unterhalb des Bauchnabels in Jeans, oberhalb nackt. The Fragrance, stand darüber. For Him. For Her.

»Ich glaube«, sagte er, »wir müssen reden.«

Als Uli das Fax verschickte, etwa drei Wochen nach Saschas Abflug, da war es, als würde man einem fliehenden Pferd ein Lasso aus Nähgarn hinterherwerfen. Lächerlich und aussichtslos. Aber wenigstens wissen sollte er es doch, wenigstens eine Ahnung haben, was er mit ihr gemacht hatte, wie er sich in sie hineingewühlt hatte und in ihr stecken geblieben war, sodass jede Bewegung schmerzte.

In der Nacht trank sie drei Bier. Als sie am nächsten Morgen mit den Fotokopien ihrer Tagebuchseiten zur Post ging, wo man gegen viel Geld ein Fax auf die andere Seite der Welt senden konnte, fühlte sich ihr Kopf an wie ein bis zum Bersten aufgeblasener Luftballon, in dem eine trübe Pfütze schwamm. Sie war von einer traurigen, trunkenen Entschlossenheit. Alles sollte er lesen, alles. Wie sie seit Monaten durch die Tage und Nächte ohne ihn trieb, wie amputiert. Die Hände ein einziger Phantomschmerz, der sich nur an seinem Körper stillen ließ, wenn sie ihre Finger in die kleine Kuhle unter seinem Brustbein legte oder mit dem weichen Vorhang seiner Haare bedeckte. Beim Knattern des Faxgerätes entspannte sie sich schließlich. Endlich ein Schritt, den sie selbst bestimmen konnte, statt immer nur zu reagieren, zu warten, zu hoffen. Nun war er am Zug.

Schon am nächsten Tag lag dann unverhofft seine Postkarte im Briefkasten. Sie las sie, las sie immer und immer wieder, betäubt vor Glück, auch wenn ihr klar war, dass die Karte noch keine Reaktion auf ihre Offenbarungen sein konnte. »Nach einem heißen Tag in Santa Barbara«, schrieb er, »sind wir eben im Motel angekommen, es sieht aus, wie man es aus amerikanischen Roadmovies kennt, wie eine Filmkulisse. Es wäre schön, wenn du hier sein könntest und mir den Nacken massieren. Und«, schloss er, »das meine ich nicht ironisch.«

Die Postkarte lag offen auf dem Telefontischchen, und die Gewissheit, dass Jo sie gelesen hatte, tat Uli beinahe so wohl wie die Worte selbst. Sollte Jo ruhig wissen, an was Sascha dachte in seinen kalifornischen Nächten. Da war es beinahe schon nebensächlich, ob das rothaarige Mädchen neben ihm lag oder nicht.

Nach diesem Tag fühlte sich das Warten auf einmal gut an. Sie wusste jetzt, dass es sich lohnte. Dass sich all diese Tage, diese dunstigen Morgen und diese warmen Mittage, nicht zu nichts summierten, sondern dass sie die Zeit zusammentragen konnte wie einen Schatz. Dass Sascha verändert zurückkommen würde, dass die lange Trennung ihm etwas klargemacht hatte.

Immer wieder malte sie sich aus, wie sie ihn am Flughafen abholen würde, wie er sein Gesicht über ihres beugen würde, bis alle seine Gesichtszüge zu einer einzigen, weichen Linie verschwimmen würden. Wie er riechen würde, nach Reise und Staub und ein bisschen Bier und dennoch wie die sauberste Anschaffung der Erde. Ihr Heimkehrer. Ihr Mann. Alles war ein Versprechen, selbst die eingestanzten Verfallsdaten auf Joghurtdeckeln, die sich langsam aber sicher auf die Zeit zubewegten, in denen Sascha wieder da sein würde.

Aber es war eine Nachricht aus der Vergangenheit, eine schon vergilbte, gedankenlose Zärtlichkeit, an die er sich selbst kaum zu erinnern schien. Ein paar Tage später kam erneut Post, ein Brief diesmal, und Uli riss ihn mit zittrigen Fingern auf, als enthielte er ein schriftliches Todesurteil. So etwas in der Art war es auch. Ein kurzer, nicht unfreundlicher Brief, der auf einen Schlag alles entwertete, die gesamte gehortete Wartezeit für null und nichtig erklärte wie die Münzen einer obskuren Ostblock-Währung.

»Als ich deine Aufzeichnungen las, dachte ich: Da hat sie wohl etwas Schönes erlebt. War ich da dabei?«, schrieb er. »Wir können gerne weiterhin unseren Spaß haben, aber du solltest wissen, dass ich kein Kandidat bin für die Liebe. Höchstens für den Augenblick, das schöne große Jetzt.« Außerdem, schrieb er, sollte sie sich keine Illusionen machen. »Ich habe nie behauptet, dass ich mich nicht auch mit anderen Frauen treffe. Aber glaub mir, mehr zu diesem Thema willst du gar nicht wissen.«

Betäubt legte sie den Brief beiseite und wartete auf den Schmerz. So mussten Frauen sich fühlen, die unbemerkt eine Fehlgeburt erlitten und zur Ausschabung ins Krankenhaus mussten, schwanger mit einer kleinen Leiche, den sterblichen Überresten eines Traumes. Vielleicht würde es noch ein Gespräch geben, einen Spaziergang an der Isar, ein letztes, verzweifeltes Mittagessen in seiner Küche. Die letzten Dinge, die sich in ihrer Plastikwährung kaufen ließen.

Am Tag von Saschas Ankunft brannte eine trügerische Sonne vom Himmel, und Schweiß tropfte Uli in die Augen, als sie sich auf einer Kiesbank an der Isar niederließ. Sie legte sich auf den Rücken und starrte ins Licht.

Es war ein Spiel, das sie seit Kindertagen nicht mehr gespielt hatte, und sie wusste, dass es gefährlich sein konnte. Trotzdem konnte sie nicht damit aufhören. Kreise tanzten vor ihren Augen, schwammen durch ihr Blickfeld und erloschen irgendwo rechts unten. Erst als ihre Augen tränten, schloss sie die Lider.

Der Himmel war schuld. Ein Himmel, der aussah, als hätte jemand ein riesiges Fass blaue Farbe in ihm ausgekippt. Diese verdammte Oktobersonne, die irgendetwas mit den Menschen machte. Eine Sonne, die die Stadt von den Rändern her schmolz wie ein Stück Butter, bis es gelblich und ranzig wurde.

Nach einer Weile fiel ein Schatten auf ihr Gesicht, und sie öffnete die Augen wieder. Der Mann, der vor ihr stand, hatte sie schon vorher beobachtet, aus sicherer Entfernung, von der Brücke aus und schließlich von der Stelle in der Nähe der Staustufe, wo er sich niedergelassen hatte. Aus den Augenwinkeln hatte sie ihn wahrgenommen, seine tiefdunkle Haut, das billige Blumenhemd. Etwas war in seinen Augen, das sie an schimmernde Ölpfützen denken ließ. Im Kontrast dazu leuchteten seine Zähne umso weißer, als wären sie von innen beleuchtet.

»Excuse me«, sagte er in einem weichen Englisch, »can I ask you something?«

Uli seufzte und bedeckte die Augen mit der Hand. Schon den ganzen Sommer über waren diese Männer hier, lehnten am äußersten Ende der Flaucherbrücke, lässig einen Fuß an das Geländer gestellt, und taxierten die Frauen, die vorbeikamen. Uli wusste nicht, aus welcher Weltgegend es sie in die trostlosen Wohncontainer am westlichen Flussufer verschlagen hatte. Wenn sie die Männer sah, stellte sie sich Länder vor, in denen die Luft zähflüssig war und jeder Atemzug einen neuen Duft mit sich brachte. Sie hätte gerne mehr gewusst, aber die Gespräche, die diese Männer suchten, waren andere. Do you have a boyfriend?, fragten sie, do you want to go out? Jo hatte ihre eigene Variante beigesteuert: Have you ever been with a black guy before? Sie erzählte es immer wieder, beinahe, als hätte der Spruch ihr imponiert. Die Dreistigkeit, mit der dieser Mann davon ausging, dass er ans Ziel kommen würde. Wenn man versuchte, das Gespräch höflich zu beenden, fragten die Männer, ob man Rassistin sei. So oder so, man konnte nur verlieren.

Uli fixierte den Mann, sein offenes Lachen, seine öligen Augen. Langsam schüttelte sie den Kopf.

»No?«, fragte der Mann, einen lustigen kleinen Kiekser am Ende des Wortes. »Why not?«

Seine Stimme klang, als würde er gleich zu singen beginnen.

Uli verschränkte die Hände hinter dem Rücken. »I am married«, sagte sie.

»Oh. I see.«

Sie lauschte noch ihren eigenen Worte hinterher, verwundert, wie viel sie verändert hatten. Es fühlte sich an, als sei sie unter Wasser endlich auf festen Grund gestoßen, als wüsste sie plötzlich wieder, wo oben und unten war. Sie legte zwei Hände auf ihren Bauch, die Fingerspitzen aneinander.

»And I am pregnant«, fügte sie hinzu.

Der Mann sah sie verdutzt an, dann begann er zu lachen und hielt sich dabei die Schläfen.

»God, you're killing me!«, stieß er hervor. »I only wanted to know what time it is!«

Uli blinzelte in den Himmel, dann blickte sie auf ihre Uhr. Halb zwei, noch zwanzig Minuten bis zur Landung. Irgendwo dort oben im Blau schwebte Saschas Flugzeug. Er kehrte zurück, sichtbar, aber unerreichbar, ganz nah und unberührbar. Wie es sich wohl anfühlte, schwanger zu sein?

Sie wollte dem Mann die Uhrzeit sagen, aber der hatte sich schon wieder abgewandt und winkte gut gelaunt. »Good luck for you and the baby!«

Weiße Vorhänge, gerafft von silbernen Spangen. Weiße Tischtücher mit silbernen Kerzenleuchtern. Sogar die gestanzte Schrift im schweren Papier der Speisekarte leuchtete. Genau die Kopfweh-Kombination, die Jo nicht ausstehen konnte. Sie blickte aus dem Fenster und sah den Blättern der Kastanienbäume zu, die geräuschlos durch die Luft taumelten, grüne Stahlrohrstühle und Tische verzierten, bis der leere Biergarten draußen einer jener Bildstrecken aus dem Landleben-Magazin glich, das vor ein paar Tagen in ihrem Postfach in der Redaktion gelegen hatte. An den Bänken direkt am Ufer saßen noch ein paar Unentwegte und hielten ihre Maßkrüge umfasst, als könnten sie ihre Hände daran wärmen, auf dem See dahinter zog ein Ruderboot seine Runden.

Das sah ihrem Vater wieder ähnlich: Erst auf dem Restaurant mit Bedienung bestehen, während Jo doch viel lieber in den Biergarten draußen gegangen wäre und fettige Spareribs an der Theke geordert hätte. Und dann zu spät kommen. Oder gar nicht. Schon zum zweiten Mal war der Ober an ihren Tisch getreten und hatte gefragt, ob sie nicht schon ein Getränk bestellen wollte. Aber sie wagte es nicht. Was, wenn Hortus gar nicht auftauchte? Wer weiß, was in den letzten zwei Stunden passiert war. Ob der Papst gestorben war. Oder ein Deutscher den Literaturnobelpreis bekommen hatte. Günter Grass, Martin Ebel oder sonst einer der alten Weggefährten. Dann musste sie ihre überteuerte Apfelschorle am Ende noch selbst bezahlen, und das war ein Problem. Schließlich war das Praktikum bei der Angela schlecht bezahlt und ließ ihr keinen Raum für einen weiteren Job.

Sie griff nach einer gestärkten Serviette und begann damit einen Fleck auf ihrer Hose zu bearbeiten. Wendel war der Fleck nicht aufgefallen, heute Morgen beim Mittwochsmeeting, aber Jürgen hatte ihn registriert. »Na«, hatte er beim Verlassen des Konferenzraumes zu Jo gesagt, »haben wir ein Auswärtsspiel gehabt?«

Damit hatte er den Nagel auf den Kopf getroffen. Seit gestern Nachmittag, als Jo zu Phils Apartment in Haidhausen gefahren war, hatte sie sich nicht mehr umgezogen. Der Gedanke an Phil ließ sie erschaudern, ein Gefühl, wie wenn man zu lange in der Badewanne saß und plötzlich merkte, dass das Wasser nur noch lauwarm war. Neulich dieses Gespräch, in dem er die Rede ständig auf seine Exfreundin gebracht hatte. Heute der erste Morgen in vier Monaten, an dem sie gemeinsam aufgewacht und nicht sofort übereinander hergefallen waren. Das heißt, sie hatte gewollt. Er nicht. Sie sah schwarz, was die Kuschelhotels im Februar betraf.

Auf jeden Fall würde sie nicht warten, bis er Schluss machte. Das hatte sie noch jedes Mal geschafft: Sie war nie diejenige gewesen, die man abserviert hatte.

»Bist du mir böse?«

Sie spürte die Hand ihres Vaters auf ihrer Schulter und folgte der Berührung mit ihrem Blick. Seine Hand steckte in einem karierten Jackettärmel, den sie nicht kannte. Gelb und orange. Irgendetwas stimmte nicht an diesem Bild. Wenn es denn unbedingt ein neues Jackett sein musste, dann war senfgelb allein immer das äußerste Zugeständnis an modische Farben gewesen.

Hast du eine neue Freundin?, wollte sie fragen, schluckte die Worte aber rechtzeitig hinunter. Sie registrierte die angegraute Haarsträhne, die ihm immer ins Gesicht fiel, das beinahe griechische Halbprofil mit der markanten Nase, als sähe sie ihn zum ersten Mal. Wie aus dem Gesicht geschnitten, das sagte jeder, der sie und ihn zusammen sah. Wie gut, dass er ihr die weniger ausladende Frauenvariante der gleichen Nase vermacht hatte. Eigentlich kein schlechter Typ, ihr Vater.

Er fuhr ihr zerstreut durch die Haare.

»Nicht.« Sie wehrte sich.

»Verstehe«, sagte er. »Styling.«

Ihr Vater setzte sich ihr gegenüber und griff nach der Speisekarte. »Wie lange haben wir uns nicht gesehen?«, fragte er. »Zwei Monate, drei? Du bist aber auch wirklich nie zu erreichen.«

»Das behauptest aber auch nur du«, gab Jo zurück.

»Wie bitte?« Er ließ seinen Zeigefinger über die gestanzten Buchstaben gleiten, als läse er Blindenschrift.

»Das sagst nur du«, wiederholte Jo. »Alle meine Freunde schaffen es, mit mir zu telefonieren. Oder sprechen mir auf Band. Nur wenn du mich anrufst, machst du mir als Erstes Vorwürfe. Und tust so, als hättest du es schon siebenundzwanzig Mal vergeblich versucht.«

Ihr Vater hob die Augenbrauen. Wenn er sie so anschaute, erinnerte er sie plötzlich an Sascha. Wie seltsam, das war ihr vorher noch nie aufgefallen. Die halblangen Haare, der leicht gebückte Gang eines Mannes, der gewohnt ist, sich zu seinen Gesprächspartnern herunterzubeugen. Dann entspannte er sein Gesicht wieder, und der Moment der Irritation verflog.

»Du wirst es nicht glauben«, sagte er, »aber das habe ich tatsächlich.« Er machte eine kleine Pause und suchte mit seinem Blick den Raum ab, nickte dann kaum merklich dem Ober zu. »Du weißt doch«, er legte flüchtig seine behaarte Hand auf ihre, sodass das Messerchen auf dem Brotteller gegen das Porzellan klirrte, »du weißt doch, ich spreche nicht gerne auf Anrufbeantworter. Ist für mich eine unangenehme Vorstellung, dass jemand meine Stimme an einem anderen Ort abhört. Diese Unwiderruflichkeit dessen, was da gesagt wird. Diese Endgültigkeit. Sag einmal, Giorgio, was ist denn heute der Tagesfisch?«

»Für dich habe ich eine schöne Seeteufel, meine liebe Hortus«, radebrechte der Kellner, und Jo war überzeugt, dass der Mann eigentlich ein akzentfreies Deutsch sprach. Aber das gehörte zum Flair, das gehauchte E am Ende genauso wie die überdimensionierten Pfeffermühlen und die Schiefertafeln. Wie kam bloß dieses pan-europäische Schickimicki-Restaurant hier in den Englischen Garten? Als Jo klein gewesen und mit ihren Eltern auf dem Kleinhesseloher See Boot gefahren war, hatte es hier noch Schwammerln mit Semmelknödeln gegeben.

»Ihr wisst eben immer, wie man einen alten Mann glücklich macht.«

Hans-Peter Gärtner seufzte genießerisch, und Jo spürte, wie ein saurer Geschmack ihre Speiseröhre emporstieg. Sensibel, dachte sie. Sensibel und gleichzeitig souverän, das war seine Paraderolle für die späteren Jahre. Sie konnte sich nicht erinnern, wann das angefangen hatte. Und wann der Spaß aufgehört hatte.

Wahrscheinlich hatte er so seine Frau rumgekriegt. Die erste von all den wechselnden zweiunddreißigjährigen, die er für längere Zeit hatte behalten wollen. Warum gerade die, würde Jo immer ein Rätsel bleiben. Die exaltierte Lucie mit ihren roten Haaren, die jede Veranstaltung mit ihrer körperlichen Präsenz sprengen konnte. Nicht, weil sie so ungemein attraktiv war. Sondern weil sie über ein unerschöpfliches Repertoire an Körperhaltungen verfügte. Und die waren echte Hingucker, das musste man ihr lassen. Auf einer Gartenparty kauerte sie sich mitten im Gespräch auf dem Rasen in der Hocke zusammen und verschränkte die Arme über den Knien, auf Stühlen saß sie grundsätzlich verkehrt herum und klemmte die Lehne zwischen ihre Schenkel.

Lucie war die verrückte Tochter, die er nie gehabt hatte. Schrill in einer Weise, die Jo niemals würde toppen können. Immer anders als alle anderen, grundsätzlich anders. Während alle Welt ihren Vater Hortus nannte, nannte sie ihn Hapeh. Während alle Welt nach Haidhausen zog, bestand sie auf Schwabing, vielleicht gerade weil das Viertel rund um die Uni diese leicht verkommene, leicht verkaterte Patina hatte oder vielleicht auch einfach nur, weil ihre Galerie um die Ecke lag. Dass er vor drei Jahren auch noch einen Sohn mit ihr bekommen hatte, konnte nur ein Unfall gewesen sein. Wozu brauchte ein solches Paar noch ein zusätzliches Kind?

Der Vater bestellte – Antipasti alla veneziana, Seeteufel für zwei – und schwieg. Jo wurde unruhig. Wahrscheinlich war sie zu weit gegangen. War ungerecht gewesen. Ein Verfasser berühmter Kolumnen, die alle zwei Jahre als Buch bei einem angesehenen deutschen Großverlag erschienen, konnte sich nicht mal eben spontan verabreden. Auch nicht mit der eigenen Tochter.

»Ist schon okay, Papa«, sagte Jo versöhnlich. »Jetzt bist du ja da.«

Er nickte und beschmierte eine winzige Scheibe Körnerbrot mit einer winzigen Portion Schmalz aus einem winzigen Porzellanschälchen.

»Was macht deine WG?«, fragte er. »Wohnst du noch mit Ursel zusammen?«

»Uli.«

Ihr Vater kratzte sich am Ohr, hielt dann Daumen und Zeigefinger vors Gesicht und betrachtete sie konzentriert, als hätte er dabei etwas Interessantes entdeckt. »Wusste ich doch«, sagte er, »diese Art von Name.«

»Du meinst, so spießig?«

Er rieb die Finger aneinander. »Das hast jetzt du gesagt. Ist sie denn so spießig?«

»Ganz okay, mittlerweile. Aber man merkt eben schon, dass sie aus einer Kleinstadt kommt.«

Der Vater stülpte die Lippen vor und machte sein Fischgesicht, wie immer, wenn er nachdachte. Jo hätte gerne gewusst, ob er das auch in Redaktionskonferenzen tat. Oder ob es ein Privatgesicht war.

»Na, immerhin hat sie mal einen Schritt gemacht«, sagte er. »Hat sich freigeschwommen. Aus dem Dunstkreis ihres Elternhauses fort.«

War das ein Vorwurf? Jo griff nach einer Gabel und bohrte mit den Zinken in der Tischdecke. Der Stoff war so steif, dass sie einen sichtbaren Abdruck hinterließen.

»War nur so ein Gedanke.« Der Vater winkte ab. »Ich an deiner Stelle wäre ja längst in Berlin. Gibt doch gerade wirklich keinen spannenderen Ort in Deutschland.«

»Würde ich schon machen. Aber da ist doch nichts! Jobs, meine ich. Keine Magazine, nur ein paar Tageszeitungen.«

Er schüttelte leicht den Kopf, wie über ein begriffsstutziges Kind. »Und du hast jetzt also ein neues Praktikum?«, fragte er. »Drüben im Arabellapark?«

Jo nickte, kramte in ihrem Lederrucksack und förderte eine Angela zutage. »Genau«, sagte sie, »bei Wendel.«

»Ganz komisches Biotop«, sagte der Vater. »Die Stunde im Sheraton-Parkhaus kostet acht Mark. Und die Redakteure sehen nicht aus wie Journalisten, die sehen aus wie Banker.«

»Ich sag dir eins, der Wendel …« Jo ließ den Satz unvollendet, lehnte sich zurück und wartete. Jetzt musste er einfach anbeißen. Wendel hatte einen legendären Ruf, kreativ und schwierig. Allein für ihre Zähigkeit sollte der Vater sie bewundern. Sechs Wochen bei der Angela und nicht ein einziges Mal geheult.

Der Vater legte das Brot ab, nahm das Heft und blätterte es flüchtig durch, als sei es ein Daumenkino. Dann beäugte er mit finsterer Miene das Titelbild und schüttelte leicht den Kopf.

»Unglaublich«, sagte er und schlug verächtlich mit den Fingernägeln gegen das steife Papier, »einfach unglaublich.«

Jo blickte ihn fragend an.

»Na, dieses Frauenbild!« Wieder schlug er zu und traf das ausladende Dekolleté des Titelmädchens. »Schau sie dir doch an. Hedonistisch und affirmativ bis in die Haarspitzen.« Er gluckste selbstzufrieden. Über kaum etwas konnte er sich so freuen wie über treffsichere Formulierungen. Vor allem, wenn sie von ihm selbst stammten.

»Papa«, Jo war verwirrt, »das ist ein Model.«

Der Vater nickte. »Eben. Genau. Ein Role-Model für euch junge Frauen.« Er kaute den englischen Begriff wie einen Kaugummi, dehnte ihn, als wollte er unterstreichen: Achtung, hier kommt ein Wortspiel. Jo sah ihn abwartend an. Der Vater umklammerte mit beiden Händen die Tischkante und lehnte sich zu Jo, bis sie die Poren auf seiner Nase erkennen konnte. »Und ihr macht euch diese Haltung auch noch zu eigen, ohne den geringsten kritischen Impuls.«

Dann ließ er sich wieder zurückfallen, schob das Heft über den Tisch, griff nach seiner Brotscheibe und hieb die Zähne hinein.

»Für die nächste Ausgabe soll ich Interviewpartner für eine Geschichte beisteuern«, versuchte es Jo noch einmal. »Frauen mit jüngeren Liebhabern. Also, falls du zufällig jemanden kennst …«

Aber der Vater hörte gar nicht richtig zu.

»Ich meine, wie stellst du dir das eigentlich vor, Journalismus? Ich frage dich das ganz offen und ehrlich, und ich möchte eine ehrliche Antwort: Was bedeutet dir das?«

»Jedenfalls nicht, Leute zu erziehen.«

Sie hatte über die Antwort nicht nachdenken müssen. Sie hatte einfach bereitgelegen, gut passend wie ein eingetragener Schuh, aus vielen Mündern wiederholt im Laufe der letzten zwei Jahre. Den Leser abholen, wo er steht. Sich auf Augenhöhe begeben. Bloß nicht belehren. Das allerneueste Schlagwort hatte sie vor ein paar Wochen in der Angela-Redaktion gelernt: News to use.

Der Vater sah sie nachdenklich an. »Vielleicht stelle ich ja auch die ganz falschen Fragen«, sagte er dann leise. »Vielleicht ist es ja gar nicht das, was du vom Leben willst. Vielleicht hast du ja ganz andere Träume, von denen ich nichts weiß. Eine Familie, Kinder. Das ist nicht das Schlechteste, das man sich wünschen kann.«

»Machst du Witze?« Das kam schärfer als beabsichtigt.

Bekümmert schüttelte der Vater den Kopf.

»Mein liebe Johanna«, sagte er, »was ist bloß aus dir geworden?«

»Wie meinst du das?«

Der Kellner kam mit zwei riesigen Tellern, die von silbrig glänzenden Servierhauben bedeckt waren, und stellte sie ab, erst eine vor Jo, dann eine vor ihren Vater. Jo bekam wieder Kopfweh, diesmal noch stärker. Sie zupfte an ihrem Piercing-Ring.

Der Vater nickte dem Kellner zu, und der hob mit zwei Händen synchron die Hauben an. Filet und Kartoffeln waren von zwei konzentrischen Kreisen aus winzig klein gezupften Kräutern umgeben und leuchteten unnatürlich auf dem weißen Porzellan. Jo sehnte sich nach einer Aspirintablette.

»Weißt du, ich meine nicht einmal dich persönlich. Ich meine euch, eure ganze Generation. Ihr macht mir Sorgen.«

Präzise teilte der Vater mit seiner Gabel ein Stück Kartoffel ab und führte es zum Mund. Er kaute, tupfte sich den Mund ab, dann sprach er weiter.

»Du warst doch mal so engagiert.« Er gestikulierte mit der Gabel in der Hand. »Was hast du nicht alles mitgemacht, die Demo gegen den NATO-Doppelbeschluss, das Schülerinnen-Sit-in zum Weltfrauentag. Und jetzt ist Krieg, in Jugoslawien, mitten in Europa, und was passiert eigentlich? Was passiert an eurer Uni? Interessiert euch das eigentlich, dieser neuerliche Faschismus? Müssten da nicht alle Alarmglocken klingeln bei euch jungen Deutschen?«

Jo zuckte mit den Achseln und stocherte in ihrem Fisch, während sie mit der linken Hand die Löcher wegrieb, die ihre Gabel vorher im Tischtuch hinterlassen hatte.

Was sollte sie sagen? Dass sie einfach müde geworden war? Sie erinnerte sich gut an einen Morgen vor ein paar Jahren, als sie in ihrem Hochbett aufgewacht war, noch in der Wohnung ihrer Mutter, und plötzlich gewusst hatte, dass die Welt nicht untergehen würde. Zumindest nicht so, wie sie und ihre Freunde es sich in ihrer Schulzeit oft vorgestellt hatten, mit der Detonation von Atombomben und einem Guss aus saurem Regen. An diesem Morgen hatte sie plötzlich verstanden, dass es sehr wohl eine Zukunft gab, eine, die gestaltet werden musste, mit Studienplatzwahl und Versicherungsanträgen und WG-Zimmer-Suche. Sie hatte sich nicht gefreut. Im Gegenteil: Sie hatte sich betrogen gefühlt. Um eine Katastrophe, einen Donnerschlag, der einfach ausfiel.

Aber das würde ihr Vater niemals verstehen.

»Das ist alles so kompliziert mit Jugoslawien«, gab sie lahm zurück. »Ich weiß ja nicht mal, auf welcher Seite man da sein soll. Das war früher einfacher.«

Aber der Vater ließ ihren Einwand nicht gelten.

»Und für was geht ihr dann auf die Straße? Ich will es dir sagen!« Er stützte einen Ellenbogen auf dem Tisch ab, fixierte Jo und ließ dann seine Hand mit erhobenem Zeigefinger drei Mal nach vorne schnellen. »Für Friede, Freude, Eierkuchen!«

»Wie meinst du denn das?«

»Na, diese Party im letzten Sommer, auf dem Ku'damm. Wo diese halb nackten Typen in einem Wagen durch die Stadt gefahren sind und gefeiert haben. Wie hieß das noch mal, Party Parade?«

»Loveparade.« Jo zerfledderte ihren Fisch.

»Loveparade.« Der Vater nickte mit Nachdruck und wiederholte es noch einmal. »*Love*parade. Sagen Liebe und meinen Hedonismus. Alles, was euch interessiert, ist Inszenierung. Oberfläche. Was für eine verlogene Gesellschaft ist das eigentlich?«

Jo schüttelte den Kopf. »Ich weiß nicht, ob das so verlogen ist. Wir wissen schließlich, was wir wollen.«

Im gleichen Moment, in dem sie es aussprach, ärgerte sie sich schon über das Wir. Ein Wir, das sie selbst nicht gewollt hatte, eine

Kategorie, in der sie nicht dachte. Ihr Vater war schuld, der sie einfach in einen Raum gesperrt hatte mit anderen, mit denen sie nichts gemein hatte außer ihrem Alter.

»Und?«, fragte er bedächtig. »Was wollt ihr?«

So wurde jedenfalls kein Gespräch daraus, dachte Jo und wurde allmählich wütend. Das war wieder typisch Papa: Erst monatelang in der Versenkung verschwinden, dann plötzlich auftauchen, und weil er die eigenen Schuldgefühle nicht ertrug, setzte er einfach seine Tochter auf die Anklagebank. Und ihre ganzen Altersgenossen mit dazu. Das war er seinem Berufsethos schuldig. Schließlich ging es nie nur um seine Tochter. Oder ihn. Oder seine Ehe. Immer gleich um das große Ganze.

Und so antwortete sie das Erstbeste, das ihr einfiel. Weil es sich auf das Wort »was« reimte und weil es in einem Lied vorkam, einem Lied aus der Zeit, in dem sie sich noch in der Dritte-Welt-AG engagiert hatte.

»Spaß«, sagte Jo. »Wir wollen Spaß.«

Dann gabelte sie mitten in ihr Fisch- und Kartoffelmassaker und hörte sich selbst beim Kauen zu. Der Vater schwieg. Er nestelte an seinem Rollkragen, dann seufzte er und blickte auf die Uhr.

»Dass ich dich angerufen habe, hatte auch noch einen speziellen Grund«, sagte er. Seine Stimme war jetzt sehr sachlich. Ruhig, so ruhig, dass es beinahe gefährlich klang. Wie Wendel vor einem Wutausbruch. Nur dass Jo ihren Vater noch selten wütend gesehen hatte. Sie spürte ihr Herz, zaghaft beschleunigt. Jetzt würde etwas Wichtiges kommen, das spürte sie. Etwas Persönliches, etwas, das nur mit ihr zu tun hatte.

»Du weißt ja, Yannick ist nicht mehr so klein«, begann der Vater und schob sich ein letztes, säuberlich abgetrenntes Stück Seeteufel in den Mund. »Das heißt, wir müssen nicht mehr so auf unsere Einrichtung aufpassen. Letztes Jahr war das ja noch ganz schlimm, da hat er meine Büchner-Erstausgabe geschreddert und Lucies Récamière mit Matschbanane verziert.«

Er lachte leise auf, verloren in einer Erinnerung. So wie sie sich vorher zu Unrecht als Teil einer anonymen Masse gefühlt hatte, so allein fühlte sie sich jetzt, ausgeschlossen von allem, was im Kopf ihres Vaters vor sich gehen mochte. Sie wurde nicht gerne an die Existenz ihres Halbbruders erinnert. Als Yannick ein Baby gewesen war, hatte der Vater sie einmal in ihrer WG abgeholt und dann mit grenzdebilem Grinsen den Kinderwagen an der Isar entlanggeschoben, als erwartete er von allen Passanten eine Huldigung dafür, dass er einen Sohn gezeugt hatte. Damals, als Jo ein Baby gewesen war, hatte er nie selbst mit angefasst. Das erzählte wenigstens ihre Mutter.

»Ja«, der Vater nahm sein eigenes Wort wieder auf, »und da hat Lucie mich gebeten, dass ich den kleinen Amorino wieder abhole.«

»Den was?«

»Den Amorino! Diesen Biedermeier-Dreisitzer mit dem Streublümchenbezug, der bei dir im WG-Flur steht.« Der Vater wurde ungeduldig. »Du brauchst den ja auch eigentlich nicht, oder?«

»Nee«, sagte sie. »Was brauch ich schon.«

Sie dachte an die Musik, die zurzeit rauf und runter auf ihrem Walkman lief. Ihr neuer Lieblingssong hatte etwas Schmutziges, Drängendes, wie Sex zwischen zwei Menschen, die sich nicht besonders mochten.

»Aber?«, fragte der Vater.

Jo winkte ab. »Whatever. Never mind.«

Am folgenden Wochenende erschien in der Beilage der Süddeutschen eine große Aufmachergeschichte, zu der verschiedene, namhafte deutsche Schriftsteller ihre Essays abgeliefert hatten. Es ging um das Lebensgefühl einer neuen Generation, einer prinzipienlosen, stromlinienförmigen, materialistischen Generation, die das revolutionäre Erbe ihrer Eltern mit Füßen trat. Alle bedeutenden linken Schriftsteller waren dabei, sogar Martin Ebel himself, das musste man ihrem Vater lassen, gut vernetzt war er. Wie eine Anklageschrift prangten drei Wörter über dem Text, mittig gesetzt, Antiqua-Schrift, nicht gefettet, im Feuilleton der seriösen Sorte schrie man nicht, man hüstelte höchstens.

Die Spaßgesellschaft, lautete der Titel.

Am Tag vor der Adventsparty gab die Waschmaschine im Keller ihren Geist auf. Röchelnd und schleifend und röhrend wurde sie mitten im Schleudergang langsamer, bis die Trommel schließlich stillstand. An- und Ausschalten half nichts, weitere Fünfzig-Pfennig-Stücke verschluckte sie kommentarlos, und draufhauen brachte sie auch nicht zurück ins Leben. Immerhin öffnen ließ sie sich und spuckte dabei einen Schwall Seifenwasser auf den Betonboden. Während Uli mit einer Ladung kratziger Handtücher zurückkam und die triefenden Jeans und Pullover darin einwickelte, flüchtete Jo sich auf den Deckel der Maschine und saß dort wie das Model aus einem Jeans-Werbespot.

»Ist doch ganz cool«, sagte sie, »dann machen wir eben eine Waschparty draus, mit extra langen Leinen durch den ganzen Flur. Was meinst du, wie die Jungs gucken, wenn denen gleich zur Begrüßung unsere Schlüpfer ins Gesicht hängen?«

»Das meinst du jetzt nicht ernst.«

»Mei.« Jo drehte die Innenflächen ihrer Hände nach oben und verzog gleichzeitig den Mund. Sie kamen Uli vertraut vor, diese Geste und dieser Gesichtsausdruck, und als sie nach ein paar Augenblicken verstand, rieselte eine Ladung eisiger Kieselsteinchen durch ihren Körper. Sascha. Jo benutzte eine seiner Gesten, mit schlafwandlerischer Selbstverständlichkeit. So wie sie nach einen beliebigen Einwegfeuerzeug griff, das auf dem Küchentisch lag.

Noch vor zwei, drei Monaten wäre es ihr vielleicht nicht einmal aufgefallen. Obwohl sie ihrer Sache mit Sascha niemals sicher gewesen war, hatte sie doch die Momente mit ihm auf eine verschwenderische Weise gelebt, das merkte sie jetzt immer deutlicher. Als würde es niemals aufhören, als würden immer neue Worte nachkommen, neue Gesten, neue Berührungen. Dabei war ja immer klar gewesen, dass er sie mit einer kleinen Portion abspeisen würde. Sie hatte sich die nicht gut eingeteilt, und das war jetzt die Strafe. Sie konnte sich nicht mehr an jeden seiner Sätze erinnern, nicht an jede Berührung, nicht einmal an jeden Samstagnachmittag und Sonntagvormittag, an dem sie mit ihm geschlafen hatte. Diese Begegnungen zu den Leerlaufzeiten der Wochenenden, den Zeiten, in denen sonst einfach nichts los war. Nur die wenigen gemeinsamen Nächte waren ihr lückenlos im Gedächtnis geblieben, vor allem die Momente, in denen er neben ihr schlief, seine böse Seele im Stand-by-Modus, seinen unschuldigen Mund auf dem Kissen geöffnet.

»Also, ich find's gut«, sagte Jo. »Dirty-Laundry-Party.«

»Von mir aus.« Uli blickte zu Boden. Ein dünnes Rinnsal Seifenwassers lief langsam in Richtung Tür und gabelte sich in zwei Äste. Die winzigen Blasen darauf schillerten bläulich und zerplatzten.

»Hast du ihn eigentlich auch eingeladen?«, fragte sie schließlich.

Jo zog eines ihrer Beine an und ließ das andere frei über der Waschmaschine baumeln. Dann zog sie eine rote Schachtel aus der Brusttasche ihres Hemdes. Liberté toujours. Das Jeansmodel verwandelte sich in die unkonventionelle Raucherin aus der Werbung für französische Nationalzigaretten. Das Rädchen ihres kupferfarbenen Feuerzeuges klickte, dann roch es nach Benzin.

»Wen?«, fragte Jo zurück. »Phil?«

»Nein.«

Die Handtücher mit der nassen Wäsche wurden immer schwerer.

»Ach Scheiße, Uli.« Jo stützte beim Rauchen ihre Stirn in die Hand. »Das kann doch nicht ewig so weitergehen. Sascha ist ein guter Freund, den kann ich nicht in die Wüste schicken, weil das mit euch nichts geworden ist.«

»Wie du das sagst.«

»Was sag ich denn?«

»Nichts geworden ist. Als wäre da nie etwas passiert. Als hätten wir nicht …«

Jo wechselte die Stellung. »Ich hab dir das schon mal gesagt. Du darfst nicht hinterherhecheln, sonst hast du von vornherein verloren. Du musst dir einen Vorsprung sichern.«

»Hat dir mit Phil auch nichts gebracht.«

»Klar hat es. Ich hab mich getrennt, nicht er. Schon als ich gemerkt habe, es könnte in eine ungute Richtung laufen. Immer die Hand am Steuer haben, nie Beifahrerin sein. Remember?«

»Aber das heißt doch, du lässt dich nie auf jemanden ein! Lässt dich nie wirklich fallen!«

»Das würde ich dir auch nicht raten, wenn du nicht weißt, wo du unten aufkommst. Und bei Sascha war der Boden ganz schön hart.«

»Aber nicht nur für mich.«

Das war Ulis einziger Trost, und sie hütete ihn wie einen Schatz. Immerhin das. Immerhin hatte Sascha, seitdem sie ihn kannte, noch nie eine feste Freundin gehabt. War immer unverbindlich geblieben, wer weiß, wie oft. Die anderen Frauen hatten keine Gesichter, aber gaben ihr Nestwärme, wie eine imaginäre Selbsthilfegruppe, zu der sie sich täglich, stündlich, minütlich trafen. Mein Name ist Uli, ich liebe Sascha. Das Seufzen, die mitfühlenden Gesichter, solidarische Frauen, Hand in Hand. Wir wissen, was du fühlst. Uns geht es genauso. Wir verstehen dich. Gemeinsam stehen wir das durch.

Jo nahm einen tiefen Zug, dann schlenzte sie die halb gerauchte Zigarette auf den Boden und schob ihre Hüfte vor, bis sie die glühende Kippe mit den Zehen austreten konnte. Sie tat es, als würde sie ein kleines Tier töten, nicht grausam, aber sorgfältig.

»Vielleicht«, sagte sie schließlich, »vielleicht ist das so.«

Die Worte klangen wie ein schaler Trost, jedenfalls nicht ernst gemeint.

»Verheimlichst du mir vielleicht was?«, fragte Uli und versuchte, Jos Blick aufzufangen. Wieder wich sie aus, schüttelte den Kopf.

»Nicht, dass ich wüsste«, sagte sie schließlich.

Um zehn Uhr abends war die Wohnung gut gefüllt. Driving home for Christmas, sang Chris Rea, und im Flur duftete es penetrant nach Waschmittel. Es war ein bisschen wie auf dem Geburtstagsfest eines Scheidungskindes, dachte Uli. Ihre Freunde saßen in ihrem Zimmer und spielten Yenga, Jos Freunde lehnten in der Küche und aschten in die Kronkorken der Bierflaschen. Die meisten Gäste hatten etwas mitgebracht, aber ein Büfett wurde nicht daraus. Es gab drei Mal Mousse au Chocolat, einen welken Feldsalat mit Speckwürfelchen aus der Tüte, ein Literglas Rollmöpse. Dazu zwei Tüten mit Dominosteinen und einen Kirschkuchen à la Twin Peaks. Ab und zu begegneten sich Gäste unter der Wäschegirlande, spielten Verstecken hinter den Handtüchern, ließen Finger über Baumwoll-BHs wandern. Aber es blieben zwei fremde Clans, die Touristikstudentinnen mit ihren lose geknoteten Kunstseidenschals und die Medienpraktikanten mit den klobigen Schuhen. Nicht verfeindet, nur unendlich gleichgültig. Manchmal griffen sie zu Ulis Kamera und fotografierten sich gegenseitig beim Wäscheschnuppern und Biertrinken. Uli pendelte zwischen den beiden Zimmern, zu unruhig, um irgendwo sitzen zu bleiben.

Das Fenster auf der anderen Hofseite war still und dunkel.

Als es um halb elf klingelte, lehnte sie gerade an der Balkontür und durchsuchte den Raum nach bekannten Gesichtern. Keine anderthalb Jahre war es her, dass sie zum ersten Mal hier gestanden hatte. Aber niemand von der Sommerparty von damals schien übrig geblieben zu sein. Nicht der Esslinger Student, der sie mit seiner Geschichte vom Goldstrand verwirrt hatte, nicht die Germanistin, die mit ihr über Sex hatte reden wollen. Die neuen Leute sahen den alten ähnlich, wie sie da lehnten, rauchten, mit den Namen von Radiosendern und Tageszeitungsressorts ums sich warfen. Nur dass sie wieder andere Namen hatten, andere Geburtstage, andere Tattoos. In Jos Leben war ein Kommen und Gehen wie auf dem Bahnhof, dachte Uli. Austauschbare Gesichter, austauschbares Publikum für ein Einmannstück. Einfraustück. Nur sie selbst war geblieben.

Und Sascha.

Sie hörte seine Stimme schon aus dem Flur, sein »Hallo«, am Ende etwas in die Höhe gezogen, immer an der Grenze zum Kabarett, als könnte er nicht einmal eine ganz normale Begrüßung ernst nehmen. Dann betrat er die Küche, ein hohes Glas mit Schraubverschluss in der erhobenen Hand, und präsentierte es wie einen Blumenstrauß. Auf dem Etikett hielten sich lachende Mini-Würste an den Händen und tanzten auf dem Schriftzug »Party-Knacker«.

»Hallo«, sagte Sascha noch einmal in die Runde. Es war etwas Abschätziges darin, als ließe er seinen Blick über einen Wühltisch im Kaufhaus schweifen. Er blickte Uli an, als hätte er sie noch nie gesehen.

Mit diesen Augen, diesen goldgesprenkelten.

Wieder kam eine Erinnerung zurück, eine von den bösen. Den besonders bösen, weil seine Worte so unabsichtlich gewesen waren, so aufrichtig. Sie konnte sich nicht erinnern, wie es zu dem Gespräch gekommen war, nur an seine Antwort. Deine Augenfarbe?, hatte er gefragt, woher soll ich denn wissen, was du für eine Augenfarbe hast?

Er stellte sein Mitbringsel auf dem Küchentisch ab, vor die drei Plastikschüsseln mit Mousse au Chocolat. Dann entdeckte er eine Frau mit schwarzer Hornbrille, die in einer Pappkiste auf einem Haufen Geschenkpapier hockte und Spekulatius knabberte. Einen Moment lang sah es aus, als würde ein Rollo vor seinem Gesicht hochgezogen.

»Na, so was«, sagte er und beugte sich über die Kiste, um die Frau zu küssen. (Auf den Mund? Uli konnte es nicht genau erkennen.)

»Das ist ja mal eine nette Überraschung«, sagte die Frau und biss wieder von ihrem Keks ab, »was machst du denn hier?«

»Ich bin der liebe Nachbar.«

»Ach. Mit Betonung auf lieb.«

Die beiden lachten, als teilten sie ein Geheimnis.

In Ulis Kopf leuchtete eine Signallampe, Worte dröhnten in ihren Ohren. Raus, sagte jemand, sofort evakuieren. Sie wusste, dass sie gehen musste, dass sie keinen Moment länger hierbleiben durfte und wie ein Hündchen um seinen Blick betteln, ein Wort, eine winzige Geste der Aufmerksamkeit.

An einem Julinachmittag war sie über den Hof gelaufen, mit neuen, hochhackigen Sandalen. In der Tür hatte er auf sie gewartet.

»Ich hab dich gehört«, hatte er gesagt und sie angesehen. »Und ich hab mir gedacht: Lass das bloß nicht die Uli sein. Nicht mit solchen Schuhen.«

Schwerfällig stieß sie sich von der Balkontür ab, stand unsicher auf ihren schwarzen Party-Pumps, wie ein neugeborenes Fohlen, dem gleich die Beine wegzuknicken drohten. Gerade so schaffte sie es, sich vom Fenster an den Tisch zu schleppen und auf einen freien Stuhl zu setzen.

Klacker-di-klack, klacker-di-klack.

Mit einer Hand hielt sie sich an der Lehne fest, etwas klebte unter ihren Händen. Die Küchentür war weit weg. Unendlich weit.

»Sieht ja appetitlich aus«, sagte die Frau in der Pappkiste und deutete auf die Würstchen in Saschas Hand.

»Ja, das macht Hunger auf mehr.« Sascha nickte übertrieben. Uli hätte nur die Hand ausstrecken müssen, sie hätte ihn berühren können. Diesen Rücken, den sie so oft nach dem Sex massiert hatte, stundenlang, bis ihre Daumen geschmerzt hatten.

Da werde ich ganz handzahm, hatte er einmal gesagt.

Wieder eine Erinnerung. Eine von den wenigen guten. Sie verstärkte den Griff an der Stuhllehne und umklammerte mit der anderen Hand ihr Weinglas.

Sascha griff nach dem Deckel des Würstchenglases und öffnete ihn mit einem satten Knacken. Mit zwei Fingern griff er hinein und zog eine lange Würstchenkette hinaus. Zog und zog, bis schließlich das letzte Glied der Kette aus dem Glas flutschte und sich dabei ein kleiner Schwall unangenehm riechender Flüssigkeit auf dem Boden ergoss, trübe und schleimig. Schließlich baumelte das unterste Würstchen direkt über dem Mund der Pappkistenfrau.

»Ih!«, schrie sie und schlug danach.

Er ließ die Würstchenkette weiter pendeln, konzentriert, als wollte er ein Orakel befragen.

»Schade«, sagte er, »ich mag Frauen, die Fleisch essen.«

Schließlich wandte er sich Uli zu, die Kette in der Hand.

»Und du, spielst du mit mir Wurstschnappen?«, fragte er mit Kinderstimme.

Folgsam, wie ferngesteuert öffnete sie den Mund. Ein strumpfhosenfarbenes, glitschiges Ding baumelte auf sie zu, berührte schon beinahe ihre Lippen, dann riss Sascha die Wurstkette wieder nach oben.

»Komm«, sagte er, das O lang gezogen, »fass!«.

Ein Nerv unter Ulis linkem Auge begann unkontrolliert zu zucken. Noch einmal ließ Sascha die Kette über ihrem Gesicht baumeln, nur Millimeter über ihren Lippen, dann zog er sie wieder zurück.

»So macht das aber keinen Spaß«, er schob schmollend die Unterlippe vor, »wenn du gar nicht richtig mitspielst.«

»He, ihr zwei!« Die Frau aus der Kiste meldete sich zu Wort. »Könnt ihr beiden eure blöden Spielchen eigentlich mal woanders machen als vor meiner Nase? Ist ja widerlich!«

Sascha blickte zwischen den beiden Frauen hin und her, dann ließ er die Wurstkette langsam wieder im Glas verschwinden, wie ein Zauberer auf einem Kindergeburtstag, der seine Trickkiste zusammenpackt. Er stand auf und verließ grußlos die Küche.

Wenn Uli später an diesen Abend zurückdachte, fielen ihr nur noch Bruchstücke ein, ganz, als wäre die Zeit nach Saschas Auftritt in der Küche in Scherben gegangen, zu winzig und zu weit verstreut, um das Puzzle wieder zusammenzusetzen.

Sie hatte noch eine Runde Yenga mitgespielt, verwundert, wie viele Steine man aus einem massiv gebauten Turm entfernen konnte, ohne dass er zusammenbrach. Später war sie auf dem Klo von einem schlaksigen Jungen festgehalten worden, der aus unerfindlichen Gründen eine Badekappe trug und sich weigerte, Uli wieder hinauszulassen, ehe sie ihn geküsst hatte. Sie erinnerte sich an seine Zunge, einen toten Frosch in ihrem Mund, ihre eigene, kaum widerwillige Gleichgültigkeit, als verrichte sie eine unangenehme Routineaufgabe.

Kurz nach Mitternacht waren alle Gäste fort. Nur der Junge mit der Badekappe und ein kleiner Dicker mit Mecki-Haarschnitt saßen noch in der Küche, jeder eine Tüte Dominosteine auf dem Schoß. Um den Hals hatten sie sich BHs von der Wäscheleine gelegt, der kleine Dicke hatte sich etwas in den V-Ausschnitt seines Pullovers gestopft. Beim zweiten Hinsehen erkannte Uli ihre seidenen Boxershorts vom letzten Frühjahr.

Jo war verschwunden.

Sascha auch.

Sie konnte den Film nicht anhalten. Augen und Ohren schließen hätte nichts geholfen, die Bilder waren ja in ihr, lebensgroß, dehnten sich in ihrem ganzen Körper aus. Jo und Sascha Stirn an Stirn an einer Bar sitzend, sein bereitwilliges Lachen, mit dem er jeden ihrer Sätze kommentierte. Ihre Stimme, ihr Atem, der ihn wie an einer unsichtbaren Schnur näher und näher an ihren Mund zog, bis er sich schließlich auf ihren Schneewittchenkörper stürzen würde, auf irgendeiner Tanzfläche, morgens um fünf, kurz bevor das Licht im Club anging.

Dann hörte sie die Stimmen. Und begriff, dass alles noch schlimmer war.

Es passierte hier. Es passierte direkt auf der anderen Seite der Küchenwand.

Kurze Zeit später verließ sie die Wohnung, den Autoschlüssel so fest in der Hand, als könnte sie sich an ihm festhalten wie an einem Geländer. Den Schrei hinter der Wohnungstür hörte sie in dem Moment, in dem sie ins Schloss fiel.

Kein Zweifel. Es war Jo, die geschrien hatte.

Kurz nachdem sie sich auf dem Mittleren Ring eingefädelt hatte, begann es zu schneien. Die Flocken schwebten erst leicht vorbei wie Lichterketten, dann stürzten sie sich auf Ulis Windschutzscheibe und verschluckten die Welt. Sie drehte die Musik auf. Let's talk about Sex, Baby!, forderte eine rappende Mädchencombo.

Beim dritten Lied sah sie gar nichts mehr.

Ein Umzug war das nicht. Eher ein Veteranentreffen, dachte Jo. Zwischen den Hausbriefkästen und der Wohnungstür im zweiten Stock hatten mehrere Frauen eine Kette gebildet und fixierten einander verstohlen, während sie Pappkisten, Ikea-Kunststofftüten mit Bettwäsche und Einzelteile eines Schrankes nach oben reichten. Jo meinte das Mädchen mit der roten Jacke wiederzuerkennen, außerdem eine Erdbeerblonde, die auch auf Saschas USA-Fotos aufgetaucht war, von deren Verhältnis zu ihm sie aber nichts wusste.

Jo hielt es für wahrscheinlich, dass die Erdbeerblonde die letzte in der langen Kette seiner Verflossenen war. Man sah es an ihrem Mund, auf eine krampfhafte Weise zum Lachen bereit, schon bevor Sascha überhaupt zum Sprechen ansetzte, wild entschlossen, alles und jedes komisch zu finden, egal was er sagte. Sogar Jo schloss sie darin ein, hatte sie gleich morgens mit einer Umarmung und zwei Küssen begrüßt, als wäre sie ihre lang vermisste Zwillingsschwester. Mei, wie schön, dass ich dich endlich mal kennenlerne. Und zu so einem schönen Anlass. Jo kannte diese Art der Eingemeindung, sie war ihr unangenehm. Frauen, die so ostentativ betonen mussten, wie sehr sie über den Dingen standen, waren das Gegenteil von cool.

Ganz oben, an der Wohnungstür, nahm eine kleine Schwarzhaarige Saschas Kisten entgegen. Auch die hatte Jo schon einmal gesehen. Das war auf der Sommerausstellung der Kunstakademie gewesen, in einem Raum, der von oben bis unten mit Bildern von Sellerie behängt war, Sellerie in Öl, Sellerie in Aquarell, Sellerie in Collagetechnik. Jo schwankte, ob sie die ganze Veranstaltung geschmacklos finden oder Sascha für seine Chuzpe bewundern sollte. Er musste schließlich jedes seiner abgelegten Betthäschen angerufen und gefragt haben: Hallo, ich ziehe mit meiner Freundin zusammen, kannst du kommen? Und zwar nicht irgendwann. Sondern am Samstagmorgen, um neun.

Der einzige Mann, der beim Umzug half, war der untersetzte Beamte mit der Vorliebe für Technopartys, Jan. Und der hatte gerade einen Meniskusriss hinter sich. Er hatte sich auf der Bank neben dem steinernen Schachbrett im Hof niedergelassen, ein bandagiertes Bein ausgestreckt, eine Krücke neben sich, und dirigierte sitzend die Parade der Frauen, die von Hintereingang zu Hintereingang defilierte. Schließlich verlegte er sich darauf, zwei Elstern zuzuschauen, die in der kahlen Krone einer Buche hin- und herflatterten. »Der Wahnsinn, echt«, verkündete er immer wieder, »zwei echte Vögel.« Jo hätte gerne gewusst, was der wohl heute eingeworfen hatte, zu seinem Morgenkaffee. Vielleicht sollte sie ihn einmal nach seiner Bezugsquelle fragen.

Jo drückte sich um das Kistenschleppen und kümmerte sich lieber um das Picknick, Curry-Ananas-Aufstrich aus dem Glas und hausgemachte Fleischpflanzerl vom kleinen Edeka, dazu ein halber Träger Augustiner Edelstoff, wobei schließlich niemand etwas davon trank außer ihr selbst und der unterbeschäftigte Technofan. Als sie sich mittags alle miteinander um den Küchentisch drängten und durch den Tulpenvorhang auf die verwaiste Wohnung auf der anderen Hofseite blickten, räusperte Sascha sich umständlich. »Da wäre noch so ein Kellerabteil«, sagte er. »Eine Kleinigkeit.«

Seufzend machten sich alle noch einmal auf. Über der Treppe, die nach unten führte, standen mit weißer Schreibschrift die Worte »Zum Schutzraum«, die Decke war so niedrig, dass alle sich bücken mussten bis auf die Kunststudentin mit der Hornbrille. Es roch modrig, nach tonnenweise Vergangenheit. Sascha zückte seinen Schlüsselbund und öffnete ein winziges Vorhängeschloss, das an einer Lattentür hing.

Alle Gespräche verstummten auf einen Schlag.

Das mit der Kleinigkeit war die Untertreibung des Jahres. Während Saschas Wohnung von einer fast klösterlichen Strenge gewesen war – das matt schimmernde Bettgestell, das Roy-Lichtenstein-Poster, die gläserne Schreibtischplatte auf Böcken –, herrschte in dem Abteil hinter der Lattentür ein heilloses Durcheinander. Nichts war verpackt, so als hätte jemand den Inhalt mehrerer Säcke vor Jahren dort hineingekippt und die Tür dann einfach abgeschlossen. Staubige Aktenordner mit der Aufschrift EOS Ernst Thälmann, eine Kiste mit Schallplatten, Tontöpfe mit abgestoßenen Ecken und ein Wandregal mit Büchern, das bis unter die Decke reichte. Jo wunderte sich. Bei einem ihrer ersten Besuche hatte sie gefragt, wohin die Bücher gingen, die ab und an neben seinem Bett lagen. Die verschenke ich gleich nach dem Lesen, hatte er gesagt, gedruckte Worte sind ein freies Gut, die sollten allen gehören oder niemand.

Sie befreite einen der eingeklemmten Bände aus dem Regal und schlug ihn auf. Das Papier war dünn und holzig, der Satzspiegel so, als hätte man versucht, so viele Wörter zwischen zwei Buchdeckel zu quetschen, wie es eben gerade ging. Sascha nahm ihr das Buch aus der Hand. »Nicht«, sagte er, »dazu ist jetzt keine Zeit.«

»Das ist nicht dein Ernst«, die Selleriemalerin produzierte eine beeindruckende Falte über ihrer Nasenwurzel, »der ganze Scheiß soll auch noch mit?«

Sascha zuckte die Schultern und nickte.

»Das ist eine komische Sache mit dem Keller«, philosophierte die Erdbeerblonde, »eigentlich hat man doch nur Kram dort, der schon scheintot ist, von dem man sich aber noch nicht trennen kann. Zombiezeug. Ich habe bei jedem Umzug die Sachen aus dem Keller komplett weggeworfen, aber man findet trotzdem hinterher wieder eine Kiste, die dann auch in der neuen Wohnung nach unten wandert.«

»In meinem Keller steht gar nichts«, sagte Jo, »außer Skiern.«

Jan schlug Sascha auf die Schulter. »Perfektes Paar«, sagte er, »sie hat den ganzen Kram in der Wohnung, du im Keller. Warum seid ihr eigentlich nicht schon längst zusammengezogen?«

Sascha zuckte die Schultern und warf Jo einen Seitenblick zu. Die Welpen-Variante. Niedlich, aber nutzte sich allmählich ab.

»Na dann.« Jan nickte. »Dann werden wir die Zombies hier mal umbetten.«

Und er ging wieder hinaus auf den Hof, um den Elstern zuzuschauen.

Am späten Nachmittag waren sie mit allem fertig, die Gesellschaft der Helferinnen hatte sich zerstreut und vage für den Abend im Baader Café verabredet, und Sascha und Jo stellten Saschas Geschirrkiste auf den Küchentisch. Sechs Weingläser, sechs Wassergläser, sechs große und sechs kleine Teller.

»Da fehlt ja nichts«, wunderte sich Jo, »alles noch komplett.«

»Für die Scherben bist du hier zuständig«, nickte Sascha und nahm ein einzelnes Glas aus dem Küchenregal. Wo es gestanden hatte, zeichnete sich ein staubiger Ring auf dem Fichtenbrett ab. Er nahm den Stiel zwischen Daumen und Zeigefinger und ließ es hin- und herrotieren. Die blasse Frühlingssonne stand schon tief am Himmel und brachte die Kristallglasdreiecke zum Funkeln.

»Na«, sagte Sascha liebevoll zu dem Glas, »bist du noch traurig, dass du deine beste Freundin verloren hast?«

»Freundin ist gut«, Jo trat neben ihn, »das waren doch Zwillingsschwestern.«

Sascha nickte. »Genau. Omas geliebte Zwillingsgläser. Die du so brutal auseinandergerissen hast.«

»Irrtum, mein Lieber. Das warst du.«

»Du.«

Er bohrte seinen Finger in ihren Nabel, sie hakte ihren unter die Knopfleiste seines Hemdes. Druckknöpfe, einfach zu öffnen, das männliche Pendant zu Strapsen. Sorgsam stellte er das Glas ab, dann zog er sie über den Flur an einer Reihe Umzugskartons vorbei in Ulis altes Zimmer, in dem jetzt nichts stand außer seinem Stahlbett mit der unbezogenen Matratze, einer Grünpflanze und dem Computer. Vorhin hatte Sascha ihn eingeschaltet, jetzt warf der Monitor seinen fahlen Schein in die Nachmittagsdämmerung, ein Suchscheinwerfer ohne Ziel. Toaster mit Flügeln schwebten durchs Bild, tauchten auf und verschwanden wieder. Der Medienraum, hatte Sascha gesagt, das wird unser Medienraum. Mädchenraum?, hatte sie gefragt, halb im Scherz, und er hatte genickt, klar, ich hab auch nichts gegen Mädchenbesuch.

Eine freundliche Welle von Lust schwappte in ihrem Bauch,

Vorfreude auf eine angenehme Gewohnheit, so wie sie sich jeden Morgen darauf freute, dass sich der Kaffee aus der Bodum-Kanne mit der kalten Milch aus der Flasche vermengte und am Rand kleine Schaumbläschen warf.

Warum auch nicht, schließlich waren sie jetzt ein Paar, und Paare taten diese Dinge. Räumten gemeinsam Küchenregale ein, weihten dann sämtliche gemeinsamen Zimmer mit dem Sakrament ihrer Liebe. Während Sascha zunehmend ungeduldig am Stoff ihres Oberteils riss, musste sie wieder an die weihnachtliche Waschparty denken, auf der das zweite ihrer Omagläser kaputtgegangen war. Wie hatte Sascha es genannt, die Zwillingsschwester? Hatte aber auch zu blöd auf dem Boden gestanden, sodass einer von ihnen beiden schließlich mit dem Fuß drangekommen war. Sie erinnerte sich an ihren eigenen Schreckensschrei, danach an die Wohnungstür, die krachend ins Schloss fiel.

Danach hatte sie Uli nur noch ein einziges Mal gesehen. So ganz verstanden hatte sie ihren überstürzten Auszug bis heute nicht.

Dabei war das mit der Liebe zu Sascha erst später gekommen. In diesen Tagen zwischen Weihnachten und Neujahr, als das ganze Haus im Schneetreiben versank, zu einem Schiff wurde, als das Singen in den Rohrleitungen an die Nebelhörner eines Ozeanriesen erinnerte. Alles hatte sich verwischt, Tag und Nacht, Wachen und Schlafen, der Sex und die Ruhepausen.

Nur eines hatte ihr dabei gefehlt. »Jetzt haben wir seit drei Tagen nicht mehr miteinander telefoniert«, hatte sie irgendwann bedauernd gesagt, und er hatte schnell »Atomschlag« gesagt und »Tierpornografie«, und sie hatte gelächelt und abgewinkt, nein, es war nicht dasselbe.

An Silvester hatten sie gekocht, drei Gänge, von denen nicht einer gelungen war. »So weit ist es schon mit uns«, hatte er gesagt, »Silvester schön essen, wie ein altes Ehepaar.« Morgens um vier waren sie schließlich losgezogen und auf einer Party in einem alten Straßenbahndepot gelandet, hatten getanzt und geknutscht in einem grünlichen Unterwasserlicht.

Sascha zupfte noch immer, Jo bekam Mitleid.

»Erst die Hose aufmachen«, sagte sie, »das ist ein Body.«

»Und du lässt mich hier schuften.«

Fünf Minuten später war er am Ziel, aber Jo war nicht bei der Sache. Irgendetwas war anders als sonst. Erst als er seinen Kopf in den Nacken warf und einen leisen, beinahe überraschten Laut von sich gab, fiel es ihr ein. Es fehlte ihrem Zusammensein ein drittes Paar Augen, ein Blick des Neides, der Gier, der Sehnsucht.

In dem Moment bedauerte sie es, dass er bei ihr eingezogen war. Vor allem, dass er sein Telefon abgemeldet hatte.

Gerne hätte sie ihn jetzt angerufen. Aber er war ja schon da.

RAUS

Lass es laufen den Berg hinunter
Lass es laufen durchs Tal
Gott hat dem Fluss seinen Weg gegeben
Sicher macht er's nicht noch mal
Bitte lass ihn ungestört
Das Wasser weiß selbst, wo's hingehört

Keimzeit

Ich möchte so gerne berauscht sein
Und werde doch immer nur breit
Und kaum, dass ich einmal nüchtern bin
Ist der Sommer schon wieder vorbei

Element of Crime

Uli mochte ihre neue Wohnung. Sie war still, sie war kalt, und sie war übersichtlich. Ein Zimmer, ein besenkammerkleines Bad, eine winzige Küche mit kopfwehgrauem Linoleumboden, darin ein laut hechelnder Heizlüfter und ein verkalkter Boiler. Von ihrem Gaubenfenster über dem Futon konnte sie einen griechischen Gemüseladen sehen und ein Schaufenster voller angestaubter Funktelefone, über dem in orangefarbenen Klebebuchstaben das Wort Export prangte. Ihr neues Wohnhaus war in einem grellen Türkiston gestrichen, auf der anderen Straßenseite standen Nachkriegsbauten, deren Farbe, wenn man es freundlich ausdrücken wollte, an einen Linseneintopf erinnerte. Ulis Vater schüttelte den Kopf, als er mit seinem Kombi über das Kopfsteinpflaster der Straße juckelte, und murmelte: »Ist ja wie im Osten.« Als er die Wohnung sah, schüttelte er noch heftiger den Kopf. »Für das Geld bekommst du in Mannheim ein Penthouse mit umlaufendem Balkon. Und Tiefgarage!«, behauptete er, und sie gab nur kühl zurück: »Eben. In Mannheim.«

Der Vater sagte nichts mehr und erhöhte seine monatliche Überweisung anstandslos um fünfhundert Mark.

Das Geld war gut angelegt. Noch nie hatte Uli so viel Zeit an einem Ort verbracht. »Ich geh wieder ins Kloster«, sagte sie, wenn Mitstudenten sie überreden wollten, mitzukommen an den See, in den Biergarten, auf die Semesteranfangs- und -abschlusspartys. Ihr Studium war ihre Rettung, ihre Therapie, eine Orgie der Gewissenhaftigkeit. Sie lernte abends und am Wochenende, trug selbst am Schreibtisch Hosenanzug und Seidenschal, fühlte sich sicher darin, so wie man einem Motorradfahrer nach einem schweren Unfall seinen Helm nicht abnimmt. Woche für Woche tapezierte sie die Wand über ihrem Schreibtisch mit To-do-Listen und fühlte ein warmes Glühen in ihrem Magen, wenn sie Punkt für Punkt mit einem schrägen Kugelschreiberstrich abhakte.

Es half, dass sie sich mit Dingen beschäftigte, die sich in mathematische Formeln fügten, die sich berechnen und vorhersagen ließen, und dass kein Dozent von den Studenten verlangte, einen kritischen Abstand zu ihrem Fach einzunehmen oder gar eigene Gedanken zu entwickeln. Es war in dieser Zeit, dass Uli zum ersten Mal das Glück der Kontrolle erlebte. Das Glück, sich Dingen zuzuwenden statt Menschen, Aufgaben, die sich ihr nicht widersetzten. Oder war Glück doch ein zu großes Wort? Nein: Es war genau das, was Uli empfand, wenn sie im Fitnessstudio ein neues Gewicht an der Beinpresse auflegte und die Zahl der Wiederholungen pro Satz von zehn auf fünfzehn steigerte. Es war genau das, was sie fühlte, wenn sie den effektiven Jahreszins ausgerechnet oder die Badewanne in ihrer neuen Wohnung gescheuert hatte. Auch wenn es in Sekundenschnelle verflog, war es doch nichts anders als das: pures, ungefiltertes Glück.

Als nach dem Umzug der Mann von der Post einfach nicht kam, um den Telefonanschluss zu schalten, merkte sie erstaunt, dass ihr nichts fehlte. Mehr noch, die Stille, die Unmöglichkeit eines Anrufes, entband sie vom Warten. Später klappte es dann mit dem Telefon, aber es klingelte so selten, dass sie jedes Mal erschrak. Es waren ihre Eltern, manchmal Netti, ab und zu Moritz, seltener Martin. Mehr Anrufe hätte sie gar nicht verdauen können, es fiel schon schwer genug zu verstehen, was sie sagten, was alles auf sie einstürmte. Netti, die ein Angebot hatte für ein Praktikum in Florenz, als was auch immer. Die Mutter, die eine Reiserücktransportversicherung für Uli abgeschlossen hatte, »bei deinem Studium, da wirst du ja noch viel unterwegs sein. Wenn irgendwas ist, die fliegen dich aus, per Helikopter, der medizinische Service ist tiptop«. Es schien ihr noch nicht aufgefallen zu sein, dass Uli seit ihrem Auszug nur noch ein einziges Reiseziel gehabt hatte. Die Pfalz. Zu Hause.

Ulis Leben fühlte sich an, als wäre sie in einem ewigen März gefangen, einer freudlosen, braungrauen Landschaft, auch wenn die Jahreszeiten draußen weiter ihr Wechselspiel trieben. Im Sommer verwandelte sich das Apartment in einen durchgeglühten Ofen, die Hitze unter dem Dach war so dicht, dass man sich Schritt für Schritt hindurchkämpfen musste. Das geöffnete Küchenfenster brachte keine Linderung, nur dass man das trockene Dauerhusten der alten Frau aus dem Rückgebäude noch deutlicher hörte. Nachts lag Uli im Bett und lief aus, Pore für Pore. Alle vier Wochen schien direkt der Mond herein. Während der Wiesnzeit, zwischen Mitte September und Anfang Oktober, legte sich eine Dunstglocke aus Brathähnchen-, Bier- und Popcornduft über das Westend, Autos mit italienischen Kennzeichen kurvten parkplatzsuchend um den Block. Dann drängten die Gedanken an Jo und Sascha genauso massiv in ihr Zimmer wie das schwere Frohsinnsparfüm in der Luft, und sie fragte sich, ob die beiden in Sendling, auf der anderen Seite der Theresienwiese, im gleichen Moment das Gleiche rochen.

Nachts, wenn sie sicher sein konnte, dass alles schlief, setzte sie sich manchmal ins Auto und fuhr an der Wohnung in der Implerstraße vorbei. Gelegentlich brannte in ihrem alten Zimmer Licht, meistens nicht. Sie hielt niemals an.

Sonst gab es nur wenig, das in ihr abgeschiedenes Universum eindrang, hartnäckig wie das Dauerhusten der Nachbarin. Berichte von Massakern und Kriegsverbrechen überflog sie in der Zeitung, ohne etwas davon zu verstehen; der neue Präsident der USA spielte Saxofon und hatte eine sympathische Kartoffelnase. Kleinstädte tauchten in den Schlagzeilen auf, Hoyerswerda, Solingen und Mölln, und aus Cafeteria-Gesprächen an den Nebentischen schloss Uli, dass man sich aus Protest gegen Neonazis zu Lichterkettendemonstrationen traf, zu heimeligen Zusammenkünften an spätherbstlichen Tagen, an denen sich die Beteiligten an ihren guten Gefühlen und ihrer eigenen Reinheit wärmten. Sie hatte nie das Gefühl, dass es sie etwas anging.

Dass es so bald zu diesem Vorstellungsgespräch kam, schon Monate vor den Abschlussprüfungen, hatte nichts mit Strategie zu tun. Denn so akribisch Uli ihre winzig kleinen Schritte durch den Nebel tat, so wenig hatte sie einen Plan für das, was nach dem Studium kam. Sie wusste nur eines: Für die Rückkehr nach Hause war es noch zu früh. Noch immer stellte sie sich diese Rückkehr als Triumphzug vor, aber den Triumph war München ihr bisher schuldig geblieben. Die Stadt hatte sie gedemütigt und ausgeschlossen. Auch wenn Ulis klösterlicher Rückzug freiwillig war, spürte sie dennoch die Last der offenen Rechnung. Ja, vielleicht würde sie eines Tages die Traube übernehmen, modernisieren und das angestaubte Gasthaus in ein Wellness- und Tagungshotel verwandeln. Aber vorher hatte München noch etwas gutzumachen.

Unter dem ausgeschriebenen Job selbst konnte sie sich nichts vorstellen. Aufbau einer Online-Redaktion für das Reiseressort irgendeiner Frauenzeitschrift. Kenntnisse der Touristikbranche erwünscht. Es war ein Freund von Moritz, der sie auf die Idee brachte. Irgendein René oder André. Er trug mitten im Winter ein ärmelloses Muskelshirt, ein mexikanisches Bier in der linken Hand, und rauchte filterlose, französische Zigaretten. »Interessierst du dich für Computer?«, fragte er. »Ich habe da einen ganz interessanten Kontakt, das New-Media-Department eines Verlages. Mit deinen Noten verschaffe ich dir da nach dem Studium sofort einen Platz im Trainee-Programm.« Reflexhaft nickte sie und erschrak. Computer, das gehörte zu Sascha. Es war ein Thema aus dem Giftschrank, den sie sich verbot und dem sie manchmal doch nicht widerstehen konnte.

Das Lächeln im Fotostudio, für die Bewerbungsbilder, fiel ihr schwer. »Schau mich an!«, rief der Fotograf mit zunehmender Verzweiflung. »Schau mich so an, wie du schaust, wenn du etwas so richtig willst.« Danach wurde es leichter. Schon eine Woche später lag das Einladungsschreiben im Briefkasten.

Als sie die Unterschrift sah, regte sich etwas in ihrem Kopf, ein schwaches Signal, eine fast vergessene Erinnerung. Walter Wendel. Hatte Jo nicht einmal ein Praktikum in diesem Laden gemacht, vor Jahren? Von einer Online-Redaktion hatte sie damals jedenfalls nichts erzählt.

Den Abend und den Vormittag vor dem Gespräch wartete Uli auf die Nervosität, hatte beinahe mehr Angst vor dem Gefühl selbst als vor dem Moment, in dem sie Walter Wendel gegenübersitzen würde. Aber in ihr blieb alles ruhig. Vielleicht, so dachte sie auf der Fahrt in der U-Bahn, hatte sie ihren lebenslangen Vorrat an Aufregung einfach schon verbraucht, an diesen Sonntagen im Treppenhaus vor Saschas Wohnungstür, wenn sie entdeckt werden wollte und auch wieder nicht, wenn sie versuchte, die Zeichen in den schmutzigen Styroporschalen vom Imbiss zu lesen oder die Geräusche zu deuten, die hinter seiner Tür zu hören waren. Nach so vielen schicksalsentscheidenden Momenten war für etwas so Alltägliches wie ein Vorstellungsgespräch kein Adrenalin mehr übrig.

Es war eine Mischung aus Selbstsicherheit und Wurstigkeit, die sie antrieb auf ihrem Gang durch die Straßen des Arabellaparks mit seinem hellen Pflaster, seinem zentralen, menschenleeren Platz, seiner Mischung aus pseudo-altmodischen Kaffeehäusern und minimalistisch eingerichteten Nobelrestaurants, die alle das gleiche Baujahr hatten. Ein wenig erinnerte sie die Architektur an den Geräteraum ihres Fitnessstudios, die eierschalenfarbenen Fassaden, das viele Chrom und Glas. Sorgsam war der bräunliche Schneematsch weggeräumt, der die Straßen in Ulis Viertel säumte, und hätten die Frauen nicht taillierte, lange Wintermäntel getragen, man hätte nicht sagen können, was für eine Jahreszeit eigentlich war.

Auch das Gebäude, in dem die Redaktion der Angela untergebracht war, schien außen und innen wie mit einem durchsichtigen Lack eingesprüht, der Gebrauchsspuren schon im Ansatz abwies. Wenn es einen Gegenentwurf gab zu der behäbigen Gaststube der Traube, den Holzschnitzereien von nackten Bübchen und prallen Weinreben über den Sitznischen, dann diesen Ort.

Der schnauzbärtige Pförtner hakte nickend Ulis Namen auf einer Liste ab und zeigte wortlos auf die Besucherecke in der Lobby. Sie wagte kaum, sich auf das rote Ledersofa zu setzen, und kam sich plötzlich schäbig vor in ihrem durchgeknöpften, ärmellosen Kleid mit Nadelstreifenmuster und dem weißen Rippstrick-Rolli darunter. Wie hatte Martin ihr neues Outfit genannt, beim Weihnachtstrinken in der Blue Bar? *Aktienhändlerin auf dem Weg zum Sonntagsbrunch.* Am Ende war das gar nicht so nett gemeint gewesen, wie sie gedacht hatte. Andererseits, was hatte Martin schon für eine Ahnung, mit seinen Fellwesten und seinen Batik-Pullovern und dem elefantenköpfigen Gott auf dem Armaturenbrett seines alten Kadetts? Immerhin war er mittlerweile zum Politikstudium nach Karlsruhe gezogen und brachte dadurch einen Hauch von Weltläufigkeit in das immer gleiche Grüppchen der Daheimgebliebenen.

Uli strich ihr Kleid über den Knien glatt und versuchte, sich auf den Film zu konzentrieren, der in einer Endlosschleife über den großen Bildschirm in der Lobby flimmerte. Die animierte Computergrafik eines pinkfarbenen, schwungvoll gewundenen Straßenbandes vor grauem Hintergrund, das in immer wieder anderen Winkeln ins Bild lief, von dynamischer Musik untermalt. »Willkommen auf dem Communication Super Highway«, dröhnte eine Stimme aus dem Off, »willkommen in einer neuen Dimension der Realität.« All paar Minuten wurde die Animation von einer Filmsequenz unterbrochen, in der ein kleiner, älterer Mann im Dreiteiler, mit wenigen Haaren und rötlicher Kunststoffbrille in ein Mikrofon sprach. »Als zukunftsorientiertes Verlagshaus sehen wir den Bereich der Neuen Medien als Jahrhundertchance. Technische Möglichkeiten werden schon in Kürze unser Kommunikationsverhalten komplett verändern. Ein hochaktueller Prozess, bei dem wir nicht passive Zuschauer sein wollen, sondern aktive Player.« Uli fand nicht, dass der Mann nach einem aktiven Player aussah. Eher wie einer, der die letzten Jahre vor seiner Rente abends mit einem guten Buch und einem alten Rotwein in der Bibliothek seines Landhauses zubrachte.

»Frau Becker? Sie werden erwartet. Siebter Stock.«

Überrumpelt sprang Uli auf und ging schnellen Schrittes in Richtung Lift. Jetzt war da doch ein winziges bisschen Nervosität, aber genau die richtige Menge, gerade genug, um ihre Wirbelsäule zu straffen und ihrem Auftreten Nachdruck zu verleihen und …

»Aua!« Ein dumpfer Schlag, dann prallte sie zurück. Die Glasscheibe zwischen Empfangstresen und Lift war so blank geputzt, dass sie sie einfach übersehen hatte.

»Oha, die Frau Becker hat's eilig«, kommentierte der Pförtner und massierte mit Daumen und Zeigefinger seine Mundwinkel. Dann deutete er stumm auf einen weißen Knopf, der in die Türzarge eingelassen war, und Uli ließ die Glastür beschämt beiseitefahren.

Der Lift hatte sich schon beinahe geschlossen, da drängte ein Grüppchen schwarz gekleideter Frauen hinter Uli hinein. Sie nickte ihnen zu, aber keine erwiderte den Gruß.

»Schmarrn, oder?«, fragte eine im bodenlangen Kleid und einer imposanten Anzahl von Lederketten mit großen Aluminiumanhängern um den Hals.

»Wenn ich es dir doch sage. Im Nachtwerk, im Parkcafé, im P 1. Das sieht man jetzt überall.«

Die zweite hatte einen blonden Pagenkopf, ihren Daumen hatte sie in den Trageriemen eines winzigen Rucksacks aus künstlichem Leopardenfell eingehakt.

»Dreitagesglatze? Also nicht nur kurz, sondern richtig abrasiert?«

»Also, ich find's scharf. Hat so einen bösen Touch, das mag ich bei Männern.«

»Aber ob dir Wendel das abkauft?«

Die Lifttür glitt beinahe geräuschlos zur Seite, und die Schwarzgekleideten strebten durch eine Glastür, die gnädigerweise einen dunklen Rahmen und Griffe hatte. Nicht noch so ein Slapstickauftritt für Uli. Sie folgte der Duftspur des Grüppchens, dann stand sie vor einer älteren Frau mit Pferdeschwanz und leicht herabhängenden Mundwinkeln, die vorwurfsvoll auf ihr Handgelenk mit der Armbanduhr zeigte und genauso aussah, wie Uli sich die Chefsekretärin nach dem ersten Telefongespräch vorgestellt hatte. Eine Person, die fest davon überzeugt war, dass die Welt sie schlecht behandelte, und eifrig nach immer neuen Gründen suchte, die ihre grundsätzliche Entrüstung rechtfertigten. Dabei hatte sie einen Nachnamen, der klang, als wäre er aus einem Positiv-Denken-Ratgeber geklaut. Lichtblau.

»Er hat sie schon um fünfzehn Uhr erwartet«, sagte Frau Lichtblau, »jetzt ist es fünzehn Uhr sieben.«

»Tut mir leid.« Uli folgte schnellen Schrittes durch einen mit taubenblauem Teppich ausgelegten Gang. »Der Pförtner hat mir nicht eher Bescheid gesagt.« Aus halb geöffneten Türen drangen gedämpftes Telefongedudel und abgestandener Zigarettenrauch, an den Wänden hingen vergrößerte Zeitschriftenseiten in Wechselrahmen. Schließlich blieben sie in Wendels Vorzimmer stehen.

»Wollen Sie Ihren Mantel nicht lieber mit reinnehmen?«, fragte die Sekretärin alarmiert und folgte mit ihrem Blick Ulis ausgestrecktem Arm, ihrem Schritt auf den Kaffeehausständer zu, an dem nichts hing als ein erbsengrünes Jackett. Ein Blick, der Uli an das Blechschild an Moritz' Küchentür erinnerte: Don't even think of parking here.

»Ja, sehr gerne!«, sagte Uli schnell, obwohl sie nicht verstand, was an dem Garderobenständer so verkehrt war. Ehe sie noch fragen konnte, flog die Tür zum Vorzimmer auf. Im Türrahmen stand ein kleiner, untersetzter Mann mit ausgeprägtem Kinn und schrie.

»Frau Lichtblau! Ich hab jetzt schon drei Mal gesagt, dass Sie mir die Frau Becker reinschicken sollen!«

Frau Lichtblau ließ ihren Mund auf- und zuschnappen wie ein großer Karpfen, dann deutete sie auf Uli. »Aber die Frau Becker …«

»Ja, nicht lang quatschen, ich hab auch nicht den ganzen Tag Zeit.«

Bei den letzten Worten war seine Stimme wieder etwas leiser geworden, aber nicht wesentlich. Mit einer energischen Geste scheuchte er Uli in sein Chefbüro.

Hinter dem ausladenden Schreibtisch in Hellgrau stand ein wuchtiger, schwarzer Ledersessel mit Armlehnen, gegenüber ein Plastik-Klappstuhl. Der Schreibtisch selbst war fast leer, bis auf einen schwer aussehenden Bildband mit einer nackten Frau in Schwarz-Weiß auf dem Titel. Ihre Haut sah nicht aus wie Haut, sie erinnerte eher an die chromglänzenden Felgen eines Sportwagens. Daneben lagen mehrere Tageszeitungen fächerförmig angeordnet, die nicht so wirkten, als hätte sie heute schon jemand gelesen.

Wendel deutete auf den Klappstuhl, erst dann streckte er Uli die Hand hin. Auf halbem Wege stutzte er und machte eine ruckartige Kinnbewegung in Richtung ihres Mantels, der noch immer schlaff über ihrem Arm hing.

»Keine Garderobe gefunden, wie?«

»Ihre Sekretärin … ich … ich meine, ich habe meine persönlichen Gegenstände gerne bei mir.« Hektisch breitete Uli den Mantel über die Sitzlehne.

Noch einmal streckte er ihr die Hand entgegen, und sie schlug ein.

»Soso«, sagte er, »persönliche Gegenstände. Angenehm. Wendel.«

Der Klappstuhl gab ein leises Ächzen von sich, und Uli unterdrückte ein Lächeln. Was für ein durchsichtiges Arrangement der Demütigung.

»Was gibt's denn da zu lachen?«

»Gar nichts, Herr Wendel. Ich freu mich einfach, hier zu sein.«

Er umrundete den Schreibtisch, trommelte dabei abwesend auf die helle Kunststoffplatte und ließ sich schließlich in dem schwarzen Sessel nieder. Nachdenklich legte er die Fingerspitzen auf dem Schreibtisch zusammen und legte sein massives Kinn darauf.

»Sagen Sie mal«, fragte er, »kommen Sie eigentlich aus der Mannheimer Ecke?«

Ertappt. Obwohl sie nur ein ganz kleines bisschen aufgeregt war, hatte es schon gereicht, um die unliebsame Dialektfärbung wieder auftauchen zu lassen. Auch nach vier Jahren in München passierte ihr das noch, vor allem in emotionalen Momenten. Das Wort »persönlich« musste sie verraten haben.

»Komme ich«, sagte sie, »aus Neustadt. Neustadt Weinstraße.«

Verblüfft beobachtete Uli Wendels Gesicht. Als hätten ihre Worte ein Licht angeknipst hinter seiner Stirn, entspannten sich die Muskeln zwischen seinen Augenbrauen, sein spitzer Mund wurde ganz weich. Schließlich lächelte er.

»Nein«, sagte er, »ist nicht wahr. Wissen Sie, wo meine Frau herstammt? Aus Maikammer!«

»Ach ja.« Auch Uli lächelte, noch ganz überrumpelt von der schnellen Wendung, die das Gespräch genommen hatte. »Dort, wo's die guten Trauben-Quarkküchle gibt.« Auf einmal war es, als zöge eine Wolke der Vertrautheit durch das kühle Chefbüro, die modrige Ausdünstung eines Weinkellers, vermischt mit dem betäubenden Parfüm von Flieder im Vorgarten.

»Exakt!« Wendel hieb mit seinem Finger durch die Luft. »Und die Besten machen sie wo?«

»Rebstock!«

»Falsch! Goldener Krug!«

»Nicht wahr! Die Rebstockwirtin lässt ihre viel länger durchziehen!«

Es ging eine ganze Weile so hin und her. Sie sprachen über Besenwirtschaften und Käseteller, die schönsten Aussichtspunkte und die besten Winzer. Erst dann schien Wendel sich wieder darauf zu besinnen, dass ihr Gespräch auch noch einen anderen, nicht privaten Hintergrund hatte. Er ließ eine Hand unter der Schreibtischplatte versinken, kramte geräuschvoll in einer Schublade und förderte ein viereckiges Plexiglaskästchen hinaus.

»Was ist das, Frau Becker?«

Eine CD, wollte sie sagen, sah aber im letzten Moment die Buchstaben auf dem Rücken der Hülle und entzifferte sie schnell über Kopf.

»Eine CD-ROM«, sagte sie stattdessen und schickte im Geist ein Dankgebet an ihren Dozenten im Fach Datenverarbeitung. Es war noch gar nicht lange her, dass er ein Handout über moderne Datenträger verteilt hatte.

»Falsch. Das heißt, richtig. Was ich meine, ist noch etwas anderes. Das hier ist nicht nur eine CD-ROM. Es ist der Beginn einer Medienrevolution. Wie Sie wissen, ist unser Verlagshaus stark engagiert in neuen Geschäftsfeldern. Und dazu brauchen wir Leute, die jung und hungrig sind. Die sich sowohl für Themen begeistern als auch vom Marketing her denken können.«

Uli hatte keine Ahnung, wovon er sprach.

»Die CD-ROM ist also ein Teil des neuen Communication Super Highways?«, fragte sie vorsichtig.

»Das hätte ich kaum besser sagen können, Frau Becker!« Er zwinkerte ihr zu. »Ich sehe schon, Sie haben meine Stoßrichtung verstanden.«

Nachdenklich blickte er sie an, beinahe väterlich. Die Knöpfe ihres Mantels über der Rückenlehne drückten gegen ihre Wirbelsäule.

»Wissen Sie, wir denken in ganz großen Innovationszirkeln. Ganz, ganz großen. Gerade gestern habe ich verfügt, dass jeder unserer Online-Trainees sein eigenes Postfach bekommt. Also, ich rede von elektronischen Postfächern. Eh klar.«

»Das klingt … innovativ«, bestätigte Uli.

Wendel trommelte mit der CD-Hülle leicht gegen seine Handfläche und atmete geräuschvoll aus.

»Eines würde mich interessieren«, sagte er dann, »weil Sie ja immerhin auch Teil des Angela-Teams wären. Ich meine, wir sind ein Mode- und Trendmagazin, da sollen unsere Mitarbeiter schon eine gewisse, ich sag mal, Trendkompetenz mitbringen. Auch wenn sie im Online-Bereich arbeiten.«

Trendkompetenz. Uli hielt sich mit beiden Händen an der Sitzfläche fest.

»Erzählen Sie mir doch einfach mal, was Ihnen zuletzt aufgefallen ist. Stylingmäßig, meine ich. Kann ein Frauentrend sein, kann auch ein Männertrend sein …«

»Dreitagesglatzen«, fiel Uli ihm ins Wort. »Das ist doch jetzt … ich meine, man sieht die einfach überall, im P 1, im Parkcafé …«

»Dreitagesglatzen?« Wendel sah sie entsetzt an und griff sich an den eigenen, dichten Bürstenhaarschnitt.

»Absolut!« Uli redete unbeirrt weiter. »Pferdeschwänze sind total passé. Coole Männer rasieren sich. Ich meine, obenrum.«

Wendel ließ seine eigenen Haare los, schüttelte schließlich amüsiert den Kopf und schnalzte mit der Zunge.

»Wann noch mal, sagten Sie, könnten Sie bei uns anfangen?«

»Meine letzte Abschlussprüfung ist im Juli. Ab 1.8. wäre ich frei.«

»Aber schwanger werden Sie mir nicht, oder?«

Uli schüttelte den Kopf, zu verdattert, um zu antworten.

Mit feierlicher Miene sah er sie an.

»Sie hören von uns, Frau Becker. Sie hören von uns.«

Als sie das Chefzimmer verließ, achtete sie sehr auf ihre Mundwinkel. Ein zu siegesgewisses Lächeln wäre sicher nicht gut angekommen. Frau Lichtblau ließ einen Aktenordner sinken und blickte Uli mitfühlend an.

»Und?«, formten ihre Lippen lautlos.

Uli hob die Handflächen und wiegte den Kopf. »Vielleicht?«

Wortlos hob Frau Lichtblau eine Hand, legte dann den Daumen in die Handfläche und umschloss ihn fest mit den Fingern.

Sie betrat in der Dämmerung ihre Wohnung und fluchte. Eiskalt war es, bis mittags hatte die Nachtspeicherheizung alle Warmluft verblasen. Sie würde sich wieder mit dem Heizlüfter in der Küche begnügen müssen, diesem elenden Stromfresser. Als sie den Telefonhörer abheben wollte – Papa wartete schon auf ihren Anruf –, sah sie das Lämpchen des Anrufbeantworters blinken. Möglicherweise tat es das schon länger, sie konnte sich nicht erinnern, wann sie den Apparat zuletzt benutzt hatte. Gestern jedenfalls nicht. Sie drückte auf Wiedergabe, und schnurrend spulte sich das kleine Tonband zurück.

Die erste Nachricht war von Moritz. Wie ist es gelaufen?, fragte er. Ruf mich an. Und übrigens: Mein Angebot von neulich Abend, das war ernst gemeint. Denk mal darüber nach!

Darauf kannst du lange warten, dachte Uli. Moritz heiraten, um seinen sozialen Aufstieg und seine Karriere zu sichern, mit einer Frau an seiner Seite. Was für eine lächerliche Idee. Trotzdem, sie freute sich, dass er nach ihrem Vorstellungsgespräch fragte. Moritz, ihr bester Freund. So gesehen, war er vielleicht gar nicht der schlechteste Kandidat für ein Leben zu zweit. Schwul hin oder her.

Der Anrufbeantworter piepte, dann raschelte etwas, und die zweite Nachricht begann.

Hallo, hörte sie, ich weiß nicht genau, ob ich hier richtig bin, bist du das? Uli?

Die Stimme fuhr ihr in den Magen, kappte alles, was sie aufrecht hielt. Sie fühlte sich, als müsste sie gleich zusammenklappen wie eine Gliederpuppe, und stand verblüfft auf ihrem fleckigen Teppichboden, als nichts dergleichen passierte.

Uli?, sagte die Stimme. Ich dachte … Ruf mich doch einfach mal an. Gleiche Nummer. Alles wie früher. Ach so, also, ich bin's. Jo.

Jo rührte in ihrer bauchigen Porzellantasse, bis der Milchschaum in sich zusammenfiel. Dann ließ sie den Blick zu den Likörflaschen schweifen, die auf einem gläsernen Bord über der langen Bar aufgereiht waren, über die gelb gestrichenen Wände, über die Säulen in der Raummitte, die Korbmöbel an den niedrigen Tischen. Schließlich schaute sie wieder zur Eingangstür. Immer noch kein Sascha.

Die beiden Kellner hinter der Bar unterhielten sich angeregt und ignorierten die Gäste davor. Einer von ihnen hatte sich die Haare abrasiert, und Jo überlegte lange, ob ihr das eigentlich gefiel. Es war etwas gewollt Schurkenhaftes an diesem Look, dieser Kombination aus Kopfhaut und Augenbrauenpiercing, und sie misstraute Männern, die ihre Abgründigkeit so zur Schau stellten. Wo viel Rauch war, war oft wenig Feuer.

Mädchen spazierten vorbei, mit dicken Schnürstiefeln zum karierten Minirock, halb volle Limonadenflaschen schlenkernd, als wären es winzige Handtaschen. Aus den Boxen pumpte Sechzigerjahre-Soul, mit dramatischen Bläsersätzen und viel Bass. In the sunshine of your love. Ba-ba-ba-baa.

Sie betrachtete die getrocknete Schaumkruste am Rand der Tasse und nippte noch mal am Kaffee. Der war inzwischen lauwarm und schmeckte immer noch nicht besser. Während sie die Tasse langsam wieder sinken ließ, fragte sie sich, wie das eigentlich angefangen hatte. Diese stetig wachsende Überempfindlichkeit gegen alles und jedes, gegen Dinge, die ihr früher nicht einmal aufgefallen waren.

Angefangen hatte es mit der Matratze. Es war im Sommer nach Saschas Einzug, als sie es von einem Tag auf den anderen nicht mehr aushielt im gemeinsamen Bett, das mittlerweile in ihrem ehemaligem WG-Zimmer stand. Es lag nicht an Sascha, den fand sie gerade im Sommer, wenn er so nackt unter dem bloßen Bettlaken lag, recht appetitlich. Es war die nächtliche Wellenbewegung, die sie nicht mehr ertrug, die sie erst seekrank machte und dann böse. Jedes Mal, wenn Sascha sich im Schlaf bewegte, spürte sie das zarte Nachschwingen unter ihrem eigenen Körper, und sie lag wach und fühlte sich auf eine Weise belagert, die sie immer häufiger auf das Gästesofa trieb. Ihrem Liebesleben hatte diese Aversion nicht geschadet, eher im Gegenteil; so gab es immerhin kleinere Varianten der Lust, wenn Sascha morgens in der halbdunklen Wohnung nach ihr suchte und sie mal auf dem Sofa, mal unter seinem eigenen, stets aufgeräumten Schreibtisch im Medienzimmer vögelte, als hätten sie eine dreckige Büroaffäre.

Später kamen andere Dinge dazu, unauffällig, aber in der Summe doch störend. Überempfindlichkeit gegen Jans meckerndes Lachen. Überempfindlichkeit gegen Messergeräusche auf Kunststoffbrettchen, gegen aufgeschlagene Zeitungsseiten auf dem Küchentisch. Jetzt also auch noch der Kaffee. Möglicherweise lag es daran, dass immer mehr Bars sich diese großen, italienischen Espressomaschinen anschafften, vielleicht vertrug sie Espresso einfach schlechter als Filterkaffee. Aber in der Germanisten-Cafeteria war es auch nicht besser. Alles schien ihr plötzlich zu penetrant, der Geschmack, der Geruch. Wo sollte das noch hinführen?

Während die Zeiger der großen Bahnhofsuhr hinter dem Tresen ihre Runden drehten, wurde das Zischen der Kaffeemaschine allmählich weniger. Die Gäste waren von Heißgetränken zu Rotwein übergegangen, die Barmänner mixten Cocktails in Edelstahlshakern. Beinahe unsichtbar ging der blaue Vorfrühlingsnachmittag in einen matschigen Abend über, während sie im Café der Muffathalle auf Sascha wartete.

Er verbrachte eindeutig zu viel Zeit mit seinem neuesten Projekt, mit dem er außerhalb seiner normalen Arbeitszeit beschäftigt war. Das Ärgerlichste daran war, dass er dieses Monsterprojekt, das immer mehr gemeinsame Abende auffraß, auch noch geheim hielt. Nur den Ort hatte sie einmal gesehen, wo er mit seinen Programmiererfreunden die Nächte und Wochenenden verbrachte, und er hatte sie an Männer-WGs erinnert, in denen sie früher häufiger zu Gast gewesen war. Ein großer Raum in einer ehemaligen Kaserne, mitten im Wald am südwestlichen Stadtrand gelegen, mit einem unebenen Betonboden und mannshohen Fenstern. Auf Tapeziertischen standen Computer, die Verbindungskabel liefen in einem unordentlichen Wirrwarr zusammen. In der Ecke ein speckiges Cordsofa, das zuletzt 1972 modern gewesen war, ein niedriger Couchtisch voller Pizza-Bringdienst-Pappkartons, eine Stereoanlage. Die brauchten sie, wenn die Band nebenan probte und die Schallisolierung nicht hielt, was sie versprach. Aber was genau sie hier schon seit Wochen und Monaten programmierten, das war ungefähr so geheim wie der Nuklear-Code der US-Regierung.

Und wenn man Sascha hörte, auch genauso gefährlich. »Es ist zu deinem eigenen Besten«, sagte er, wenn sie ihm eine Andeutung zu entlocken versuchte, »was du nicht weißt, kannst du auch nicht weiterverraten. Nicht einmal unabsichtlich.« Sie konnte sich nicht vorstellen, was so brandheiß sein konnte, dass Sascha nichts davon erzählen mochte. Ausgerechnet ihr, die sonst jeden Leberfleck auf seinem Rücken kannte, seine Abneigung gegen Prosecco und zu fette Milch.

Zugegeben: Über seine Kindheit wusste sie nur wenig. Auch über seine Familie. Seinen Vater hatte sie nie kennengelernt. Vor Jahren, als sie und Sascha ein Paar wurden, hatte er noch gelebt; wenige Monate später, nach der Magenkrebsdiagnose, waren ihm gerade noch sechs Wochen geblieben.

Sie hatte damals herauszufinden versucht, warum Sascha seine Trauer unter dieser beißenden Ironie versteckte, hinter den Witzen über alte Männer, die mehr Angst vor dem Arzt haben als vor dem Sterben. Es musste etwas mit Enttäuschung zu tun haben, mit Enttäuschung über seinen Vater, dieses ewige Polittalent, dessen lebenslange Überzeugung in wenigen Herbstwochen einfach in sich zusammengefallen war wie die Wände eines ausgebrannten Hauses. Ein Vater, der sein Land nur um wenige Jahre überlebt hatte, Jahre, in denen er nach seiner mittelmäßigen SED-Laufbahn noch einmal versucht hatte, für die PDS in den brandenburgischen Landtag zu kommen. Wenn sie Sascha recht verstanden hatte.

So richtig sicher war sie bei Sascha nie, nicht was seine Familie betraf, und auch sonst nicht. Das war nicht schlecht, im Gegenteil, es hielt ihre Neugier wach. Aber dass er sie jetzt von etwas ausschloss, das selbst in der gemeinsamen Zeit zwischen ihnen stand, das war nicht fair.

»Vertrau mir«, sagte er jedes Mal. »Du wirst die Erste sein, die es erfährt. Wenn es klappt.«

»Und wenn es nicht klappt?«

»Dann brauche ich dich erst recht.«

Sascha war völlig frei von Schuldgefühlen. Es war, als sei er gegen dieses Konzept immun, dieses Schmieröl, das Jos eigenes Familiensystem in Bewegung hielt, seitdem sie denken konnte. Alle ihre Beziehungen untereinander, vor allem die Jos zu ihren Eltern, basierten auf ausgesprochenen oder unausgesprochenen Vorwürfen, ein Gleichgewicht des Schreckens, das ähnlich gut funktionierte wie die nukleare Abschreckung der Supermächte bis in die Achtzigerjahre. Es war eines der Dinge gewesen, die Jo immer am meisten an Sascha geschätzt hatte, diese völlige Abwesenheit verletzter Blicke oder demonstrativen Desinteresses. Er verteilte keine Schuldzuweisungen, er nahm auch keine an. Vorwürfe blieben nicht an ihm haften, eine unzerstörbare Teflonschicht schützte ihn gegen Selbstzerknirschung.

Heute zeigte sich wieder einmal die Kehrseite dieser Eigenschaft. Egal wie sehr er sich an diesem Abend noch verspäten würde, sie hätte keine Entschuldigung von ihm zu erwarten. Allenfalls eine Erklärung. Und das war nicht dasselbe.

Mal wieder kam ihr der flüchtige Gedanke, es könnte eine andere Frau hinter seiner angeblichen Arbeitswut stecken. Eine klassische Affäre, die auf noch klassischere Weise mit Überstunden erklärt wurde. Aber das war schlechter Stil, und wenn man Sascha etwas nicht vorwerfen konnte, dann war das mangelndes Stilbewusstsein. Außerdem hätte er Lügen in dieser Hinsicht nicht nötig gehabt. Sie beide definierten Treue anders als andere, darüber hatte es kaum eine Diskussion gegeben.

Der große Zeiger der Wanduhr war beinahe schon wieder auf den tiefsten Punkt des Zifferblattes abgesunken, als Sascha endlich in der Schwingtür stand und sich suchend umblickte. Auf seiner Wollmütze glänzten Regentröpfchen, zwischen dem Saum seiner Hose und dem Bündchen seiner Socken glänzte ein weißer Streifen Haut. Ich muss ihm sagen, dass seine Jeans zu kurz ist, fiel ihr ein, und sie seufzte. Sascha war und blieb ihr bester Freund. Auch wenn sie mit ihm schlief.

Vielleicht, dachte sie selbstkritisch, war der Verdacht, er könnte eine Affäre haben, eher Wunschdenken als Horrorvorstellung. Sie versuchte sich vorzustellen, dass er gerade eine leidenschaftliche, schnelle Begegnung hinter sich hatte, aber es wollte ihr nicht gelingen. Nicht angesichts dieser Hose. Sie blickte sich suchend nach den Girlies mit den Schulmädchenröcken und den dicken Stiefeln um, ob sie Saschas Eintritt bemerkt hatten. Es wäre schön gewesen, wenn sie den Blick einer anderen hätte auffangen können, nur um wieder das Gefühl zu haben: Das ist meiner. Den kriegst du nicht. Und wenn, dann kommt er doch zu mir zurück.

Aber an diesem Abend tat ihr keine den Gefallen.

Erst als er näher kam, merkte sie, dass etwas nicht stimmte. Er hielt den Blick auf den Boden gesenkt, und in seinem rechten Mundwinkel hingen Kekskrümel, so als hätte er seit Stunden nicht mehr in den Spiegel geschaut.

»Was?«, fragte sie, während er sich in den Korbsessel gegenüber sinken ließ und sich aus seiner Jacke schälte. »Jemand gestorben?«

Ein Hauch von einem Unisex-Rasierwasser wehte sie an, und sie rückte unwillkürlich ein Stück zurück. Entweder er hatte an diesem Morgen zu großzügig mit der Sprühflasche hantiert. Oder das hier war ein weiteres Glied in der unangenehmen Kette ihrer Überempfindlichkeiten.

Er hielt in der Bewegung inne und nickte. »Sicher. Noch nicht gehört?«

»Was denn?« Sie erschrak. Seit heute Morgen, seit dem Proseminar um Viertel nach elf, war sie nicht mehr zu Hause gewesen und hatte auch keinen Grund gehabt, den Anrufbeantworter abzufragen.

»Kurt Cobain«, sagte er düster. »Sie spielen schon den ganzen Tag Nirvana, in Endlosschleife. Sogar auf Bayern 3.«

Die Flaschen über der Bar begannen sich sachte zu drehen, nur für einen Moment, dann standen sie wieder still. Merkwürdig, dachte sie, und schon geht das Leben weiter, als wäre nichts gewesen. »Wann ist denn das passiert?«, fragte sie schließlich. »Und wie?« Noch während sie fragte, schüttelte sie über sich selbst den Kopf. W-Fragen stellen, der alte Journalistenreflex.

Sie musste an einen Herbstnachmittag mit ihrem Vater denken, an viel zu viel silbern schimmerndes Geschirr und Eckbänke im Landhausstil, daran, wie Kurt Cobains Stimme in ihrem Kopfhörer eine raue, erdige Schicht auf diese ganze Künstlichkeit gelegt hatte, diese ganze Münchner Süßlichkeit.

»Erst eine Überdosis Heroin, dann eine Schrotflinte in den Mund und abgedrückt.«

»Klassischer Rockstartod, also.«

»Ja. Nein. Muss sich selbst schon sehr gehasst haben, um auf diese unbarmherzige Weise zu gehen. Das ist schon was anderes, als an der eigenen Kotze zu ersticken.«

»Ich versteh's nicht«, sagte Jo, »überhaupt nicht. Der Mann hatte doch, was er wollte. Die ganze Welt hat ihm zugehört.«

»Ja. Und heute, das toppt alles. Egal welchen Radiosender du anstellst.«

»Vielleicht wollte er das. Nirvana in Endlosschleife.«

Sascha lehnte sich zurück und verschränkte die Hände hinter dem Kopf. »Erfolg macht eben auch nicht glücklich.«

»Mei«, sagte Jo. »Aber was dann?«

»Immerhin. Immerhin weißt du jetzt, was du später deinen Kindern erzählen kannst. Wenn die fragen. Mama, Mama, wo warst du, als Kurt Cobain sich in den Mund geschossen hat?«

»Im Café der Muffathalle, mit einem lauwarmen Milchkaffee auf dem Tisch?«

»Falsch!« Sascha hieb lehrerhaft mit dem Zeigefinger durch die Luft. »Du wirst ihnen sagen: Da war ich mit meinem Freund Sascha zusammen. Du wirst nie an Kurt Cobain denken, ohne gleichzeitig auch an mich.«

Sind wir jetzt so weit, wollte sie fragen. Fangen wir schon an, gemeinsame Erinnerungen für die Zukunft zu sammeln. Wenn ich jetzt zwanzig wäre, dachte sie, dann würde ich ihn verlassen. Es gab kein deutlicheres Anzeichen dafür, dass eine Liebe ihren Zenit überschritten hatte.

Aber sie war nicht mehr zwanzig. Und das war nur einer von mehreren Gründen, warum sie ihre Frage lieber für sich behielt.

»Ist komisch«, sagte sie, »die ungeraden Jahrzehnte haben nur jämmerliche Helden.«

»Wie? Beispiele!«

»Wann ist Elvis gestorben? In den Siebzigern. Jetzt Kurt Cobain. Die geraden Jahrzehnte, das sind die wirklich weltbewegenden. Kennedy, Martin Luther King. Oder die Achtziger. Wo warst du, als du von Tschernobyl gehört hast?«

»Das hinkt aber gewaltig.« Er spitzte die Lippen und schüttelte den Kopf. »Ich bin sicher, du würdest genauso viele Namen finden für genau die gegenteilige These.«

»Und wenn schon. Klingt aber gut.«

»Biete das Thema doch mal an. Diesem neuen Jugendmagazin der Süddeutschen zum Beispiel.«

»Ja. Vielleicht.« Jetzt hatte sie schon wieder dieses unangenehme Herzklopfen. Blöder italienischer Kaffee. Musste Sascha sie denn ausgerechnet an ihrem wundesten Punkt berühren? In den letzten ein, zwei Jahren ging es überhaupt nicht mehr weiter mit den Praktika. Als hätten sich alle Redakteure der Stadt gegen sie verschworen. Sie dachte an den Traum von neulich Nacht, einen Traum, in dem sie schweißnass durch hüfthohen Schnee über eine Wiese gestapft war, in Sichtweite eines geräumten Weges, den sie aber niemals erreichte. Dabei hatte sie noch Energie übrig, das wusste sie genau. Sie schien nur verlernt haben, wie sie ihre eigenen Quellen anzapfte. Diese Trägheit wurde immer schlimmer, vor allem in den letzten Wochen.

»Auf Kurt«, sagte sie und hob ihre Tasse mit dem braunen Rand. Wieder roch sie Saschas Rasierwasser, unangenehm intensiv, und eine Erinnerung schob sich langsam über den Rand ihres Bewusstseins, eine Erinnerung an ein Körpergefühl, das sie schon einmal gehabt hatte.

»Was guckst du so?«, fragte Sascha, und sie legte eine Hand auf seinen Arm.

»Nichts. Sei ein Schatz und bring uns zwei Bier.«

»Wie viele seid's ihr?«

»Ich bin allein.«

»Nee. Dann geht's nicht. Dann wird's zu voll.«

Uli musterte den Türsteher von Kopf bis Fuß. Ein schmächtiges Bürschchen, mit Eiterpickelchen neben der Unterlippe und einer Lederjacke, die ihm mindestens zwei Nummern zu groß war.

»Ich kenn den Jacky«, sagte sie und machte einen Schritt auf die Tür zu. Der Junge wich zurück und versperrte ihr mit einem Arm den Weg.

»So. Und woher?«

»Ich arbeite für ihn.«

Jacky Forster war so etwas wie das inoffizielle Wunderkind der Fachhochschule. Etwas früher als Uli hatte er den gleichen Studiengang begonnen, kurz nach dem Vordiplom abgebrochen und eine Agentur eröffnet, die mit Hotelkontingenten in der Dominikanischen Republik handelte. Kurz darauf wurde das Reiseziel populär, Jacky hatte Zimmer in fast allen Hotelanlagen, die gerade auf All inclusive umstellten, und verkaufte sie mit sensationeller Gewinnmarge an große Reiseveranstalter.

Mit nur siebenundzwanzig Jahren war Jacky ein gemachter Mann. Er besaß nicht nur die Agentur, sondern auch die »Tiroler Hütt'n«, einen rustikalen Nachtclub in der Nähe des Bayerischen Hofes, dessen Decken und Wände mit Holzskiern tapeziert und mit verbeulten Milchkannen behängt waren und dessen Abschleppquote, so erzählte man sich, ähnlich hoch war wie bei Après-Ski-Partys am Arlberg. Nicht wirklich hip, eher eine Touristenfalle, aber dafür eine absolute Goldader.

Jetzt hatte Jacky Forster also auch noch eine Großdisco in einem Hotel gekauft, am nördlichen Ende der Leopoldstraße, und die

Boulevardpresse zitierte ihn mit dem Ausspruch, sein »Lucky Club« sei die härteste Tür Münchens. Seit einem Jahr jobbte Uli an zwei Nachmittagen pro Woche in seiner Agentur, immer wieder aufs Neue verwundert über den nie abreißenden Strom betont blonder Mädchen. Mädchen, die auch im tiefsten Winter pastellfarbene Schlaghosen trugen, wenn sie Jacky zur Mittagspause abholten. Sie kamen und gingen, Jackys Geschmack blieb der gleiche. Nur bei seinem Türsteher, da hatte er offensichtlich einen Fehlgriff getan.

»So. Du arbeitest für ihn. Das sagen alle.«

»Außerdem bin ich drin verabredet.«

»Und wenn du drei Mal da drin verabredet bist. Das ist hier nicht das Hofbräuhaus, das ist ein Club. Nur für Stammgäste.«

»Das ist ein Club, der vor zehn Tagen eröffnet hat. Wie kann man da schon Stammgast sein?«

Der Picklige hatte noch immer seinen Arm vor die Edelstahltür mit dem Bullauge gestemmt, wich aber ihrem Blick aus.

»Weiß nicht. Sagt halt der Chef.«

»Der Jacky.«

»Der Herr Forster.«

Uli hatte sich lange überlegt, welchen Treffpunkt sie Jo für das Wiedersehen vorschlagen wollte. Es musste im Nachtleben sein, so viel stand fest. Aber sie war so lange draußen gewesen aus dem Spiel, dass sie nicht mehr wusste, welche Läden angesagt waren, und auch mit der Türpolitik kannte sie sich nicht aus. Ausgerechnet Jacky, für den sie jobbte, verschaffte ihr jetzt einen Vorsprung an Coolness.

Nur dass sie jetzt schon beinahe zehn Minuten mit diesem Türsteher-Azubi diskutieren musste, machte sie langsam nervös. Nicht weil Jo drinnen mit Sicherheit schon auf sie wartete. Viel schlimmer war die Möglichkeit, dass Jo etwas von Ulis Schwierigkeiten mitbekam, entweder weil sie selbst zu spät war oder weil sie gleich durch eben diese verschlossene Tür treten würde, weil sie das Warten leid war.

»Schick mir doch mal den Jacky raus, ja?«, sagte Uli und ärgerte sich, dass ihre Stimme so hoch und gepresst herauskam. Der Türsteher hätte denken können, sie wäre nervös wegen des Lucky Clubs. Oder gar wegen ihm.

Er winkte zwei Frauen im Businesskostüm durch, die Perlen an den Ohren trugen und Regenschirme mit Schottenkaro unter den Arm geklemmt hatten. Für einen Moment öffnete sich die Tür, und Musikfetzen drangen von unten hinauf. Oh no, not I, I will survive. Schon wieder diese Après-Ski-Musik. Wahrscheinlich arbeitete der DJ sonst in der Tiroler Hütt'n.

»Ich kann hier niemand rausschicken, ich arbeite hier. Außerdem weiß ich gar nicht, ob er da ist.«

»Und was ist das hier?«

Uli deutete auf den tannengrünen Landrover, der direkt am Straßenrand im Halteverbot parkte. Unverkennbar Jackys, mit dem Aufkleber einer Sportartikelfirma auf dem Kofferraum. Boomerang Surfing, Cairns, Hawaii, Bad Griesbach. Auch so eine goldene Unternehmensbeteiligung des Fachhochschul-Wunderkindes.

Der Picklige biss sich auf die Unterlippe und saugte durch die Zähne Luft ein. »Also gut, komm halt rein«, sagte er schließlich, »aber nur ausnahmsweise.« Dann nahm er seinen Arm herunter und stieß die Tür auf.

Sing Hallelujah, jubilierte ein Frauenchor, unterlegt von einem stampfenden Beat.

Uli zahlte fünfzehn Mark, stieg eine Treppe hinunter und stand in einem beinahe leeren Raum, der so einheitlich cremefarben war, dass sich die Ledersessel und die lange Bar kaum von dem Fliesen der Tanzfläche abhoben. Die Businesskostümfrauen tanzten ausgelassen unter der Lichtfleckendusche einer Discokugel. An einen Barhocker mit cremefarbenem Lederbezug gelehnt stand Jo und nuckelte an einer Flasche Orangina.

Uli blieb stehen und musterte sie mit klopfendem Herzen.

Die Frage war weniger, wie sehr Jo sich verändert hatte in den letzten zwei Jahren. Die Frage war vor allem, wie viel Sascha in ihrer Veränderung zu sehen sein würde. Ob sie sich anders anzog, vielleicht noch mehr Gesten oder Worte übernommen hatte von ihm. Aber auf den ersten Blick war Jo ganz die Alte, in einer eng anliegenden Lederjeans und einem weiten Holzfällerhemd der absolute Gegenentwurf zu den tanzenden Business-Beautys. Vielleicht ein kleines bisschen weicher, vielleicht die Wangenknochen nicht mehr ganz so scharf gezeichnet. Wir werden alle nicht jünger, dachte Uli und hatte das Bild einer Cremewerbung vor Augen. *Die Hautalterung beginnt mit vierundzwanzig Jahren.* Und Jo war fast drei Jahre älter als sie.

Schließlich fasste sich Uli ein Herz und ging hinüber. »Na?« Sie baute sich vor Jo auf und lächelte. »Wie isses?«

Jo ließ die Limonadenflasche sinken und nickte. »Und selbst? Probleme an der Tür?«

»Ach was«, sagte Uli und merkte selbst, dass die Antwort um den Bruchteil einer Sekunde zu schnell kam. »Hatte bloß noch einen Anruf. Von einem ganz lieben Freund. Und du, auch gut reingekommen hier?«

»Bin ich jemals irgendwo nicht reingekommen?«

»Schon klar, ist ja auch easy, so als Einzelfrau. Vor allem, wenn man so früh da ist wie du.«

Jo blickte in ihre Limonadenflasche, und Uli fühlte sich, als sei sie gerade um fünf Zentimeter gewachsen. Sing Hallelujah. Ohne es geplant zu haben, hatte sich ihre Verspätung in einen Trumpf verwandelt. Aufschlag, und sie führte.

»Erzähl«, sagte Jo und wechselte Stand- und Spielbein.

»Och, ich kann nicht klagen. Noch ein paar Monate bis zu den Prüfungen, und einen festen Job hab ich auch schon.«

»Und die Liebe?«

Das war schneller gekommen als erwartet, viel schneller, aber Uli war vorbereitet. Sie kannte ihre Stichwörter, sie kannte die richtige Antwort. Eine Begegnung wie diese konnte, musste man trainieren, genau so, wie man ein Vorstellungsgespräch durchspielen konnte im Kopf. Meine größte Schwäche? Ausgeprägter Hang zum Perfektionismus.

»Och«, sagte sie leichthin, »so dies und das.«

»Aber nichts Festes?«

»Keine Zeit. Ich bin in der Diplomphase, da muss man Prioritäten setzen.«

»Nettes Kleid, übrigens. Viele kleine Knöpfchen, das macht immer Lust zum Aufknöpfen.«

»Danke. Siehst auch gut aus.«

»Aber das mit dem Alu-Anhänger an der Lederkette, das solltest du dir noch mal überlegen. Ist so 1992.«

»Hat mir ein lieber Freund geschenkt«, gab Uli zurück und ärgerte sich. Das war genau ein Mal »lieber Freund« zu viel. Man machte sich schnell unglaubwürdig.

Leider war das Gespräch mit wenigen Schachzügen hoffnungslos weit von der Jobfrage abgerückt. Und sie wollte es Jo nicht auf die Nase binden. Sie wollte, dass Jo fragte.

»Sag mal, ist das nicht furchtbar«, wechselte Uli das Thema, »mit diesem Typen von Nirvana?«

Jo nickte. »Absolut. So eine Schrotflinte im Mund, das ist kein schöner Anblick. Vor allem, wenn sie abgedrückt wird.«

»Das hab ich nicht gemeint«, sagte Uli, »ich finde ... ich kann überhaupt nicht verstehen, wie er das seiner Familie antun konnte!«

»Der Typ war verzweifelt. Verzweifelt an seiner Kunst, an der Welt.«

»Aber er hatte ein Kind!«, betonte Uli empört. »Eine Tochter! Da kann man sich doch nicht umbringen, weil man an seiner Kunst verzweifelt.«

»Das eine hat doch mit dem anderen nichts zu tun.«

»Doch. Hat es wohl.«

»Wenn du meinst.«

Schweigend standen sie nebeneinander.

»Wieso eigentlich jetzt?«, fragte Uli. »Ich meine, wieso hast du mich angerufen? Gibt es einen bestimmten Grund?«

Jo schüttelte leicht den Kopf. »Nee. Einfach so. Ich dachte ... du bist ja damals so abrupt ausgezogen. Übrigens, du kriegst noch sieben fünfzig von mir. Mit Zinsen wahrscheinlich noch zwanzig Pfennig mehr.«

»Wieso das?«

»Ich hatte nach dir noch mal kurz eine Mitbewohnerin. Und die musste natürlich auch einen Abstand zahlen, für die Fußmatte und die Seifenschale.«

»Und den Tulpenvorhang in der Küche.«

»Nee. Der ist kaputt.«

»Und jetzt ...«

»Jetzt wohnen wir immer noch da, Sascha und ich.«

Eine Bombe in einem Nebensatz, ein unerwarteter Gegenschlag gerade in dem Moment, in dem sie sich in Jos Gegenwart noch einmal so fühlte wie bei den seltenen gemeinsamen Frühstücken in der Küche. So angenehm ungeschminkt.

»Übrigens, mein zukünftiger Chef«, sagte Uli, »ich find den gar nicht so schlimm. Auch wenn du damals immer so geklagt hast, wie gemein der ist. Ich glaube, man muss das kleinen Männern zugestehen, Minderwertigkeitskomplex und dicken Ledersessel. Dann sind die nicht so schwer zu nehmen.«

»Ich habe keine Ahnung, wovon du redest.« Jo spitzte die Lippen über ihrem neongelben Strohhalm.

»Ich hab doch gesagt, ich hab einen Job.«

»Doch nicht etwa bei Wendel?« Jo ließ den Strohhalm ploppend los. »Was hast du denn mit dem zu tun?«

»Ich werde Online-Reiseredakteurin. Neues Projekt der Angela.«

Jo blickte sie kühl an und schüttelte leicht den Kopf. »Du hast doch nicht mal eine Journalistenausbildung.«

»Du, der Wendel hat gesagt, ihm kommt's nur auf den Biss an.«

Im gleichen Augenblick lief Jacky Forster vorbei, ein tragbares Telefon am Ohr. »Doch«, hörte sie ihn sagen, »wenn ich es doch sage! Sie steht auf der Gästeliste, für die After-Show-Party. Nach ihrem Konzert.« Er lauschte kurz, schüttelte dann den Kopf. »Bitte. Wenn du mir nicht glaubst, schick eben keinen Fotografen. Aber sag nicht, ich hätte dir nicht Bescheid gesagt.«

Uli grüßte zaghaft in seine Richtung, aber er nahm sie nicht wahr. Schade.

»Ich wäre gern dabei gewesen, bei Kurt Cobains Beerdigung«, sagte Jo träumerisch und drehte eine lange Haarsträhne zwischen ihren Fingern. »Muss echt Rock n' Roll gewesen sein.«

»Mein Mitleid hält sich in Grenzen. So etwas tut man einfach nicht. Nicht mit Kind.«

»Ist das so.«

»Wenn du ein Kind hast, tust du nichts mehr nur für dich allein. Dann merkst du doch, was wirklich wichtig ist im Leben, oder? So sollte es doch wenigstens sein.«

»Ach übrigens«, Jo drehte noch immer die Haarsträhne um ihren Zeigefinger und sah Uli dann unverwandt an. »Ich krieg auch eins.«

Während Jo darauf wartete, ob sich die zweite Linie im Sichtfeld des Schwangerschaftstests verfärben würde, saß sie auf dem Toilettendeckel und blätterte demonstrativ in einer Zeitschrift. Seitdem Sascha und sie zusammenlebten, lag immer dieser Papierstapel auf dem Wannenrand neben dem Klo, Nachrichtenmagazine und Madonnas »Sex«-Fotobuch, eine der wenigen Merkmale, die einem flüchtigen Besucher sofort gezeigt hätten, dass ein Mann im Haus war. Ansonsten waren die sichtbaren Zeichen seiner Anwesenheit genauso rar wie in seiner alten Wohnung, als wäre er nur auf der Durchreise und könnte jederzeit mit zwei Schultertaschen wieder losziehen.

Während sie so auf dem zugeklappten Klo saß, versuchte sie, einen Bericht über einen Vorfall im Bosnienkrieg zu lesen. Frauen und Kinder, die aus ihren Häusern getrieben worden waren in ein nahes Waldstück, wo sie ermordet worden waren. Aber die Wörter lösten sich immer wieder in willkürliche Buchstabenketten auf und dann in grafische Muster, so wie es gewesen sein musste damals, als sie ein kleines Kind war und noch nicht lesen konnte, noch nicht gezwungen war, aus Linien und Punkten einen Sinn zu ziehen.

Immer wieder blieb ihr Blick am grobkörnigen Foto eines Mannes hängen, der als Drahtzieher des Massakers galt. Das einzig gut erkennbare Detail war das Ohr des Mannes, und sie konnte sich nicht losreißen, plötzlich erstaunt und gerührt über die Schönheit dieser Kurven und Windungen, dieser Grate und Täler, genauso einzigartig wie ein Fingerabdruck. Plötzlich fiel ihr ein, dass Ohren der einzige Körperteil waren, der seine Form nicht veränderte, von der Geburt bis zum Tod. Als sie schließlich die Zeitschrift sinken ließ und nach dem Teststreifen mit den zwei blauen

Linien griff, nur wenig überrascht, dachte sie als Erstes an die Ohrmuschel des Geschöpfes in ihrem Bauch. Eines Geschöpfes, das sich da gerade in atemberaubender Geschwindigkeit von einer winzigen Larve in einen kompletten kleinen Menschen verwandelte, ganz von allein.

In den Tagen zwischen dem Schwangerschaftstest und ihrem Termin beim Frauenarzt, während sie sich mit Uli im Lucky Club traf, in der Staatsbibliothek Material zur Literatur weiblicher Nazi-Exilanten suchte und in der abweisenden Prächtigkeit des Hofgartens die Vorfrühlingsluft inhalierte, jeder neue Geruch mit jedem neuen Atemzug eine Überraschung für ihren hormonüberfluteten Organismus, kam ihr nicht ein einziges Mal das Naheliegendste in den Sinn.

Nämlich, dass auch Sascha etwas mitzureden haben könnte bei ihrer Entscheidung für oder gegen das Kind.

Er konnte nichts dafür, dass er sie schwanger gemacht hatte, es war ihr eigener Leichtsinn gewesen. Nach einer heftigen Magen-Darm-Grippe durfte man sich eben nicht auf die Pille verlassen. Sie wusste, dass Sascha nicht der Typ Mann war, der sich einen Kindersitz auf sein Fahrrad schnallte oder ein Neugeborenes auf seiner Brust schlafen ließ; mit diesen Kerlen aus den Schwarz-Weiß-Fotos der Waschmaschinenwerbung, hart und zart zugleich in blütenweißen Boxershorts und mit nackten Babys in den Armen, hatte er zu wenig gemein. Dennoch hatte sie sich über all die Jahre stets auf seine unaufdringliche und selbstverständliche Loyalität verlassen können, selbst bevor sie ein Paar geworden waren. Was würde ein Kind daran ändern? Vage kam ihr ein Satz von Sascha in den Sinn, ein Satz aus einer anderen Zeit, einer anderen Schwangerschaft. Ich mach nie Schluss, hatte er einmal gesagt. Ich warte, bis die Frauen es tun.

Da hatten sie wohl noch etwas gemeinsam, er und sie.

Als sie auf dem Stuhl im Behandlungszimmer ihres Frauenarztes saß, klebriges, türkises Kunstleder an ihrem nackten Po und vor sich den Ultraschallmonitor, auf dem bereits der Herzschlag des Ungeborenen zu erkennen war, ein winziges, pulsierendes Pünktchen Lebenswillen, zog sie die Möglichkeit eines Abbruchs nicht einmal mehr in Erwägung. Wenige Wochen später, als Dr. Dohlen ihr das blassgrüne Büchlein mit der Aufschrift »Mutterpass« überreichte, flutete eine Welle eines fast vergessenen Gefühls in ihr hoch. Stolz. Es war, als wäre sie soeben in ein neues Land immigriert, das nicht jedem offen stand. Als hätte sie ein kompliziertes Auswahlverfahren bestanden. Als wäre sie in der engsten Wahl für eine höhere Aufgabe.

Es dauerte fast eine Woche, bis sie mit Sascha sprach. Er kam immer später nach Hause, nach seinen Doppelschichten in der Computerfirma und den langen Abenden mit seinen Programmiererfreunden in der Loftetage am Waldrand. Wenn er schließlich die Wohnung betrat, roch er nach Pizza und Fahrradschweiß und beschallte die Wohnung mit den so spitzfindigen wie aggressiven Anklagetexten einer Hamburger Band, unterlegt mit einem kämpferischen Duell von Gitarre und Schlagzeug, bis wieder Frau Schmidt aus dem ersten Stock vor der Tür stand und mit einer unleserlichen Kopie der Hausordnung wedelte. Währenddessen lag Jo im Bett und kämpfte mit dieser lähmenden Übelkeit, die in alle Poren ihres Körpers sickerte, die wie Nebel alles zudeckte, die morgens schon da war und abends noch immer, mit dem fauligen Geschmack in ihrem Mund, schlimmer als an einem Morgen nach drei Halben und einem Schnitt. Jetzt wünschte sie sich beinahe, dass Sascha eine Affäre hätte, sodass er gar nicht auf die Idee kommen würde, sie zu berühren, sie mit dieser Orgie intensiver Gerüche zu belästigen, die mit nackten Körpern verbunden waren.

Es war ein Sonntagvormittag, den sie für ihre Eröffnung wählte, und sie fand sogar ein passendes Lied auf Saschas neuer Blumfeld-CD. Aber wie war das / als deine Brüste größer wurden / und wie ist das jetzt? Schwanger?, hauchte die Stimme in müdem Sprechgesang aus den Boxen.

»Ich muss dir etwas sagen.«

»Werde ich danach weiter frühstücken können, oder verliere ich den Appetit?«

Sascha ließ den Toast sinken. Von der Brust seines signalfarbenen T-Shirts grinste sie ein Kleinkind an, zwiebacksatt und glücklich, darüber der Schriftzug »Brandt«.

»Schwer zu beurteilen.«

»Dann lass mich erst noch das hier zu Ende bringen. Wäre schade um den schönen Serrano-Schinken.«

»Ich bekomme ein Baby.«

Er kaute. Seine ausgeprägten Kieferknochen malmten mit maschineller Präzision, und sie hatte den Eindruck, dass die Bewegungen immer langsamer wurden, so als wollte er das Kauen so lange wie möglich hinauszögern und damit auch die Antwort. Sie fixierte ein Basilikumbäumchen auf dem Fensterbrett, die Blätter in verschiedenen Stadien der Trockenheit, verblasst und an den Rändern verschrumpelt.

»Scheiße«, sagte er schließlich, als es gar nicht mehr zu vermeiden war. »Hast du schon …«

»Ich warne dich.«

»Ich meine, wann wirst du …«

»Ich warne dich noch mal. Wenn du das aussprichst, kannst du deine Sachen packen und gehen.«

Er öffnete seinen Mund so weit, dass sie Angst hatte, sein Kiefergelenk könnte herausspringen, dann schob er den gewaltigen Rest seines Schinkentoasts hinein. In die Pause zwischen zwei Liedern hinein klangen seine Kaugeräusche grotesk laut.

»Ich werde also nicht gefragt«, stellte er schließlich fest.

»Nein.«

Er lehnte sich zurück, verschränkte die Arme und sah aus dem Fenster. Ein zarter Grünschleier lag über den Bäumen im Hof. Draußen läuteten die Glocken von St. Korbinian.

»Aber dass ich … also, ich meine, dass ich derjenige bin, der …«

»Mach dir da mal keine Gedanken. Das Kind ist ein echter Hentschel. Hundert Prozent.«

Er setzte sich wieder aufrecht, löste seine Arme, schob mit einem Finger Brösel auf seinem Teller zurecht.

»Als ich auf die Welt kam, waren meine Eltern zweiundzwanzig und dreiundzwanzig«, sagte er.

»Na eben.«

»Nein«, er schüttelte den Kopf, »sie waren bloß scharf auf eine Wohnung.«

Jo zog an ihrem T-Shirt und blickte auf ihren Nabel. Der Bauch war noch genauso flach wie immer, aber irgendetwas war schon passiert, etwas, das den Nabel weicher und nachgiebiger an den Seiten machte.

»Tja, in der DDR war eben …«

Sascha vollendete den Satz nicht. Er stand auf, kam um den Tisch herum, stellte sich hinter sie und legte eine Hand auf ihren Kopf, die breiten Finger auf ihrer Stirn, als wollte er sie segnen.

»Ich bin dann mal weg«, sagte er, und sie wandte sich erstaunt um.

»Heute? Am Sonntag?«

»Wir sind kurz davor. Ganz kurz davor. Es tut mir leid, ich weiß, du erwartest jetzt irgendwas von mir, ein großes Gefühl. Aber ich bin gerade mittendrin in einem anderen Film, und wenn das klappt, dann hab ich ausgesorgt. Und du. Wir. Ich kauf dir 'ne Villa in Grünwald. Oder willst du deinen eigenen Club?«

Sie sah ihn an, sein Kindershirt, den Eifer in seinem Gesicht, und fragte sich, ob es ihm wirklich um das Geld ging oder nicht viel mehr um das Spiel. Die Leichtigkeit des Versuchens. Ob er einfach nur etwas nachzuholen hatte, nach Jahren der kontrollierten Fahnenappelle und organisierten Sommerlager, immer bereit, einem Staat zu dienen, dieser ersten großen Liebe, die ihn so bitter enttäuscht hatte.

Nach allem, was sie wusste über den Vater ihres Kindes.

»Dieses Land ist nicht meines«, hatte er einmal zu ihr gesagt. »Aber immerhin ist es ein Land, in dem ich etwas bewegen kann.«

»Mein Held der Arbeit«, sagte sie liebevoll und streckte eine Hand aus, um seine Wange zu streicheln. Ärgerlich wich er zurück.

»Diese Art von Witz nutzt sich langsam ab.«

»Was soll ich mit einem eigenen Club? Vielleicht solltest du lieber ein polnisches Au-pair-Mädchen besorgen.«

»Wir reden später. Versprochen.«

Es war eines der wenigen Versprechen, die Sascha jemals gab, und ausgerechnet dieses brach er. Was er in jenem Moment empfunden hatte, ob nur Widerwillen gegen die ungewollte Vaterschaft oder auch ein wenig vom gleichen Stolz, der Jo angesichts des Mutterpasses gepackt hatte, erfuhr sie nie. Während er weiterhin abwesend blieb, die gemeinsame Wohnung irgendwann fast nur noch zum Schlafen und Essen betrat, ließ sie sich in ein warmes Wannenbad von Fürsorglichkeit gleiten, erstaunt, wie glücklich einen etwas machen konnte, für das man nichts weiter geleistet hatte als zwei, drei Male schläfrigen, unvorsichtigen Morgensex. Ein unerwartetes Plus von Bonusmeilen auf dem Konto, ein Gewinn in einer Lotterie, für die man sich nicht einmal ein Los kaufen musste.

Die Mitarbeiterin im Studentensekretariat zeigte volles Verständnis für die vorübergehende Beurlaubung, auch schon vor der offiziellen Mutterschutzfrist. Denn schließlich befand sich Jo, so erklärte es die Frau, als unverheiratete junge Studentin ohne Berufsabschluss in einer psychosozialen Notlage, selbst wenn sie mit dem Kindsvater in einer stabilen Partnerschaft lebte.

Je weiter die Schwangerschaft voranschritt, desto mehr weichte alles auf, die harten Konturen ihres Lebens, die Karriereplanung, die Linien ihres Gesichtes. Sie verbrachte ganze Tage wie eine große, dicke Katze auf dem Sofa und ließ nur ab und zu die Balkontür offen stehen, damit eine kleine Portion Frühling durch die Zimmer wehen konnte.

Endlich hatte sie frei. Keine weiteren Praktikumsstellen mehr, auf denen sie Leserbriefe erfinden und sich von cholerischen Chefs demütigen lassen musste, keine weitere Notwendigkeit, sich in Proseminaren eine Haltung zuzulegen nur um der Haltung willen, selbst wenn man genauso gut gegenteiliger Meinung hätte sein können. Die Tage waren alle gleich, und sie genoss es, schleckte sie weg wie Softeis, weich mit nichts dazwischen, an dem man sich die Zähne hätte ausbeißen müssen.

Ihren einzigen Pflichtterminen, den Besuchen bei Dr. Dohlen, sah sie mit gespannter Neugier entgegen, so wie ein begabtes Grundschulkind seinem nächsten Zeugnistag. Sie freute sich über das komplizenhafte Zwinkern der Sprechstundenhilfen, die Routine, die sie beim immer gleichen Ablauf im Labor der Praxis entwickelte, die bunten Magazine im Wartezimmer, die sie endlich mit derselben Unbefangenheit lesen konnte wie die anderen Patientinnen, ohne zwanghaft das Impressum zu durchforsten nach einem Namen, den sie kannte, einem Kontakt, den sie nutzen konnte.

Die ganze Zeit über tat ihr Körper seine Arbeit, und sie war erstaunt, wie diese Maschine, die sie seit bald siebenundzwanzig Jahren kannte, diese neue Aufgabe bewältigte, kindliche Organe produzierte, Nährstoffe in den Fötus pumpte und Giftstoffe abtransportierte, Finger und Ohren wachsen, die Blutgefäße an ihren eigenen Brüsten hervortreten ließ. Währenddessen musste sie nichts anderes tun, als an der Isar spazieren zu gehen und den Inlineskatern nachzuschauen, im Immobilienteil der Süddeutschen die Grundrisse von Neubausiedlungen zu studieren oder, am allerliebsten, auf dem Sofa zu liegen und fernzusehen. Es war der Sommer, in dem ein Ruck durch Deutschland hätte gehen sollen; stattdessen zeigte aber nur ein Fußball-Nationalspieler der Welt den Stinkefinger. Das Kind in ihrem Bauch schlug seine unermüdlichen Purzelbäume, ein Gefühl, als stiegen Kohlensäurebläschen aus einer zu schnell geöffneten Sprudelflasche nach oben. Noch hatte es alle Bewegungsfreiheit, und Jo konnte nicht daran denken, wie eng es ihm bald werden würde in seiner Höhle, ohne dass sie beklommen ein Fenster aufreißen und durchatmen musste.

Sascha schleppte gelegentlich CDs mit Computerspielen an, konnte sich über den neuesten Stand der Animationstechnik begeistern, richtete ihr an seinem Rechner eine komplizierte Adresse ein, mit vielen Zahlen und einem seltsamen kleinen a mit Schnörkel in der Mitte.

»Und was soll ich jetzt damit?«

»E-Mails schreiben. Das ist deine eigene E-Mail-Adresse.«

»Aber das geht doch nur mit Leuten, die auch so ein komisches Postfach haben, oder?«

»Schnellmerkerin.«

»Wer braucht denn so was?«

»Wirst sehen«, sagte er geheimnisvoll, »wirst schon noch sehen.«

Und verschwand dann wieder in seinem Abendbüro, noch immer ohne ihr das Geringste über sein zeitfressendes Projekt zu verraten.

Manchmal fragte sie sich, ob sie so selten miteinander schliefen, weil er so selten da war, oder ob er sich auch deshalb rar machte, um nicht mit ihr schlafen zu müssen. Nicht dass es ihr sonderlich fehlte. Auch nachdem die anfängliche Übelkeit verflogen war, fühlte sich der Sex merkwürdig gedämpft an, und sie musste jedes Mal, wenn sie es dennoch taten, an diese Models in den Ganzkörper-Gummianzügen denken, die zurzeit allgegenwärtig waren in den Talkshows und auf Magazintiteln. Cybersex, keimfrei von einem Datenhandschuh gesteuert, auch über größere Entfernungen hinweg. War das die Zukunft der Liebe?

Jo legte den Zettel mit ihrer ersten E-Mail-Adresse auf ihren Schreibtisch, und irgendwann war er begraben unter einem Berg aus Broschüren über Mutter-Kind-Kurse, Fernstudiengänge, Flyern und Gratis-Postkarten, die sie aus alter Gewohnheit noch immer mitnahm, wenn sie sich doch einmal aufraffte und das Haus verließ. Sie war nicht überrascht, dass ihr alter Bekanntenkreis in Lichtgeschwindigkeit auseinanderdriftete, und weinte niemandem davon eine Träne nach; Freundschaften waren es ja ohnehin nie gewesen, sie wusste selbst, dass andere Menschen für sie eher die Funktion einer Tapete hatten, eine heimelige Umgebung schufen, in der sie gut mit sich selbst klarkam.

Umso erstaunlicher fand sie es, wie sich zwischen Uli und ihr langsam ein regelmäßiger Kontakt einstellte, wie mal die eine anrief und mal die andere, um sich zum Flohmarktbummel oder zu einer Premiere auf dem Filmfest zu verabreden. Uli war äußerst fürsorglich, erkundigte sich stets, ob irgendeine Unternehmung zu viel wurde für Jo, in ihrem Zustand, und Jo fragte sich manchmal, ob die Bemühungen eigentlich ihr selbst galten oder dem Kind in ihrem Bauch, das ja immerhin auch ein Teil von Sascha war.

Im Laufe der Monate bekam die Fürsorge manchmal einen Hauch von Überheblichkeit, wenn Uli mit den Worten »Du darfst ja nicht« zu einem Weinglas griff oder Jo an Spätsommerabenden eine unförmige Strickjacke aufnötigte, während sie selbst ihre Knöpfchentops immer ein kleines Stück zu weit aufstehen ließ. Dabei musste Jo sich eingestehen, dass Uli sich zu ihrem Vorteil verändert hatte. Sie trug noch immer diese praktische Frisur, aber jetzt sah sie nicht mehr aus wie eine Grundschullehrerin, eher wie eine verwegene Bibliothekarin. Ihr Körper war durch das viele Fitnesstraining straffer geworden, härter, und wenn Uli die Hände raumgreifend hinter dem Kopf verschränkte und dabei ihre sorgfältig rasierten Achselhöhlen zeigte, zeichneten sich in ihrem Dekolleté die Rippen unterhalb des Schlüsselbeins ab.

Sie sprachen über alles Mögliche. Über weibliche Fußballbegeisterung, über Millionen-Jackpots und die unvermeidliche nächste Amtsperiode von Helmut Kohl, deutsche Beziehungskomödien und englische Boygroups. Nur über Sascha sprachen sie nie. Und auch Jos Wohnung mieden sie, sie schied wie selbstverständlich als möglicher Treffpunkt aus. Dennoch war Sascha präsent bei ihren Treffen, wie ein unsichtbares Energiezentrum in ihrer Mitte, ein Magnet, der beide Frauen gleichzeitig anzog und immer wieder zusammenführte, ohne dass er körperlich anwesend sein musste.

Außer mit Uli hatte Jo vor allem Kontakt zu ihren Eltern, und das so viel wie seit Jahren nicht mehr. Anfänglich war sie verblüfft, wie viel Begeisterung die Nachricht von ihrer Schwangerschaft bei jedem von ihnen auslöste, deutlich mehr, als alle kleinen Erfolge der letzten Jahre zusammen. Jos Mutter kam mit zu den Ultraschallterminen und hielt ihre Hand, als hätte sie nie etwas anderes getan, als hätte es nicht Jahre um Jahre gegeben, an denen Mutter und Tochter sich nur zu einem hastigen Weihnachtsessen getroffen hatten, und auf der Straße gingen die beiden Frauen eingehakt wie Freundinnen und unterhielten sich über die Vor- und Nachteile verschiedener Geburtsvorbereitungskurse.

Und Hortus, der nur zerstreut die Speisekarte studiert hatte, als sie ihm von ihrer Magisterarbeit erzählte, obwohl im Titel sämtliche seiner liebsten Signalworte vorkamen – deutsche Literatur! Nazis! Exil! Frauen! –, ja, eben dieser Hortus, ihr Vater, hatte tatsächlich Tränen in den Augen, als sie ihm ein körniges Schwarz-Weiß-Foto seines ungeborenen Enkels auf den Schreibtisch legte. Obwohl man hätte erwarten können, dass die kommende Mutterschaft sie erwachsener machte, verantwortungsbewusster, fühlte sich Jo immer mehr als Mädchen, dem alle Entscheidungen abgenommen wurden.

Als es Herbst wurde, schien Sascha langsam zu realisieren, dass er Vater wurde. Wenn er doch einmal einen Abend zu Hause verbrachte, hingen sie beide mit lang gestreckten Gliedern auf dem Bett herum und spielten mit dem wachsenden Bauch, als sei er ein unberechenbares Haustier. Fasziniert starrten sie auf die Hügel- und Wellenbewegungen, wenn das Baby wach war. Sascha versuchte, es durch Berührungen mit der Hand in die ein oder andere Richtung zu locken, und sagte: Na, wo ist denn mein kleines Alien, komm zu Papa, kleines Alien. Wenn er allerdings über das Kind sprach, über die Zukunft zu dritt, schloss er sich selbst nie mit ein. Wo willst du jetzt hingehen zur Entbindung, fragte er, und: Soll es in deinem Zimmer schlafen, und: Hast du schon einen Namen für das Baby?

Es war ein viel zu strahlender Morgen im frühen November, als Dr. Dohlen ihr Lächeln plötzlich nicht mehr erwiderte. Jo brauchte einen Moment, um die Veränderung zu bemerken, denn bisher war ihr bei diesem Vorsorgetermin in der Praxis nichts Außergewöhnliches aufgefallen. Gut, sie hatte vielleicht ein wenig länger als sonst am Wehenschreiber gelegen, aber der vertraute Galopp der Herztöne hatte in ihren Ohren genauso geklungen wie in den Wochen zuvor. Die beruhigende Routine der Arzthelferinnen, das herbstliche Gesteck mit den Fichtenzapfen auf dem Rezeptionstresen hatten sie in Sicherheit gewiegt, und sie hatte sich auf das Gespräch mit dem Arzt gefreut, auf die neuesten Nachrichten aus dem Inneren ihres eigenen Körpers. Doch jetzt saß Dr. Dohlen ihr ernst gegenüber, trommelte mit der linken Hand auf den Schreibtisch, deutete mit der rechten auf die Linie auf dem Endlospapier vor sich und schüttelte schließlich den Kopf.

»Das muss überhaupt nichts heißen«, sagte er, »aber das CTG gefällt mir nicht. Die Kurve hier, sehen Sie? Zu eng, zu wenig Ausschläge.«

»Stimmt etwas nicht?«

»Bleiben Sie besser sitzen. Ich rufe einen Krankenwagen.«

Schon während der Hinfahrt begann Uli, sich vor der Rückfahrt zu fürchten. Es war vor allen Dingen die Jahreszeit, die sie verletzlich machte, der Geruch herbstlicher Laubfeuer, das schimmernde Pastell am Horizont, die Modestrecke in der aktuellen Angela, mit ihren Mohairkuschelpullovern, deren feine Härchen im Gegenlicht golden glänzten. Am Sonntag musste sie zurückfahren, das alte Kinderzimmer in Neustadt und die vergilbten Streifen mit Automatenpassbildern ihrer alten Freunde wieder gegen die Münchner Wohnung eintauschen. Sie wusste schon jetzt, dass sie in einem morastigen Heimweh versinken würde, aus dem es kein Entkommen gab.

Dabei war es nicht mehr das Heimweh nach ihrem Elternhaus, darüber war sie nach all den Jahren längst hinweg; es war eher ein abstrakter Schmerz, eine Verlorenheit, ein Abgrund, vor dem sie sich fürchtete, wenn sie an erleuchteten Fenstern vorbeiging oder jetzt, während sie durch die dunklen Rebberge fuhr.

Eigentlich hatte sie schon gegen Mittag losgewollt, aber Wendel hatte ihr einen Strich durch die Rechnung gemacht. Er hatte sie gezwungen, an der fünfzehn-Uhr-Konferenz zu einem Food-Special teilzunehmen, obwohl er genau wusste, dass sie sich in diesem Ressort nicht auskannte. Einfach so, aus Prinzip, weil sie ihn um einen früheren Feierabend gebeten hatte. Dabei war das sonst nicht seine Art. Immer wieder bemerkte sie verblüfft, dass sie im Gegensatz zu den Kollegen weitgehend Narrenfreiheit genoss. Jener unangenehme Wanderpokal mit der Aufschrift »Versager der Woche« zirkulierte an ihr vorbei. Vielleicht gerade deshalb brauchte Wendel ab und an diese kleinen Machtdemonstrationen. Bei Konferenzen saß sie noch immer auf dem Fünfzehn-Mark-fünzig-Klappstuhl, trotz eigenem Visitenkartenkästchen und ihrem Namen auf dem Schild an der Bürotür.

Während sie auf das angestrahlte Hambacher Schloss zufuhr, hörte sie eine Hip-Hop- und Jazz-Compilation auf CD. Sie stellte sich einen DJ vor, wie er schwarz schimmernde LPs mit den Händen anstieß und verlangsamte, Regler bediente, ganz unterschiedliche Musikstücke so ineinanderfließen ließ, dass daraus etwas ganz anderes, Neues entstand. Diese Art von Musik hatte etwas Tröstliches. Selbst deutsche Schlager aus den Fünfzigern bekamen hier ihre zweite Chance, wurden im Handumdrehen zu einer Zutat an einem coolen Gesamtkunstwerk. Sie drehte die Musik noch einmal ganz auf, dann hielt sie an der steilen Straße vor dem Haus ihrer Eltern und zog mit beiden Händen die Handbremse an.

Die Mutter begrüßte sie im Flur, bereits den dunkelblauen Mantel an und ein kariertes Schultertuch übergeworfen.

»Endlich!«, sagte sie vorwurfsvoll. »Hast du vergessen, dass wir bei Netti und Rolf zum Fondue eingeladen sind?«

Wer ist Rolf?, wollte Uli nachfragen, aber besann sich noch rechtzeitig. Ihre Mutter war die Einzige, die Heimi bei seinem Vornamen nannte.

»Jetzt lass sie doch erst mal ankommen, Edith!«

Der Vater war auch schon fertig zum Ausgehen, von Kopf bis Fuß in jenem Freizeitlook, in dem er immer ein wenig verkleidet aussah. Diese Reißverschlusspullover mit Ski-Motiven und sorgsam gebügelten Jeans passten einfach nicht zu ihm, er sah eher aus, als wäre er für die Karohemden und Kellnerwesten geboren, die er trug, wenn er selbst in der Traube mitarbeitete. Er kam mit ausgebreiteten Armen auf Uli zu, dann blieb er vor ihr stehen und ließ die Arme wieder sinken. Stattdessen ergriff er ihre Hände und musterte sie lange.

»Mäuschen«, sagte er, »die sind ja ganz rau.«

Uli warf einen Blick auf ihre Handrücken. Der Vater hatte recht, die Haut war rot, rissig und aufgesprungen. Bis zu diesem Moment war ihr das nie aufgefallen. Sonst pflegte Uli sorgsam all die Stellen ihres Körpers, die andere zu Gesicht bekamen, trug wöchentlich eine Gesichtsmaske auf, klopfte spezielle Pflege in die durchscheinende Haut unter ihren Augen. Ärgerlich, dass ihr ausgerechnet das entgangen war.

»Weiß auch nicht«, sagte sie. »In München ist es so kalt.«

Nettis und Heimis Wohnung lag in einer Neubausiedlung am Ortsrand, direkt dahinter begann der Wald. Vor der Tür parkten Passate und Toyotas, auf einen großen Müllcontainer hinter einer Sperrholzwand hatte jemand einen »Ein Herz für Kinder«-Aufkleber angebracht. Im Treppenhaus roch es nach Essig und Linsen. »Ich hab ja gesagt, sie sollen den Stellplatz dazunehmen«, erläuterte der Vater auf dem Weg nach oben, »aber mein Schwiegersohn in spe wollte sich das Geld sparen und lieber die Wanne mit Whirlpool-Effekt.« Das Paket unter Ulis Arm schepperte leise, während sie hinter ihren Eltern die sorgsam geputzten Stufen in den zweiten Stock hochstieg.

Netti öffnete in einer schwarzen Jeans und einem T-Shirt mit der Aufschrift »Schlampe« die Tür, lächelte etwas gezwungen und wandte sich sofort wieder ab, ehe Uli ihre Schwester überhaupt begrüßen konnte.

»Echt jetzt, du musst mir mal vertrauen!«, rief sie über den Flur. »Da schneidet man nichts ab, das kommt genau so in die Salatschüssel!«

»Aber die Strünke schmecken doch total bitter!«, kam Heimis Stimme aus der Küche.

»Mama, jetzt hilf mir doch mal!«, beklagte sich Netti in einem quengeligen Tonfall. »Der kapiert es einfach nicht, mit dem Rucola.«

»Zwei gegen einen ist ungerecht!« Heimis Kopf erschien im Rahmen der Küchentür, das Haar verstrubbelt, einen dunklen Fleck auf dem Kragen.

»Das riecht ja schon ganz köstlich hier«, sagte der Vater und hängte seine Jacke an einen überladenen Kaffeehausständer im Flur, neben dem ein wandhohes Schwarz-Weiß-Foto des Empire State Building hing. Dann griff er nach Ulis Arm.

»Nett habt ihr es hier«, sagte Uli und folgte ihrer Schwester in Richtung Küche. Dabei warf sie einen Blick ins Wohnzimmer. An der einen Wand standen bis auf Deckenhöhe LPs und CDs in einem Regal, im einzigen freien Fach glühten zwei säuglingsgroße

Gummibärchenlampen, eine grün, eine rot. Auf dem schwarz lackierten Tisch dampfte Brühe im Fonduetopf. Die Tischkärtchen auf windschiefen Ständern aus Blumendraht kamen Uli so überflüssig wie bekannt vor. Da hatte wohl jemand die aktuelle Ausgabe der Angela gelesen, Tischdeko für den herbstlichen Brunch mit der Clique. Über dem grauen Sofa hing ein Poster, und sie wusste sofort, wo sie dieses Comicgesicht mit den schwarzen Rasterpunkten und dem flächig gemalten roten Mund schon einmal gesehen hatte. Damals, über Saschas Bett.

In der Küche standen Netti und Heimi eng gegeneinandergedrängelt vor der Arbeitsplatte und arrangierten Rucola, Kirschtomaten und Avocadostreifen auf einem schwarzen Teller.

»Liebchen«, sagte die Mutter und legte Netti eine Hand zwischen die Schulterblätter, »was verwöhnt ihr uns denn wieder so.«

»Passiert ja nicht mehr so oft, dass unsere Karrierefrau nach Hause kommt«, bemerkte Netti und wandte sich nun endlich Uli zu. Gerne hätte Uli das schwere Paket noch einen Moment länger im Arm gehabt, es wie ein Schutzschild zwischen sich und ihrer Schwester gehalten. Zwischen ihr Leben und diese Zweisamkeit, in der man sich abends über Rucolastängel stritt und nachts das einen Meter vierzig breite Eisenbett teilte, von dem Netti ihr sogar ein Polaroid per Post geschickt hatte. Sonderangebot im coolsten Mannheimer Möbelgeschäft, inklusive einem Paar Handschellen, das am Bettpfosten baumelte. Aber Netti blickte so erwartungsvoll auf das Geschenkpapier, dass Uli nicht mehr länger zögern konnte.

»Alles Liebe zur ersten gemeinsamen Wohnung«, sagte sie und wunderte sich selbst über diesen Grußkartentext. Netti stellte das Paket auf die kalten Herdplatten, dann zupfte sie an der mattgoldenen Geschenkschleife, zog das knisternde Papier zur Seite und griff in den Pappkarton. Vorsichtig packte sie einen der Keramikteller aus, mit stilisierten, tanzenden Männchen am Rand.

»Boah«, sagte sie, »die sind ja wohl so was von geil.«

»Was sollen wir denn mit neuen Tellern?«, fragte Heimi. »Wir haben doch jede Menge von diesen witzigen, eckigen.«

Überlegen schüttelte Uli den Kopf. »Die sind aber so was von

1987«, sagte sie. Netti fiel ihr um den Hals, und Uli tätschelte ihren Rücken und dachte, dass sie ihrer Schwester nun wirklich nicht auf die Nase binden musste, woher sie das Designergeschirr hatte. Flurverkauf im neunten Stock, bei den Kollegen von Schöner Essen, Gesamtpaket für zehn Mark.

Später beim Essen saß sie zwischen ihren Eltern, während Heimi und Netti gegenüber Platz nahmen. Alle tranken Rotwein, bis auf Netti, die sich eine dünne Apfelschorle nach der anderen mixte. »Du bist doch nicht etwa …«, fragte die Mutter irgendwann mit hoffnungsvollem Blick, und Netti schüttelte den Kopf. »Nein, wo denkst du hin, jetzt, wo ich gerade kurz vor der Zwischenprüfung stehe.« Später drehte sich das Gespräch um Heimis neue Stelle in einem Plattenladen, um taillierte Skier und die Werkstatt mit der besten TÜV-Vorbereitung.

»Ja, und du?«, fragte Netti schließlich. »Was genau ist das jetzt für ein Job, den du da machst?«

»Die Angela geht nächstes Jahr online«, sagte Uli und nahm einen Schluck Rotwein, »und wir produzieren die Inhalte für die Website. Den Content, wenn ihr versteht. Ich betreue die Travel News. Der erste Testlauf ist für Februar geplant.«

Die leeren Blicke am Tisch amüsierten sie. Sie musste an Frau Lichtblaus letzte Geburtstagsfeier denken. Oder, besser gesagt, Renates. Immer wieder vergaß sie, dass die Sekretärin ihr das Du angeboten hatte. Nach dem dritten Glas Prosecco, als Wendel gegangen war, hatte Renate vergnügt ausgepackt. »Ihr glaubt doch nicht im Ernst, dass der wirklich versteht, was er sagt!«, hatte sie geprustet. »Der lernt jeden Tag ein neues Wort, wegen diesem ganzen Internet-Dingsbums, und das reicht auch völlig. Weil, seine Gesprächspartner haben schließlich auch keinen Schimmer. Wisst's ihr eigentlich, dass ich dem Wendel seinen Computer jeden Tag anmachen muss, weil er nicht weiß, wie's geht?«

Uli lehnte sich in ihrem weißen Freischwingerstuhl zurück. Das Gestänge quietschte leise. Dann griff sie nach der Fonduegabel mit dem blauen Punkt hinten drauf und zog sie aus der Brühe. Das Hühnchenstück war außen blass und innen blutig.

»Aber, sag mal«, fragte der Vater, »dieser ganze Computerkram –

ich versteh immer noch nicht, was der eigentlich mit deinem Studium zu tun hat.«

»Wieso, ist doch super, wenn die da in der Firma Quereinsteigern eine Chance geben«, sagte Heimi und biss krachend in eine Gabel voll Rucola.

Uli schob sich das Fleischstück in den Mund. Das rohe Innere quietschte beim Essen.

»Also, ich les die Angela ja gerne«, sagte die Mutter, »vor allem seit die bei den Rezepten auch immer die Kalorienangaben dabei haben.«

»Aber Uli hat ja mit dem Heft selbst gar nichts zu tun«, gab Netti zurück.

»Macht ja nichts«, die Mutter tätschelte Ulis Hand, »kann ja vielleicht noch werden, oder?«

»Und was machst du da jetzt den ganzen Tag?«

Der Vater ließ nicht locker.

Uli fand es schwierig, ihre Tätigkeit zu beschreiben. Schließlich wusste sie selbst nicht genau, wofür das alles gut sein sollte. Die knappen, stichwortartigen Länderbeschreibungen, die sie aus den Reiseführern im Redaktionsregal zusammenstoppelte. Die immer neuen Konferenzen, auf denen immer neue Schemata für die kommende Website präsentiert wurden. Obwohl, Website sagten sie kaum noch. Eher sprachen sie intern von »der Seite«, ein Begriff, in dem eine Art ehrfürchtige Coolness mitschwang.

Es gab lange Zeiten des Leerlaufs in ihren Tagen, schneckenhafte Nachmittagsstunden, an denen sie nichts anderes tat, als immer wieder auf der Toilette den Sitz ihres Blusenkragens zu überprüfen oder in den aktuellen Tageszeitungen zu blättern, die auf dem Flur auslagen. Ab und an tauchte Renate Lichtblau mit vorwurfsvoll aufgerissenen Augen in ihrem Türrahmen auf und sagte: »Er spinnt!« Mittlerweile hatte Uli herausgefunden, dass sie dabei abwechselnd Wendel und ihren Computer meinte. Dann hatte Uli immerhin etwas zu tun, mal die seelische Aufbauarbeit, mal das simple Einfügen einer Tabelle in ein Textdokument. Sie wusste, dass es von Vorteil sein konnte, sich mit der Chefsekretärin gutzustellen, und deshalb hörte sie sich mittags in der Kantine geduldig die immer gleichen Geschichten über Renates Hauskatzen und ihren neuen Kurs in Step Aerobic an, während die älteren Kollegen fachkundig über Aktienverlosungen, Ausgabekurse und den brandneuen Online-Handel debattierten.

Aber sie konnte sich nicht vorstellen, dass ihr Vater sich für Renate Lichtblaus Katzen interessierte.

»Weißt du, mein Job hat auch viel zu tun mit Konkurrenzanalyse«, sagte sie schließlich. »Schauen, was die anderen so machen.«

»Aha«, sagte die Mutter und nickte beflissen.

»Chatten, zum Beispiel«, legte Uli nach. Es war eines der wenigen Highlights in ihrem ereignisarmen Büroalltag, und sie hatte es erst neulich durch eine Kollegin aus der Grafik entdeckt.

»Guck mal«, hatte sie ihr erklärt, »da kann man sich in Echtzeit mit Leuten unterhalten, am Monitor. Sind natürlich viele Freaks dabei. Aber auch ein paar ganz Normale.«

»Chatten?« Heimi wurde hellhörig. »Das macht auch ein Kumpel von mir. Muss total spannend sein, wie so eine Art Kostümball, wo du nie weißt, wer dahintersteckt.«

Netti warf einen prüfenden Seitenblick auf ihren Freund. »Aber dieser Kumpel«, fragte sie, »das bist nicht zufällig du selbst?«

Heimi schüttelte den Kopf. »Nee. Für solche Kinderspielchen hab ich nun wirklich keine Zeit.«

Uli wollte etwas darauf sagen, aber Netti kam ihr zuvor. Mit leicht zusammengekniffenen Augen sah ihre Schwester sie an.

»Sag mal, und sonst?«, fragte Netti.

»Sonst was?«

»Dein Leben. Ich meine, hallo? Gibt es das noch?«

»Ja. Wir reden gerade darüber.«

Erst nach dem siebten Freizeichen nahm jemand ab. »Mhm«, sagte eine männliche Stimme am anderen Ende der Leitung, und Jo versuchte, sich an die Gesichter von Saschas Programmiererfreunden zu erinnern. Es war jedenfalls nicht der Typ mit dem Kinnbärtchen und den zu engen Trainingsjacken, der klang viel tiefer. Im Hintergrund konnte sie Musik hören, ein Stück mit schnellen E-Gitarren, und Schritte auf einer Treppe.

»Wer ist denn da?«, fragte sie.

»Der Ed.«

Mhm. Der Ed. Unfassbar. Woher nahmen diese ständig wechselnden Praktikanten oder Aushilfsprogrammierer bloß ihr Selbstbewusstsein? Aber diese Computernerds waren alle anders. Ernährten sich von Pizza und Viva und hatten diese einsilbigen Namen, wie die Mainzelmännchen. Und optisch zu unterscheiden waren sie auch kaum, in ihren Riesen-T-Shirts, ihren Skaterschuhen und ihren tief hängenden Hosen.

»Hallo«, sagte sie, »hier ist Jo. Ich müsste dringend mal den Sascha sprechen.«

Sie lehnte ihre Stirn an die Plexiglasverkleidung der Telefonkabine im Krankenhausflur. Wenn sie hindurchschaute, sah alles verzerrt aus, unwirklich. Der graue Linoleumboden, die Schwestern in ihren blauen Uniformen, die auf Gesundheitslatschen vorbeihasteten, Klemmbretter unter den Armen, die schwangere Frau im Rollstuhl, die nun schon zum dritten Mal von ihrem Mann hin und her geschoben wurde.

»Mhm«, hörte sie den Jungen sagen, »ich schau mal, ob ich ihn erwische.« Sie hörte, wie der Hörer unsanft irgendwo hingeworfen wurde, dann wieder Schritte und eine Stimme, die sich entfernte.

»Sascha? Hey, Mann, bist du da drin?«

Nach einer Weile kamen Schritte zurück. Jo richtete sich auf und legte eine Hand auf ihren Bauch. Darin war alles ruhig, auf eine beunruhigende Weise ruhig. Keine Bewegung. Kein Schmerz. Kein Ziehen. Nur die Feuchtigkeit zwischen ihren Beinen, die war neu. Lief da irgendetwas aus? War das nun ein gutes oder ein schlechtes Zeichen?
Schließlich hörte sie, wie jemand den Hörer anhob.

»Sascha?«, fragte sie.

»Nee. Ich find den grad nicht. Soll ich was ausrichten?«

Das war schon wieder dieser einsilbige Neuling.

»Scheiße, es ist wichtig! Wirklich wichtig! Kannst du bitte noch mal nachschauen? Sag ihm, es ist seine Freundin.«

»Ach was. Bist du sicher?« Täuschte sie sich, oder klang da ein spöttischer Unterton durch?

»Wie, sicher?«

»Zu mir hat er jedenfalls noch nie was von 'ner Freundin gesagt.«

»Jetzt hör mir mal zu, du Clown.« Jo wurde langsam wütend. »Ich weiß ja nicht, über was ihr euch sonst so unterhaltet, aber ja, ich bin Saschas Freundin. Und ich bekomme ein Kind von ihm.«

Einen Moment lang war es so still in der Leitung, dass man hätte meinen können, die Verbindung sei plötzlich unterbrochen worden. Aber da war immer noch diese aggressive Musik im Hintergrund.

»Also, es geht mich ja nichts an«, sagte Ed schließlich. »Aber meinst du wirklich, das solltest du ihm am Telefon sagen? Bei der Arbeit?«

Jetzt war es Jo, der nichts mehr einfiel. Über den Gang kam die Hebamme auf sie zugeeilt und machte eine ungeduldige Geste. Von fern sah sie aus wie ein Schulmädchen an Fasching, eine kleine, zarte Person mit strohblonden Zöpfen und grün gefärbten Augenbrauen. Am Revers ein Plastikschildchen mit ihrem Namen, Yvonne, als würde sie an der Pommestheke bei McDonald's arbeiten. Auch ein Lebensentwurf, dachte Jo: Tagsüber Babys auf die Welt helfen, nachts beim Rave versacken. Oder auch umgekehrt.

Jo hob beschwichtigend eine Hand in ihre Richtung.

»Ich wüsste in der Tat nicht, dass dich das irgendwas angeht«, würgte sie schließlich heraus, »und jetzt schau noch mal nach Sascha.«

»Du, wie gesagt, wenn ich ihn sehe, kann ich's ihm ja ausrichten. Dass du angerufen hast, meine ich.«

»Moment!«, rief sie. »Lass mich doch erst mal ...« Ein trockenes Klicken in der Leitung schnitt das Gespräch ab, dann war es still, bevor das Besetztzeichen einsetzte.

Ungeduldig hieb Jo auf die Gabel und fingerte nach weiteren Zehnpfennigstücken. Sie begann wie in Trance, eine neue Nummer einzutippen, machte aber vor der letzten Ziffer halt.

Bei aller Freundschaft.

Das ging zu weit.

Sie hängte den Hörer wortlos ein und folgte Yvonne zurück in das Zimmer mit den frühlingsgrün gestrichenen Wänden und dem verstellbaren Bett in der Mitte.

»Wie geht es Ihnen jetzt?«, fragte Yvonne, und Jo zuckte die Schultern. »Weiß nicht. Tut nichts weh, wenn Sie das meinen.«

»Haben Sie Ihren Lebensgefährten erreicht?«, fragte sie. Jo wunderte sich wieder, dass die Hebamme sie siezte. Von Nahem sah sie zwar nicht mehr aus wie ein Schulmädchen, aber jung war sie, jünger noch als Jo, und unter ihren Techno-Brauen von einer großäugigen Sanftheit, die Jo ein wenig beunruhigte. Ihr wäre ein anderer Typ lieber gewesen, eine Kombination aus Mütterlichkeit und Bärbeißigkeit. Eine Hebamme, die das beruhigende Gefühl vermittelte, schon Hunderten oder gar Tausenden Kindern auf die Welt verholfen zu haben. Ständig hatte sie das Gefühl, sie müsste ihre Helferin unterstützen und ermutigen statt umgekehrt.

Auch jetzt wieder, während Yvonne mit etwas fahrigen Bewegungen die Sensoren für den Wehenschreiber unter Jos fleischfarbenem Bauchgurt befestigte, half Jo mit, rückte die Kabel zurecht, lauschte auf das vertraute schnelle Getrappel, das sofort wieder einsetzte. Keine Wehen, Herztöne im Normbereich. Sie entspannte sich. Beinahe war sie ein bisschen ärgerlich über die unterschwellige Hektik hier auf der Station, so als wüssten ausgerechnet fremde Menschen besser Bescheid darüber, wie es dem Kind in ihrem Bauch ging. Die unerfahrene Yvonne, die gedrungene Ärztin mit der Hornbrille und dem schweren, osteuropäischen Akzent. »Meglicherwaise missen wir die Geburt ainlaiten.« Jo atmete tief in den Bauch, saugte ihren Blick fest an den Schwarz-Weiß-Aufnahmen an der Wand, gerahmte Schnecken und Meereslandschaften und Dünen und Wolken.

Auf einmal veränderte sich das Geräusch des Wehenschreibers, und Jo wandte alarmiert den Kopf. Der Galopp wurde zu einem langsamen, schwerfälligen Stampfen, hörte sich plötzlich mühevoll an. Es dauerte keine zehn Sekunden, da wurde die Tür des Kreißsaals aufgerissen, und die gedrungene osteuropäische Ärztin stand im Türrahmen. Sie sprach nun nicht mehr mit Jo, nur noch mit Yvonne, und Jo fühlte sich wie eine Statistin in einem Stück, die keine Anweisungen mehr erhielt. Erst als sie an sich heruntersah, bekam sie eine Ahnung davon.

Die rote Landkarte auf ihrer hellen Umstandshose hatte den Umriss von Australien.

Die Ärztin sagte etwas von Sectio und unverzüglich und OP Nr. 5, und ehe Jo die Begriffe in einen sinnvollen Zusammenhang bringen konnte, hatte Yvonne auch schon nach ihrer linken Hand gegriffen und drückte sie, während die Ärztin sich mit Wattebausch und Infusionsnadel an ihrer rechten zu schaffen machte. Der Rhythmus der Herztöne hatte sich wieder ein wenig beschleunigt, aber weder Ärztin noch Hebamme sahen von Jos Händen auf, und Jo spürte, dass jetzt etwas Unwiderrufliches begonnen hatte.

»Keine Sorge«, sagte Yvonne und blickte besorgt drein, »so ein Kaiserschnitt ist heute reine Routine.«

Jo spürte die Nadel in ihrem Handrücken, mehr ein dumpfer Druck als ein Schmerz, und beobachtete aus den Augenwinkeln, wie zwei Pfleger schnellen Schrittes den Raum betraten und die Arretierung des Bettes lösten.

»Was machen Sie denn beruflich so?«, fragte Techno-Yvonne in die konzentrierte Stille hinein, und Jo hörte sich selbst ein merkwürdiges Geräusch von sich geben, eine Mischung aus Schnauben und Lachen, so durchsichtig fand sie das Ablenkungsmanöver.

»Ich bin Journalistin«, sagte sie schließlich, um Yvonne nicht zu enttäuschen, und die blickte sie beinahe ehrfürchtig an und raunte. »Oh, haben Sie da auch mit richtigen Prominenten zu tun?«

»Wie man's nimmt«, sagte Jo und sah zu, wie die Ärztin einen Infusionsständer zu sich heranzog. »Kennen Sie Erhard Ebel?«

Mit einem bedauernden kleinen Kopfrucken hob Yvonne die Hände und sah ehrlich enttäuscht aus.

»Da haben Sie auch nichts verpasst«, gab sie zurück und wollte noch etwas hinzufügen, einen geschliffenen Satz zu überschätzten Schriftstellern und ihren unglaubwürdigen Sexabenteuern, da setzte plötzlich ein feiner Piepton in ihrem Kopf ein, wurde langsam lauter, und plötzlich verstand sie.

Verstand, dass es um Leben und Tod ging, dass sie zum ersten Mal, seitdem sie denken konnte, etwas durchmachte, das alles ändern konnte, zum Guten wie zum Schlechten. Und dass sie allein damit war und bleiben würde. Während die Pfleger das Bett aus dem Kreißsaal heraus und über den Flur zu den Operationssälen schoben, nicht im Laufschritt, aber dennoch mit einer unmissverständlichen Eile, entzog Jo Yvonne ihre Hand und legte sie auf den Bauch, und da war er, ein winzig kleiner Stupser, so als wollte das Kind ihr sagen: Wir zwei schaffen das schon.

Was auch immer jetzt geschehen mochte, sie war Mutter, war es jetzt schon. Yvonne strich ihr sanft das Haar aus der Stirn und murmelte etwas Beruhigendes, das wird schon, wirst sehen, auf einmal doch beim Du angelangt, und Jo merkte verblüfft, dass sie weinte, und dachte an das Ohr des Kriegsverbrechers und die Arme ihres Vaters, *mach Füße*. Sie sah grüne Kacheln und roch Alkohol, jemand fragte nach ihrem Körpergewicht, und etwas rann kalt in ihre Blutbahn.

Dann war sie weg.

»Excuse me, we're on the guestlist.«

Wenn Blicke töten könnten, dachte Uli vergnügt. Sie hätte nicht sagen können, was sie am meisten liebte: diesen eleganten englischen Satz, den Thorsten ihr beigebracht hatte (am ersten Abend hatte sie noch etwas von »sorry« und »invitation« gestammelt), das knappe Nicken, mit dem die Türsteher die Karabinerhaken der zwischen Messingständern aufgespannten roten Kordeln öffneten, oder das neidische Kopfwenden der wartenden Frauen. Diesen perfekten Frauen mit ihren glatt schimmernden Beinen, den Zwölfzentimeterabsätzen, den kunstvoll-kunstlos in Form gezupften Frisuren. Heute waren die Frauen vielleicht noch ein wenig perfekter als sonst, ein Tribut an den Donnerstagabend, den lässigsten aller Ausgehtage. Das Wochenende schon in Sicht, aber nicht von der durchsichtigen Spießigkeit des Samstags, an dem das gemeine Volk den Londoner Stress – immer zu viele Verlockungen und zu wenig Geld dafür – mit hochprozentigen Longdrinks herunterspülte.

An den ersten Abenden hatte sich Uli noch in ihren Hosenanzug gequält, trotz der hochsommerlichen Temperaturen, der beinahe südländischen Hitze, die London in diesem Sommer im Griff hatte. Zwischenzeitlich war sie auf eine praktischere Arbeitsuniform umgestiegen, Jeans und weiße T-Shirts, die abends um elf oft nicht mehr ganz weiß waren. Umso mehr genoss sie den Kontrast zu der perfekt gestylten Menge. Zu diesen Frauen, die trotz ihrer kunstvoll modellierten Oberarmmuskeln und ihrer paillettenbesetzten Clutchbags draußen vor der Tür auf ihre Begnadigung warten mussten, während Thorsten und sie einfach diesen Satz aussprachen, dieses magische Sesam-öffne-dich, und hereingelassen wurden. Der Reservesatz war meist gar nicht notwendig: We have a meeting with the manager.

Während der Türsteher sie hereinwinkte, warf Uli noch einmal unauffällig einen Blick auf ihren Zettel. Wäre peinlich gewesen, die Namen der Clubs durcheinanderzubringen. Aber auch verständlich. Thorsten und sie waren nun schon die fünfte Nacht in Folge unterwegs, um die heißesten Plätze der britischen Hauptstadt zu fotografieren, mit den Betreibern zu sprechen, nach berühmten DJs zu fragen und der Philosophie, die sich überraschend wenig unterschied. We just want the crowd to have a good time. Morgens schliefen sie lang, in ihren nebeneinanderliegenden Einzelzimmern mit den Kingsize-Betten, nachmittags recherchierte Uli für den Shopping-Guide und quetschte sich zwischendrin in überhitzte, nach Urin und Frittierfett stinkende Telefonzellen, um die Clubbesitzer zu erreichen. Einmal musste sie vier verschiedene Zellen nacheinander aufsuchen, bis sie die zuständige Person endlich am Hörer hatte. Gerne hätte sie ein Mobiltelefon gehabt. Vor der nächsten Reise musste sie unbedingt mit Wendel sprechen.

Website war das Zauberwort, da horchten alle auf, die bei der Erwähnung einer großen deutschen Frauenzeitschrift noch unbeteiligt gegrunzt hatten. Ein Online-Guide für die Website, London's coolest places. Da hatte plötzlich jeder für sie Zeit, setzte jeder sie auf die Gästeliste, vom Besitzer des Soulclubs am Stadtrand, in dem sie und Thorsten die einzigen Weißen gewesen waren, bis zum Edelschuppen mit Austernbar im Souterrain. Diese Aufgabe, die Uli schlaflose Nächte beschert hatte, war gar nicht so kompliziert. Es reichte, die Partyseiten der Stadtmagazine zu studieren, um immer wieder auf die einschlägigen Namen zu stoßen. Wo sich die Szene vergnügte, war für jedermann offensichtlich; schwierig war nur der Zugang. Und den verschaffte ihnen ihr Auftrag.

Nach allem, was Uli bisher gesehen hatte, waren die kleineren Clubs wieder im Kommen. Das Ende der Unpersönlichkeit und der rohen Industriearchitektur. Genau passend zur Titelgeschichte der letzten Angela: Cocooning war das Zauberwort der Stunde, Romantik, Zugehörigkeit. Lavalampen ersetzten die kühlen, sich mal nach rechts und mal nach links neigenden Zimmerskulpturen mit blau eingefärbter Flüssigkeit, deren künstlicher Gezeitenwechsel das Wohnzimmerdesign des vergangenen Jahrzehnts bestimmt hatte. In ihrem und Thorstens Hotel in Chelsea standen holzgeschnitzte Gänse am Empfangstresen, in den Zimmern warteten Badewannen auf Löwenfüßen hinter spanischen Wänden, Fernseher waren diskret hinter hölzernen Schranktüren versteckt, und das Zimmer kostete zweihundertfünfzig Pfund pro Nacht und Nase. So stand es jedenfalls auf der offiziellen Preisliste, die innen an der Zimmertür angeschlagen war.

Verdammt schade, hatte Thorsten am ersten Abend gesagt, nach dem dritten Half Pint. Verdammt schade, dass man in diesen puffmäßigen Fünf-Sterne-Zimmern immer allein ist. Uli hatte einen Moment erwogen, ob das ein Annäherungsversuch sein sollte, aber schnell verstanden, dass dem nicht so war. Dafür sprach Thorsten viel zu viel von seiner dunkelhäutigen Freundin, die gerade ein karibisches Restaurant in Neuhausen eröffnet hatte.

Auch der Club an diesem Donnerstagabend war einer von den romantischen, mit einem Hang zu britischer Extravaganz. Plüschige Sitznischen, Mosaike an den Wänden, Barhocker in Form von Händen. Der Geschäftsführer sah allerdings so aus, dass Uli bezweifelte, dass sein eigener Türsteher ihn hineingelassen hätte. Er trug ein fleckiges Leinenhemd, seine Haare hingen strohig ins Gesicht, seine Augenringe hatten die gleiche Farbe wie die Reste in den ungeputzten Aschenbechern auf der Bar.

Er führte sie zu einem dieser Hocker, wo sie in überdimensionalen Handtellern Platz nahmen und sich einen Drink aufs Haus kommen ließen. Während sie ihre übliche Frageliste durchging – bester Wochentag, Spezialität des Barkeepers, Musikrichtung, Dresscode –, beobachtete sie Thorsten, wie er mit seiner Kamera die Frauen zum Tanzen brachte, zu exaltierten Posen und coolen Blicken. Immer wieder überraschte es sie, wie schüchtern der 1,90-Meter-Mann werden konnte ohne sein verlängertes Auge, wie er Blicken auswich und wie er dann schließlich aufdrehte, wenn eine zusätzliche Linse ihn von seinem Gegenüber trennte. Sie freute sich schon jetzt auf den Moment am Leuchttisch in der Grafik, wenn er kommen und seine Schätze in den Diarähmchen ausbreiten würde. Wie sie alle anerkennend nicken würden und sie, Uli, dabei die Namen von weltberühmten Clubs fallen lassen konnte, ganz nebenbei, als spräche sie über den Kantinenplan.

»So«, sagte der Manager, nippte an seinem Glas – ein Tequila-Cocktail mit Salzrand –, und wischte sich den Mund am Ärmel ab, »is there anything else I can do for you?«

Uli zögerte. Da war dieser Wunsch, der ihr seit Tagen auf der Zunge lag, den sie sich aber bisher immer verkniffen hatte. So nah, diese Möglichkeit zur Erlösung. Und so fern zugleich.

»Actually«, begann sie, »actually, yes.«

Feststand: Der Club hatte eine Website. Und wenn der Club eine Website hatte, dann musste dieser Mann hier neben ihr auch einen Internetzugang in seinem Büro haben.

Außerdem war es gerade dreiundzwanzig Uhr, also Mitternacht in München. Genau die Zeit, zu der die schönsten Nachrichten kamen. Der Grund, der sie seit ein paar Wochen immer länger im Büro bleiben ließ, weil sie wusste, dass sie in den Abendstunden auf eine Mail hoffen konnte. Gedanken, so frisch, dass sie noch warm bei ihr ankamen. Auch im Chat begegnen konnte man ihm oft um diese Zeit. Ihm, diesem geheimnisvollen Mann, der sich BlueNote127 nannte.

Sie wusste nichts von ihm. Nicht wie er aussah, wie er wirklich hieß, wie alt er war, außer dass er eine Saite tief in ihr zum Klingen brachte. Der seinen Namen, der nach Jazz klang und Schicksal und Leidenschaft und Traurigkeit, in die Waagschale geworfen hatte und ihr endlich etwas gegeben hatte, das schwerer wog als ihre unbefriedigenden Fantasien.

Den Versöhnungsfantasien, in denen Sascha nachts um zwei verzweifelt an ihre Wohnungstür klopfte, lass mich rein, ich muss mit dir reden, ich habe einen riesigen Fehler gemacht. Den Rachefantasien, in denen sie seinem endlich erblühten Gefühl mit Abweisung begegnete, sich vor seinen Augen von schönen Männern mit Meeresfrüchten füttern ließ oder im Liebesspiel auf halbem Wege aufstand und sich wieder anzog.

Selbst den schmutzigen Fantasien, in denen Sascha einen blau karierten Kinderwagen in ihrem Hausflur abstellte, von Kopf bis Fuß ganz der fürsorgliche Spaziergangsvater, das schlafende Baby in der Tragetasche in Ulis Küche parkte und sie dann gierig in ihr Zimmer zerrte.

All diese Fantasien hatten schon lange geklungen wie ein Kratzer auf einer Langspielplatte, eine Endlosschleife, eine ermüdende Wiederholung des Immergleichen. Und dann, vor ein paar Wochen erst, war BlueNote127 gekommen. Ihr Ritter in schimmernder Rüstung, der diesen quälenden, seit Jahren immer wiederkehrenden Zustand beendet hatte. Der Sascha endlich auf seinen Platz verweisen, ihn aus ihrem Körper und Kopf verdrängen konnte.

Aber ausgerechnet auf seine Gegenwart oder vielmehr seine Nähe, diese unglaubliche Nähe, die Worte herstellen konnte, diese verheißungsvollen Fenster, die sich auf ihrem Bildschirm öffneten – ausgerechnet auf all das musste sie nun schon seit vier Tagen verzichten. Weil das Hotel zwar in der Lage war, nachts um drei ein Steak medium rare aufs Zimmer zu liefern, aber keinen Internetzugang hatte. Und weil sie in dieser verfluchten Stadt, so trendy sie sein mochte, noch nicht ein einziges von diesen Cafés entdeckt hatte, von dem die Kollegen behaupteten, es gäbe sie in Weltstädten an jeder Straßenecke. Ein Café mit Computern, in denen man gleichzeitig trinken und von jedem Winkel der Erde seine neuesten Nachrichten abrufen konnte.

Ob sie behaupten konnte, dass sie dringend auf eine berufliche E-Mail wartete? Aber wie hätte das ausgesehen, für eine Online-Redakteurin? Nein. Es war zu peinlich. Sie konnte diesem Typen mit seinen Augenringen unmöglich gestehen, dass sie seit Tagen nicht mehr online gewesen war.

»Actually, yes«, wiederholte sie, »there is something I am very interested in«, und verzweifelt warf sie dem Mann Fragen an den Kopf, ob Madonna schon einmal hier gesehen worden war oder Hugh Grant, dessen Namen gerade die englischen Boulevard-Journalisten zu immer unanständigeren Wortspielereien nötigte, seitdem man ihn in Los Angeles mit einer Prostituierten erwischt hatte, in einem BMW auf dem Sunset Boulevard.

Der Geschäftsführer lächelte fein und schwieg, und Uli war dankbar, als Thorsten wieder zurückkam, mit dem satten Grinsen eines Raubtieres, das gerade einen guten Fang gemacht hat, und ihr ein Zeichen machte: Lass uns weitergehen, Zeit ist Geld. Uli sah auf die Uhr und zählte die Stunden. sechszehn noch, sechszehn Stunden und dreißig Minuten bis zur Landung. Wenn alles gut ging, konnte sie morgen Abend gegen halb sieben im Arabellapark sein. Endlich wieder zurück in diese betörende, verstörende Nähe zu einem Mann, von dem sie nichts wusste.

Außer, dass er sich seit fünf Tagen ebenso nach ihr verzehrte wie sie nach ihm.

Außer, dass sie ihn liebte.

Glaubte sie jedenfalls.

Cool, dachte Uli. Cool sehe ich aus. Ihr weich gezeichnetes Gesicht spiegelte sich in der Scheibe der S-Bahn, während sich das Flughafengebäude immer schneller entfernte, dieses weiß gekachelte UFO, das da zwischen den aufgegebenen Kartoffeläckern des Münchner Nordens gelandet war. Die Welt dort draußen, hinter der Scheibe, sah aus, als duftete sie nach Biergarten, nach den letzten Kastanienblüten. Wiesen und Felder flogen vorbei, Zwiebelturmkirchen, Landidylle. Uli fuhr sich durch die kurz geschnittenen Haare, genoss das leise Knarzen, das ihre neue Lederjacke bei jeder Bewegung von sich gab, stützte einen Fuß auf einem Vorsprung an der Wand des Waggons auf. Nagelneue Doc Martens, aus dem Megastore in Covent Garden.

Ihr gefiel dieses Bild, diese Frau auf Reisen, auf dem Weg, die sehnsüchtigen E-Mails ihres geheimnisvollen Verehrers abzurufen, und erst eine Schrecksekunde später fiel ihr auf, was an diesem Bild nicht stimmte, was sie daran irritierte. Dieser Stil, diese schmucklose Sexyness, das war doch nicht sie.

Das war eigentlich Jo.

Über ein halbes Jahr war es her, dass sie Jo zuletzt gesehen hatte. Oder war es sogar vor diesem Wochenende in der Pfalz gewesen, diesem Wochenende mit der Einladung bei Netti? Jedenfalls, damals war Jo noch schwanger gewesen. Und dann war sie plötzlich einfach abgetaucht. Ganz und gar aufgegangen in ihrem Muttersein, anders war das nicht zu erklären. Ja, hatte sie einsilbig am Telefon gesagt, bei einem ersten und einzigen kurzen Gespräch, es ist ein Junge. Einundfünfzig Zentimeter und leicht, weil er vier Wochen vor dem Termin zur Welt gekommen war. Ich ruf dich an, hatte sie gesagt, dass hier ist alles so neu und so aufregend, wir müssen uns erst einmal zurechtfinden. Oder wie hatte sie es genannt? Eingrooven. Kurz nach Weihnachten dann diese seltsame Geburtsanzeige, wenig mehr als der Name des Babys – Ludwig –, und die vertraute alte Adresse in der Implerstraße, bei deren Anblick sich in Uli etwas schmerzlich zusammenzog. Solange Jo schwanger gewesen war, hatte ein Gleichgewicht zwischen ihnen geherrscht, allein in dem Maße, in dem der eine Körper immer runder und weicher geworden war, der andere immer straffer und trainierter. Aber jetzt, das spürte Uli selbst, wäre ein Wiedersehen doch zu demütigend gewesen. Jetzt, wo Jo alles, wirklich alles hatte, was sie, Uli, sich immer gewünscht hatte.

Jo hatte nicht mehr angerufen, und Uli hatte es wöchentlich hinausgeschoben, sich für den Brief zu bedanken, ein Geschenk für das Baby zu besorgen, so lange, bis es schon beinahe unhöflich gewesen wäre, sich jetzt noch zu melden.

Sie warf einen Seitenblick auf Thorsten. Aber der hing seinen eigenen Gedanken nach. Er versteckte sich hinter den dicken Kopfhörern eines Discmans und schien es nicht mehr für notwendig zu halten, mit Uli zu sprechen, jetzt, da ihr gemeinsamer Auftrag erfüllt war. Bei allem Luxus schien ihn etwas gestört zu haben an den Tagen in London, und mehrmals hatte er abfällige Bemerkungen gemacht über *diesen ganzen Cyber-Scheiß*, ganz so, als nähme er das neue Medium nicht ernst, als wäre es eigentlich unter seiner Würde, seine Fotos für die Nutzung am Bildschirm zu verkaufen statt auf einer achtseitigen, optischen Aufmacherstrecke eines Magazins. Wie um sich zu vergewissern griff Uli in ihren Rucksack, spürte das beruhigende Gewicht ihres ledergebundenen Terminkalenders, seine Dicke, vollgestopft mit Visitenkarten von Londoner Nightlife-Größen und Barbesitzern, zum Teil auf imposant schwerem Papier gedruckt. Das hier war echt. Das hier war eine Trophäensammlung.

Mit einem kurzen Gruß verabschiedete sich Thorsten am Ostbahnhof, und sie zog ihren Koffer schlingernd über den Bahnsteig am Stachus hinter sich her und wuchtete ihn dann eine Treppe tiefer, vom S- aufs U-Bahn-Gleis. Es war ungewohnt, um diese Tageszeit mit der U 4 zu fahren, mit dieser Medien- und Bankerlinie in Richtung Arabellapark. Schwimmen gegen den urbanen Strom, während die entgegenkommenden Züge ihre feierabendsatten Passagiere ins Wochenende hineinspuckten, zum ersten Prosecco mit Aperol oder zur Weiterfahrt in Richtung Süden, zum River-Rafting oder Mountainbiken in Tirol.

An der Endstation stiegen nur noch drei andere Leute mit ihr aus, während in der wartenden Menge auf dem gegenüberliegenden Bahnsteig Krawatten gelockert, Witze gemacht, Abendausgaben von SZ und AZ entfaltet wurden. Sie dachte an ihr Büro mit dem taubenblauen Teppich, dem Computerbildschirm, an das kleine Briefsymbol in der unteren Ecke. Nachhausekommen. Zum ersten Mal, das merkte sie in diesem Moment, fühlte sich die Rückkehr nach München wie eine Heimkehr an. Weil sie jemand hier erwartete, auch wenn es nur seine Nachricht in ihrem Eingangspostfach war.

Sie hastete durch den verlassenen Hochhauspark, plötzlich von der Angst gepackt, sie könnte zu spät kommen, der Pförtner könnte am Freitag schon um halb sieben seinen Platz verlassen haben, sie müsste noch zwei weitere lange, sinnlose Tage ohne diese stumme Stimme verbringen. Aber ihre Furcht war unbegründet. Zwar war der große Monitor im Foyer des Gebäudes bereits ausgeschaltet, über den sonst abwechselnd die aktuellen Schlagzeilen und die computertechnisch untermalten Zukunftsvisionen des Verlegers liefen, aber der Empfang war noch besetzt.

Der Schnauzbärtige im Goldknopfjackett nickte ihr nur mäßig überrascht zu, als sie ihren Hausausweis an das Lesegerät hielt. Sie übernahm den Lift von einer Reihe Moderedakteurinnen, die trotz der Hitze kleine Schiebermützen trugen, und schwebte dann mit klopfendem Herzen höher, dem Ort ihrer Sehnsucht entgegen.

In den Fluren war es gespenstisch still. Nur das leise Summen elektronischer Geräte im Stand-by-Betrieb drang aus den Zimmern, ein Hintergrundgeräusch, das sonst immer von anderen übertönt wurde. Irgendwo, von weit fern, konnte sie einen Staubsauger hören. Sie öffnete die Tür ihres Büros, verzog angewidert den Mund beim Anblick des übervollen Aschenbechers auf dem Nachbarschreibtisch und fuhr ihren Rechner hoch.

Sie gönnte sich die Erfüllung nicht sofort. Obwohl das kleine Briefsymbol in der unteren Bildleiste hektisch blinkte, öffnete sie zuerst einmal die Chat-Seite, genoss die Verlängerung ihrer Qual im Wissen, dass sie nicht enttäuscht werden würde. Im Chat war nicht viel los, die üblichen Verdächtigen, und sie scrollte mit Herzklopfen die Seite hinunter, ob BlueNote unter ihnen war. Mit viel *kusshandzuwerf* und *liebwink* und *dolldaumendrück* verabschiedeten sich gerade Zardoz, Moxter und Mojo in ihr jeweiliges Wochenende, und sie erwog kurz, ob sie sich beteiligen sollte, sich begrüßen und knuddeln und herzen lassen wollte von ihrer neuen, virtuellen Clique, aber dann ertrug sie es nicht mehr und ließ das Fenster mit der übervollen Mailbox aufspringen.

Sie hatte nicht zu viel erwartet. Die Sehnsucht, die Ungewissheit über ihren Verbleib musste BlueNote ganz besonders angestachelt haben. Dabei hatte sie ihm bereits angekündigt, es könnte zu einer Funkstille kommen, wegen einer Geschäftsreise ins Ausland. Sieben Nachrichten insgesamt, deren tägliche Anzahl sich im Lauf ihrer Abwesenheit sogar noch gesteigert hatte.

Zugegeben, es war eine seltsame Art und Weise, einem Mann näherzukommen. Zuerst nur durch einen flirrenden, flirtenden Austausch von Worten im Chat, Worten wie kleinen, immer kunstvoller verzierten Pralinenschachteln. Uli war selbst erstaunt, zu welch sprachlicher Eloquenz sie hier in der Lage war, auch wenn ihr die gleiche Ausdrucksgabe so oft fehlte, wenn es um berufliche Texte ging. Dann waren die ersten E-Mails gekommen, mit einer Adresse, die nichts über ihren Absender verriet. Eine Zahlenkombination vor dem @-Zeichen, ein Buchstabenkürzel dahinter, das Uli nichts sagte.

Es war keine Absicht gewesen, dass sie in ihrem hochfrequenten Briefverkehr die Themen ausklammerten, über die Menschen sonst bei ihren ersten Begegnungen sprachen. Beruf, Wohnort, Familienstand. Es hatte sich einfach so ergeben, und allein das betrachtete Uli als besonders, ja, als kosmisches Zeichen. Denn gleichzeitig war da dieses Vertrauen, diese stille Übereinkunft, dass sie und er sich verstanden. Dass sie sich nicht voreinander verstecken, ihre Seelen bloßlegen durften, wie sie es niemals zu einem so frühen Zeitpunkt im wirklichen Leben getan hätten.

Sie überflog seine neuen Mails, mit zitternden Händen, die kaum die Maus festhalten konnten, gleichzeitig aufgeregt und ängstlich, sie könnte irgendwo ein Wort der Distanzierung finden, ein Wort der Klärung in eine Richtung, die genau so offen stand wie alle anderen Richtungen auch.

Erst in der letzten Nachricht, von gestern Nacht, äußerte er sich zu ihrer Mail. Dieser ganz besonderen Mail, die sie ihm in einer Rotweinlaune letzte Woche geschickt hatte, an einem langen Büroabend, und in der sie ausführlich seine Frage beantwortet hatte. »Wie bist du«, hatte er wissen wollen, »wie bist du, wenn du einen Mann liebst?« Sie hatte von ihrer Zeit mit Sascha geschrieben, ohne seinen Namen zu nennen, eine Mail, in der viel von Herz die Rede war und viel von ficken, ein Wort, das nicht zu ihr passte und das sie mit einem aufregenden Schuldbewusstsein benutzte, als stände es ihr nicht zu. Ein bisschen unangenehm war es ihr hinterher gewesen, und dann auch wieder nicht.

»Ich stelle mir vor«, schrieb er, »wie du da für dich allein bist, in deinem Bett, glücklich im Unglück, das Laken noch feucht … Hab Dank, dass ich das denken darf.«

Sie zog die Lederjacke fester um sich und lehnte sich zurück. Draußen trennte eine feine, pastellfarbene Linie Himmel und Erde, die Positionslichter von Flugzeugen blinkten wie Sternschnuppen am Abendhimmel. Schnell drückte sie die Apfeltaste und den Buchstaben P. Das hier musste sie schriftlich haben, übers Wochenende, musste es wieder und wieder lesen, die Worte anfassen, die Schwärze aus der Redaktionsdruckerpatrone, so als hätte der aufregende Unbekannte ihr von Hand einen Liebesbrief kalligrafiert. Sie stieß sich mit einem Fuß vom Schreibtisch ab, wirbelte im Drehstuhl herum und stand auf.

Weit kam sie nicht. Als sie gerade um die Ecke biegen wollte, auf den Korridor, wo der Redaktionsdrucker stand, baute sich im Halbdunkel eine Gestalt vor ihr auf.

»Frau Becker«, sagte Wendel. Ein wenig überrascht. Aber nicht unangenehm. Eher im Gegenteil.

»Herr Wendel«, gab sie einfallslos zurück, »das ist … das ist aber eine nette Überraschung. Wissen Sie, ich wollte noch rasch mein Material in die Redaktion bringen und ein paar Disketten kopieren. Damit ich … damit ich schon am Wochenende an der Geschichte herumdenken kann, mit den Londoner Clubs.«

»Wissen Sie was?« Er reckte ihr sein Kinn entgegen und legte eine kleine, überraschend weiche Hand auf ihren nackten Unterarm. »Wissen Sie eigentlich, wie mich das freut?«

»Aber das ist … das ist doch selbstverständlich!«, gab Uli eilig zurück und schielte zum Drucker, an dem ein grünes Lämpchen unregelmäßig blinkte.

»Nein. Ist es nicht. Frau Becker, in meiner ganzen Zeit als Chefredakteur habe ich noch nie erlebt, dass eine Mitarbeiterin noch nach Feierabend ins Büro gekommen ist. An einem Freitag.«

»Ja … ich meine … was weg ist, ist weg, oder?«

»Wissen Sie, Frau Becker, ich habe Sie in letzter Zeit etwas genauer beobachtet.« Er nahm seine Hand von ihrem Arm und stützte sich lässig mit dem Ellenbogen auf einen Kopierer.

»Ja?«

Er nickte beifällig.

»Man sollte es ja nicht meinen, aber selbst in unserer spannenden Branche gibt es Kollegen, die um halb sieben den Griffel fallen lassen, egal, was sie gerade tun. Ganz anders Sie. Wie häufig habe ich in den letzten Wochen noch Licht bei Ihnen gesehen, wenn ich mich selbst schon auf den Heimweg gemacht habe?«

»Ja, so kurz vor dem Launch der Seite … das ist ja auch ein spannendes Projekt.«

Er stemmte sich wieder vom Kopierer hoch und gab dem Deckel einen launigen Klaps.

»Wissen Sie was, Frau Becker? Sie und ich sollten uns jetzt etwas gönnen, zum Feierabend. Kennen Sie dieses neue Lokal, da unten an der Piazza? Das ›Fusion‹?«

Uli nickte unbehaglich. Weder wollte sie mit ihrem Chef zu Abend essen, noch war sie für ein Lokal wie das Fusion auch nur annähernd richtig angezogen. Mal davon abgesehen, dass die Speisekarte sie schon nervös gemacht hatte, als sie im Glaskasten neben dem Eingang mal einen Blick darauf geworfen hatte. All diese Gerichte mit diesen mehrsprachigen Bezeichnungen, der »Ceasar's Salad mit Chicken«, das »Gemüsecarpaccio mit Blackened Beef«.

Aber jede andere Reaktion hätte sie verdächtig gemacht. Hätte ihn auf die Idee gebracht, dass es vielleicht nicht purer Ehrgeiz und Arbeitswille war, der sie um diese Tageszeit ins Büro getrieben hatte.

»Ich muss nur eben noch …«, stammelte sie und zwang sich, gemächlich hinüber zum Drucker zu gehen, diesem Gerät, das unversehens zu ihrem Komplizen geworden war oder zu ihrem Verräter werden konnte, wie es da gerade so ungerührt begonnen hatte, ihre geheimsten Geheimnisse auszuspucken.

»Nur die Ruhe«, sagte Wendel und rückte mit zwei Händen seine Krawatte zurecht, »aber eines kann ich Ihnen schon jetzt verraten, ich habe etwas mit Ihnen vor. Etwas verdammt Großes.«

Wenn er schlief, sah man ihm nichts an. In der Tragschale auf der Rückbank des Autos festgeschnallt, hielt Ludwig die Augen geschlossen und das Mündchen leicht geöffnet, ein ganz normales Baby, das in seine unvorstellbare Traumwelt eintauchte. Die Hand hatte er fest um ein rotes Stoffeselchen geschlossen, und Jo versuchte, den Griff mit ihrem kleinen Finger ein wenig zu lockern.

Wieder einmal wünschte sie sich, mehr Vergleiche zu haben. Waren andere Babys in diesem Alter auch so, war das noch normal, wenn ein Kind mit sieben Monaten im Schlaf so fest zupackte wie ein Neugeborenes? Oder war auch das wieder eines jener Zeichen, das die Kinderärzte mit Kopfwiegen und zusammengekniffenem Mund kommentierten, die immer gleiche Antwort auf den Lippen: Wir können es zu diesem Zeitpunkt noch nicht sagen. Es ist noch alles offen. Immerhin, die Spastiken waren nicht wiedergekommen, auch nachdem sie die Medikamente abgesetzt hatten. Ein gutes Zeichen, da waren sich alle einig.

Manchmal überlegte sie, ob sie sich doch einer Krabbelgruppe anschließen sollte. Andere Mütter und andere Kinder kennenlernen, mit ihnen über Blähungen und Beikosteinführung plaudern, so wie früher über die Frage, in welchen Laden man donnerstagnachts nach ein Uhr am besten ging. Aber sie fürchtete sich vor den mitleidigen Blicken, den aufmunternden Sätzen, dem unhörbaren Aufatmen der anderen, deren Babys rosig auf die Welt gekommen waren, durchblutet und mit Sauerstoff versorgt bis in die letzte Körperzelle.

Jo lehnte sich in die Polster zurück, sah die Autobahnschilder an sich vorbeiziehen, deren Richtungsangaben – Rostock, Greifswald – noch immer fremd in ihren Ohren klangen, inhalierte den

Duft von Farbe und Lösungsmittel, ein Kindheitsaroma. Auch die Neuwagen ihres Vaters hatten immer so gerochen, der beige Kadett, der rote Renault 14.

Aber so war Sascha, er machte keine halben Sachen. Schon gar nicht nach diesem Kreditgespräch vor ein paar Monaten. Mit einer Flasche Champagner in der Hand hatte er an jenem Abend die Wohnung betreten, in einem Anzug mit zu kurzer Hose für seine endlos langen Beine und mit frisch rasiertem Schädel. Dieser Frisur, die ihn oft so hart aussehen ließ, als hätte ihn eine halbe Stunde im Bad plötzlich erwachsen werden lassen. Aber an dem Abend hatte er gestrahlt. Ein Kinderlächeln, ein Gewinnerlächeln, ein Sascha, den sie lange nicht mehr gesehen hatte. »Wir haben es!«, hatte er gerufen. »Wir haben unser Spielgeld beisammen! Und ein Firmenwagen ist auch noch drin.« In dem saßen sie jetzt, ein metallicblauer Audi, mit Antiblockiersystem und Seitenaufprallschutz und elektrischen Fensterhebern. Was waren sie doch für eine hübsche kleine Familie. Die Mutter hinten über den Schlaf des Söhnchens wachend, das die gleichen hohen Augenbrauen und die gleiche tiefe Lippenrinne hatte wie der Vater am Steuer.

»Schläft er noch?«, fragte Sascha vom Vordersitz.

»Und wie. Weißt du doch, Babys und Autofahren. Die perfekte Paarung.«

Jo genoss die Worte in ihrem Mund, genoss, wenn sie solche Sätze über Ludwig sagen konnte, an denen nichts falsch war und nichts beschönigt und die dennoch für jedes Kind galten. Sie gaben ihr Hoffnung, dass tatsächlich alles möglich war, auch das optimistischste Szenario, das schon die Kinderärzte in der Entbindungsklinik ihr ausgemalt hatten. Weil keiner etwas wusste, außer, dass Ludwigs Gehirn nicht ausreichend mit Sauerstoff versorgt worden war, trotz des Notkaiserschnitts, trotz der unaufgeregten Routine der Geburtshelfer. Hypoxie, so stand es im Kinder-Untersuchungsheft, mit einer nüchternen Ziffer aus dem Diagnosekatalog beglaubigt. Keiner konnte sagen, welche Folgen es haben würde. Vielleicht würde Ludwig in der Schule ein paar harmlose Konzentrationsschwierigkeiten haben. Es konnte aber auch sein, dass er niemals sprechen lernen würde.

In seinen ersten Lebensmonaten hatte Ludwig viel und andauernd geschrien. Was hatte sie ihn herumgetragen, eine Hand unter dem Köpfchen, eine unter dem Po, dieses fuchtelnde Bündel Mensch. Er hatte schwer schlucken können, viel erbrochen.

Aber taten das nicht auch andere Babys?

»Ich mach mal die Musik aus.«

»Musst du nicht. Stört ihn doch nicht.«

»Wer weiß. Besser ist das.«

Sascha ließ die CD aus dem Laufwerk ausfahren. Jetzt war nur noch der Fahrtwind zu hören, das leise Sirren der Räder auf der neu verlegten Asphaltdecke, das ferne Hupen eines Lasters. Kurze Zeit später setzte Sascha den Blinker, nahm eine Ausfahrt und fädelte sich auf eine Landstraße ein.

Das Bild vor den Autofenstern veränderte sich sofort. Es war, als lägen die Autobahn und die Landschaft um sie herum in zwei verschiedenen Zeitzonen, als wären sie, wie in einem von Saschas Sci-Fi-Comics auf dem Klo, durch einen Fehler im Raum-Zeit-Kontinuum in einer anderen Epoche gelandet, vielleicht der von Jos Kindheit. Die Landstraße führte durch kleine Orte mit Kopfsteinpflaster, altmodischen Straßenlaternen, Häusern in allen Schattierungen von schmutzigem Ocker bis schlammigem Braun. Eine gedämpfte Welt, in der die grellen Werbeplakate mit den Logos großer Elektro-Mitnahmemärkte wie Fremdkörper wirkten, wie nachträglich in alte Fotos eingefügt.

»Wie lange warst du nicht mehr hier?«, fragte Jo.

»Keine Ahnung. Zur Beerdigung, glaub ich. Vor drei Jahren.«

»Nie Sehnsucht gehabt?«

»Nach was denn? Alles, was hier mal war, ist Vergangenheit.«

»Wie in dem Gedicht, oder?«

»Welches Gedicht denn?«

»Ich bin noch hier, mein Land geht in den Westen. Oder so ähnlich.«

»Ach so. Das.«

»Weißt du, was ich mich frage?«

»Du wirst es mir gleich sagen.«

»Geht es nicht jedem so? Ein bisschen wenigstens?«, fragte Jo.

»Wie?«

»Ich bin auch mal in einen Land aufgewachsen, mit Vater, Mutter, Kind. Das ist auch versunken.«

»Ja. So kann man das natürlich sehen.«

Sie wartete ab, aber es kam nichts mehr. Jo wunderte sich. In letzter Zeit hatte Sascha die Lust am Diskurs verloren, an dieser Art von gepflegtem Schlagabtausch, in dem sie beide immer so gut gewesen waren. Eine steile These in den Raum stellen und mal sehen, wie der andere sich daran abarbeitet. Das war es gewesen, was sie über lange Zeit zusammengehalten hatte, viel mehr als der Sex. Aber auch das schien Vergangenheit zu sein. Vielleicht lag das Harmoniebedürfnis an Saschas neuer Rolle als Vater. Vielleicht absorbierte sein Job zu viel von seinem Denken, vor allem, seitdem er seine Festanstellung gekündigt hatte, kurz vor dem offiziellen Start von DreiZweiEins.

Vielleicht war er auch einfach nur müde.

»Wann rechnet deine Mutter mit uns?«, fragte Jo.

»Gegen halb sieben. Zum Abendessen.«

»So früh?«

»War schon immer so.«

Saschas Mutter hatte sie in den drei Jahren seit seinem Einzug zwei Mal flüchtig gesehen, eine überraschend attraktive Frau um die fünfzig, die auf ihren Busreisen Richtung Italien manchmal in München Station machte. Sie schien so beschäftigt zu sein mit ihrem eigenen Leben, vor allem, seitdem sie Witwe war, dass sie es bisher nicht ein Mal geschafft hatte, ihren Enkel zu besuchen. Jo hatte Sascha lange überreden müssen zu dieser Reise, aber schließlich hatte sie sich durchgesetzt. Dabei ging es nicht nur um Ludwigs Großmutter, sondern auch um Sascha selbst. Vielleicht, so dachte Jo, konnte sie ihm wieder näherkommen, ihn besser verstehen, wenn sie endlich sah, woher er kam.

Die untergehende Sonne tauchte die spätsommerlichen Felder in ein altmeisterliches Licht von unwirklicher Schönheit, als sie das Ortsschild von Zuckow passierten. Nagelneue Hinweisschilder an den Kreuzungen wiesen den Weg zur nächsten Kleinstadt und zum Sportplatz »Neue Zeit«. Nach kurzer Zeit bog Sascha auf den Parkplatz einer Plattenbausiedlung ein und brachte den Wagen zum Stehen. Die Buchten um ihn herum waren fast alle leer, nur ganz hinten standen ein Golf und ein alter Trabi.

»Hier?«, fragte sie.

»Ja. Was hast du erwartet?« Sascha zog den Zündschlüssel ab, legte dann einen Arm auf die Rücklehne und wandte sich um. Vorwurfsvoll, dachte Jo erstaunt. Er kann tatsächlich vorwurfsvoll schauen.

»Guck mal, Lulu, da wohnt deine Oma!«, sagte Jo und schnallte die Tragschale ab. Ludwig warf ein paar Mal den Kopf hin und her, dann schlief er weiter. Diesen ungetrübten Babyschlaf, der ihr jedes Mal Hoffnung machte. Er schläft sich gesund, dachte sie und genoss den Gedanken, auch wenn sie wusste, dass es nicht so einfach sein würde.

Sascha trug die Taschen, Jo trug Ludwig. Sie fuhren in den zwölften Stock. Der Aufzug war von innen vollgekritzelt, mit erigierten Penissen und zackigen SS-Runen, von Herzen umrahmt. Als der Lift hielt, fuhren die Türen mit einem mühsamen Ruck zur Seite, der Boden vibrierte einen Moment lang bedenklich.

Saschas Mutter lehnte in der Wohnungstür, eine Hand in den Haaren, eine schwarze Strähne mit rötlich gefärbter Spitze um den Finger gewickelt.

»Na«, sagte sie, »gute Fahrt gehabt?«

»Ja, Mama. Zieht sich.«

»Aber Parkplatzprobleme habt ihr hier nicht, wa? Nicht so wie bei euch in München.« Dann erst, als hätte sie sich plötzlich daran erinnert, dass sie Saschas Mutter war, machte sie einen Schritt auf ihn zu und legte ihre Hände an seine Hüften.

»Deine Haare«, sagte sie, ließ die Silben fragend ansteigen.

»Ja. Keine mehr.«

»Aber du bist doch nicht … ich meine, ist nichts Politisches, oder?«

»Das fragst du jetzt aber nicht im Ernst.« Er griff nach ihren Händen und schüttelte sie ab.

Die Mutter seufzte. »Dann is' ja jut.«

Sie schleppten das schlafende Baby ins Wohnzimmer und stellten die Tragschale auf ein spinatgrünes Sofa. Auf dem Couchtisch davor lagen eine Packung F6 und ein mit gelber Flüssigkeit gefülltes Feuerzeug, daneben stand ein großer Wirtshaus-Aschenbecher, aus dessen winziger Öffnung zwischen den Aluminiumscheiben noch eine vergessene Kippe dampfte. Es roch nicht nur nach Zigarette, sondern auch ein bisschen muffig, so wie in Zugabteilen, und Jo fragte sich, woher der Duft kam. Saschas Mutter folgte ein paar Meter hinter ihnen, und auch im Wohnzimmer blieb sie auf Abstand zu ihrem Enkel, so als hätte er eine ansteckende Krankheit. Ein kleines Spuckebläschen schillerte in Ludwigs Mundwinkel. Er schnaufte, dann beruhigte sein Atem sich wieder.

»Er sieht so … normal aus«, sagte Saschas Mutter schließlich.

»Was hast du denn …«, begann Sascha, aber Jo unterbrach ihn.

»Mein Kind ist auch normal.«

Sie hatte weniger scharf klingen wollen. Aber sie war es schon zu sehr gewohnt, ihre kleine, harte Verteidigungsrede zu halten, und der Ton kam beinahe automatisch zu den Worten.

»Na ja«, Saschas Mutter hob abwehrend die Hände, »jetzt kommt ihr erstmal an, wa?«

Jo sah sich um. Auf dem Tisch stand ein helles Holzbrett mit belegten Broten, Salami, Käse und Fleischwurst. Das also war der Zugabteil-Geruch gewesen, dieses leicht ekelhafte Aroma, das eher nach Verdauung roch als nach Frische. Sie war gleichzeitig enttäuscht, weil sie mit einem warmen Essen gerechnet hatte, und heimelig berührt. Solche Stullen hatte sie lange nicht mehr gehabt.

»Kommt, Kinder, setzt euch!«, forderte Saschas Mutter sie mit einem unsicheren kleinen Lachen auf. »Möchte jemand ein Bier, zur Feier des Tages?«

Während Jo immer wieder nach einer neuen Schnitte griff, mit wachsender Begeisterung für diesen Kindheitsgeschmack, dieses klebrige Industriebrot und die künstlichen, glänzenden Käsescheiben darauf, erklärte Sascha seiner Mutter die Idee hinter DreiZweiEins. Kompliziert war sie nicht, schließlich war es nicht schwer zu begreifen, wie eine Versteigerung funktionierte und dass so etwas auch in Echtzeit am Bildschirm möglich war, die entsprechende Software vorausgesetzt. Das verstand Saschas

Mutter, auch wenn sie noch nie eine Internetseite gesehen hatte. Was Saschas Mutter nicht verstand, war, wie er damit Geld verdienen wollte. Geschweige denn steinreich werden. Und seine Programmiererfreunde noch dazu.

Sascha redete von Werbebannern, Klickzahlen und Gebühren für User, zahlbar mit Kreditkarte, und seine Mutter sah ihn zweifelnd an, als sei er wieder zwölf und würde einen neuen Raketenantrieb erfinden.

»Aber dafür gibt man doch seinen festen Arbeitsplatz nicht auf!«, jammerte sie. »Nicht in diesen Zeiten. Wenn das schiefgeht … also, ich kann dich nicht unterstützen!« Dann warf sie einen schwer zu deutenden Seitenblick auf Jo und ergänzte: »Aber vielleicht … deine Freundin ist ja aus einem besseren Stall, wa?«

Jo spürte den zähen Brotbrei an ihrem Gaumen und fand ihn plötzlich schwer zu schlucken. So dachte die sich das also. Dass Sascha deshalb mit ihr zusammen war, weil sie wohlhabende Eltern hatte.

»So reich ist mein Dad nun auch wieder nicht«, sagte sie, »ich meine, er ist schließlich nicht bei BMW oder so. Nur bei der Zeitung.«

»Mach dir mal keinen Kopf.« Sascha nippte an seiner Bierflasche, dann ließ er sie zwischen zwei Fingern hängen und schnippte spielerisch mit der anderen Hand dagegen. Er sah plötzlich sehr jung und lässig aus. So wie damals, dachte Jo. Wie damals, als er noch in der Implerstraße im Hof rumlungerte oder beim Edeka, um mir wie zufällig zu begegnen.

»Es gibt einen Plan B, und der ist sogar noch viel cooler.« Sascha senkte verschwörerisch die Stimme.

Beide Frauen blickten ihn aufmerksam an, Jo genauso wie seine Mutter. Davon hatte er ihr noch nie erzählt.

»Wir könnten das ganze Ding auch …«

In dem Augenblick wachte Ludwig auf und verzog das Mündchen zu einem kläglichen Schrei.

Jo blickte Sascha an, aber der ließ noch immer seine Bierflasche pendeln. Ganz kurz zögerte sie, überlegte, was er wohl tun würde, wenn sie zur Abwechslung einmal sitzen bliebe, aber ihr Körper gehorchte nicht, erhob sich schon von selbst, in Richtung des Kindes, ihres Kindes, das sie so brauchte.

Später, in der Nacht, fiel ihr erst auf, wie still es war. Viel zu still eigentlich für eine Hochhaussiedlung mit dünnen Wänden aus billigem Baumaterial.

»Komisch«, flüsterte sie in das halbdunkle Wohnzimmer, wo sie mit Sascha auf der ausgeklappten Couch lag. »Wo sind die denn alle?«

»Wer, alle?«

»Na, alle. Die Leute.«

»Das fragst du ernsthaft?«

»Na, hat doch was. Die Weite hier, die schöne Landschaft. Die gelben Laternen in den Städten. Etwas Heimeliges. Bei uns sieht alles so künstlich aus, so inszeniert. Dieser ganze Landhausscheiß. Wohnzimmer im englischen Stil, Tausend-Mark-Mantel von Lodenfrey, das Country-Magazin auf dem Beistelltisch. Warum gehen die hier weg?«

»Kleine Romantikerin.«

Seine Worte klangen nicht freundlich. Dabei hatte sie doch nur etwas Nettes über seine Heimat sagen wollen.

»Wieso bist du so sarkastisch?«

»Bin ich gar nicht. Ich kenn das hier nur besser. Früher gab's eine einzige Kneipe, den Schwedter Hof. Jetzt gibt's das Galaxy und das Inside und das Blue Moon.«

»Ist doch gut.«

»Was willst du? Nach Brandenburg ziehen, in die Pampa?«

»Für Ludwig wäre es vielleicht schön. So viel Wald, so viel Stille. Und Birken. Ich mag Birken.«

»Toller Firmensitz. Von hier aus könnten wir DreiZweiEins sicher ganz groß aufziehen.«

Der Scheinwerfer eines vorbeifahrenden Autos malte einen Lichtfinger an die Zimmerwand, der langsam vorüberglitt und eine gläserne Karaffe in der Schrankwand gespenstisch erleuchtete. Im Reisebettchen neben ihnen wurstelte Ludwig schnaufend vor sich hin.

Jo stemmte sich von der Matratze hoch und stützte sich auf einen Ellenbogen. Sie fuhr mit der Hand unter Saschas T-Shirt, ließ die Fingerkuppen über die vertraute Landschaft seines Körpers wandern, bis zu der haarigen Linie, die sich in Richtung Süden verbreiterte.

»Aber doch nicht vor dem Kind«, sagte Sascha und griff abwehrend nach Jos Handgelenk.

Seufzend ließ sie sich auf die Matratze zurückfallen.

»Hast du schon mal mit 'ner Frau geschlafen, ohne dass du richtig Lust hattest?«, fragte sie schließlich.

Sein Profil erhob sich sanft aus dem Halbdunkel. Er spitzte die Lippen beim Nachdenken.

»Doch«, sagte er schließlich, »manchmal ist Sex ein ganz gutes Mittel, um Spannung abzubauen. Liebe machen statt Drama.«

»Du sprichst in Rätseln.«

»Die Uli, damals. An dem Abend, bevor wir in die USA geflogen sind, die Jungs und ich. Da ist sie bei mir aufgekreuzt, hat ewig neben den Briefkästen im Treppenhaus auf mich gewartet und mich abgepasst, als ich nach Hause kam. Sie wollte partout nicht gehen. Obwohl sie mich sowieso am nächsten Morgen abgeholt und zum Flughafen gefahren hat. Ich dachte, ich hab jetzt genau zwei Möglichkeiten. Entweder ich höre mir die ganze Nacht einen Monolog an, warum ich so kalt bin und so abweisend und so, oder ich geh mit ihr ins Bett. Dann hab ich wenigstens meine Ruhe.«

»Du hättest sie auch wegschicken können.«

»Wer weiß. Dann hätte sie mich vielleicht nicht nach Erding gebracht.«

»Glaub ich nicht.«

»Hast recht. Hätte sie wahrscheinlich trotzdem.«

»Und dann hast du dich geopfert. Samariter-Sex.«

»Sozusagen.«

»War's also nicht so toll.«

»Sie hat jedenfalls behauptet, wir wären gemeinsam gekommen. Aber was das angeht, könnt ihr Frauen ja viel erzählen.«

»Und sonst? Wie war die sonst so, im Bett?«

»Ein Gentleman ...«

»Du bist kein Gentleman.«

»Okay. Sie hatte … sie war auf eine unschuldige Weise versaut, wenn du verstehst, was ich meine. Sie war … was machst du da?«

Jo hatte sich seine Hand gegriffen und zwischen ihre Beine geklemmt. »Wieso?«, fragte sie. »Ich will mich bloß ein bisschen wärmen.«

»Nicht, ehrlich«, sagte er. »Ich bin müde.«

Abrupt ließ sie seine Hand frei.

»Dann lass uns was anderes machen«, sagte sie. »Was Lustiges.«

Er drehte sich von ihr weg. »Ein andermal vielleicht.«

Moritz. Den wollte Uli am liebsten mitnehmen. Nicht, weil sie wirklich Angst gehabt hätte vor dem Tag X. Dem Tag der ersten Real-Life-Begegnung mit BlueNote, dem D-Day, der Stunde der Wahrheit. Was sollte ihr schon passieren? Schließlich hatte sie sich für das Treffen einen belebten Ort ausgesucht, den neuen Kellerclub in dieser kleinen Straße hinter dem Hofbräuhaus. Es war nur einfach so, dass ihr Moritz' Anwesenheit einen Anstrich besonderer Coolness gegeben hätte. Dieses ganze Arrangement mit dem schwulen Freund im Hintergrund, als möglichem Retter einer Dame in Not, welcher Art auch immer die Not sein mochte.

Aber Moritz weigerte sich.

»Das ist ein Blind Date«, sagte er. »Wenn ich ein Blind Date hätte, ich würde mich schön beschweren, wenn der Typ mit seiner besten Freundin auftaucht.«

»Das ist kein Blind Date, dazu kennen er und ich uns schon viel zu gut. Und du bist nicht meine beste Freundin.«

»Ich bin nicht deine beste Freundin? Na, wer denn dann?«

Am Morgen des D-Day versuchte Uli noch einmal, ihn zu überreden, diesmal per E-Mail aus dem Büro. Sie verwendete fast eine Stunde darauf, einen launigen Zehnzeiler zu formulieren, kleingeschrieben und mit vielen um neunzig Grad gedrehten Smileygesichtern versehen, lächelnden und zweifelnden und küsschengebenden, ein Zehnzeiler, der sich las, als hätte sie ihn sich eben so aus dem Ärmel geschüttelt. »hi mo, *bibber*, countdown läuft, biste sicher, dassde nicht doch …« Danach kam sie als Letzte zur Vormittagskonferenz ins Büro, mit glühenden Wangen und Gedanken, die um alles kreisten, nur nicht um die neuen Rubriken für die Website. Interaktiv, dachte sie. Interaktiv, interaktiv. Hauptsache interaktiv.

Sie erschrak, als sie das voll besetzte Büro sah. Ausgerechnet freitags, wenn Wendel die Print- und Online-Redakteure gemeinsam antreten ließ, machte man sich zur Zielscheibe, wenn man auffiel. Zuspätkommen, das war die Königsklasse.

»Ulrike, wie siehst du denn aus?«, begrüßte Wendel sie. »Haste 'n neuen Kerl?«

Sie entspannte sich. Der joviale Tonfall, das bedeutete Entwarnung. »Walter«, antwortete sie tadelnd, zog die erste Silbe seines Namens genüsslich lang, und die neuen Praktikantinnen blickten sich an, neugierig, welches Spiel hier gespielt wurde.

Seitdem Wendel Uli das Du angeboten hatte, das Du und den festen Redakteursjob, obwohl die Trainee-Zeit eigentlich noch längst nicht zu Ende war, bezog er sie häufiger ein als früher. Er machte sie zur Komplizin seiner willkürlichen Rüpeleien, seiner gezielten Treffer unter die Gürtellinie. Aber das war eher ein Vertrauensbeweis, ein Geheimcode seiner Zuneigung, ein Zeichen, wie hoch sie in seinem Ansehen stand. Bemerkungen in ihre Richtung hatten immer eine andere Qualität als die Vorwürfe an andere, einen liebevollen Unterton, der den Kollegen nicht verborgen blieb.

Ihr besonderes Verhältnis zum Chef machte ihr keine Freunde in der Redaktion. Aber das störte sie nicht, solange sie in Renate Lichtblau eine treue Verbündete hatte. Nie würde Uli vergessen, wie die Sekretärin am Montagmorgen nach der Londonreise in Ulis Bürotür gestanden, sich ängstlich umgeblickt und ihr schließlich ein einzelnes Din-A4-Blatt auf den Tisch gelegt hatte. *Re: feuchte laken.* »Ich glaube«, hatte sie gesagt, »du hast da was im Drucker vergessen. Was Privates.«

Sofort hatte sie gewusst, wie haarscharf sie an einer Katastrophe vorbeigeschrammt war. Wie schnell hätte Wendels Förderung ins Gegenteil umschlagen können, wenn er das plötzlich schwarz auf weiß vor sich gehabt hätte. Den Grund, aus dem Uli ihre Abende am liebsten im Büro verbrachte und auch an jenem Freitag noch dort aufgetaucht war, um kurz nach halb sieben.

Natürlich konnte sie als Redakteurin in den Konferenzen nicht mehr unbeteiligt in der hintersten Ecke sitzen. Nicht mehr stundenlang träumerisch auf die Alpenkette starren, die vor allem bei Fön so unnatürlich nah an das Bürofenster im siebten Stock heranzurücken schien. Nicht mit ihrem unbegrenzten Arbeitsvertrag bis zum fünfundsechzigsten Lebensjahr, den dreißig Tagen Jahresurlaub und einem Anspruch auf vermögenswirksame Leistungen von Arbeitgeberseite.

Im Grunde war es ganz einfach. Sie musste nur darauf achten, dass ihr winziger Vorsprung vor Wendel sich nicht verringerte, dass sie ihm in der Online-Welt immer einen Schritt voraus blieb, immer mal einen Begriff in die Runde werfen konnte, den alle kannten außer ihm, der sie aber in seinen Augen zur Expertin machte. So war die Serie »Emoticons für Einsteiger« entstanden, die auf der Startseite der Angela täglich ein neues Satzzeichengesicht und seine Bedeutung erklärte, oder auch der Beitrag über Freemail-Adressen.

Abwesend hörte sie zu, wie eine Heftredakteurin ein Thema vorschlug. Männer kennenlernen im Internet. Mit Fallgeschichten von echten Menschen. Dass die sich das traute!

»Das hatte die Amica schon. Im Juliheft«, fuhr Wendel der Frau über den Mund, und Uli blickte angestrengt in die Runde auf der Suche nach einem Punkt, an dem ihr Blick sich festhalten konnte. Vielleicht die Noppen an Jürgens Sohlen. Er saß ihr gegenüber, hatte ein Bein über das andere geschlagen und wippte. Dabei hing der eine Lederslipper nur lose an seinem Fuß und schwang bei jedem Wippen leicht nach. Jürgen selbst hatte sie beauftragt, ihm die Schuhe aus London mitzubringen, aus einem Designerladen in Fulham. Das war kurz bevor sie in der Hierarchie zu ihm aufrückte. Sie hatte gehofft, dass er danach netter zu ihr sein würde, der neue Chef der Online-Redaktion. Genutzt hatte es nichts. So sehr Wendel sie mochte, so wenig mochte Jürgen sie.

»Ich denke, man könnte die Geschichte gut weiterdrehen«, meldete Uli sich zu Wort und lächelte die Redakteurin zuckersüß an, die nicht wusste, ob sie sich über die Hilfestellung freuen oder die Zurechtweisung ärgern sollte. »Wie wäre es mit einer Art Knigge? Dos und Don'ts im Online-Dating? Sachen wie: Darf eine Frau einen Mann ansprechen, im Chat?«

»Na, dir bleibt ja auch im Real Life nichts anders übrig«, murmelte Jürgen in Ulis Richtung.

Wendel überging die Bemerkung und blickte Uli interessiert an. »Das klingt schon eher wie eine Geschichte, die man lesen will«, sagte er, »und was steht dann da genau drin?«

Uli dachte an den ersten Wortwechsel mit BlueNote. Dieses unerklärliche Kribbeln vor einem Gegenüber, das doch nichts war als ein paar schwarze Buchstaben auf grauem Hintergrund.

»Das Internet ist eine Riesenchance für Singles. Weil sich ganz andere, verblüffende Kontakte ergeben. Weil man Menschen trifft, denen man sonst nie begegnet wäre.«

»Und auf die man auch gut verzichten könnte«, stänkerte Jürgen, bis ihn Wendel mit einem bösen Blick zum Schweigen brachte.

Uli verließ die Konferenz mit einem guten Gefühl, mit aufmunternden Worten Wendels im Rücken und den waidwunden Blicken der Redakteurin mit dem Themenvorschlag. Selbst Schuld, fand Uli. Hätte sie eben einen originelleren Ansatz finden müssen. Als sie ihr neues Einzelbüro betrat, blinkte bereits der Briefumschlag in der unteren Ecke, und ihr Herz sackte für einen Augenblick auf Kniehöhe ab. Eine Schrecksekunde lang stellte sie sich vor, es könnte BlueNote sein, der für heute Abend absagte. Weil ihm wieder Zweifel gekommen waren, ob ein Treffen überhaupt so gut wäre, mit allem, was dazugehörte, jeder Hautunreinheit und jedem aufdringlichen Parfüm, oder ob es den Zauber nicht auch brutal zunichtemachen könnte.

Es hatte so viele E-Mails gebraucht, so viele Stunden im Chat, wenn gerade niemand anderes sich einklinkte, um ihn vom Gegenteil zu überzeugen. Bis sie endlich bereit gewesen waren, wenigstens die alleräußerste Schicht voreinander fallen zu lassen, die Nicknames. Wenn sie sich schrieben, waren sie noch immer BlueNote127 und Saraswati, die Hindu-Göttin der Kreativität. Aber immerhin wusste er seit ein paar Tagen, dass sich dahinter eine Ulrike verbarg. Und sie, dass er im wahren Leben Hans-Peter hieß. Die Tatsache, dass zufällig beide in München lebten, hatte Uli besonders elektrisiert. Möglicherweise benutzten sie ja seit Jahren die gleiche U-Bahn, kauften ihre Semmeln bei der gleichen Bäckerei, hörten wenigstens morgens zur gleichen Zeit die gleichen Lokalnachrichten.

Aber die Mail war nicht von Hans-Peter. Und Moritz war es auch nicht, auch wenn die Nachricht von seiner Mailadresse kam, *Re: countdown*. »Sehr geehrte Frau Becker«, stand dort, »Herr zur Mühlen ist kurzfristig geschäftlich verreist.« Uli nickte stumm und war beeindruckt. Ein Jahr nach der letzten Diplomprüfung hatte Moritz bereits seine eigene Sekretärin. Das musste ihm erst einmal jemand nachmachen.

BlueNote und sie waren um neun verabredet. Um fünf war sie noch euphorisch, um sieben schon ängstlich; als sie um fünf vor neun am Marienplatz aus der U-Bahn stieg, war sie panisch. Auf einmal kam ihr das ganze Unternehmen vor wie eine Kamikaze-Mission. All die Sicherheit, das Vertrauen, das sie in drei Monaten aufgebaut hatte, woher nahm sie das überhaupt? Auch wenn sie seinen echten Namen kannte, sie wusste ja nicht einmal, woran sie ihn erkennen sollte. »Überlass das mal mir«, hatte er gesagt, »schließlich weiß ich, wie du aussiehst.« Erst war sie verblüfft gewesen, aber dann war ihr eingefallen, dass seit Neuestem die Fotos der kompletten Redaktion auf der Website zu sehen waren. Sehr businesslike, aber auf diese lässige Medienkonzern-Art, die Männer in Turnschuhen zum Anzug, Jürgen sogar eine bunte Techno-Sonnenbrille ins Haar geschoben, die Frauen mit poppigen Halstüchern. Sie fand, dass ihr Foto sie älter machte. Von einer Uli in eine Ulrike verwandelte. Das war nicht das Schlechteste.

In der Schlange vor dem Atomic Café stand ein Grüppchen von Leuten, die von Ferne aussahen wie Kinder beim Warten auf den Schulbus. Hochgezogene Schultern in Secondhand-Anoraks und enge Trainingsjacken, Haarfransen, die ihnen in die Augen hingen. Wenn man näher kam, merkte man natürlich, dass sie keine Kinderklamotten trugen. Sondern eher so aussahen wie die kunstvoll-kunstlos gekleideten Musiker aus den Videos, die in Heavy Rotation auf Viva liefen. Uli war froh, dass sie sich für ihre Lederjacke entschieden hatte und für die Chucks. Das war das Gute an der Verlagskantine: Hier wurden beim Mittagessen nicht nur Aktientipps ausgetauscht, sondern auch Dresscodes. Sie stellte sich in der Schlange an und musterte unauffällig die Gesichter. Wenn sie an BlueNote dachte, hatte sie kein Gesicht vor Augen, eher einen Oberkörper, nicht zu viele und nicht zu wenige Muskeln und einen Arm mit einem simplen Tattoo. Sie wusste selbst nicht, warum, er hatte nie etwas von einem Tattoo erzählt.

Gelegentlich ging die matt glänzende Stahltür auf, und ein junger Typ mit Koteletten bis an die Mundwinkel und Schottenkaro-Hemd ließ wieder ein paar Gäste passieren. Bisher hatte er niemanden abgewiesen. Laute Live-Gitarrenmusik dröhnte von unten herauf, jedes Mal, wenn sich die Pforte öffnete und schloss.

Erst als die Tür vor Uli aufging, änderte sich der Blick des Türstehers. Dann schüttelte er langsam den Kopf. Nein. Nicht heute, dachte sie. Nicht jetzt. Nicht hier. Sie wollte bereits zu einer Verteidigungsrede ansetzen, die Phase des arroganten Wieso-ich-bin-hier-Stammgast überspringen und gleich das selbst erniedrigende Flehen beginnen. Da bemerkte sie erst, dass der Türsteher gar nicht sie ansah, sondern jemanden hinter ihr.

Er machte ihr ein Zeichen und öffnete dann einen Spalt, gerade breit genug, dass sie hineinschlüpfen konnte. Dann hörte sie hinter sich aufgeregte Stimmen, roch sehr deutlich ein schweres Achtziger-Jahre-Parfüm und musste sich nicht einmal umdrehen, um zu wissen, wie diese Frauen aussahen. Passte einfach nicht.

Während sie die steilen Kellerstufen mit den schwarzen Linoleumnoppen hinunterstieg, konzentrierte sie sich auf ihren Gang und ihren Gesichtsausdruck. Nicht zu viel in den Hüften wiegen, das passte nicht zu ihrer Lederjacke, nicht zu den Chucks. Was das Gesicht anging, schwebte ihr ein Werbeplakat vor, schwarz-weiß, mit, wie hieß sie noch? Kate Boss? Kate Moss? Auf jeden Fall hing es überall, am Trafalgar Square in London und am Münchner Marienplatz. Ein unglaublicher Blick, der Ausdruck eines Mädchens, das nackt auf dem Sofa liegt und durch ein plötzliches Geräusch von einem intensiven Tagtraum abgelenkt wird.

Sie war jetzt sicher, dass BlueNote unten auf sie warten würde, am Fuß der Treppe – wo auch sonst. Er war es, der ihr Foto kannte. Vielleicht würde aber auch sie ihn als Erstes erkennen? Sie konnte nicht genau sagen, woran. Aber es war schlicht undenkbar, dass diese intensive Verbindung aus Worten, diese Starkstromleitung von Kopf zu Kopf, nicht spürbar sein würde, im allerersten Blick, spätestens in der ersten, wie zufälligen Berührung.

Auf der untersten Stufe blieb sie stehen und blickte sich suchend um, bekämpfte einen neuen Anfall von Panik. Es war wie der Griff in einen Lostopf, wie damals auf dem Rummel ihrer Kindheit, jedes Briefchen versprach alles und nichts. Niemand schaute zurück. Verdammte Pünktlichkeit. Warum war sie nicht gleich eine halbe Stunde nach der verabredeten Zeit erschienen? Ganz so, als hätte sie aus der Vergangenheit nichts gelernt.

Vorne auf der Bühne, vor einem Vorhang aus glitzernden Metallstreifen, schrammten zwei Musiker in grellen Polyester-Paisleyhemden einen treibenden Gitarrenrhythmus. Die Tanzfläche war halb voll, zwischen der Bühne und der hinteren Bar lümmelten sich noch einige Zuschauer auf wild zusammengewürfelten Sperrmüllsofas.

Ein Gefühl machte sich in Ulis Magen breit, als sei sie soeben von einem Dreimeterbrett in ein leeres Schwimmbecken geknallt. Gleichzeitig war sie auch erleichtert. Und dann, als sie schon beschlossen hatte, jetzt erst einmal etwas Vernünftiges zu tun – zum Beispiel ein Augustiner Helles mit dem dicken Mönch auf dem Etikett zu bestellten –, da sah sie ihn.

Und verstand.

Sie musste beinahe lachen. War es nicht völlig klar, dass eine solche Nähe, eine solche überwältigende Anziehung nicht einfach so entstehen konnte, im Reich der Bits und Bytes, ohne dass eine wahre Erfahrung dahinterstand, eine Erinnerung, ein nie ganz gestilltes Begehren? Und außerdem: Arbeiteten nicht die meisten Chatter in der Softwarebranche? Wie hatte sie nur so blind sein können?

BlueNote war kein Unbekannter. Und er hieß natürlich auch nicht Hans-Peter. Das war also wieder einer seiner Scherze gewesen, und sie war prompt darauf hereingefallen, wie damals in der WG-Küche, als sie zur allgemeinen Belustigung in jede Falle getappt war. Aber dieses Mal, das wusste sie, steckte keine Bosheit dahinter.

Als sie sich durch die Menge schlängelte, diesmal noch mehr auf den richtigen Gesichtsausdruck bedacht, mischte sich ein kleiner Anflug von Bedauern in ihre wild pulsierende Aufregung. Die Haare. Warum hatte ausgerechnet Sascha sich die Haare abrasiert?

Sie war nur noch wenige Schritte von ihm entfernt, dann zögerte sie. Sie wollte diesen Moment noch ein wenig auskosten. Es war offensichtlich, dass er allein war. Offensichtlich, dass er auf sie wartete. Auch wenn er sich dabei keine Blöße gab, natürlich nicht. Wenn sie ihn jetzt noch einen Augenblick lang schmoren ließ, war das nur gerecht, eine winzige, späte Rache für ihr allererstes Rendezvous. Wie lange lag das zurück? Beinahe fünf Jahre?

Sie musste schmunzeln, als sie die Postkarte in seiner Hand sah. Ganz so, als hätte es noch eines Erkennungszeichens bedurft. Sie kannte das Motiv, diese Karten steckten zurzeit in sämtlichen Gratis-Ständern in Cafés und Clubs. Und natürlich waren sie ihr auch vorher schon aufgefallen. »Wiedervereinigung jetzt!« stand in weißen Buchstaben auf rotem Grund, eine Werbekampagne der Bundesregierung. Darunter ein küssendes Paar, der Mann mit halb langen, dunklen Haaren, die Frau mit kurzen blonden.

Es war nicht zu leugnen, die beiden sahen ihnen ähnlich.

Sascha und ihr.

Natürlich war ihr bei dieser Karte auch schon vorher der Gedanke gekommen, es könnte sich um ein Zeichen handeln. Ein kosmisches. Aber sie hatte es tapfer ignoriert, genau so, wie sie seit Jahren ihr altes Tarotdeck im obersten Regalbrett verstauben ließ, wild entschlossen, keine sentimentalen Gefühle aufkommen zu lassen, nicht wieder der naiven Schicksalsgläubigkeit von früher zu verfallen.

In diesem Moment verstand sie, dass dies nur das letzte in einer ganzen Reihe von Zeichen war. All die Jahre, sie waren keine verlorenen Jahre gewesen. Im Gegenteil. Sie hatte gelernt. Ohne es zu merken, hatte sie gelebt, als hätte sie die ganze Zeit einen imaginären Zuschauer, der ihr wohlgefällig zunickte. Der ihr zunickte, als sie den Internetjob annahm, als sie ihre Sekretärinnenschuhe gegen die flachen Chucks eintauschte und den Blazer gegen die Lederjacke, zunickte, wenn sie im Gespräch seine Redewendungen benutzte, wenn sie »nicht wirklich« sagte statt »eigentlich nicht«, »auf Arbeit« statt »bei der Arbeit«. Der ihr sogar dann zunickte, wenn sie nach CDs suchte, die ihr eigentlich nicht gefielen. Aber die ihm gefallen hätten. Ihm, Sascha. Sie hatte sich in eine Frau verwandelt, die er lieben konnte. Weil sie ihm ähnlich war, zum Verwechseln ähnlich.

Im gleichen Augenblick, in dem er sich lässig an eine Säule am Bühnenrand lehnte, setzte sie sich wieder in Bewegung. Direkt neben ihm blieb sie stehen, sah ihn an, wartete, bis er sich umblicken würde.

Er hielt die Postkarte zwischen zwei Fingern, wippte ein bisschen zur Musik. Schließlich wandte er den Kopf, nur ein klein wenig, und sah dann wieder zur Bühne.

Sie legte zwei Finger an sein Handgelenk.

»Hello, stranger«, sagte sie.

Nun drehte er sich ganz um. Sein Blick war unergründlich. Ob er genauso nervös war wie sie? Schließlich deutete er auf sein Ohr, dann auf die Musik und beugte sich zu Uli herunter.

»Wie?«

»Hi, was hast du gesagt? Musik ist so laut!«

Sein Ohr war jetzt so nah an ihrem Mund, dass sie es mit den Lippen hätte berühren können. Warum war ihr noch nie aufgefallen, wie schön Saschas Ohren waren? Sie hatte doch jede Kleinigkeit an seinem Körper bewundert, war so oft die Linien seines Gesichts nachgefahren, als müsste sie aus dem Gedächtnis ein Modell von ihm anfertigen. Vielleicht hatte es an den langen Haaren gelegen. Darunter sah man die Ohren nicht so gut.

»Egal!«, rief sie. »Komm, du gibst mir ein Bier aus.«

»Ach. Tu ich das?«

»Jetzt hör aber auf. Als wüsstest du nicht genau …« Sie nickte in Richtung der Postkarte. Er hob die Augenbrauen.

»Nicht wirklich«, sagte er.

Es war nicht einfach. Aber wie hätte es auch einfach sein können? Die Nähe, die in ihren anonymen Mails entstanden war, sie war nicht so leicht von der einen in die andere Welt zu transportieren. Sie dachte daran, was sie alles von sich preisgegeben, wie sie sich unwissend an einen Bekannten ausgeliefert hatte, nicht etwa an einen Unbekannten, und eine kleine Spirale in ihrem Bauch begann sich zu drehen.

»Wir haben uns lange nicht gesehen«, begann sie noch einmal. Betonte das Wort gesehen, wollte ihm eine Brücke bauen. Aber er dachte nicht daran, sie zu betreten.

Er legte seine Hand auf ihre Schulter. Diese große Hand, diese kräftigen Finger. Wie lange war es her, dass er sie zuletzt berührt hatte?

Dann beugte er sich zu ihr herunter. »Komm, wir gehen zur Garderobenbar. Ein Kaltgetränk auf die alte Freundschaft.«

»Witzbold«, sagte sie und lachte wissend.

Ein Duft. Sein Duft. Dieser unglaubliche Duft. Nein, da konnte das Internet nicht mithalten.

»Du bist aber nicht häufig hier, oder?«, fragte er sie, während sie an der schwarz gestrichenen Theke anstanden, und sie musste lachen über seinen Aufreißerspruch.

»Ach, gelegentlich mal«, log sie, und er legte den Kopf schief. »Komisch, dass wir uns noch nie gesehen haben. Ist doch mein zweites Wohnzimmer.«

Endlich steckte Sascha die Postkarte in die Innentasche seiner Jacke, dann griff er mit einer Hand nach den beiden Bierflaschen und reichte Uli eine. Sie packte zu, setzte sie an, schloss die Lippen um die Öffnung, sah ihm dabei in die Augen, spürte gleichzeitig, wie sie rot wurde, und betete, dass man es bei dieser Beleuchtung nicht sah. Ja, das war ein bisschen sehr direkt, das war das Gegenteil von subtil, das Gegenteil der Werbeanzeige mit diesem Mädchen auf dem Sofa. Sie zwang sich, seinem Blick standzuhalten. Vielleicht war es das Klügste, sich auf die Sprache zu besinnen, die sie gemeinsam immer am besten beherrscht hatten. Körpersprache. Sein Blick glitt tiefer, dann wieder hoch, als wollte er sie mit seinen Augen scannen. Er stellte sein eigenes Getränk auf einem der hohen Tischchen ab, ohne es angerührt zu haben.

»Cool«, sagte er nickend, »siehst cool aus.«

»Sascha?«

»Mhm?«

Sie nahm noch einen tiefen Schluck und hielt dann die Flaschenöffnung zu. Schaum quoll in ihren Handteller und wollte gar nicht mehr aufhören.

»Bring mich von hier weg«, sagte sie. Ihre Stimme zerkrümelte zu einem Krächzen.

»Wieso, wo willst du denn hin?«

Sie atmete tief ein und aus. Jetzt nicht vom Weg abkommen. »Du kannst vielleicht Fragen stellen.«

Ihr Herz dröhnte im ganzen Körper, die kleine Spirale in ihrem Bauch sprühte Funken. Er zögerte kurz, hob die Brauen, als wollte er fragen, ob er sie auch wirklich richtig verstanden hatte. Ein leises Kopfschütteln, amüsiert, verblüfft. Was war das, etwa ein Nein? Er beugte sich zu ihr herab, seine Lippen kitzelten ihre Ohrmuschel.

»Du bist total crazy, weißt du das?« Seine Stimme dröhnte in ihrem Kopf. Dann bahnte er sich schon seinen Weg durch die Menge Richtung Ausgang und machte eine Geste, sie sollte ihm folgen. Einen Augenblick lang dachte sie, er wolle sie an die Hand nehmen, ganz so, als wären sie ein Paar, aber er ließ den Arm wieder sinken, und sie taumelte hinter ihm her, an der Garderobenschlange und den Ständern mit den Flyern vorbei. Erst auf der Treppe fiel ihr auf, dass sie noch immer ihre Bierflasche in der Hand trug, und sie stellte sie hastig auf einer Stufe ab, wo sie mit Sicherheit bald mit der Spitze eines knöchelhohen Sneakers kollidieren würde.

Als sie auf die Straße traten, reichte die Schlange der Wartenden bis zur nächsten Ecke. Ganz vorne stand ein älterer Herr in einem dunkelblauen, leichten Herbstmantel, die grauen, halb langen Haare zurückgekämmt, einen gemusterten Seidenschal um den Hals. Er blickte sie an und holte hörbar Luft.

Irgendwoher kenne ich den, dachte Uli. Aber der Gedanke ließ sich nicht scharfstellen, blieb nebulös. Wahrscheinlich ein Fernsehfritze. Talkshowmaster, Vorabendserienstar. Was wollte der in einem Club wie diesem?

Egal. Sie hatte jetzt auch Wichtigeres im Kopf.

Im Vorbeigehen hörte sie, wie der Türsteher das Wort an den Mann richtete.

»Wollen Sie Ihre Tochter abholen oder was?«, fragte er.

»Ähm, nein.« Der Mann klang verunsichert, oder vielleicht schien es ihr auch nur so, weil die Stimme nicht zu seinem Auftreten passte, zu der Kleidung, die das Selbstbewusstsein eines Mannes demonstrierte, der seinen Platz in der Welt ganz genau kannte.

»Nein, ich bin … ich bin halb beruflich …«

Der Rest des Satzes ging in Gemurmel und Straßenlärm unter.

Stumm ging Sascha auf der Straße neben ihr her, die Hände in die Jackentaschen vergraben. Die Herbstluft war feucht, nass beinahe, als könnte man sie trinken. Es war seltsam, so zu gehen, auf weichen Sohlen, zielstrebig, aber dennoch so, als wären sie Geschäftspartner auf dem Weg zu einem Termin, nicht zwei Menschen, die gleich mit nie gekannter Intensität übereinander herfallen würden. Sie fragte sich, wo Sascha sie hinbringen würde, dachte an das kleine Hotel am Goetheplatz mit den altmodischen Betten und den knarzenden Dielen und den halb blinden Spiegeln, in dem Netti und Heimi bei ihrem letzten Besuch gewohnt hatten. Wie sie die beiden beneidet hatte um ihre dunkel leuchtende Liebeshöhle mit der Blümchentapete an der Wand, wie kalt ihr gewesen war, als sie allein das Zimmer verlassen hatte, wie mitfühlend Netti ihr nachgewinkt hatte. Neonbuchstaben warfen einen roten Schein auf das Pflaster, als sie in eine dunkle Nebenstraße einbogen. Schon von Weitem leuchtete das grüne Freizeichen einer Parkgarage ihnen entgegen.

Die Schranke war verschlossen, in einem grell beleuchteten Häuschen saß ein Portier und las die Abendzeitung. Sascha ging am Kassenautomaten vorbei und stieß eine schwere gelbe Stahltür auf, dann lief er mit federnden Schritten einige Treppenstufen hinunter vor Uli her ins zweite Untergeschoss. Schließlich hielt er vor einem nachtblauen Audi, der hinter einem Pfosten mit Schleifspuren in Höhe des Kotflügels geparkt war. Sascha steckte den Schlüssel in das Schlüsselloch der Fahrertür, und mit einem satten

Klacken sprangen alle vier Türen gleichzeitig auf.

»Na?«, sagte er.

Scheinbar sollte sie jetzt irgendetwas antworten.

»Du hattest doch nicht mal einen Führerschein.«

»Hab ich mir selbst geschenkt. Zum Dreißigsten. Und den hier gleich mit.«

Sie ging um das Auto herum, wollte die Beifahrertür öffnen, aber er war hinter ihr und packte sie am Kragen wie ein Kätzchen.

»Nicht doch. Auf der Rückbank ist mehr Platz.«

Nun war es an ihr zu verstehen, und sie wusste nicht, ob sie geschmeichelt sein sollte oder abgestoßen. Es war offensichtlich, dass er sie begehrte. Dass er sie gleich hier wollte, gleich in seinem Auto, nicht etwa in ihrer Wohnung oder einem Hotelzimmer mit Landhausstil-Vorhängen und zum Dreieck gefalteten Klopapierenden.

Er öffnete die Tür, dann griff er mit einer Hand nach einem Kindersitz. Ein Glöckchen an einer Spielkette klirrte, als er ihn auf dem Betonboden neben dem Auto abstellte. Er war hellblau, mit einem Muster aus Autos und Elefanten, und er stand da so verloren, dass er Uli an ein ausgesetztes Haustier erinnerte. Doch der Moment der Rührung währte nicht lange. Schon wieder war Sascha hinter ihr, drängte sie auf die Rückbank, wo Zwiebackkrümel den Umriss des entfernten Kindersitzes nachzeichneten. Ein Geruch von Fencheltee und saurer Milch schlug ihr entgegen, gemischt mit den Ausdünstungen von frischem Lack und Kunststoffpolstern, dem unverwechselbaren Aroma eines Neuwagens, von dem ihr als Kind in regelmäßigen Abständen übel geworden war.

So also roch jetzt Saschas Leben.

Kein Wunder, dass er sich in eine andere Welt geflüchtet hatte. Eine Welt aus virtuellen Begegnungen, die in leidenschaftlichen Handgreiflichkeiten enden mussten. Für einen Moment kam ihr der Gedanke, sie könnte nicht die Einzige sein, aber sie schob ihn schnell beiseite. Das, was er und sie online erlebt hatten, war nicht einfach reproduzierbar, war viel zu persönlich, viel zu intim, um als Masche durchzugehen, mit der man Frauen anmachte. Die

Frage war nur, wie es nun weiterging, jetzt, da beide Welten zusammenfanden, auf einer schmutzigen Autorückbank in einer Tiefgarage, mit Saschas Händen unter ihrem Shirt und tiefer, mit Atem am Ohr und viel zu viel Stoff auf viel zu engem Raum.

Aber auch daran wollte sie jetzt nicht denken.

Sie trug noch immer die Lederjacke, als sie schon keine Hose mehr anhatte, und Sascha nestelte halb liegend, halb sitzend an seinem Gürtel und blickte sie an. Zwiebackkrümel pikten sie, ihr Schuh lag auf der Kunststoffmatte hinter dem rechten Beifahrersitz und verdeckte ein vertrocknetes Stück Brezel. Einen Augenblick lang drohte Nüchternheit, aber als sie seine Stimme hörte, war sie wieder ganz da, betrunken vor Lust.

»Ich hab aber nichts dabei«, sagte er und hob entschuldigend die Hände, »wir könnten …«, und sie dachte an die Bierflasche und ihren eigenen Blick und sagte: »Alles, alles, was du willst.«

Vor ihrem Gesicht wurde es dunkel, und während sie sich mit den Handflächen am Fenster abstützte und nicht viel mehr dachte, das ist es, da ist er, spürte sie, wie sie selber kam, mit einer Wucht, als hätte eine wütende Menschenmenge eine Tür eingerannt.

»So ein Angebot bekommt man auch nicht alle Tage«, flüsterte er schließlich, als er sich aus dem Auto schälte und vor der Tür seine Gürtelschnalle schloss, mit einer Selbstverständlichkeit, als stände er zu Hause in seinem Badezimmer. »Hat mich gefreut.«

»Ganz meinerseits«, sagte sie und suchte unter dem Beifahrersitz nach ihrem Slip. »Ganz meinerseits, Mr BlueNote.«

Er blickte sie verständnislos an.

»Was hast du jetzt vor?«, fragte er.

»Vor? Wieso, vor?«

Jetzt musste er doch etwas sagen. Gut, es war aufregend zu wissen, dass er wusste, dass sie wusste. Und umgekehrt. Aber einer musste das Kind doch einmal beim Namen nennen!

»Ich geh jetzt wieder rein«, sagte er. »Wenn du willst, kannst du ja mitkommen.«

»Aber …«

»Ab elf legt ein Freund von mir auf.«

»Aber …«

»Ansonsten sag ich jetzt Tschüss. Vielleicht sieht man sich ja mal.«

»Aber …«

»Du, Uli, noch eines, ja? Das Atomic ist mein Wohnzimmer, sagte ich ja schon. Ich trenn das eine gern vom anderen. Ausgehen und Frauengeschichten.«

Er griff mit der gleichen lässigen Bewegung nach dem Kindersitz, mit der er ihn aus dem Auto entfernt hatte, und stellte ihn wieder auf die Rückbank.

Sie musste sich an die Beifahrertür lehnen. Jeden Moment konnten ihre Knie nachgeben, und sie würde flach auf den Betonboden knallen. Irgendwo in der Ferne hörte sie das Lachen einer Frau, dann Schritte. Klacker-di-klack.

»Du bist gar nicht …«

»Was bin ich nicht?«

»Sag mal, chattest du? Gelegentlich?«

Er machte eine wegwerfende Handbewegung. »Hab ich mal, früher. Zeitvergeudung. Außerdem lässt sich kein Geld damit machen.«

Sie las die Mail am Montagmorgen im Büro, aber abgeschickt war sie am Samstagabend um 22.13 Uhr. Sie war kurz und sachlich. »Es tut mir leid«, schrieb BlueNote127, »ich weiß nicht, was in mich gefahren ist. Wir beide leben in völlig verschiedenen Welten. Ich bedaure nur, dass wir den Zauber der Unwissenheit gebrochen haben.«

Sie dachte noch einmal an den älteren Mann, draußen vor der Clubtür, dieses Gesicht, das ihr bekannt vorgekommen war, das sie aber noch immer nicht einordnen konnte. Dann wählte sie ihr Adressverzeichnis an und löschte BlueNotes Kontaktdaten. Schließlich stand sie auf.

Der Himmel vor dem Bürofenster war bleich. Auf einer Wiese in der Ferne konnte sie einen Hund erkennen, ein winziges schwarzes Knäuel, das aufgeregt hin und her jagte, Haken schlug, sich um sich selbst drehte. Was er da jagte, das war nicht zu erkennen.

Durch die halb geöffnete Terrassentür konnte Jo sehen, wie Lucie sich die dritte Zigarette nacheinander anzündete. Die Frau ihres Vaters hatte eine bemerkenswerte Art, beschäftigt auszusehen, auch wenn sie überhaupt nichts zu tun hatte. Allein das Rauchen schien alle verfügbare Energie zu absorbieren, so wie sie konzentriert eine Kippe an der anderen zum Glühen brachte und dabei den Kopf stets genau so neigte, dass eine rote Haarsträhne auf gewollt zufällige Art und Weise über ihre Wange fiel. Sie lehnte an der Hauswand, barfuß im April, einen Fuß auf den winterkalten Terrassenfliesen, das andere Bein angewinkelt, und sah aus, als sollte sie vor einer Fernsehkamera eine Frau darstellen, die einen unbeobachteten Augenblick lang vor sich hin sinniert.

Lucie hatte einfach zu viel Zeit für sich selbst. Vor allem, seitdem ihre Galerie in der Amalienstraße dichtgemacht hatte und sie sich in einer kreativen Neufindungsphase befand. Und natürlich, seitdem Yannick zur Schule ging, selbstverständlich auf eine internationale Ganztagsschule, in der die Kernfächer auf Englisch unterrichtet wurden.

»Findest du nicht auch?«

»Wie bitte?« Jo wandte den Kopf. Ihr Vater musste etwas gefragt haben, aber sie konnte sich nicht erinnern, was es war.

»Schön«, sagte er mit Nachdruck und stützte seine Ellenbogen auf die Knie, während er nach seiner Teetasse auf dem niedrigen Couchtisch griff. »Da kommt der Christo doch wirklich schön zur Geltung, an dieser Wand. Ich wusste, das Bild braucht Platz.«

Jo nickte, ohne hinzublicken. Der Christo. Sie wusste, Sascha und sie hätten Hortus und Lucie schon längst einladen sollen, allein wegen des großzügigen Geschenks. Ein Kurierunternehmen hatte es geliefert, am Morgen nach dem Umzug von München nach Starnberg. Eine Original-Lithografie des verpackten Reichstages mit Unterschrift des Künstlerpaares, sorgfältig gerahmt. Auf dem Seidenpapier, das in mehreren Lagen um das Bild gewickelt war, klebte das Firmenschild des Geschäftes, ein altmodisches Etikett mit goldenen Schreibschriftlettern, eine Adresse in Alt-Schwabing. Jo konnte sich den Laden sofort vorstellen, mit knarzendem Parkettboden und leiser Barockmusik aus unsichtbaren Lautsprechern.

Am Telefon hatte sie ihrem Vater schon erzählt, wie schön das Bild hing, ein Solitär über dem cremefarbenen Sixties-Sofa, beleuchtet von der Morgensonne, die aus Richtung des Sees ins Wohnzimmer schien. Sie mochte das Bild, und sie hatte auch die Aktion gemocht im vorvorigen Sommer, diesen großzügigen Akt, in dem sich Deutschland selbst beschenkt hatte mit dem verhüllten Reichstagsgebäude. So wie die meisten Geschenke eingepackt verheißungsvoller aussahen als ausgepackt. Dennoch, jetzt, da das Bild dort hing, hatte es auch etwas Unheilvolles.

»Lucie hat gesagt, wenn ein Kunstwerk für euch beide, dann das!«, hatte er betont, und sie hatte ihm pflichtschuldig zugestimmt und sich gefragt, ob es nicht auch Geschenke gab, die man besser ungeöffnet ließ, im Ungewissen, in der Schwebe. Warum sie den Besuch ihres Vaters dann Woche für Woche verschoben hatte, mit fadenscheinigen Ausreden, konnte sie selbst nicht genau sagen.

Mit Sicherheit lag es an ihrem neuen Haus. Auf eine bestimmte Weise war es ihr unangenehm vor ihrem Vater. Es war ein Statement, ein Bekenntnis zu einem Lebensstil, der dem Vater suspekt sein musste. Gut, es war nicht in Uferlage, bot keinen Seeblick, und für die Verhältnisse am Ort war es sogar bescheiden mit seiner einzelnen Terrasse, der kleinen Achtziger-Jahre-Küche ohne frei stehenden Kochblock in der Mitte und der Holzvertäfelung im ausgebauten Dachgeschoss. Ein Schnäppchen. Der Vorbesitzer, ein Psychoanalytiker, hatte dringend verkaufen müssen, nach einer schmutzigen Scheidung.

Aber dennoch. Das Haus hatte eine Alarmanlage und alle möglichen Extras. In den Kleiderschränken ging die Beleuchtung an, wenn man sie öffnete, und auch im Flur flammte mit einem trockenen Geräusch ein Lämpchen auf, wenn jemand nachts zur Toilette musste. Der reinste Überwachungsstaat. Jirina, das Au-pair-Mädchen, hatte ihr einmal gestanden, dass sie aus Angst vor den automatischen Bewegungsmeldern nachts niemals ihr Zimmer verließ.

Und noch etwas war besonders. Das Haus, piefig oder nicht, stand schließlich in einem der teuersten Landkreise Deutschlands. Ihr Vater jedenfalls hätte sich ein solches Haus nie leisten können, allein schon wegen der Größe des Grundstücks, und sie hatte das Gefühl, sie müsste sich dafür rechtfertigen, dass Sascha es konnte. Obwohl Sascha nicht ein halbes Arbeitsleben damit zugebracht hatte, den gebildeten Ständen die Zeitläufe zu interpretieren. Sondern nur nach ein paar Jahren harter Arbeit den richtigen Moment abgepasst hatte, um seine junge Firma zu verkaufen, kaum dass sie Gewinn abwarf. Das war der Plan B gewesen, von dem Sascha hatte erzählen wollen, bei ihrem Besuch in Zuckow, und Jo war noch immer verblüfft, wie nahtlos er aufgegangen war.

Ein amerikanischer Internetkonzern hatte DreiZweiEins geschluckt, und vom Erlös hatte Sascha nicht nur den Kaufpreis des Hauses hinblättern, sondern auch seine Mitstreiter auszahlen können. Kurze Zeit später hatte er aber schon wieder erste Geschäftstermine für ein neues Projekt gehabt, jetzt nicht mehr in der ehemaligen Kaserne am Stadtrand, sondern in einer Bürogemeinschaft in einem Altbau, mit einem matt glänzenden Schild an der Kassettentür. *Kreativ-Etage Neuhausen.*

Jo fragte sich, ob ihn schon ein paar Wochen gemeinsamen Alltagslebens so deprimiert hatten, dass er einen Grund brauchte, um morgens aus dem Haus zu gehen. Dieses Leben mit ihr und Ludwig und Antonia, der Spezialistin für Frühförderung. Antonia mit der praktischen Frisur, die dreimal die Woche kam, das Lied von den zehn kleinen Zappelmännern sang, Ludwigs verkrampfte Fingerchen lockerte, ihm weiche Plüschbälle in die Hände schob.

Abends und nachts war Sascha ohnehin viel unterwegs, ganz so wie immer, und sie hielt ihn nicht. Manchmal versuchte sie sich zu erinnern, wie sie sich das alles vorgestellt hatte, solange Ludwig noch in ihrem Bauch gelebt hatte, warm und sicher und geschützt. Aber ihre Bilder vom Familienleben waren ähnlich verschwommen gewesen wie das blaue Tattoo auf ihrer Schulter, das mit jedem Jahr mehr auseinanderdriftete, ausfranste, bis die Buchstaben zu einem unleserlichen Muster zusammenliefen.

»Und?«, fragte der Vater und schlürfte einen Schluck Earl Grey. »Kommst du denn noch manchmal nach München rein, jetzt, wo ihr das Landleben für euch entdeckt habt?«

Jo zuckte die Achseln. »Wozu?«, fragte sie. »Ich hab doch hier alles. Außerdem tut es Ludwig gut, hier draußen.«

Sie dachte an die von Streichquartetten weich gezeichneten Sonntagmorgen ihrer Kindheit, diesen Geschmack von Geige und Frühstücksei. Schön war das gewesen, solange sie eine Familie gewesen, zu dritt auf diesem Möbel mit dem Streublümchenbezug gesessen hatten, das später eine kurze Zwischenexistenz in ihrer WG geführt hatte. Dass ihr Leben jetzt so anders war, nicht nur wegen Ludwig, bekam ihr gut. Es ließ die Vergangenheit ruhen.

Der Vater sah sie nachdenklich an. »Kennst du eigentlich noch das Substanz?«, fragte er.

»Das Substanz? Diese Punkrock-Kaschemme hinter dem Kreisverwaltungsamt?«

»Genau die. Ich war da neulich auf einer hochinteressanten Veranstaltung. Einem Poetry-Slam. Dichterwettstreit in Show-Atmosphäre. Ich meine, vergiss die Texte, die haben keinen literarischen Wert. Saufen, Drogen, ganz viel Sexuelles, natürlich.«

Er legte den Kopf schief wie ein ertappter Schuljunge, der um Entschuldigung bittet. Sie ging nicht darauf ein.

»Aber ich hatte das Gefühl, ich bin hier gerade Zeuge von etwas Wichtigem«, redete er weiter. »Einer Gegenbewegung.«

»Gegenbewegung? Zu was?«

»Zu dieser ganzen virtuellen Welt. Dieser Ungreifbarkeit dessen, was uns umgibt. Dieser Laden, dieser Schmutzfilm auf dem Boden, die Kippen, das Bier – das hatte etwas ungeheuer Authentisches.«

Oh nein. Gnade. Jetzt war er schon wieder bei seinem Lieblingsthema gelandet, und bei seinem Lieblingsbegriff. Authentizität. Mit dieser Kolumne hatte es angefangen, die eine große Feuilletondiskussion ausgelöst hatte im vergangenen Herbst. Sie war überrascht, mit welcher Heftigkeit ihr Vater das Internet geißelte, vor allem jene neuen Seiten, die zur Kontaktanbahnung dienten, so wie früher die Kleinanzeigen im hinteren Teil der Stadtzeitschriften. Hortus verglich diese Art des Flirts mit einem gigantischen Computerspiel, bei dem jeder Spieler nach eigenen, verdeckten Regeln spielte, ohne dabei zu realisieren, wie viele Verletzungen in der realen Welt das Verhalten im virtuellen Raum nach sich ziehen konnte. Wen hatte er nicht alles bemüht, um seine These zu untermauern, Wittgenstein, Adorno, Neil Postman. Wie zu erwarten hatte er in Leserbriefen viel Zustimmung bekommen, vor allem von Lehrern und Sozialpädagogen. Kritik kaum, wahrscheinlich, weil Kritiker dieser Position einfach keine Zeitung mehr lasen. Auch Sascha hätte den Text nicht entdeckt, hätte Jo ihm nicht die Süddeutsche beim Frühstück vor die Nase gehalten.

Wieder einmal fragte sie sich, ob ihr Vater vielleicht einschlägige Erfahrungen gemacht hatte, mit Chatten und enttäuschenden Blind Dates. Sie öffnete den Mund, aber ließ in letzter Sekunde davon ab, ihn zu fragen. Sein Liebesleben ging sie nichts an. Sie wusste schon mehr darüber, als ihr recht war.

»Und was soll ich bei so einem Poetry-Slam?«, fragte sie. »Auftreten vielleicht? Meine Einkaufslisten vorlesen?«

»Jetzt sei doch nicht gleich wieder so aggressiv. Ich hab ja nur gemeint, es täte dir gut, wenn …«

»Du weißt genau, dass Ludwig niemand anderen akzeptiert. Wenigstens nicht beim Insbettbringen. Ich kann abends nicht raus.«

»Aber jetzt …«

»Ja, tagsüber. Jirina darf ihn zur Ergotherapie bringen und wickeln auch. Nur abends. Da bekommt er Angst, wenn er jemanden anderen sieht als mich.«

»Wird er nicht langsam ein bisschen schwer?«

»Keine Sorge, ich trainiere.«

»Und Ludwig …«

»Trainiert auch. Habe ich dir erzählt, dass er an unserem Couchtisch entlanggelaufen ist? Vorgestern?«

»Toll.«

»Du, Papa?«

»Hm?«

»Was habe ich eigentlich gemacht, als ich so alt war wie er jetzt?«

»Mit zwei? Du mit zwei?« Der Vater sah sie ratlos an, und sie fragte sich, ob er sich nicht erinnern wollte oder konnte. Ob er es vielleicht wirklich nicht wusste. Ein Feierabendvater, der am Wochenende verblüfft zur Kenntnis nahm, dass seine Tochter plötzlich in ganzen Sätzen sprach. Taten das nicht andere Kinder, in diesem Alter?

Jo hatte plötzlich Mitleid mit ihm.

»Wir haben übrigens so ein neues Fitnessgerät im Keller. Einen Crosstrainer. Kennst du die?«

»Nein. Aber Sascha wird schon wissen, was er anschafft.«

»Woher weißt du ...«, begann sie und verstummte wieder. Es gab ja keinen Grund, sich zu beklagen. Jeder wusste, dass Sascha das Geld verdiente. Mehr noch, dass er sich mit zweiunddreißig Jahren bereits zur Ruhe hätte setzen können, während sie, Jo, noch nicht einmal ihr Studium abgeschlossen hatte. Wie denn auch.

Und es war ja nicht nur Ludwig, der sie beschäftigte. Jetzt auch noch der Garten. Das heimwehkranke Au-pair-Mädchen, das noch immer darauf wartete, dass sein Freund in Wrocław sich einen Internetzugang verschaffen würde (darauf konnte sie lange warten, sagte Sascha!). Die Fahrten zum Einkaufszentrum, dem Metzger mit den besonderen Weißwürsten, dem Weinladen.

»Und Saschas neues Projekt?«

»Läuft.«

»Wieder so geheim?«

»Wenigstens in der Öffentlichkeit. Das heißt, kein Wort darüber im Cortina.«

»Erzähl.« Der Vater stützte sich auf seine geballten Fäuste, stemmte sich aus seinem Sofa auf und stellte sich hinter Jos Sessel, seine Hände auf ihren Schultern. Sie wandte den Kopf.

»Was ist? Müsst ihr schon los?«

»Nein. Ich kann nur nicht so lang sitzen. Nach der Bandscheibengeschichte. Du weißt.«

»Ja. Also jedenfalls neulich, da waren wir eine Latte macchiato trinken, Sascha und ich. Im Eiscafé am Bahnhof. Treffen ein paar von den neuen Nachbarn. Ich wollte nur ein bisschen erzählen, ist ja schließlich keine Hightech-Sache, was Sascha sich da jetzt ausgedacht hat. Es geht um eine Rabattkarte, mit der man in verschiedenen Läden Punkte sammeln kann und ab einem bestimmten Punktestand einen Bonus bekommen.«

»Das ist ja … ist das nicht ein bisschen spießig? Ich meine, solche Rabattmärkchen gab's früher in der Reinigung.«

»Eben«, Jo nickte, »das dachte ich auch. Aber als ich gerade ein bisschen Small Talk machen will, von wegen, mein Lebensgefährte hat da eine alte Idee neu aufgemischt, da tritt er mich unterm Tisch gegen das Schienbein.«

Aber das war es nicht gewesen, dachte Jo. Das war es nicht gewesen, was so wehgetan hatte. Wehgetan hatte etwas anderes. Das leise Zischen, mit dem Sascha sie zurechtgewiesen hatte, so wie man einen kleinen Hund zur Ordnung ruft, der im Spiel nach dem Bein eines anderen schnappt. Irritiert hatte sie geschwiegen und sich dann der geschäumten Milch und dem langen Löffel in ihrem Glas gewidmet.

»Ach, Herzchen«, der Vater beugte sich zu ihr herunter, »das sind eben Dinge, die werden du und ich nie verstehen. Wie diese Business-Menschen ticken.«

»Du magst Sascha nicht.«

Es war keine Frage, eher eine Feststellung.

Der Vater ging mit schlendernden Schritten in Richtung Terrassentür. Lucie wandte den Kopf in Zeitlupe und schenkte ihm ein einstudiertes Lächeln. Er blieb vor der hohen Glasscheibe stehen.

»Ich kenne ihn jetzt schon so lange. Seit, lass mich überlegen, wann war das mit deiner WG, sieben Jahren?«

»Zusammen sind wir aber erst seit fünf. Oder so.«

»Wen ich ehrlich bin, ich kann nicht einmal sagen, ob ich ihn mag oder nicht. Man kommt ja nicht an ihn ran, jedenfalls nicht näher als auf Armlänge. Aber vielleicht ist das auch eine Generationenfrage. Ich meine, Hauptsache, dir geht es anders mit ihm. Oder?«

Jo dachte daran, wie Sascha geweint hatte. Geweint, in einem Zimmer mit frühlingsgrünen Wänden und gerahmten Schwarz-Weiß-Fotos von Meeresschnecken an der Wand, die ablenken sollten von dem durchsichtigen Schläuchlein in Ludwigs Nase, ablenken von den Monitoren, die seine Lebenszeichen in Töne und Kurven übersetzten, beruhigend und beunruhigend zugleich.

Vielleicht, dachte Jo, wenn sie in diesem Moment mitgeweint hätte. Aber ihr war nicht nach Weinen zumute gewesen. Dieses Kind war immer noch das, das ihr durch die eigene Bauchdecke dieses vertrauensvolle Klopfzeichen gegeben hatte, dieses Kind war der Grund, warum sie sich zum ersten Mal, seitdem sie denken konnte, nicht mehr allein fühlte. Es spielte keine Rolle, dass dieses Kind niemals die internationale Ganztagsschule besuchen würde. Es war *ihr* Kind. Das war genug.

»Es geht uns gut«, sagte Jo. Sie sah, wie Lucie und ihr Vater durch die Glastür einen Blick wechselten, einen Blick, mit dem sie sich ohne Worte darauf verständigten, nicht weiter in sie zu dringen.

Auf nackten Fußsohlen kam Lucie schließlich ins Wohnzimmer geschlendert, in der einen Hand die Zigarettenschachtel, in der anderen ihre hochhackigen Sandalen, die an dünnen Lederriemchen baumelten.

»Hapeh?«, fragte sie.

»Müssen wir?«

»Wegen der Baustelle bei Fröttmaning. Wir sollten ein bisschen Zeit einplanen. Sonst steht Yannick dumm da mit seinem Gitarrenkasten.«

»Wo muss er denn nun wieder hin?«

»Die Generalprobe ist doch im Gemeindesaal. Schon vergessen?«

»War schön, dass wir uns mal gesehen haben«, sagte Jo und blickte zwischen ihrem Vater und Lucie hin und her.

Sie stand auf und stellte die Teetassen ineinander. Draußen sang eine Amsel. Sie blickte auf die Uhr.

Als das Telefon klingelte, stellte Uli ihren Fernseher auf stumm. In schneller Folge wechselten die Bilder zwischen der Vogelperspektive auf die wogende, bunte Masse um die Siegessäule herum, im Hintergrund Tiergarten und Reichstagsgebäude, und Nahaufnahmen der Tänzer auf den Wagen. Lauter lustbetonte Individualisten, die alle völlig gleich aussahen mit ihren durchbohrten Bauchnabeln und ihren farbigen Sonnenbrillen. Jetzt, da weder Musik noch Kommentar die Illusion von Tempo bekräftigten, konnte man erst sehen, wie unendlich langsam sich die Menge hinter den Wagen bewegte, ganz so, als folgte sie einem Beerdigungszug. Mehr Parade als Liebe, dachte Uli.

Sie hangelte nach dem Apparat, der neben dem niedrigen Futongestell auf dem Boden stand, und zog ihn mit einer Hand näher zu sich heran. Dann ließ sie sich wieder auf den Rücken fallen und stützte ihre Füße an der schrägen Wand über ihr ab. Langsam bewegte sie ihre Beine von rechts nach links. Die nackten Waden schimmerten glatt wie poliertes Holz. Warum erst jetzt, dachte sie. Warum habe ich nicht schon längst damit angefangen, meine Beine zu rasieren?

Das Telefon klingelte wieder, und sie strich fast zärtlich über den Hörer, kostete die Vorfreude aus und die Nervosität. Jürgen. Es musste Jürgen sein. Sie hatte ihn in der Tasche. Das wusste er genauso gut wie sie.

Sie hatte seine E-Mail. Dort drüben auf ihrem Schreibtisch lag sie, ein harmloses Din-A4-Papier aus dem Redaktionsdrucker. Wenn sie die Wendel zeigte, hatte er gar keine Wahl, als Jürgen zu entlassen. Fristlos, abfindungslos, aussichtslos.

Trotzdem wollte sie hören, was er ihr anzubieten hatte. Wie er sich winden würde, wie er eine Erklärung hinterherschieben würde. Auf diese Genugtuung hatte sie schon lange gewartet.

Es war seltsam, dachte sie. Diese ganzen Jahre in Saschas Nähe, die Zeit der Demütigungen, der unerfüllten Hoffnungen, sie hätten sie doch eigentlich härter machen sollen, immun gegen Kränkungen. Aber das Gegenteil schien der Fall zu sein. Auf eine bestimmte Weise wurde sie immer dünnhäutiger, jeder kleine Seitenhieb schmerzhafter als der letzte große Schlag. Wenn Jürgen erst weg war, dann würde sie es leichter haben.

Beim fünften Klingeln hob sie ab. »Ja?«, sagte sie und schob sich eine Hand unter den Kopf. Staub tanzte in einem Streifen aus Vormittagssonne, der durch das Fenster fiel. Heiß würde es werden heute, sehr heiß.

»Hey!« Diese falsche Dynamik in Jürgens Stimme. Dieser schlecht verschleierte Versuch, gut Wetter zu machen. Sie konnte ihn bildlich vor sich sehen, mit seinem indianischen Türkisanhänger am Lederband und seinen genoppten Mokassins, wie er im Türrahmen lehnte, im Türrahmen einer riesigen Wohnung am Prinzregentenplatz, deren renovierter Stuck es kürzlich tagelang zu einem der Top-Themen in der Kantine gebracht hatte. Nicht mehr lang, dachte sie.

»Wer ist denn da?«

»Na hör mal«, er lachte jovial, »erkennst du deinen eigenen Chef nicht?«

»Walter, etwa?«

»Stimmt ja. Ihr zwei seid ja per Du.«

Jürgen zog die Nase hoch. Der sollte auch besser aufpassen, dachte sie. Irgendwann würden ihn die Drogen so schnell machen, dass er auf dem Hamsterrad das Gleichgewicht verlor und abstürzte.

»Und«, fragte sie, »wie komm ich zu der Ehre?«

Sie nahm die Hand unter dem Kopf weg und angelte nach ihrer Zigarettenschachtel. Eine blaue Schachtel mit weißer Schrift, sehr cool, sehr beruhigend. Diese Schachtel anzuschauen, war ein wenig, wie aufs Meer zu blicken. Meditation im Handtaschenformat.

»Ja, weißt du – ein Kumpel von mir, der hat da jetzt diesen Club. Ein ganz neues Konzept, kommt aus Ibiza. Zwei Dancefloors,

Chill-out-Area, Restaurantbereich, alles in einem. Ich hätte noch eine Einladung für heute Abend, zur Eröffnung.«

»So. Und ich wäre dann deine Plus Eins.«

Er lachte ein wenig unbehaglich und schniefte erneut. »Ja. Genau.«

»Wieso ich? Ist deine Freundin mit den Kuscheltieren durchgebrannt?«

»Bitte wie?«

»Nicht so wichtig.« Uli nahm einen tiefen Zug und grinste. Der gute Jürgen. Hatte schon immer Probleme gehabt, seinen persönlichen Schriftverkehr beisammenzuhalten. Erst vor ein paar Monaten waren ihr in der Redaktion aus einem Reiseführer für Südafrika diese Faxe entgegengefallen, die eine Frau Jürgen vor ein, zwei Jahren in sein Hotel geschickt hatte. »Früh im Bett. Alles riecht nach dir. Die Bären vermissen dich. Ich noch mehr.«

Aber das waren Peanuts im Vergleich zu dieser E-Mail auf ihrem Schreibtisch.

»Also, jedenfalls«, begann Jürgen wieder, »Jackys neuer Club …«

»Ich weiß Bescheid«, schnitt sie ihm das Wort ab. »Die härteste Tür Münchens. Das hat er beim Lucky Club auch schon behauptet. Hat ja nicht lang gedauert.«

»Hört sich fast so an, als würdest du den persönlich kennen.«

»Tu ich. Ich hab bei ihm gearbeitet, im Studium.«

Am anderen Ende der Leitung war es still. Im Hintergrund hörte sie Autolärm, dann Kirchenglocken. War es schon so spät? Sie nahm sich vor, am kommenden Samstag zum Zehn-Uhr-Work-out ins Fitnessstudio zu gehen. Es durfte nicht mehr einreißen, dieses haltlose Leben mit zu viel Zeit zum Nachdenken.

»Ich dachte jedenfalls, ich mach dir eine Freude.« Jürgen hatte sich wieder gefangen. »Und bei der Gelegenheit könnten wir dann mal so richtig in Ruhe ratschen. So … von Mensch zu Mensch.«

»Ich will dir deine kostbare Zeit aber nicht stehlen«, sagte sie genüsslich, »jetzt, wo du deinen schicken neuen Crosstrainer hast.«

»Uli …«

»Und, was stellst du am liebsten ein? Das Hügelprogramm? Den Zufallsgenerator? Den …«

»Uli, es ist nicht …«

»Nein. Schon klar. Es ist natürlich überhaupt nicht, wie ich denke. Es gibt sicher eine ganz logische Erklärung dafür, warum du dir das Ding nach Hause liefern lässt. Wahrscheinlich wolltest du ihn nur mal testen, bevor die Lose für unser großes Online-Gewinnspiel gezogen werden. Unter notarieller Aufsicht. Nicht dass unsere User am Ende so ein olles G'lump bekommen, nicht wahr?«

»Uli?«

»Ja?«

»Ich kann alles…« Er unterbrach sich selbst. Die Glocken bimmelten noch immer. Unten auf der Straße konnte Uli das Geräusch einer Sackkarre auf Kopfsteinpflaster hören. Neue Obstlieferung für den Gemüsehändler von gegenüber.

»Sag's mir einfach«, sagte er schließlich gepresst. »Sag mir, was du willst. Ich kann ziemlich viel arrangieren, weißt du. Ein gutes Wort bei Wendel einlegen, zum Beispiel. Oder …«

»Ich brauch kein gutes Wort von dir. Nicht bei Walter.«

»Hör mal«, er flehte jetzt beinahe, »machen wir nicht alle Fehler?«

Ja, dachte sie. Aber nicht in solchen Dimensionen. Nicht mit dieser Dummheit. Wenn man sich schon unbemerkt den Hauptgewinn der Online-Tombola nach Hause liefern lassen wollte, dann musste man wenigstens daran denken, die automatische E-Mail-Kopie an die Kollegin auszuschalten.

An die Kollegin im Übrigen, die sich wochenlang die Finger wund telefoniert hatte auf der Suche nach Sponsoren, die Preise zur Verfügung stellten, während Jürgen in aller Seelenruhe an einem Konzept für die neue Golf-Website gebastelt hatte.

Damit war es jetzt vorbei. Keine Golfseite. Oder wenn, dann ohne Jürgen. Sie wollte nicht mit ihm in Jackys neuen Club. Sie wollte auch kein Geld. Keinen Trostpreis.

Sie wollte Jürgens Arsch. Sie wollte Jürgens Job.

Es war nur eine Frage von Tagen.

»Du, Jürgen? Muss jetzt los. Hab einen Anruf auf dem Handy.«

»Uli … wenn dir das lieber ist … ich kann dich auch ins P 1 mitnehmen, heute Abend, falls …«

»Grüß Jacky von mir, ja? Mit Bussi.«

Sie warf den Hörer auf die Gabel und streckte sich. Die Sonnenstrahlen von draußen wärmten ihre Beine. Sie fühlten sich beinahe zärtlich an.

»How is Klinsmann's foot!«, rief Brückner und entblößte dabei so viele Zähne, dass Jo sich unwillkürlich fragte, wie alle in einem einzigen Kiefer Platz haben konnten. Ihr Nachbar trug ein babyblaues Poloshirt und stand so breitbeinig zwischen den Staudenbeeten, als hätte er dieses Gartengrundstück soeben in einer siegreichen Schlacht erobert. Seinen Arm hatte er mit der gleichen Eigentümerpose um seine Frau gelegt, die zu seinen Ausführungen wissend nickte. Sie konnte kaum älter sein als Jo, sah aber mit ihrem weißen Hemd und ihren Perlenohrringen unangenehm alterslos aus. Lass mich bloß nie so erwachsen werden wie die, formulierte Jo ein stummes Stoßgebet.

»How is Klinsmann's foot!«, wiederholte Brückner noch einmal, richtete seinen Zeigefinger auf Saschas Brustbein wie eine geladene Pistole und fuchtelte dann damit durch die Luft. »Das muss man sich mal vorstellen. So hat mich letzten Sommer ein thailändischer Zöllner begrüßt, auf einem winzigen Regionalflughafen. Dabei ging es nicht mal um die Weltmeisterschaft, nur um die EM. Und trotzdem weiß der, wenn sich der deutsche Kapitän eine Sehne zerrt. Weißt du, was das ist, mein Freund?«

Sascha zuckte die Achseln. »Sportsgeist?«, schlug er vor.

Brückner hieb mit seinem breiten Zeigefinger auf Saschas Brustkorb ein.

»Das, mein Freund, ist Globalisierung.«

Sascha nickte, und Jo fragte sich wieder einmal, ob er ein wenig neidisch auf den Nachbarn war, diesen Sportartikelimporteur mit den vielen blonden Kindern und der Platin-Vielfliegerkarte. Nicht, dass Brückner mit seiner Firma reicher geworden war. Aber er bekam deutlich mehr von der Welt zu sehen. Sascha, dessen Welt so lange begrenzt gewesen war von einer brandenburgischen

Kleinstadt und einem Stacheldrahtzaun – warum nur hatte er ein Business aufgezogen, das die ganze Welt zu ihm brachte, auf seinen Monitor, ohne dass er jemals dafür reisen musste?

»Na?« Sabine Brückner wandte ihren Kopf zu Jo. Unweigerlich musste jetzt die Frage kommen, vor der sie sich seit einer Viertelstunde fürchtete, seit dem Beginn des Gesprächs.

»Na«, fragte Sabine Brückner, »und wie gefällt dir die Band?«

Das ist keine Band, wollte Jo antworten. Das sind Zombies. Sie hasste diesen Skihütten-Sound, der in ihrer eigenen Teenagerzeit einmal modern gewesen war und bei dem sich Menschen zwischen Diplom und Menopause augenzwinkernd darüber verständigten, wie jung und wild sie in ihrem Herzen geblieben waren. It's Raining Men, Hallelujah.

Aber hier stand sie, und alles passte zueinander, das geschmackvoll eingerichtete Haus mit dem neuen Anbau, die Band, als Überraschungsgeschenk der Nachbarn zu Jos Dreißigstem, das Büfett unter einem weißen Gartenzelt. Pan-asiatisch, mit Saté-Spießen, Curry rot und grün, dazu Sushi. Ob sie sich selbst auch so nahtlos einfügte, in dieses Ensemble der Selbstzufriedenheit?

»Schatz?«

Brückner zupfte seine Frau am Ärmel.

»Schatz, wie hieß noch mal dieses neue Pharma-Start-up, von dem der Björn erzählt hat?«

»Welcher Björn?«

»Na, der Björn. Der Fonds-Fritze.«

Schnell war das Thema gewechselt, und Jo atmete auf. Gerade noch einmal um eine Antwort herumgekommen. Brückner hielt jetzt einen Vortrag über den Start einer sensationellen Aktie. Sascha nickte, nicht zu eifrig, nicht zu sparsam. Zuhören, dachte Jo. Zuhören, das konnte er. Oder wenigstens so tun als ob, selbst wenn er mit seinen Gedanken ganz woanders war. Das war seine Tarnung, nicht seine wechselnden Frisuren und seine Spruch-T-Shirts. Das war seine Chamäleonhaut, mit deren Hilfe er sich jeder Gesellschaft angleichen konnte, charmant und unangreifbar.

Sie fragte sich manchmal, ob er die Begleitumstände dieses Lebens einfach nur billigend in Kauf nahm. Diese Gespräche über die richtigen Teakholz-Deckchairs und die Möglichkeiten, im Possenhofener Jachtclub an einen Liegeplatz zu kommen. Oder ob er es gerade deshalb gewählt hatte, weil es der größtmögliche Kontrast war zu allem, das hinter ihm lag. Ein Schattenboxen gegen die Vergangenheit. Vielleicht ging es um seinen Vater. Vielleicht musste er ihm die eigene Unabhängigkeit zur Schau stellen, auch wenn der Vater gar nicht mehr hinsehen konnte.

Jo musterte Sabine Brückner von der Seite. Zart sah sie aus, zart und gepflegt, mit durchscheinendem Teint wie von einem Gemälde aus dem 19. Jahrhundert. Tennis-Bräune war wohl endgültig passé. Sie hing jetzt am Arm ihres Mannes, nippte an einer Weinschorle und lauschte, ein dienstbereites Lächeln in den Mundwinkeln, das sie jederzeit anknipsen konnte. Aus irgendeinem Grund bezeichnete sich das Paar als ihre und Saschas beste Freunde, und vielleicht waren sie das sogar. Wenigstens wenn man Freundschaft an der Häufigkeit des Kontaktes festmachte und sich nicht mit der beunruhigenden Frage beschäftigte, wer ihnen denn eigentlich nahestand. Manchmal fragte Jo sich, wen sie nachts anrufen würde, wenn Sascha nicht nach Hause käme. Oder Ludwig etwas passierte.

Jirina fing Jos Blick auf und winkte, während sie an der Sandkiste stand, ihren Sohn an der Hand. Vor ein paar Tagen erst hatte Ludwig endlich, endlich seine ersten Schrittchen gemacht, tapsig und stolz wie ein kleiner Gockel.

Jo machte eine entschuldigende Geste in Richtung der Brückners, aber die beachteten sie gar nicht. Sie schlängelte sich durch die Masse hochgewachsener Menschen, die in ihrem Garten herumstanden und zur Musik wippten. Ich habe hier nichts zu suchen, dachte sie. Ein kleines Mädchen, das sich mit Mamas geblümten Kleid und Pumps mit klotzigen Absätzen verkleidet hatte. Noch während sie lief, wusste sie nicht, wohin ihre Schritte sie trugen, ob zu ihrem Kind oder in ihr Haus. Was aber hatte es zu bedeuten, dass sie im Flur nach ihrem Rucksack griff, ihrer Brieftasche, ihrem Schlüssel?

Erst als sie die Gartenpforte leise hinter sich geschlossen hatte, begriff sie, dass ihr Ziel ein anderes war.

Auf dem S-Bahn-Steig schaltete sie ihr Handy ab und stellte sich vor, sie wäre auf der Durchreise. Hätte kein Haus und kein Kind und keinen Mann, nicht einmal einen Koffer mit ihren Habseligkeiten, nur den alten schwarzen Lederrucksack über ihrer Schulter, der so wenig zu ihrer damenhaften Aufmachung passte. Sie stellte sich vor, sie hätte nichts zu tun mit den Segelbooten auf dem See, sie wüsste nicht, dass der Spazierweg an der Promenade schließlich zu jener Stelle führte, an der Ludwig II. ertrunken war, und wie überteuert der Wein in dem Lokal am gegenüberliegenden Ufer war, mit den gedeckten Tischen auf dem Steg.

Aber es gelang ihr nur schwer, jedenfalls nicht hier. Auf dem Bahnsteig kickten ein paar Jungen eine leere Dose, vom See tönte die leiernde Melodie einer Drehorgel herauf.

Sie war nicht sicher, ob an einem solchen strahlenden Spätsommerabend genügend Gäste für den Poetry-Slam im Substanz zusammenkommen würden, aber es war einen Versuch wert. Einen Versuch, für einen Abend eine ganz andere zu sein. Sie fühlte mit der Hand im Rucksack nach, ob ihr Notizbuch darin war. Vielleicht würde sie sogar selbst vortragen, auf der Bühne, vor Publikum. *Die Herzkammer hast du durchsucht / nach Gesten, Worten, Einzelstücken / die noch blank poliert in eisernen Regalen lagern / originalverpackt und unbenutzt.*

Beim Einsteigen spürte sie mehr, als dass sie es sah, dass sie beobachtet wurde. Sie setzte sich, fixierte ein Brandloch im türkisblauen Bezug und stellte einen Fuß an den Sockel des Sitzes gegenüber. Dann nahm sie ihn wieder weg. Eine Hosenhaltung war das, keine Rockhaltung.

In letzter Zeit fürchtete sie sich vor diesen Momenten des Sichtbarwerdens, wenn sie alleine unterwegs war, und genoss sie dann doch: diese verstohlenen Blicke, Blicke von alten Männern mit hellen Sommermänteln und Jungen in ausgeblichenen Shorts. Sie war es nicht mehr gewohnt, eine Fremde zu sein, die mit wenigen Blicken auf ihre Verwertbarkeit taxiert werden konnte. Nicht mehr gewohnt, nicht Teil eines Ganzen zu sein, nicht als Freundin erkennbar und schon gar nicht als Mutter.

Sie schämte sich und dachte an Ludwig. Als der Zug in Pasing hielt, erwog sie, einfach auszusteigen und am gegenüberliegenden Bahnsteig auf die S-Bahn zurück nach Starnberg zu warten. Aber dann hörte sie schon das Zischen, mit dem sich die Türen schlossen, und beschloss, es als ein Zeichen zu nehmen.

Als sie an der Poccistraße schließlich die Bahn verließ, waren ihre Kniekehlen schweißnass. Sie ging ein paar zögernde Schritte zwischen den blau gekachelten Wänden des U-Bahnhofes entlang und genoss den Luftzug des abfahrenden Zuges an ihrer Haut. Erstaunt stellte sie fest, dass sie nicht genau wusste, welchen Ausgang sie nehmen musste. So viele Jahre war sie hier vorbeigefahren auf dem Weg in ihre Wohnung in der Implerstraße, die letzte Station vor dem Ziel, aber ausgestiegen war sie hier noch nie. Es war, als öffneten sich an diesem Tag an überraschenden Stellen Türen knapp neben den vertrauten Ein- und Ausgängen, Türen, die einen Ausblick erlaubten auf ein Leben, das sich geringfügig unterschied von dem, das sie lebte. Besser? Schlechter? Anders, auf jeden Fall.

Dann fiel ihr der Junge auf.

Er stand vor dem Schaukasten mit dem Umgebungsplan und studierte die Straßennamen darauf. Über der Schulter trug er eine Stofftasche mit der Aufschrift »Meer erleben«, und er war fast so groß wie Sascha. Als er sich zum Gehen wandte, blickte er zufällig in Jos Richtung. Sie hielt seinem Blick stand. Er lächelte schüchtern, dann sah er als Erster wieder weg.

Wie alt mochte er sein? Auf keinen Fall älter als Anfang zwanzig. Ein süßer, neugieriger Junge, mit weichen, leicht aufgeworfenen Lippen, die Haare mit Wetgel zu Stacheln aufgestellt, eine Kette mit Holzperlen um den Hals. Wie Ludwig wohl in zwanzig Jahren aussehen würde? Groß auf jeden Fall. Das wenigstens stand jetzt schon fest. Anders als alle anderen.

Sie ging an dem Jungen vorbei und war nicht überrascht, als sie bald danach gedämpfte Schritte hinter sich hörte. Ich werde verfolgt, dachte sie amüsiert. Sie konnte sich nicht erinnern, wann ihr das zum letzten Mal passiert war.

Im Zwischengeschoss hielt sie an einem Zigarettenautomaten und warf ein Geldstück in den Schlitz, gleichzeitig die andere Hand am Schacht. Da war er wieder, dieser leichte, kaum spürbare Widerstand, wenn man den Metallwagen mit dem Päckchen herauszog. Sie besah sich die blaue Schachtel und staunte über die Aufschrift. Rauchen tötet, so riesige Buchstaben, fast über die Hälfte der gesamten Fläche. Das hatte es vor ein paar Jahren noch nicht gegeben. Schon jetzt freute sie sich auf die Geräusche, vertraut und jahrelang nicht gehört, das Knistern der Schutzfolie beim Abziehen, das leise Schleifen, wenn man die erste Zigarette aus einer vollen Packung zog. Als sie weiterging, begann auch das gedämpfte Sohlengeräusch hinter ihr wieder, ein Echo ihrer eigenen Schritte.

Das Substanz lag gleich um die Ecke der U-Bahn-Station, gegenüber von einem Bürogebäude. Ein paar Stufen führten zu dem Eingang ins Hochparterre. Sie verharrte einen Moment unschlüssig davor und hatte das deutliche Gefühl, dass irgendetwas nicht stimmte. Dann kam sie drauf. Entweder dieser Club hatte eine extrem harte Tür. Oder eine, die man selbst aufmachen und einfach hineinspazieren konnte.

Früher, dachte sie, früher wäre das ein Grund gewesen, auf dem Absatz wieder umzukehren. Zu einfach. Zu lächerlich.

Im gleichen Augenblick sagte jemand hinter ihr »Moment«, und der Junge langte an ihr vorbei und zog am Knauf der schwarz gestrichenen Tür. Jo hatte richtig gelegen. Sie ging einfach so auf.

»Da hatten wir wohl den gleichen Weg«, sagte sie, und der Junge legte den Kopf schief und sah sie an. »Da hab ich aber Glück gehabt.«

Hinter einem wackeligen Holztisch saß ein Typ im kurzärmligen Karohemd, eine zerkratzte Kassenschatulle vor sich und eine Liste mit Namen.

»Lesen?«, fragte er den Jungen, und der lachte. »Was meinst du denn?«, und der Typ im Karohemd lachte auch. »Klar doch, war ein Scherz.« Dann stand er auf und hielt dem Jungen eine Handfläche hin, und die beiden klatschten sich ab wie Rapper.

Jo sah sich um und war verblüfft, wie voll der Raum an diesem Sommerabend war. Eine schlauchartige Kneipe ganz in Schwarz, mit einer Bar auf der rechten Seite, Halbliter-Biergläser auf dem Tresen, ganz hinten eine Bühne, am Rand ein paar Flipperautomaten, an denen sich lautstark ein paar Mädchen vergnügten. Aus den Boxen drang vertraute Musik, etwas aus Saschas Deutschpop-Zeit, es kam ihr bekannt vor. Die Luft stand vor Zigarettenrauch.

»Und du?«, fragte der Kassenmann Jo. »Auch auf die Liste, oder nur zuhören?«

Der Junge mit der Holzperlenkette sah sie aufmerksam an, und sie holte tief Luft. »Lesen«, sagte sie.

Vielleicht waren es die beiden Namen, Jo und Jonas, die da so unschuldig untereinander auf der Leseliste an der Kasse standen, die den weiteren Verlauf des Abends so klar erscheinen ließen. Vielleicht auch die Selbstverständlichkeit, mit der Jonas sich hinter sie stellte, sodass sie sich nur hätte zurücksinken lassen müssen an seinen großen Körper, der dem Saschas so ähnlich war. Schließlich noch der Zufall, dass sie ein gemeinsames Ziel gehabt, ein Stück Weg miteinander geteilt hatten.

Gemeinsam applaudierten sie, während nacheinander Zettel mit den Namen der Dichter aus einem grau-weiß melierten Putzeimer gezogen wurden. Sie applaudierten mageren Studenten, die alkoholgeschwängerte Katertexte vom Blatt nuschelten, und sichtlich nervösen Studentinnen, die anklagende Verse über abwesende Liebhaber ins Mikrofon hauchten.

Als Jonas an der Reihe war, wurde es plötzlich sehr still im Publikum. Selbst der Barmann hob den Kopf und stellte zwei halb gespülte Gläser vorsichtig auf dem Tresen ab. Während die beiden Moderatoren Jonas noch ankündigten – Slam-Champion, Shootingstar, sogar in einer Rowohlt-Anthologie vertreten! –, beugte sich Jonas über Jo und legte eine Hand zwischen ihre Schulterblätter. »Wünsch mir Glück!«, flüsterte er. Ein angenehmer Duft umwehte ihn, kein Parfüm, eher etwas Natürliches, Ursprüngliches, ein Kuchenteigaroma, das Jo schon wieder an Ludwig denken ließ. Aber diesmal schob sie den Gedanken entschlossen fort. Verblüfft bemerkte sie, wie ihr Blick auf den großen Jungen sich wieder veränderte. Jetzt war er nicht mehr einfach nur ein hübscher Kerl mit einer Nerd-Stofftasche, jetzt nahm er auf einmal deutlich mehr mit auf die Bühne, eine breitbeinige Siegesgewissheit, die Ausstrahlung eines Mannes, der bekommt, was er will.

Jo rechnete nach. Es waren mehr als fünf Jahre.

Fünf Jahre, in denen sie mit keinem anderen Mann mehr geschlafen hatte als mit Sascha.

Der Rauch der Zigarette brannte in ihren Lungen. Beim ersten Mal tat es eben immer weh. Und wenn etwas zu lange zurücklag, dann auch.

Jonas wusste, was er tat. Er beherrschte den Raum vom ersten Augenblick an, mit seiner Präsenz, seiner Überzeugungskraft. Er brauchte keine Blätter zum Ablesen, kein Mikrofon, und seine Texte, seine gerappten Reime, waren so, wie Jo es noch nie gehört hatte. Sie waren erotisch, dachte Jo, obwohl es nicht explizit um Sex ging. Die Sinnlichkeit lag in der Sprache selbst, in den weichen Lauten, diesen Wortspielen und ironischen Wendungen, immer haarscharf, ehe ein Vers in den Kitsch hätte abstürzen können. Als er geendet hatte, wollte der Applaus überhaupt nicht mehr aufhören.

Jonas wühlte sich durch die Menge, wischte sich den Schweiß mit dem nackten Unterarm von der Stirn, steuerte direkt auf Jo zu. Sie hob ihr Bierglas an die Lippen und sah ihn über den Rand hinweg an, dann ärgerte sie sich über diese klischeehafte Geste. Genauso waren diese Frauen in der Wunderbar gewesen, vor vielen Jahren, als sie hinter Karim auf der Seekiste in der Garderobe gesessen hatte und ihren immer gleichen Angriffen zugesehen hatte. Früher hatte sie das Flirten besser beherrscht. War origineller gewesen.

»Wenn du jetzt fragst, wie du warst, red ich nie wieder mit dir«, sagte sie.

»Für wen hältst du mich?«, fragte er. »Ich hab doch Style.«

Dann griff er nach ihrem Bierglas und nahm einen Schluck, und sie entspannte sich. Auch keine originelle Geste. Vielleicht hatte sie auch eine verklärte Erinnerung an das Nachtleben, die Begegnungen und alles, was damit zu tun hatte. Vielleicht war es immer so banal gewesen. Boy meets Girl. Oder besser: Boy meets Woman, in einem geblümten Kleid. Auf einmal wusste sie genau, welcher Film in seinem Kopf ablief, und musste lächeln. Ein französischer Film, in dem sie die *Ältere Frau* abgab, die erfahrene, die mit allen Wassern gewaschene.

»Lauf nicht weg«, sagte sie und wandte sich ab. Sie musste das jetzt schnell erledigen, ein letztes Hindernis aus dem Weg räumen. Ein eigener erster Auftritt sollte dem jetzt nicht mehr in die Quere kommen. Vielleicht ein anderes Mal. Sie selbst, wie sie vor dem großen Publikum auf der Bühne stand und auf einmal zu viele Beine und zu viele Hände hatte, das wollte sie weder ihm noch sich zumuten. Sie erwischte einen der beiden Moderatoren, einen hageren Schwarzgekleideten, und winkte ihn zu sich heran.

»Ich bin auf der Liste«, sagte sie.

»Hä?« Er hielt eine Hand ans Ohr und beugte sich näher zu ihr herunter.

»Ich bin auf der Liste. Kannst du mich bitte wieder streichen?«

Er schüttelte den Kopf. »Nee. Kneifen is nich.«

»Das kannst du nicht machen.«

»Und ob.«

Sie sah sich Hilfe suchend um und erspähte Jonas, der die Menge überragte und seinerseits nach ihr Ausschau hielt, auch wenn er so zu tun versuchte, als blickte er sich völlig interesselos um.

»Hör mal zu«, sagte sie, »wenn du willst, dass dein Champion nicht vor der Siegerehrung verschwindet, dann streichst du jetzt meinen Namen.«

»Bitte, wie?«

»Du hast mich schon verstanden.«

Eine Stunde später verließen sie gemeinsam den Club. Die Sonne war längst untergegangen, aber als sie auf die Straße traten, strahlte der Asphalt immer noch Hitze ab. Aus Jonas' Tasche ragte der Hals einer Flasche billigen Whiskys, das Siegergeschenk.

»Lass uns schnell abhauen«, sagte er, »sonst verhaften die mich noch, und ich muss mit ihnen zum Biertrinken ins Fischerstüberl.«

»Fischerstüberl?«, sagte sie und hakte sich bei ihm ein. »Klingt ja furchtbar.«

»Hat aber jeden Tag bis um drei geöffnet. Deshalb.«

»Bist du denn jedes Mal dabei, beim Poetry-Slam?«

»Nein. Überhaupt nicht. Ich wohn nicht in München.«

»Ach was.«

»Ich bin nur auf der Durchreise.«

»So ein Zufall. Ich auch.«

»Und jetzt?«

Er blieb stehen und zuckte auf eine übertriebene Weise die Schultern, so wie ein Schauspieler in einem Stummfilm.

»Weiß nicht. Sag du's mir.«

»Da vorne ist die U-Bahn.«

»Und wo fährt die hin?«

»Überall.«

»Ich möchte irgendwohin, wo ich dir was zeigen kann. Ein paar Sachen, die ich heute erst geschrieben habe. Wüsste gern, ob sie dir gefallen.«

»Dann gehen wir zu Fuß.«

Das Hotel hatte sich nicht verändert, seitdem Jo das letzte Mal dort gewesen war. Wie lange war das her, zwanzig Jahre? Länger. Sie wusste noch genau, wie viele Schritte es waren vom Goetheplatz die Straße entlang, auf die Villa mit den Türmchen und Erkerchen zu.

Als Kind hatte sie die Schritte jedes Mal gezählt, dabei immer am Verhandeln mit sich selbst. Wenn sie es in weniger als hundert schaffen würde, dann würde der Vater noch bis Jahresende wieder einziehen, bei ihr und ihrer Mutter. Schaffte sie weniger als neunzig, dann würde er sie bereits mit gepackten Koffern erwarten. Deals, die nie aufgingen, aber derer sie nicht müde wurde. Als der Vater das erste Mal ins Hotel zog, nach dem lächerlich kurzen Intermezzo mit der Frau, wegen der er seine Familie verlassen hatte, da war die Hoffnung am größten gewesen, am wahnwitzigsten. Hotel, das hieß doch, dass einer auf Reisen war. Und wenn einer auf Reisen war, würde er irgendwann auch wieder zurückkommen.

Während sie Jonas durch den Hinterhof zum Hoteleingang lotste, vorbei an verschiedenfarbigen Müllcontainern, fuhr ihr plötzlich der altbekannte Schrecken in die Glieder. Dieser Schrecken, der sie noch immer überfiel und ohne Vorwarnung mit eisernen Fingern nach ihr griff. Ludwig. Wo war Ludwig? Die ersten Male, die sie sich ohne ihr Kind aus dem Haus gewagt hatte, hatten sich angefühlt, als zöge sie mit Gewalt an einem kurzen Gummiband, das sich schmerzhaft dehnte. Durch den häufigeren Gebrauch war das Band mittlerweile lockerer geworden, flexibler, dehnte sich mit weniger Anstrengung. Aber es war immer noch da, eine unsichtbare Nabelschnur. Nein, keine Sorge, beruhigte sie sich. Ludwig war ja in guten Händen, Ludwig war bei Jirina und seinem Vater, was sollte ihm schon geschehen. Hatte er nicht das Zeitgefühl eines Tieres, so wie alle kleinen Kinder, diesen beinahe buddhistischen Hang zum Hier und Jetzt? Für Ludwig spielte es kaum eine Rolle, ob seine Mutter zum Briefkasten ging oder die ganze Nacht fortblieb, für ein Abenteuer mit einem Fremden.

Als Jonas versuchte, Jo hinter einen der Müllcontainer zu ziehen, eine Hand im Rückenausschnitt ihres Kleides, wehrte sie ihn ab.

»Nicht«, sagte sie, »ich weiß was Besseres.«

Das Hotel hatte noch immer keine richtige Rezeption, nur einen schäbigen kleinen Tresen im Flur, zwischen dem Gastraum mit seinen dunklen Holzmöbeln und dem Aufgang zu den Zimmern. Ein Kellner schob eine Karre mit versiegelten kleinen Edelstahlfässern zur Seite und wischte sich die Hände an der langen schwarzen Schürze ab, dann blickte er zwischen Jo und Jonas hin und her. Sein Hemd hatte Schweißflecken, der Stoffbinder um seinen Hals hing unordentlich herunter.

»Und«, fragte er, »was kann ich für euch tun?«

Jo griff nach ihrer Brieftasche und fingerte nach der Kreditkarte. Erwachsen spielen, nächster Akt. Langsam begann ihr das Spiel zu gefallen.

»Ein Doppelzimmer, bitte. Für eine Nacht.«

Der Kellner zog einen Mundwinkel nach oben.

»So. Ein Doppelzimmer. Gepäck habt's ihr keins, oder?«

Er wartete keine Antwort ab und fuhr mit dem Zeigefinger über eine Liste in einem Buch, das aufgeschlagen vor ihm auf dem Tresen lag.

»Nummer zwölf«, sagte er schließlich zufrieden. »Das hat ein Doppelbett.« Dann blickte er Jo mit einem schwer zu deutenden Ausdruck an.

»Die Dame zahlt?«, fragte er, wobei er das Wort »Dame« ein wenig zu sehr betonte. Sie reichte ihm ihre Kreditkarte, er schob sie in ein Lesegerät und riss dann mit einer schwungvollen Bewegung den Zettel ab, auf dem sie unterschreiben sollte. Jonas stand daneben, die Hände auf dem Rücken verschränkt, und sah ihr ungeduldig zu. Wieder war diese unschuldige Freude in seinen Augen, die kindliche Aufregung über ein bevorstehendes Abenteuer. Sascha? Nein. So hatte Sascha sie nie angesehen.

Jo wollte nach dem Zimmerschlüssel greifen, aber Jonas war schneller.

»Genau so müssen die sein.« Er nickte befriedigt und wog den schweren Messinganhänger in der Hand. »Findest du nicht?«

»Wie denn sonst?«

»Ich hasse diese Magnetkarten im Hotel, da fühle ich mich immer so verloren.«

»Kennst dich aus, in der großen weiten Welt, was?«

»Kann man so sagen. Mein Vater …«

»Nicht!«, sagte sie heftig. »Ich will nichts wissen.«

Vielleicht waren es diese wenigen Worte, die Erwähnung seines Vaters, mit denen sich auf einmal ein komplettes, fremdes Leben vor ihr aufbaute, wenn auch nur als allererste, flüchtige Skizze. Jedenfalls, als sie die Treppe hinaufstiegen und in den Flur einbogen, mit dem abgetretenen roten Läufer und den altmodischen Stehlampen in den Ecken, da langweilte sie der Gedanke an die bevorstehende Nacht plötzlich.

Das alles brauchte sie doch gar nicht mehr, diesen zwanghaften Drang, die Lust in den Augen eines fremden Mannes zu sehen, diese Vergewisserung, dass sie wirklich am Leben war. Auf einmal wollte sie nicht mehr wissen, ob Jonas eine ähnlich tiefe Kuhle unter seinem Brustbein hatte wie Sascha, wie er sich im Bett bewegte, ob er dabei sprach und wer von ihnen beiden den Tanz anführen würde, bis er an Tempo gewann.

Während er noch über sie hinübergriff, um das Zimmer aufzuschließen, und von hinten ein Bein zwischen ihre Schenkel drängte, machte sie sich los. Dann schüttelte sie den Kopf.

»Tut mir leid«, sagte sie schließlich, »aber ich kann das alles nicht.«

»Was ist los?« Er blickte sie aus grünen Kinderaugen an. »Hab ich was falsch gemacht?«

»Gar nichts. Du hast überhaupt nichts falsch gemacht. Aber ich.«

»Du, wieso du?«

»Ich hab ein Kind«, sagte sie. »Und einen Mann.«

Er musterte sie ungläubig, mit zusammengekniffenen Augen, dann begann er zu lachen.

»Das glaubst du ja wohl selbst nicht«, sagte er. »Was wird denn das für ein Spielchen?«

Noch einmal wollte er sich an sie drängen, aber sie stieß ihn zurück.

»Geh ins Fischerstüberl«, sagte sie, »da findest du sicher noch eine Schlafmöglichkeit.«

»Du bist doch …« Er ließ den Satz unvollendet und wandte sich unentschlossen zum Gehen, fast als glaubte er, sie könnte es sich doch noch anders überlegen. Beinahe tat er ihr leid. Aber ohne eine Dosis wohlkalkulierte Gemeinheit wurde man Männer nie los.

So viel wusste sie noch.

Nachdem er auf der Treppe verschwunden war, steckte sie genießerisch den Schlüssel ins Schloss. Eine Nacht, in der niemand sie finden, niemand sie erreichen konnte, solange sie die Verbindung gekappt hielt, solange das Handy in ihrem Rucksack lag wie ein totes Tier. Sie betrat das Zimmer mit dem Bett im abgestoßenen Holzrahmen, fuhr mit dem Finger über die Lampen, diese Messinghalter, in denen künstliche Kerzen mit Glühbirnen anstelle von Flammen stecken, kickte ihre Schuhe von den Füßen, spürte die Rillen des gewebten Teppichs unter ihren nackten Sohlen. Wie viele Menschen hatten hier schon ihre Koffer abgestellt, verliebte und unglückliche, geile und lustlose, Frauen und Männer auf der Suche nach Heimat für eine Woche oder eine Nacht. Auf einmal fand sie es ungemein tröstlich, nicht mehr und nicht weniger zu sein als eine von vielen.

Schräg über das breite Bett ausgebreitet schlief sie ein, in einer Haltung, als wollte sie das ganze Zimmer umarmen. Neun Stunden später wachte sie auf und stellte verwundert fest, dass sie seit Ludwigs Geburt nicht mehr so lang am Stück geschlafen hatte. Sie stand auf, spritzte sich etwas Wasser ins Gesicht, verließ das Zimmer. Schlich vorbei am Gastraum, in dem noch die hölzernen Stühle auf den Tischen standen, und machte sich auf den Weg. Nach Hause.

Auch der Sonntag war einer dieser Spätsommertage, die sich derart ins Zeug legten, dass man nie wusste, ob es aus Gehässigkeit war oder aus besonderer Güte. Segelboote glänzten als weit entfernte weiße Tupfer auf dem See, das Wasser kräuselte sich, die Möwen kreischten, selbst der Staub über dem Bahnsteig glitzerte golden in der Morgensonne. Zuerst ging sie, dann lief sie, dann rannte sie, und die letzten Meter vor dem Gartentor begann ihr Atem zu pfeifen.

Ludwig saß in der Sandkiste, über einen bunten Plastikbagger gebeugt, und spielte. Daneben sah sie eine andere Person stehen, eine Erwachsene, mit einem knappen T-Shirt und kurzen Haaren, den Nacken ausrasiert bis zur halben Höhe des Hinterkopfes. Sie hielt inne und versuchte, ihre wirbelnden Gedanken zu bändigen.

Was machte Uli hier, in ihrem Garten, am Sonntagmorgen?

Leise näherte sie sich dem Sandkasten, aber offenbar nicht leise genug. Schon auf halbem Wege drehte sich die Person neben Ludwig um, und schon in der Bewegung zerfloss die Ähnlichkeit mit Uli zu einem kümmerlichen Häufchen. Natürlich. Wie hatte sie vergessen können, dass Jirina sich die Haare abgeschnitten hatte?

Das Au-pair-Mädchen musterte sie ausdruckslos. Im Näherkommen erst sah Jo, dass sie geweint haben musste.

Jetzt hatte auch Ludwig seine Mutter bemerkt und ließ mit einem freudigen Quiekser den Spielzeuglaster fallen. Er versuchte, sich aufzurichten, fiel aber gleich wieder auf seinen Windelpo.

Sascha näherte sich von der Terrasse. Der Kaffeelöffel in seinem Keramikbecher klirrte bei jedem Schritt.

»So. Bist du auch wieder da«, sagte er.

»Was ist denn hier passiert?«, fragte sie. »Ihr guckt ja alle, als wäre jemand gestorben.«

Jirina zog geräuschvoll die Nase hoch.

»Ist auch«, nickte Sascha.

Jo erinnerte sich vage, dass sie diesen Dialog schon einmal geführt hatte. Nur wann? Sie kauerte sich zu Ludwig.

»Wer denn diesmal?«

»Lady Di.«

»Was?«

»Guck nicht so entsetzt. Lady Di ist tot. Und ihr ägyptischer Lover und ihr Chauffeur. Oder vielleicht ist der auch nur verletzt, so genau hab ich nicht zugehört.«

»Nicht wahr.«

»Doch. Letzte Nacht.«

»Du machst doch Witze.«

»Würde ich niemals tun.«

Ludwig versuchte vergeblich, Sand auf seine Baggerschaufel zu laden. Immer wieder steckte sie fest, und wenn er sie unter Mühen befreite, spritzte der Sand nach allen Richtungen. Jo beugte sich über ihn und gab ihm einen Kuss. Seine Haare klebten an ihren Lippen. Dann griff sie ihren Rucksack und ging ins Haus.

Drinnen war es ganz still. Wir brauchen eine große Uhr, dachte Jo. Eine Uhr, die tickt und nie müde wird.

In ihrer Arbeitsecke im ersten Stock setzte sie sich an den Rechner, dann schaltete sie das Modem ein. Es gab einen langen, tschilpenden Ton von sich, dann signalisierte ein leises Boing, dass die Verbindung zustande gekommen war. Lady Di. Mal sehen, was die Nachrichten auf ihrer Startseite zu vermelden hatten.

Verblüfft überflog sie die Schlagzeilen. Sascha hatte nicht gelogen. Sie vertiefte sich in den Nachrichtentext. Paris, der Tunnel, die Paparazzi, der rasende Chauffeur.

Sie musste an die Hochzeit denken. St. Paul's Cathedral, den Kuss auf dem Balkon. Wie sie mit ihrer Mutter im Fernsehraum eines Hotels gesessen hatte, in den Sommerferien, eingequetscht in eine mitfiebernde Masse von anderen Hotelgästen. Wie alt war sie gewesen, zwölf, vierzehn?

An was man sich alles erinnerte.

Sie hatte den Bericht noch nicht zu Ende gelesen, da poppte plötzlich ein kleines Textfenster auf ihrem Bildschirm auf. Eine Instant-Message.

ich wollte dich was fragen

na los, schrieb sie zurück. *frag.*

kannst es dir nicht denken, textete Sascha.

also, wenn du wissen willst

nein. will ich nicht. was anderes

und zwar

dreimal darfst du raten. johanna sedlacek

oh, so offiziell

jetzt unterbrich mich nicht. bin nervös.

tschuldigung.

johanna sedlacek. willst du …

au weia. wird das etwa

ja. wird. johanna sedlacek, willst du meine

und wenn ich nein sage

»Du kannst reingehen. Sie erwartet dich.«

Renate Lichtblau nickte Uli zu und griff dann wieder nach Spiritusflasche und Lappen. Sie sprühte etwas von der scharf riechenden Flüssigkeit auf ihren Computermonitor und wischte quietschend nach. Dringend notwendig, hatte sie gesagt. Jetzt, da die Putzfrauen nur noch zweimal die Woche kamen und nicht mehr jeden Tag.

Erstaunlich, dachte Uli, wie schnell Renate Lichtblau sich umgestellt hatte. Nicht ein Mal in den letzten Tagen hatte sie erlebt, dass die Sekretärin die neue Chefredakteurin beim Namen genannt hatte. Es war immer nur »sie«, genau wie Wendel immer nur »er« gewesen war. Eine unpersönliche Gottheit, deren Launen man schicksalhaft ausgeliefert war.

Als Uli das Chefzimmer betrat, erhob sich die Neue. Sie sah eigentlich nicht aus wie eine Frau, eher wie ein geometrisches Muster, ein Bild von Mondrian. Eine Anordnung von parallelen, senkrechten Linien, von der Silhouette ihres knielangen, anthrazitfarbenen Gehrocks bis zum Pagenkopf. Selbst ihr Gesicht war länglich und passte beinahe genau in das Raster. Zu Gehrock und ausgestellter Hose trug sie Turnschuhe in einem bläulichen Metallicton, gerade so, als könnte sie jederzeit von ihrem Schreibtisch aufspringen und einen Halbmarathon laufen. Eine schnelle Frau für schnelle Zeiten. Uli dachte an Walter Wendels rahmengenähte Lederschuhe, den Duft nach Tierhaut und Schuhcreme, der ihm manchmal auf dem Gang hinterhergeweht war.

Sie vermisste ihn.

Uli streckte der Neuen über den Schreibtisch hinweg die Hand entgegen.

»Guten Morgen, Frau Gräfin Krankenhagen.«

Die Chefredakteurin nickte knapp, dann wies sie Uli einen schwarzledernen Freischwinger an. Was ist aus dem Klappstuhl geworden, wollte Uli fragen, verkniff es sich aber. Auf der großen, blanken Schreibtischfläche mit dem Telefon, dessen Direktwahl nur Renate Lichtblau kannte, lag ein einziges Schriftstück. Die Juli-Angela, auf dem Cover eine Schwarz-Weiß-Aufnahme von Kate Moss mit Schlafzimmerblick. »30 ist die neue 20 – die große Lust am Neustart«, stand als Titelzeile darunter.

»Wissen Sie was«, sagte die Chefredakteurin, »wegen mir können Sie das auch weglassen. Diese Anrede, Frau Gräfin, das klingt so operettenhaft.«

»Ja. Und wie …«

»Ganz schlicht. Sagen Sie einfach Gräfin Krankenhagen.«

Die Chefredakteurin lehnte sich zurück und schlug die Beine übereinander. Schmale, durchtrainierte Rennpferdbeine, auch in dieser Haltung eine perfekte Parallele. Dann stützte Gräfin Krankenhagen hoheitsvoll ihre Hände auf dem Oberschenkel ab.

»Ja. Dann erzählen Sie mal.«

Uli war verblüfft. Sie hatte sich nicht vorbereitet auf das Einzelgespräch mit der Gräfin, war sicher gewesen, dass es sich um eine Art Lagebesprechung unter beinahe Gleichrangigen handeln würde. Als leitende Redakteurin des Online-Auftrittes war sie der Gräfin zwar offiziell unterstellt, genauso, wie sie vorher Wendel unterstellt gewesen war. Aber der hatte ihre Kompetenzen nie angezweifelt, war beinahe allen ihren Vorschlägen gefolgt, und selten war ihm aufgefallen, dass Uli häufig nur die Ideen der Konkurrenz kopierte, neue Angebote auf den Seiten der Hamburger und Berliner.

Letztlich war es allerdings auch dieses milde Desinteresse, diese nur schlecht verborgene Wurstigkeit gewesen, die ihn vor ein paar Wochen überraschend den Kopf gekostet hatte. Als der Verleger erfahren hatte, welche Summen Wendel in den Online-Auftritt gesteckt hatte, ohne sich ausreichend Gedanken über die Gegenfinanzierung zu machen, war er noch am gleichen Tag mit dem Firmen-Hubschrauber eingeflogen. Man munkelte, selbst mit Werbebannern habe Wendel Miese gemacht, weil er mehr Geld für die zusätzlichen freien Webdesigner ausgab, als er einnahm. Uli hatte den Abgang ihres Chefs bedauert, aber zunächst keinen Gedanken an ihre eigene Zukunft verschwendet. Schließlich, so dachte sie, saß sie fest im Sattel.

Nun, Auge in Auge mit der Neuen, fühlte sie sich plötzlich, als sei sie noch einmal vierundzwanzig und im Vorstellungsgespräch. Dabei war sie doch der alte Hase. Wenigstens, was die Angela betraf.

»Ich kenne Sie ja überhaupt nicht!«

Wieder dieser vorwurfsvolle Ton. Als sei es Ulis Schuld, dass Gräfin Krankenhagen eine neue Redaktion übernahm.

»Was haben Sie denn bisher eigentlich so gemacht?«, legte sie nach.

»Also, im Moment sind wir in den letzten Zügen zum Millennium-Special. Das wird übermorgen spätestens ins Netz gestellt. Jahrtausendreisen, von klassisch bis abgefahren. Wir haben …«

»Ich meine nicht Ihr aktuelles Projekt. Ich meine vorher. Ihren Werdegang.«

»Ich habe Betriebswirtschaft studiert …«

»Uni München?«

»Nein. Fachhochschule.«

»So. Fachhochschule.« Gräfin Krankenhagen ließ sich gelangweilt zurücksinken und wippte in Wendels schwarzem Ledersessel, der sie noch zierlicher aussehen ließ. Was für ein unpassender Moment, um an Sascha zu denken. Neben dem hatte sie selbst auch zierlich ausgesehen. Hätte den Kopf in seine Achselhöhle lehnen können, wenn sie an seiner Seite stand.

»Ich habe mich auf Touristik spezialisiert. Den Zweig gibt es nicht an der Uni.«

»Ja, weiß schon. Das sind dann diese Schmalspurausbildungen für die Praxis. Und Ihr journalistischer Werdegang?«

Es war ein Gefühl, als stellte man plötzlich fest, dass das, was man all die Jahre für festen Boden unter den Füßen gehalten hatte, eine einzige Eisfläche war. Eine treibende Scholle, die sich gelöst hatte und gleichzeitig von den Rändern her schmolz, während sie Fahrt aufnahm.

»Learning by Doing«, versuchte Uli sich zu retten.

»Keine Journalistenschule? Kein Zeitungsvolontariat?«

»Nein. Aber ich war von Anfang an dabei, als die Angela online ging. Als sie …«

»Ich will Ihnen nichts vormachen«, unterbrach Gräfin Krankenhagen und wippte weiter, »ich sag Ihnen ganz ehrlich, ich halte diesen ganzen Hype um Internetauftritte für überschätzt. Ein bisschen zusätzlicher Service, ein bisschen Leser-Blatt-Bindung, das können solche Seiten leisten. Nicht mehr und nicht weniger. Dafür braucht es keinen aufgeblähten Redaktionsapparat.«

»Wie meinen Sie das?« Die Eisscholle trudelte haltlos dahin und wurde von einer Strömung ergriffen.

Gräfin Krankenhagen verschränkte die Arme.

»Sie wissen ja, dass der Verlag gerade auf eine neue Profitcenter-Struktur umstellt, und im Zuge dessen sind wir natürlich gehalten, nach Sparmöglichkeiten zu suchen.«

Sparmöglichkeiten. Seit Mai kam der mobile Masseur nicht mehr vorbei, und dass der Verlag eine ganze Redaktion zum Brainstorming nach Barcelona geschickt hatte, war auch schon länger nicht mehr vorgekommen. Schließlich die Sache mit den Putzfrauen. Das hieß Schluss mit lustig.

Aber gleich so?

Gräfin Krankenhagen fuhr ein Stück mit dem Sessel zurück, dann erhob sie sich und ging ans Fenster. Ihre Arme hielt sie noch immer verschränkt. Sie blickte hinaus in den regenverhangenen Sommerhimmel und federte leicht auf den Sohlen ihrer Turnschuhe. Sneakers, verbesserte sich Uli im Geiste. Turnschuhe sagte heutzutage keiner mehr. Außer vielleicht ihr Vater.

»Wissen Sie, Sie müssen das schon ein bisschen verstehen. Wir planen hier einen vollkommenen Relaunch, und die Angela soll für etwas stehen. Das ist eine Marke, eine gut eingeführte Marke, und wir wollen dieses Gefäß mit neuen Inhalten füllen. Qualitätsjournalismus. Wissen Sie, es gibt Autoren«, sie betonte das Wort genüsslich, »Au-too-ren, die ich an das Blatt binden möchte.«

Uli betrachtete ihre weiß leuchtenden Fingerknöchel. Eine Autorin war sie dann wohl nicht.

Die Gräfin machte eine elegante Wendung, beinahe einen Tanzschritt, und kam wieder auf Uli zu. »Aber natürlich kann und will ich Sie nicht einfach vor die Tür setzen. Sie haben ja auch anständige Arbeit geleistet. Sofern ich das überblicken kann.«

Sie baute sich vor Uli auf, sodass Uli zu ihr aufblicken musste wie ein Kind. Merkwürdige Augen hatte sie, ohne die leiseste Andeutung von Fältchen, ohne die leiseste Spur von Leben.

»Sagen Sie«, fragte sie und legte sinnierend einen Finger neben ihren Mundwinkel, »mögen Sie eigentlich New York?«

Uli wollte schon antworten, da fiel ihr im letzten Moment ein, dass sie sich mit Ehrlichkeit endgültig schachmatt gesetzt hätte. Eine Touristikfachfrau, langjährige Reiseredakteurin, die noch nie einen Fuß auf die berühmteste Insel der Welt gesetzt hatte.

Aber Wissen aus zweiter Hand hatte ihr ja noch immer den Arsch gerettet.

»Brooklyn ist ja gerade sehr im Kommen«, Uli nickte sich selbst bestätigend zu. »Williamsburg, vor allem.«

»Wissen Sie, ich habe zufällig gerade gestern mit dem Klaus gesprochen, wegen der Fashionweek. Klaus Tauber, kennen Sie ja sicher. Der hat gesagt, er hätte durchaus noch Bedarf an einer Mitarbeiterin für unser Korrespondentenbüro.«

»In Manhattan«, echote Uli.

»Na ja, das ist natürlich auch nicht mehr das, was es mal war«, bemerkte die Gräfin, »bis letztes Jahr saßen die ja im World Trade Center, mit Blick auf die Freiheitsstatue. Aber die Zeiten ändern sich, das Geld sitzt nicht mehr so locker. Jetzt sind sie dafür mitten in der City untergebracht, etwa Höhe Zweiundvierzigste.«

»Und Sie wollen mir jetzt vorschlagen …«

»Denken Sie darüber nach. Denken Sie darüber nach, meine Liebe. Denn ganz ehrlich, ich weiß nicht … ich bin leider völlig überfragt, was ich Ihnen sonst anbieten könnte.«

Uli nickte langsam, so als könnte ihr Kopf bei jeder Bewegung an Gewicht gewinnen, bis er schließlich zu schwer wäre für den Hals. Die Clique ihrer Starnberger Cousinen fiel ihr ein, ein Sommer, der unendlich lange her war. Die waren alle so gewesen wie die Gräfin, mit pastellfarbenen Pullovern um den Hals zum Siegen ausgezogen. Nicht ihre Welt. Vielleicht, dachte sie, vielleicht war New York wirklich anders. Ein härteres Pflaster mit gerechteren Startchancen. Oder war das nur ein Rest von Jungmädchenromantik, genährt durch zu viele Filme und Romane, die nichts mit der Wirklichkeit zu tun hatten?

Als sie das Chefzimmer verließ, musste Uli sich für einen Moment an die Wand lehnen. Als sie die Augen wieder öffnete, traf sie Renate Lichtblaus fragender Blick.

»Na, hat sie etwa …«, wollte die Sekretärin wissen, und Uli nickte und schluckte.

»Ja. Sie hat.«

»Mei«, sagte Renate Lichtblau und blickte auf ihre Fingernägel.

»Mei?«, Uli wurde wütend. »Das ist alles, was dir dazu einfällt? Verdammt, ich bin fünf Jahre in dem Laden, und jetzt …«

»Weiß schon. Das ist nicht schön. Aber was soll ich da erst sagen?«

»Sie wird dich doch nicht auch …«

»Wer weiß. Und dann wird's zappenduster.«

»Ach nein. Du bist doch eine gestandene Sekretärin, mit deinen vielen Jahren …«

»Eben. Viele Jahre.«

»Wie meinst du das jetzt?«

»Schau dich doch an«, sagte Renate Lichtblau heftig. »Du bist ja noch nicht mal dreißig. Aber ich?«

Während Uli in ihr Büro ging, die Beine auf Autopilot in den vertrauten Gängen, war es ihr, als ginge sie durch eine Theaterkulisse. Ein Gefühl, dass die Dinge an Tiefe verloren und sich zu einem Bild glätteten. Ein Bild, zu dem nichts mehr hinzugefügt werden konnte, ein Bild, das verblassen konnte, ein Bild, das verloren gehen konnte und von dem es keine Kopie gab. So war es ihr früher immer am letzten Ferientag gegangen, als Kind. Währenddessen hatte Netti weiter am Bach gespielt, als gäbe es keine Abreise. Als gäbe es kein Morgen.

Vielleicht, dachte Uli, war das der Unterschied zwischen ihrer

Schwester und ihr. Nettis Leben war eine Perlenkette aneinandergereihter Momente, von denen man die schönen genoss und die schmerzhaften durchstand, immer in der unerschütterlichen Überzeugung, dass alles seine Richtigkeit hatte. Uli hatte immer versucht, ihr Leben als eine Geschichte zu betrachten, mit Höhepunkten und Handlungssträngen. Obwohl sie wusste, dass all das eine Konstruktion war, dass es nichts gab als die Abfolge planloser Wendungen und ereignisloser Langstrecken und dass Bedeutung nur ein Trost sein konnte angesichts dieser erschreckenden Banalität.

Als sie ihr Büro betrat, klingelte das Telefon. Das Display zeigte drei Sternchen an, als Hinweis auf einen unbekannten Anrufer, der nicht aus dem gleichen Verlagsuniversum stammte.

»Becker, Angela Online?«

»Ja, hier auch! Also natürlich nicht online. Sondern ganz normal.«

»Papa.«

»Ja, und? Was sagst du?« Die Stimme ihres Vaters vibrierte vor Freude.

»Wozu?«

»Ach, hat … ich meine, hat die Mama dich denn noch gar nicht angerufen?«

»Ich war heute Vormittag nicht im Büro. Hatte eine Besprechung.«

»Oh, das … wie dumm von mir. Vielleicht … na, vielleicht wollen sie es dir ja auch selbst sagen. Die Mama und …«

»Wer, sie? Was sagen?«

»Weißt du was, mein Schatz? Vergiss einfach, dass ich dich angerufen habe. Einfach mal die Zeit um ein paar Minuten zurückdrehen und noch mal von vorne anfangen. Ich …«

»Nee. Jetzt möchte ich auch wissen, was ihr für eine sensationelle Nachricht habt.«

»Du hörst dich so … na, so verbittert an. Stimmt irgendwas nicht?«

»Papa. Was ist es, das die Mama mir noch nicht erzählt hat?«

»Netti. Sie …«

»… bekommt ein Kind.«

Einen Moment lang war es still. Dann hatte der Vater sich wieder gesammelt. »Du weißt es ja doch schon!«

»War nicht schwer zu erraten.«

»Und?«

»Und was?«

»Ja, freust du dich denn gar nicht, Rikchen?«

»Doch. Klar freu ich mich. Wann ist es denn soweit?«

»Na, ist ja noch ganz frisch. Auf jeden Fall erst im neuen Jahrtausend. Da hab ich noch genügend Zeit, mich auf meine Rolle als Opa vorzubereiten.«

»Schade«, sagte Uli leise, »dann werde ich wohl nicht mehr da sein, wenn das Baby kommt.«

»Nicht mehr da sein?«

Aus dem Aschenbecher roch es verkokelt. Ein Zigarettenfilter steckte im Halter, vor sich eine lange Aschenschlange, die sofort zerfallen würde, wenn man sie mit einem Kugelschreiber berührte. Uli stupste vorsichtig. Noch hielt die Asche zusammen.

»Was heißt denn das, nicht mehr da sein?« Die Stimme ihres Vaters klang alarmiert.

»Ich gehe. Wahrscheinlich nach New York.« Der Satz kam ihr unwirklich vor, wie eine Erfindung.

»New York.« Er sprach das Wort andächtig aus, vorsichtig, als hantierte er mit einem kostbaren, zerbrechlichen Gegenstand.

»Weißt du«, sagte er dann. »Ich hab mir das immer gedacht. Ich hab zwar das Gegenteil gehofft, aber geahnt hab ich es immer. Dass du es doch nicht tun würdest. Dass du die Traube nicht übernimmst. Oder?«

»Ich weiß nicht. Vielleicht später?«

»Ach, später. Und dann ist wieder irgendetwas anderes. Vielleicht ein Job in Hongkong. Oder in Kapstadt.«

»Bist du enttäuscht?«

Er zögerte einen Augenblick. »Nein«, sagte er dann, »ich bin nicht enttäuscht. Ich bin stolz auf dich, mein Mäuschen. Sehr, sehr stolz.«

Im gleichen Moment flog die Tür zu Ulis Büro auf, und die esoterische Praktikantin aus der Moderedaktion stand in der Tür, bedenklich kippelnd auf ihren Sneakers mit Zehnzentimeterplateausohle, bedenklich leicht bekleidet mit ihrem knappen Kinder-T-Shirt, von dem ein goldener Buddha lächelte. »He«, sagte sie, »ich soll dich fragen, ob du auch mitkommst.«

Uli legte schützend eine Hand auf die Hörmuschel.

»Oh, total sorry, wusste ich nicht, dass du … ähm, dass Sie noch jemand am Telefon haben. Soll ich später …«

»Nein, egal. Wohin mitkommen?«

»Wir feiern heute Abend alle zusammen. Im P 1. Weil der Wendel endlich weg ist. Time for a change. Anita hat gesagt, sie kennt da wen, der bringt uns alle rein. Oh, sorry«, fuhr sie fort, »wollte Ihnen nicht zu nahe treten. Nicht dass Sie denken, ich denk, Sie hätten damit Probleme. An der Tür.«

»Ist schon okay«, sagte Uli und dachte: So geht es also los. Ein paar Jahre jünger und siezt mich.

»Und, kommen Sie nun mit?«

»Mal sehen. Vielleicht komm ich später nach.«

»Aber, hey, das P 1.«

»Ja, ich weiß. Kann. Muss aber auch nicht. Papa? Bist du noch da?«

»Ach, Kindchen«, der Vater klang plötzlich bedrückt, »hat Mama dir denn eigentlich diese schreckliche Geschichte erzählt von Martin? Deinem alten Kumpel?«

»Nee. Was ist mit dem?«

»Geschlossene Psychiatrie. Seit Monaten. Er soll auf der Bundesstraße gelaufen sein, auf dem Mittelstreifen, und Geister beschworen haben. Man sagt, da waren alle möglichen Drogen im Spiel. Weißt du da was?«

»Ich weiß gar nichts.«

Es war noch gar nicht so lange her, da hatte sie an ihn gedacht. Spät war es gewesen, draußen vor der Clubtür schon das blaue Aquariumslicht, als Moritz sich plötzlich um ihr nicht vorhandenes Liebesleben gesorgt hatte. »Hast du nicht einen guten alten Freund?«, hatte er gefragt. »So einen lieben alten Verehrer, der dein Selbstbewusstsein mal ein bisschen aufpolieren könnte? In netter

Form?« »Das ist doch unfair«, hatte sie abgewehrt, und Moritz hatte vehement den Kopf geschüttelt. »Aber nein, dafür bekommt der doch endlich, wovon er immer geträumt hat.«

Martin-dein-Freund-aus-Landau.

Sie fragte sich einen Moment lang, ob sie Martin hätte retten können. Aber der Gedanke hielt nicht lange vor. Nein. Keiner konnte einen anderen retten. Wenn überhaupt, dann nur sich selbst.

In der Nacht träumte sie, dass sie mit einer Gruppe muskulöser, glatzköpfiger Männer mit nacktem Oberkörper an Bord eines Containerschiffes saß. Die Luft war lau, sodass sie dem Körper keinerlei Widerstand bot, die Lichter des Hafens schimmerten im Wasser. Es war ein nachtschwarzer, breiter Fluss, ein Fluss, kurz bevor er ins Meer mündet.

Spring, sagte einer der Männer, und sie sagte, ich kann nicht. Ich habe Angst vor dem Wasser.

Irgendwann schälte sich eine Gestalt aus dem Schatten der stählernen Großcontainer, und sie wusste sofort, dass sie dieser Person vertrauen konnte, dass sie eine Schwimmlehrerin war. Dass man keine Angst vor ihren Anweisungen zu haben brauchte, weil sie nichts verlangen würde, das zu gefährlich war. Irgendwoher kamen Paare, die sich melancholisch zu wiegen begannen, im Takt einer schwermütigen Akkordeonmusik, die von überall und nirgends zu kommen schien. Die Gestalt trat auf sie zu und sagte: Spring.

Irgendetwas war seltsam an dieser Gestalt, eine winzige Irritation, aber es fiel ihr erst ein, als ihr Körper die schwarz glänzende Wasseroberfläche durchbrach, die ihn widerstandslos verschluckte.

Die Schwimmlehrerin war blind.

Vorher

Ein letztes Teil fehlte Jo noch für ihre Zeitkapsel, und lange wusste sie nicht, was es sein würde. Während der Sommermonate dachte sie darüber nach, erst spielerisch, dann mit zunehmender Dringlichkeit, während sie Ludwig am Seeufer in seine Schwimmflügelchen mit den lachenden Delfinen half oder über den Markt schlenderte, während er bei seiner Physiotherapiestunde war.

Schon färbte das Laub an den Bäumen sich dunkler, schon kam manchmal dieser Windzug vom See auf, der die Surfer selbst in ihren Neoprenanzügen frösteln ließ, und Sascha sagte, sie lägen gut in der Zeitplanung. Der Keller auf dem Grundstück war ausgeschachtet, mit dem Architekten waren sie schon lange Zeit per Du, und wenn alles gut ging, konnten die Bauarbeiten in den nächsten Wochen beginnen.

Ursprünglich hatte Jo gehofft, dass sie Zeit haben würde bis zu Silvester. Schließlich sollte eine Zeitkapsel eine möglichst exakte Momentaufnahme sein, voll mit Dingen, die das Leben allgemein und ihres ganz persönlich um die Jahrtausendwende bestimmten. Man konnte ja nicht wissen, was noch dazukam in den letzten Monaten des Jahres 1999. Aber Sascha drängte, und sie war verwundert, dass er sich überhaupt für Jos Projekt begeistert hatte. Irgendetwas daran hatte einen Funken in ihm entzündet, diese Idee einer vorwärtsgewandten Archäologie, diese Vorstellung, mit dem Grundstein des Neubaus ein Lebensgefühl zu vergraben. Etwas, von dem niemand wusste außer ihnen beiden und den illegalen polnischen Maurern der Subunternehmerfirma, und das vielleicht irgendwann in ferner Zukunft wieder entdeckt werden würde, Generationen später, wenn sich keiner mehr an Johanna, Sascha und Ludwig Hentschel erinnern würde.

Natürlich hätte man die Kapsel auch so, wie sie war, verschließen können, mit dem Pappbecher dieser neuen amerikanischen Coffee-to-go-Kette aus der Leopoldstraße darin, Saschas altem Handy, einer Ausgabe von »Sommerhaus, später« und den Ultraschallbildern. Den Aufnahmen aus der Schwangerschaft, damals, als Ludwig noch heil und unbeschädigt in seiner warmen Höhle gehaust hatte.

Erst als der Postbote an diesem Morgen die Sendungen über den Gartenzaun reichte, war ihr klar geworden, was sie noch brauchte. Da klebte sie, die dunkelblaue Pappe mit metallicfarbenen Leuchtsternen bedruckt, die billige Folie der Augengläser von einem undurchsichtigen Violett, quer über der Fernsehzeitschrift, ein billiges Give-away mit Werbeaufdruck. Eine Sonnenfinsternisbrille. Das war es, was ihrer Zeitkapsel noch fehlte.

Doch ehe sie die Brille hineinlegte und die Zeitkapsel dann feierlich schloss, konnte sie sie noch gebrauchen. Sie würde sie mitnehmen, später, in den Olympiapark, wo sie sich mit Bekannten aus der Stadt verabredet hatte. Denn beim Schreibwarenhändler hatte es gestern nur noch ein letztes Exemplar gegeben, und das musste natürlich für Ludwig sein. Er war schon seit Tagen aufgeregt, und mittlerweile war Jo sicher, dass er verstanden hatte, dass es nicht um Sophie ging, seine Freundin aus dem Integrationskindergarten. Sondern um die sogenannte SoFi, ein Himmelsschauspiel, das sie beide wohl nur ein einziges Mal im Leben geboten bekommen würden.

Sie nahm die Fernsehzeitschrift mit in die Küche und zog an den zähen Klebestreifen, bis sich die Brille mit einem leisen Plopp löste. Dann knickte sie die Bügel entlang der gefalzten Linie und setzte sie auf.

Eine Weile saß sie schweigend auf der cremefarbenen Couch, zurückgefläzt und die Hüften vorgeschoben, breitbeinig wie ein Junge, dann erhob sie sich seufzend. Zu alt. Sie fühlte sich auf einmal zu alt für diese spätpubertäre Körperhaltung, in der sie die Hälfte der Neunzigerjahre verbracht hatte, zu alt für das Nichtstun und die Wand anstarren, zu alt für das unverbrauchte, neue Jahrtausend, das auf sie wartete. Reiß dich zusammen, schimpfte sie still mit sich. Du bist zweiunddreißig.

Mei, antwortete eine resignierte Stimme in ihrem eigenen Kopf, und sie schlug sich gegen die Stirn und noch einmal, bis sich die Haut anfühlte, als hätte der massive Ehering einen roten Striemen hinterlassen. Liebe, dachte sie. Ein Stoff wie jeder andere. Strapazierfähig, aber nicht unendlich. Irgendwann würde die Liebe so aussehen wie Ludwigs durchgekrabbelte Hosen.

Aber noch fühlte sie sich tragbar an, gerade erst gestärkt durch all das Neue, das neue Haus, die neue Zeitrechnung, die voraussichtlich sämtliche Elektrogeräte der westlichen Welt zum Absturz bringen würde. Es ging immer irgendwie weiter.

Wenigstens für diese Erkenntnis war sie endlich alt genug.

Sie blickte auf die Uhr. Anderthalb Stunden Zeit noch, bis sie Ludwig aus dem Kindergarten abholen musste, damit sie rechtzeitig in München ankamen. War das nun lang genug, oder galt wieder ihre alte Entschuldigung? Dass sie gar nicht anfangen musste mit dem Schreiben, wenn sie nicht wenigstens zwei Stunden zur Verfügung hatte?

Sie wusste es ja noch von früher. Es war nur der erste Satz, die erste Seite vielleicht. Dann würde es laufen, dann würde sie sich in der Sprache verlieren. Oder besser: nicht darin verlieren. Darin schwimmen, sich mit der Strömung treiben lassen, so wie in dem warmen Strom dieses Flusses nahe der mexikanischen Küste, letzten Sommer auf ihrer gemeinsamen Rundreise mit Sascha, diesen verspäteten Flitterwochen. Der einzige Unterschied zu früher war die Länge. Mit fünfzig Zeilen wäre es nicht getan. Wie lang musste ein Roman sein?

Es war letzten Endes nicht wichtig, ob ihre Geschichte gedruckt wurde. Es ging ihr um das Gefühl. Um diesen kleinen, unantastbaren, heiligen Raum, den niemand betreten durfte außer ihr, nicht einmal Ludwig. Diesen unzerstörbaren Tempel, in dem sie allein sein durfte mit ihren Gedanken. Genau so hatte sie sich in den letzten Jahren gefühlt, wenn sie ihre Gedichte für die Bühne schrieb, ihre ersten, kurzen Erzählungen, von leichtem Schwindel erfasst, wenn sie merkte, dass sie das Geländer der Realität loslassen und ihre Figuren ihrem eigenen Tanz überlassen konnte.

Immer wieder hatte sie das gleiche Spiel durchgespielt, immer wieder neue Personen aus ihrem eigenen Leben entführt und in eine Parallelwelt schlittern lassen, gespannt, was mit ihnen geschah. Sascha, der auf eine Frau traf, der er nicht das Wasser reichen konnte. Hortus, der Opfer einer Verlagsintrige wurde und von seinem Feuilletonthron abstürzte in die Bedeutungslosigkeit. Schließlich Ludwig, ihr Ludwig, der nach einer unkomplizierten Geburt auf ihrem Bauch lag, ein weiches Bündel Mensch, duftend und verschmiert, und langsam seinen ersten Atemzug nahm, während das Pulsieren der Nabelschnur schwächer wurde.

Es gab nur eine Person, an die sie sich noch nicht gewagt hatte, mit einer

Scheu, als könnte sie ihr, die sie im Leben so sehr verletzt hatte, noch mehr wehtun, wenn sie sie in eine Erfindung verwandelte, einen Geist aus Gedanken und Papier. Vielleicht war es auch das, was ihren Romananfang so schwer machte.

Dabei kannte sie ihren ersten Satz. Sie musste ihn nur niederschreiben.

Schließlich erhob sie sich und ging die Treppe nach oben. Das Holz knarzte laut in dem stillen Haus. Sie freute sich auf das Neue, auf ihr Arbeitszimmer mit den Gaubenfenstern, so hoch auf einem Hügel gelegen, dass man tatsächlich das Wasser sehen konnte, die Berge, die windgebauschten Segel. Wenn dort nicht die Inspiration zu Gast sein würde, hatte Sascha beim Blick auf die Pläne gesagt, dann wusste er nicht, wie man sie noch hineinbitten konnte.

Vorsichtig, fast, als könnte sie jemanden stören, ließ sie sich auf ihrem Drehstuhl vor dem Computerbildschirm nieder. Sie saß und widerstand. Widerstand der Versuchung, ihre E-Mails abzurufen, einen Blick auf die Startseiten der Nachrichtenmagazine zu werfen, die neuen Einträge im Online-Forum für Kinder mit Entwicklungsverzögerungen zu lesen. Es war wie verhext. Das ehemalige Schreibgerät hatte sich in eine Glücksversprechungsmaschine verwandelt, das stumme Gegenüber in eine schwatzhafte Gesellschaft, die sie ständig am Ärmel zerrte, sie irgendwo hineinlocken wollte. Interaktiv. Immer zur Stelle. Immer fordernd.

Sie schüttelte leise den Kopf und stand wieder auf. Unten im Flur schlug die große Standuhr halb zwölf. Im Stehen ergriff Jo das kleine, originalverpackte Notizbuch mit Ledereinband und Lesebändchen und einen Kugelschreiber. Sie lagen hier überall herum, diese blauen Plastikstifte mit dem Firmenlogo und der Internetadresse, und es schienen niemals weniger zu werden. »Werbekulis sind der letzte Ausläufer des wahren Kommunismus«, witzelte Sascha, »es sind immer genügend für alle da.«

Sie stieg die Treppe wieder hinunter, dann ließ sie sich erneut auf dem Sofa nieder. Dieses Mal nahm sie eine andere Haltung ein, saß weit vorne, sehr aufrecht. »Auf der Besucherkante«, so nannte Hortus das. Die Haltung einer Frau, die nicht zu Hause war. Die bereit war, jederzeit aufzustehen und zu gehen.

Aber die es nicht tun würde. Diese Gedanken waren Vergangenheit. Ferne Vergangenheit.

Sie ritzte mit dem Fingernagel die Plastikverpackung des Notizbuches an und riss die weiche Folie in langen Streifen ab. Dann zog sie das Gummibändchen zur Seite und schlug das Notizbuch auf. Es knackte schmerzhaft, als täte diese erste Öffnung ihm weh. Sie ergriff den blauen Kugelschreiber und drehte daran, bis die Miene aus ihrer Öffnung kam. Dann nahm sie den Stift zwischen Daumen, Mittel- und Zeigefinger.

Noch einmal blickte sie auf, in den Himmel vor dem Panoramafenster, an dem jetzt Wolken aufzogen. Auf dem Rasen spazierten zwei Kohlmeisen. Sie dachte an ihren ersten Satz, der wie in Leuchtschrift vor ihr stand, funkelte und blinkte, ungeduldig, sich endlich in etwas Greifbares zu verwandeln, Buchstaben, die jemand lesen konnte, jemand, der nicht Johanna Hentschel war.

Dann beugte sie sich über das Notizbuch und begann zu schreiben.

Dank an

Dr. Jutta Bartz-Seel, AKK Hamburg-Altona, für ihre fachliche Beratung zum Thema Geburtsschäden und Entwicklungsverzögerungen

Detlef Johannsen für die Informationen über Mailbox-Kommunikation in den frühen Neunzigerjahren

meine Lektorin Tina Spiegel mit ihrem unbestechlichen Sinn für Timing, Tempo und Redundanz

meinen Mann, der all meine Manuskripte als erster Leser so liebevoll wie unbarmherzig kritisiert (Dierk: Ich liebe deine kleinen Randspaltenzeichnungen!)

meine Kinder, die manchmal ertragen müssen, dass ich zwar körperlich anwesend, geistig jedoch auf einer WG-Party im Jahr 1992 gefangen bin.